Das Buch

Oliver Krachowitzer, genannt Krach, will Schauspieler werden. Doch während sein vorerst einziges Engagement die Rolle als Ersatz für die deutsche Stimme von Ernie aus der Sesamstraße bleibt, geht es in seinem Liebesleben rund: Völlig unverhofft stolpert er in eine heftige Affäre mit der selbstbewussten Julia. Was ja nicht weiter schlimm wäre, wäre er nicht eigentlich in deren beste Freundin Amelie verliebt.

Olivers Leben ist also die reinste Baustelle, und das im wahrsten Sinne des Wortes, denn der Altbau, in dem er in einer Männer-WG wohnt, wird luxussaniert. Fast das ganze Haus ist schon entmietet, und der Eigentümer versucht mit immer abenteuerlicheren Baumaßnahmen, auch Oliver und seine vier Mitbewohner zu vertreiben. Die WG reagiert darauf zunächst mit typisch männlicher Trägheit und findet stets neue Wege, sich zu arrangieren. Bis sich die Dinge immer mehr zuspitzen und die Jungs gezwungen sind, zu zeigen, wozu sie fähig sind …

Der Autor

Matthias Sachau, geboren 1969, lebt seit siebzehn Jahren in Berlin und arbeitet – sofern sein kleiner Sohn ihn lässt – als freier Autor und Texter. Nachdem er mit seinem Debüt *Schief gewickelt* die Abgründe des Papalebens ausgelotet hat, nähert er sich nun mutig der nicht minder gefährlichen Sphäre der Männer-WGs.

Die Website des Autors: www.matthias-sachau.de

In unserem Hause ist von Matthias Sachau
bereits erschienen:
Schief gewickelt

Matthias Sachau

KALT DUSCHER

Ein Männer-WG-Roman

Ullstein

Besuchen Sie uns im Internet:
www.ullstein-taschenbuch.de

Umwelthinweis:
Dieses Buch wurde auf chlor- und
säurefreiem Papier gedruckt.

Originalausgabe im Ullstein Taschenbuch
1. Auflage Juni 2009
4. Auflage 2009
© Ullstein Buchverlage GmbH, Berlin 2009
Umschlaggestaltung: HildenDesign, München
unter Verwendung eines Motivs von
© Oliver Hoffmann/shutterstock
Satz: LVD GmbH, Berlin
Gesetzt aus der Candida
Druck und Bindearbeiten: CPI – Ebner & Spiegel, Ulm
Printed in Germany
ISBN 978-3-548-28017-2

Für Benjamin, der leider in
die Schweiz ausgewandert ist,
und für Fishpolice, die beste Band der Welt.

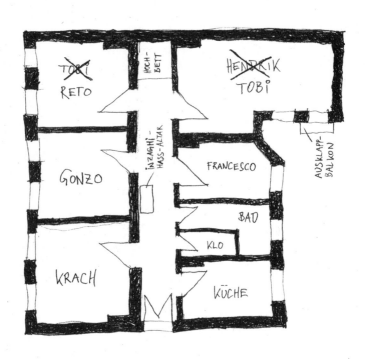

ANGRIFF

Meine Wände sehen ganz normal aus für einen, der in ein paar Tagen 24 wird und bis jetzt noch nicht wirklich was auf die Reihe gekriegt hat. Keine Poster, keine bunten Farben, dafür bin ich zu alt. Mit 24 hat man wieder weiße Wände, und als Verzierung pappt man sich höchstens hier und da willkürlich aus Zeitschriften rausgerissene Bilder dran. Bisschen Mode, bisschen Fotokunst und, ganz wichtig, ein paar Sachen, bei denen kein Mensch kapiert, was das eigentlich soll, zum Beispiel Guido Westerwelle, der gerade in ein Brötchen beißt, oder ein Orang-Utan, der wie Tom Cruise aussieht (ist aber bisher nur mir aufgefallen). Zwischen den Bildern hängen all die Notizzettel mit Adressen, Terminen und anderem wichtigen Zeug, das ich schleunigst in meinen Kalender eintragen sollte, wenn ich mir endlich einen angeschafft habe. Wirklich alles ganz normal.

Das Einzige, wofür ich dauernd den Vogel gezeigt bekomme, ist mein Abiturzeugnis. Es hängt direkt neben dem Kopfende meiner Matratze, und jeder fragt mich, was denn nun das bitte schön soll und ob ich nicht wenigstens die Durchschnittsnote 3,4 mit einem Aufkleber abdecken will.

Ich brauche das Zeugnis aber wegen meiner Alpträume. Die kommen alle paar Wochen. Keine Ahnung, warum. Immer das gleiche Grundmuster: Ich renne schwitzend durch leere Schulflure, weil ich, um in die elfte Klasse versetzt zu werden, eine Prüfung in irgendeinem Fach ablegen muss, von dem ich noch nie was gehört habe. Ich bin viel zu spät dran und weiß noch nicht mal die Raumnummer, geschweige denn, um was es bei Gewässersoziologie überhaupt gehen soll. Eine grauenhafte Lage. Selbst wenn ich am Ende schweißgebadet aufwache, brauche ich immer noch eine ganze Weile, bis ich weiß, dass die Welt eigentlich völlig in Ordnung ist: *Hey, Moment mal, es gibt gar keine Prüfung in Gewässersoziologie ... und, hey, die Elfte hab ich doch schon geschafft ... und die Zwölfte sogar auch ... und ... ach ja, ich hab sogar schon Abitur ... und, hm, ich hab sogar schon ziemlich lang Abitur, hab schon eine Schlosserlehre angefangen und abgebrochen und ein Anthropologiestudium auch. Warum träume ich eigentlich noch von der Schule?*

Wenn nun mein Abiturzeugnis das Erste ist, was ich nach dem Aufwachen sehe, läuft dieser Prozess wenigstens etwas schneller ab.

Heute träume ich aber keinen Schulalptraum. Ich träume von Amelie. Ich tummle mich mit ihr in der Luxussuite des neuen Airbus A380, den sie gestern Abend in den Tagesthemen gezeigt haben. Lustigerweise ist alles mit Flokati-Teppichen ausgelegt, und auch die übrigen Details scheinen allesamt aus 70er-Jahre-Pornofilmkulissen zu stammen. Amelie ist in das große weiße Badetuch eingehüllt, in dem sie früher immer über unseren WG-Flur gehuscht ist, wenn sie geduscht hatte. Sie lächelt ihr wunderbares Lächeln, und die Spitzen ihrer leicht feuchten hellbraunen Haare umschmeicheln ihre zarten Schultern. Sie sagt nichts. Aber irgendwie kann ich fühlen, dass gleich ... Oh, sie nimmt meinen Kopf in ihre von der Dusche noch ganz warmen Hände, und ihr Mund nähert sich meinem linken Ohr. Von der anderen Seite kommt Amelies beste Freundin Julia dazu. Das Tigerfell, das sie sich um die Brust geschlungen hat, verdeckt kaum das Nötigste, und ihre wilde blonde Lockenmähne wippt im Takt zum leisen Easy-Listening-Gedudel im Hintergrund. Sie widmet sich meinem anderen Ohr. Ich spüre ihre warmen Lippen. Es kitzelt, als ihre kleine Zunge in meinen Gehörgang eindringt, und ich schließe die Augen.

Und dann brüllen beide plötzlich

»GROOOOOOOOOOOOOOOOOOOOOOOOOOOOOOH!!!«

Ich wache sofort auf, sehe mein Abiturzeugnis an und hoffe kurz, dass es auch Amelie und Julia ihre normalen Stimmen wiedergeben kann, aber ich höre immer noch »GROOOOOOOOOOOOOOOOOOOOOOOOH!!!«, und während sich meine Augen langsam auf die Worte »Allgemeine Hochschulreife« scharf stellen, klafft plötzlich genau an dieser Stelle ein Loch im Papier auf, Staub- und Mauerwerksbrocken fliegen mir um die Ohren und irgendwas Großes, Spitzes, Vibrierendes nähert sich langsam, aber unaufhaltsam meiner Stirn.

Ich erkenne nicht gleich, was es ist. Dazu ist die Perspektive zu ungewöhnlich. Klar ist aber, dass etwas, das mir nichts, dir nichts mein Abiturzeugnis zerstört, wild vor meinem Gesicht hin- und herzuckt und dabei »GROOOOOOOOOOOOOOOOOOOOOOOOOOOOOH!!!« macht, nichts Gutes bedeuten kann, und so kontere ich, noch bevor das Wort *Presslufthammer* in meinem Kopf Form angenommen hat, den Angriff mit einem Gegenlaut.

»HNNJAAAAAAAAAAAAAAAAAAAAAAAARGHHH!!!«

Das hat Folgen. Der zuckende Stahlmeißel verschwindet wieder in der Wand, und ich höre durch das Loch eine kernige Stimme mit osteuropäischem Akzent.

»Chef, da wohnt noch Leut!«

DRECKSACK

Unsere Küche sieht ebenfalls ganz normal aus für eine 5er-Männer-WG in einem schwer sanierungsbedürftigen Altbau in Berlin-Mitte. Keine Hängeschränke, keine Spülmaschine, dafür sind wir zu cool. Wir bewahren unser bisschen Geschirr in einem alten Werkstattregal auf, warmes Wasser kommt aus einem DDR-Boiler, der zuverlässig ein Mal pro Monat kaputtgeht, und in der Ecke steht ein großer Fernseher, den wir mit den Zehen bedienen, seit sich Tobi vor einem Jahr auf die Fernbedienung gesetzt hat. Am Kopfende unseres Küchentischs hängt eine penibel auf dem neuesten Stand gehaltene Bundesliga-Stecktabelle und darüber ein Poster von Rambo, der gerade mit seinem Maschinengewehr in den Dschungel ballert und dazu ein Gesicht macht, als wäre er drei Tage nicht mehr auf dem Klo gewesen.

Über Rambos Kopf hat Tobi den aus einem ZDF-Werbeplakat ausgeschnittenen Schriftzug »Melodien für Millionen« hingeklebt. Gonzo sagt immer, wir sollten es abhängen, weil sich der Gag inzwischen abgenutzt hat. Aber Gonzo findet auch, dass wir die Küchenwände mit einem Hauch von Azurblau abtönen, die Fußleisten als Komplementärkontrast Hummerrot streichen und beim Deckenstuck Petrol als Akzentfarbe nehmen sollten.

Tobis Exfreundin Amelie findet dagegen, dass hier erst mal eine Grundreinigung fällig wäre und dass Gonzo seinen Kinnbart abrasieren soll. Da hat sie im Prinzip auch recht, aber was die Grundreinigung betrifft, sollte man sich auch nicht unnötig Mühe machen. Wenn wir irgendwann sowieso die Küche neu streichen, müssen wir ja eh alles ausräumen, und dann kann man das mit der Grundreinigung im gleichen Aufwasch erledigen. Das muss man auch mal im Großen und Ganzen sehen.

Jedenfalls ist unsere Küche wirklich ganz normal. Wenn man von der Profi-Bierausschank-Anlage absieht, die Hendrik neben unserer Spüle installiert hat, nachdem unser illegaler Club im Keller letztes Jahr vom Bezirksamt geschlossen worden war.

»Alter Schwede, der Wohlgemuth.«

»Der meints jetzt wirklich ernst.«

»Tja, der gibts uns jetzt mit der ganz groben Kelle.«

Ach ja, mein Beinahe-Tod von gestern früh. Fast schon wieder vergessen. Wir haben uns doch recht schnell an das GROOOOOOOOOOOOOH!!! der Presslufthämmer gewöhnt.

»Hm, ja, der wills jetzt echt wissen, der Wohlgemuth.«

»So siehts aus. Kann ich das letzte Brötchen haben?«

»Von mir aus, Tobi.«

Herr Wohlgemuth ist unser Vermieter. Er hat vor zwei Jahren das Haus von den greisen Alteigentümern gekauft und sich in den Kopf gesetzt, damit reich zu werden. Das ist vom Ansatz her durchaus nachvollziehbar, weil charmanter Altbau mit zwar maroder, aber immerhin Stuckfassade in bester Lage in Berlin-Mitte, umzingelt von Werbeagenturen, Designläden, Galerien, Promi-Wohnungen und so weiter. Und unsere gesamte 5er-Männer-WG, einschließlich aller Exmitbewohner und Angehörigen, würde Herrn Wohlgemuth das Reichwerden ja auch von Herzen gönnen. Das Problem ist aber, er glaubt, dass er nur reich werden kann, wenn wir hier ausziehen. Und das Problem verschärft sich noch einmal dramatisch durch die Tatsache, dass Herr

Wohlgemuth komplett wahnsinnig ist. Einfach geduldig darauf zu warten, dass wir irgendwann wegsterben oder uns, dank sozialen Aufstiegs, was Besseres suchen als eine Wohnung mit Außenwand-Gasheizungen, undichten Fenstern und versifftem DDR-Badezimmer, liegt ihm nicht. Es muss unbedingt der radikale Schnitt sein.

Noch bevor er den Kaufvertrag unterschrieben hatte, geisterte er schon hier durchs Treppenhaus und erzählte jedem Mieter, der es hören wollte, was für eine Bauhölle er rund um uns herum bald entfachen würde. Und nachdem die ersten Feiglinge aus dem Seitenflügel ausgezogen waren, ließ er in den leer gewordenen Wohnungen Taten folgen. Solange die Presslufthammerorgie nur im Seitenflügel wütete, war das noch gut auszuhalten, aber irgendwie schaffte er es nach und nach, auch immer mehr Mieter aus dem Vorderhaus zu vergraulen.

Und letzte Woche ist blöderweise auch noch unser Stockwerksnachbar Heinz, ein überaus sympathischer Bildhauerfreak, ausgezogen, nachdem ihn Herr Wohlgemuth mit einer juristisch äußerst fragwürdigen 128-Prozent-Mieterhöhung erschreckt hat. Seitdem kann der kirgisische Schwarzarbeitertrupp direkt neben uns sein Unwesen treiben, und der Presslufthammerdurchbruch in mein Zimmer gestern war wohl, realistisch betrachtet, nur ein kleiner Vorgeschmack.

»Tja, ne, der Wohlgemuth.«

»Der kennt jetzt kein Pardon mehr.«

»Könntest du mir noch mal die köstliche Himbeermarmelade reichen?«

Köstliche Himbeermarmelade. Tobi kann so zärtlich sein, wenn er vom Essen redet. Deliziöser Fruchtjoghurt, in höchstem Maße gaumenschmeichelnde Pommes frites, schmetterlingsflügelzarte Leberwurst. Und sobald er einen

Leckerbissen in der Hand hält, sieht er ihn, genau wie das Sesamstraßen-Krümelmonster, mit halb verliebtem, halb irrem Blick kurz an (nur dass sich seine Pupillen dabei nicht ganz so wild drehen), und dann schlingt er ihn mit einer Urgewalt herunter, die selbst dem grobmotorischen Blaupelz Respekt einflößen würde – auch wenn Tobi dabei nicht ganz so laut »Njaaamjamjamjamjam!« macht wie er.

»Tja, der Wohlgemuth, ne.«

»Der meints jetzt wirklich …«

»Und tschüss!«

»Gonzo, du Drecksack!«

Zu spät. Gonzo hat den täglichen Nach-dem-Frühstück-Wettlauf zu unserer Toilette gewonnen. Unserer einzigen Toilette. Ohne Tageslicht, ohne Lüftung. Ich gehe in mein Zimmer, packe meine Sporttasche und versuche, nicht an das zu denken, was Tobi und mich gleich erwartet. Ein Glück, dass wenigstens Francesco in der Arbeit und Hendrik vor drei Tagen ausgezogen ist, sonst wäre alles noch viel schlimmer.

FUSSELBART

Bis zu Arnes Wohnung in der Eichendorffstraße ist es ein Katzensprung. Ich gehe zu Fuß und lasse mir die Sporttasche gegen die Beine schlackern.

Wie das WG-Leben ohne Hendrik auf Dauer sein wird, kann ich mir irgendwie noch nicht richtig vorstellen. Er war unser Handwerksgenie. Und nicht nur das, er war auch von einem Tatendrang beseelt wie ein Exleistungssportler, der nicht vernünftig abtrainiert hat. So ein Mann spielt in einem Haushalt, in dem dauernd was kaputtgeht, natürlich eine Schlüsselrolle. Aber ich fürchte, der drohende Reparaturstau ist noch nicht mal die schlimmste Folge von Hendriks Abgang Richtung Land-WG in Klein Ziethen. Viel bedenklicher ist der Dunst der Trägheit, der sich mit jedem Tag mehr zwischen uns ausbreitet, seit Hendrik nicht mehr rumhüpft und Hektik verbreitet. Unsere gesamten Hoffnungen ruhen jetzt auf Reto, unserem neuen Mitbewohner aus der Schweiz, der morgen einziehen wird – falls dann das Haus noch steht.

Ich biege in die Eichendorffstraße ein und stehe nach wenigen Metern vor Arnes Haus, einem öden 50er-Jahre-Wohnriegel, der, nur ein paar Straßenecken von der schicken Friedrichstraße entfernt, seine depressive Aura verbreitet. Auf dem Klingelschild steht immer noch kein Name. Ich hätte Arne wirklich nie und nimmer mit diesem Micha zusammenziehen lassen dürfen, denke ich mir einmal mehr, während ich an die Tür gelehnt geschlagene drei

Minuten auf den Summer warte. Als es endlich so weit ist, falle ich mit meiner Sporttasche in den engen Eingangsflur, rapple mich wieder hoch und steige, wie jeden Freitag um diese Zeit, die drei Etagen hoch. Die Wohnungstür steht offen. Ich kämpfe mich durch einen Wust aus leeren Wasserflaschen und Pizzakartons zu Arne und Micha durch. Sie sitzen wie jeden Freitag – und wie jeden anderen Wochentag auch und, nicht zu vergessen, fast jede Nacht – vor ihren Bildschirmen und machen Dinge, die ich nicht verstehe.

Arne war früher in der Schule mein bester Freund. Bis er seinen ersten Computer bekam. Ab dann war der sein bester Freund. Und Leute wie dieser Micha.

»Mann, du hast wieder nicht gepackt, Arne.«

»Hm, was? Schon wieder Freitag?«

Er sieht nicht mal hoch. Ich gehe in sein Zimmer, krame seine Sportsachen zusammen und schmeiße sie in seinen Rucksack. Wir müssen schauen, dass wir loskommen. Arne sitzt immer noch neben Micha und tippt mit Lichtgeschwindigkeit auf seiner Tastatur herum.

»Komm jetzt!«

»Hm? Ja, gleich.«

Ich lege laut seufzend meinen Zeigefinger auf den Ausschalter der Steckerleiste, die alle Computer im Raum mit Strom versorgt.

»Zehn, neun, acht, sieben, sechs …«

Bei »zwei« steht Arne tonlos auf und geht mit mir mit. Er weiß, dass ich es getan hätte. Ich habe es einmal getan. Das hat gereicht.

Micha bleibt einfach sitzen und tippt weiter, als wäre nichts geschehen.

*

Als wir beim kleinen Sportplatz im Monbijoupark ankommen, sind Fatmir, Göktan, Piotr und die anderen schon da. Wir treffen uns hier seit Jahr und Tag jeden Freitag und wissen nichts voneinander als unsere Namen und dass Piotr einen verdammt harten Schuss hat. Das ist immer so bei Parkmannschaften. Wozu reden, wenn man einen Fußball hat?

Um die Teams festzulegen, brauchen wir gerade mal drei Sekunden, und schon geht es los. Leider ist Arne in der anderen Mannschaft. Das ist hart. Arne kann nämlich nur zwei Dinge: Geheimdienstserver hacken und Fußball spielen. Aber die kann er beide richtig gut. Ich muss rennen wie ein Windhund und sauge die um diese Zeit noch angenehm laue Sommerluft bis in die hintersten Winkel meiner Lunge ein.

»Besser decken, tausendmal gesagt!«, schreit Fatmir. Er hat recht, dieser Querpass hätte niemals ankommen dürfen. Aber Fatmir schreit immer »Besser decken, tausendmal gesagt!«, auch wenn er gefoult wurde oder wenn er den Ball haben will. Irgendwie ist das der einzige deutsche Satz, den er kann.

Wir spielen immer anderthalb Stunden ohne Pause. Ein Glück, dass es diesen Termin gibt. Ohne Fußball würde es mit Arnes Gesundheit rapide bergab gehen. Ich hätte ihn wirklich niemals mit Micha zusammenziehen lassen dürfen.

Mein Handy summt in meiner Hosentasche. Mist, ich muss Arne im Auge behalten. Nur mal kurz gucken … Caio? Der weiß doch, dass wir um diese Zeit spielen. Muss wirklich was Wichtiges … ha, denkste, Arne. Ich kenn dich doch. Immer wenn du die Zunge aus dem linken Mundwinkel streckst, willst du mich tunneln. So, der Ball gehört mir. Wohin damit? Schönen langen Pass in den Lauf von Göktan – und Tor! Jawoll.

»So gäht!«

»Brrravo!«

»Besser decken, tausendmal gesagt!«

Caio war früher in der gleichen Klasse wie ich. Ihn sehe ich etwas öfter als Arne. Das liegt vor allem daran, dass wir geschäftlich miteinander zu tun haben. Ich bin nämlich Schauspieler. Gut, meine Karriere ist noch ziemlich am Anfang. Eigentlich gab es bis jetzt nur zwei Stationen: Fünf Jahre Schülertheatergruppe Immanuel-Kant-Gymnasium, und seitdem vermittelt mir Caio, der nach dem Abi einen kleinen Künstlerdienst aufgebaut hat, gelegentlich Rollen in Werbespots und unbedeutenden Fernsehproduktionen, meist ohne Text. Er ist schon wirklich aufgeweckt, das muss man ihm lassen. Er findet sogar Engagements für Leute, die nicht mal »Alle meine Entchen« ohne Stottern vorsprechen könnten. Hauptsache, der Typ passt.

Kawumm!

Nein, Piotr darf man wirklich nicht frei zum Schuss kommen lassen. Der Zaun hinter dem netzlosen Tor hat eine Beule gekriegt.

Am Anfang waren Caios Jobs für mich nur Spaß, aber seit ich neulich drei Sätze in dem Kinderfilm »Ich glaub, ich spinne, der Lehrer macht blau!« sprechen durfte, habe ich Blut geleckt. Ich will das jetzt auf ganz andere Füße stellen. In gut einer Woche mache ich die Aufnahmeprüfung an der *Hochschule für Schauspielkunst Ernst Busch*. Ab dann geht es steil bergauf. Während des Studiums werde ich mich vielleicht noch ein wenig mit Caio-Engagements über Wasser halten, aber irgendwann werde ich das nicht mehr nötig haben. Dann werden wir uns natürlich auch seltener sehen, aber das ist okay.

So. Spiel vorbei. Unentschieden. Ein Glück, dass wir uns immer so früh treffen. Inzwischen ist es so heiß, dass man jetzt das Gerenne auf keinen Fall mehr anderthalb Stunden durchhalten würde.

»Tschüss.«

»Bies näxte Mall.«

»Besser decken, tausendmal gesagt!«

Wir gehen los. Ein paar Meter weiter sitzen Amelie und Julia, wie jeden Freitag um diese Zeit, auf ihrer Studier-Parkbank und lernen Tiermedizinkram. Besser mal nicht stören, denke ich mir, aber Amelie hat uns gesehen und winkt.

»Hallo! Na, kräftig gerannt?«

»Och, ja. Bisschen Sport halt.«

Sie lächelt und mein Magen macht komische Dinge. Ob Amelie überhaupt weiß, wie sie lächelt?

»Du, ich wollte dich schon die ganze Zeit was fragen.«

Sie sieht sich um, als ob sie Angst hat, ertappt zu werden. Ich weiß schon, was jetzt kommt.

»Glaubst du, Tobi will was von Miriam? Ich seh die jetzt immer zusammen.«

»Nein, glaub ich nicht. Die sammeln nur beide Manga-Comics.«

»Ach so, dann bin ich ja beruhigt.«

»Wieso? Miriam ist doch nett.«

»Die wär nichts für ihn.«

Während wir reden, sitzt Julia stumm daneben, guckt, wie ihre braungebrannten Füße im Gras herumspielen, und nestelt an dem Lederband herum, das sie um den linken Knöchel trägt. Nur hin und wieder sieht sie hoch und mustert Arne und mich mit halb belustigten, halb verächtlichen Blicken. Das hat aber weder was mit unserer sportbedingten Verdrecktheit noch mit Arnes lächerlich kurzen roten Shorts zu tun, sondern kommt einfach daher, dass wir Männer sind.

Man muss Julia verstehen. Ihre Mutter ist Professorin am Zentrum für Transdisziplinäre Geschlechterstudien an der Humboldt-Uni oder, mit anderen Worten, an der zentralen deutschen Feministinnen-Kaderschmiede. In dem Alter, in dem andere Mädchen *Hanni und Nanni* gelesen haben, verschlang Julia bereits alle Standardwerke über die Unterdrückung der Frau in der patriarchalischen Gesellschaft, und das ist harter Stoff. Wenn man sich da richtig reinfräst, kann man, egal ob Mann oder Frau, gar nicht anders, als in hilfloser Sauwut enden. Und dann ist die Frage, wohin damit? Wo ist der Feind, den ich packen kann? Das ist in anderen Fällen viel einfacher. Kommt einer mit Hakenkreuz daher, kann man sofort seine Fäuste in ihm versenken und dazu brüllen »Der hier ist für Auschwitz, der für den Zweiten Weltkrieg und der für euren unsäglichen Frisurengeschmack«. Damit macht man bestimmt nichts verkehrt. Aber was macht man, wenn man einem Mann begegnet? »Der hier ist für Zwangsheirat, der für Vergewaltigung, der für Ehrenmord und der für das systematische Fernhalten der Frauen von Bildung«? Muss man vorsichtig mit sein, denn nicht jeder Mann und so weiter.

Könnte ich mir mal eine wirklich anspruchsvolle Frauenrolle aussuchen, würde ich glatt Julia nehmen. Eine Frau, die für ihre Rechte kämpfen will, aber ausgerechnet in einer der, global betrachtet, völlig exotischen Umgebungen lebt, in denen sie und ihresgleichen aufgrund glücklicher kulturgeschichtlicher Fügungen nicht mehr so doll unterdrückt werden. Ein emotionaler Teufelskreis vom Feinsten.

Eigentlich komisch, dass jemand wie Julia ausgerechnet Tiermedizin studiert – und sich dabei dann auch noch mit jemandem wie Amelie anfreundet und sich von ihr dauernd in eine Männer-WG schleppen lässt. Aber so ist es eben.

Alles immer ein bisschen komplizierter, als man denkt, vor allem die Gefühle. Muss man immer im Großen und Ganzen betrachten.

»So, ich glaub, ich muss dann mal unter die Dusche, ne.«

»Sieht mir ganz so aus. Machts gut. Ich komm vielleicht nach dem Seminar noch bei euch vorbei.«

»Bis dann.«

Seufz. Amelie. Göttin in Brünett, gazellenartigste Tiermedizinstudentin, die je einen Berliner Hörsaal betreten hat, anmutige Tänzerin auf unseren abgetretenen Holzdielen, selbst wenn sie in Birkenstock-Hauslatschen herumschlappt, willige Entgegennehmerin aller Sorgen und Licht meines bisweilen düsteren Daseins unter Geschlechtsgenossen. Kaum zu glauben, dass ein Wesen wie sie viele Jahre die Freundin des dicken Anti-Märchenprinzen Tobi war. Eigentlich nur dadurch zu erklären, dass die beiden dieses klassische Sandkasten-Ding am Laufen hatten. Kannten sich schon immer, mochten sich als Kindergartenkinder, hassten sich in der Grundschule, vertrugen sich wieder, gingen zusammen zum HSV und so weiter. Und dann, eines Abends, beide gerade 16 geworden und Amelies Eltern gerade mal weg, Amelie empfängt Tobi mit einer liebevoll handgefertigten Lasagne bei Kerzenschein, Tobi spielt ihr am Wohnzimmerflügel ein selbstgeschriebenes Lied vor und peng.

»Peng« stammt übrigens nicht von mir. Tobi hat mir den Beginn ihrer Liebe wortwörtlich so geschildert. Ich vermute stark, dass darin schon etwas von dem steckt, was ihre Beziehung schließlich nach gut fünf Jahren endgültig zum Scheitern brachte. Ich kann mich noch erinnern. Die beiden hatten, sich ohnehin gerade in Krise Nr. 248 befindend, einen Volkshochschulkurs für Kreatives Schreiben gebucht. Was da genau passiert ist, weiß keiner genau, denn weder Tobi noch Amelie haben je irgendjemand was darüber erzählt. Auf jeden Fall haben sie sich gleich nach der ersten Stunde getrennt. Und zwar endgültig.

Aber nicht, dass Amelie danach weniger präsent bei uns gewesen wäre. Die ersten paar Wochen vielleicht. Aber irgendwie waren sie und Tobi wohl beide ganz glücklich, dass sie das überfällige Ende ganz unspektakulär und ohne die von beiden Seiten jeweils beim anderen befürchteten Selbstmordversuche, Amokläufe und Psychiatrieeinweisungen hingekriegt hatten. Und Amelie kam bald wieder zu uns wie eh und je, nur dass sie nun öfter Julia mitbrachte, sich abends immer verabschiedete und von Zeit zu Zeit heimlich mit Gonzo, Hendrik, Francesco und mir Vorschläge für neue Tobi-Freundinnen diskutierte. So ist sie halt.

Nun ja, und für mich, der Amelie schon seit dem ersten Blickkontakt irgendwie toll fand, hätte nun eigentlich schleunigst das große Glück beginnen sollen. Tat es aber nicht. Ich schwöre, ich weiß nicht, was sie für mich empfindet. Und fürchte, ich werde es auch nie herausfinden. Selbst wenn man uns frontal nackt aneinanderfesseln würde, würden wir nur schüchtern lächeln und weiter über das Projekt »Neue Freundin für Tobi« reden.

Woran es bei mir hapert, weiß ich genau. Da läuft so ein archaisches Beißhemmungs-Programm in meinem Hirn ab: *Du kannst doch nicht mit der Exfreundin deines Freundes ... – Wieso nicht? – Na hör mal, das ist doch einfach zu billig, und außerdem hast du keine Ahnung, ob du seine Gefühle verletzt. – Hmmm ... – Und du weißt sowieso nicht, ob sie überhaupt will. Willst du wirklich ein Riesendesaster für nix und wieder nix riskieren? – Ja, schon gut.*

Was bei Amelie ist – wie gesagt, keine Ahnung. Bei ihr werden alle Gefühle von ihrem grenzenlosen Fürsorgetrieb verdeckt. Willst du ein Date mit Amelie? Verstauch dir den Fuß, krieg Grippe, hab Depressionen – funktioniert alles. Willst du Amelies Herz? Frag jemand anderen.

Vielleicht sollte ich mal allen Mut zusammennehmen und mit Tobi reden? Aber nicht heute …

Während wir weitergehen, hole ich mein Handy raus und wähle.

»Hallo, Caio. Du weißt, was es bedeutet, einen Sportler zu stören?«

»Tschuldigung, aber ganz wichtige Frage: Könntest du dir vielleicht einen Fusselbart wachsen lassen?«

»Ihh! Wieso das denn?«

»Beim Fernsehen brauchen sie im Moment jede Menge junge Männer mit Fusselbart. Der Modetrend ist inzwischen bis ins letzte Dorf durchgesickert. So wie Piercing in den 90ern. Wenn du dir einen zulegst, würde das meine Arbeit immens erleichtern. Und ich hab hier eine brandaktuelle Anfrage …«

»Vergiss es.«

»Du könntest ihn wachsen lassen, wir machen ein paar Fotos für meine Mappe, und dann rasierst du ihn fürs Erste wieder ab?«

»Vielleicht denk ich mal drüber nach.«

»Und euer Nachfolger für Hendriks Zimmer ist Schweizer, hab ich gehört?«

»Ja.«

»Und hat er diesen typischen Akzent?«

»Kann man wohl sagen.«

»Würd ich ja auch gern mal kennenlernen. Leute mit Schweizer Akzent hab ich noch gar keine in meiner Kartei, und die werden oft ganz dringend gebraucht.«

»Jetzt lass ihn erst mal einziehen.«

»Wie heißt er denn?«

»Reto Zimmerli.«

»Zimmerli. Okay, hab schon mal eine Karte angelegt. Du, ich muss Schluss machen. Kundengespräch auf der anderen Leitung. Hendriks Auszugsparty ist morgen, oder?«

»Genau.«

»Also, bis dann.«

Trotz aller Hektik strahlt Caio immer eine beneidenswerte Ruhe aus. Weiß auch nicht, wie er das macht. Vielleicht angeboren. Sein Vater ist Baumzüchter.

Ich bin auch gespannt, was mit Reto zu reißen sein wird. Er ist so die Sorte Schweizer, der die Schweiz satt hat, weil zu sauber, zu konservativ, zu perfekt und so weiter. Sagte er zumindest im Vorstellungsgespräch. Wir waren erst mal misstrauisch. In einem Vorstellungsgespräch kann man ja viel behaupten, um seine potentiellen Mitbewohner zu beeindrucken. Dann hat er aber davon erzählt, dass man ihn in der Schweiz in Untersuchungshaft gesteckt hat, weil er die Gewinne aus seinem Marihuana-Handel versteuern wollte, und das fanden wir so überzeugend, dass er am Ende das Rennen gegen den Kunststudenten aus Braunschweig, den Schlagzeuger aus Friedrichshain und die Travestie-Lokalgröße aus Kreuzberg gemacht hat.

An der Ecke Tucholskystraße trenne ich mich von Arne.

»Du duschst erst noch, bevor du wieder an den Rechner gehst, versprochen?«

»Geht klar. Wollte ich eh schon seit Tagen mal machen.«

»Und vergiss nicht, morgen Abend ist Hendriks Abschiedsparty.«

»Wie viel Uhr?«

»So ab zehn. Ich muss los. Tschüss, Arne.

»Tschüss, Krach.«

Ja, man nennt mich *Krach*. Ein schöner Name eigentlich. Zeigt sofort, dass man mit bürgerlichen Werten und Lebensentwürfen nichts am Hut hat. Und der Bezug zu meinem Originalnamen Oliver Krachowitzer ist auch da. Trotzdem ist *Krach* einfach mal die Silbe, die am wenigsten mit meinem Leben zu tun hat. Ich höre weder Punk noch Techno, ich hasse es, wenn Kinder im Hausflur schreien, ich hasse es, wenn aus dem vierten Stock geworfene Klaviere im Hof zerschellen und, um auf unsere Wohnsituation zurückzukommen, ich hasse alle Kreissägen, Schlagbohrer und Presslufthämmer. Alle anderen Silben meines Namens würden besser zu mir passen. O, Li, Ver, meinetwegen sogar Witz. Aber Namen sucht man sich halt nicht selber aus.

Ich sehe zu, dass ich nach Hause unter den Wasserstrahl komme. Ich hab nämlich noch was zu erledigen vor dem Mittagessen.

WELLNESS

Ich kenne Leute, die wirklich ausgefallene Geburtstags-
termine haben. 14. Februar, 1. Mai, 24. Dezember. Richtig
doof hat es meinen ehemaligen Klassensprecher erwischt.
Der hat ausgerechnet am gleichen Tag Geburtstag wie
Mussolini. Und das als hoffnungsvoller Grünen-Nach-
wuchspolitiker. Er hat sich erkundigt. Sein Geburtsdatum
kann man nicht ändern lassen. Nicht mal durch Eingabe
beim Petitionsausschuss des Bundestags.

Da habe ich es mit meinem Geburtsdatum weitaus besser, aber etwas speziell ist es doch. Ich habe nämlich am
gleichen Tag Geburtstag wie mein Vater. Das heißt, ich
muss meinen Geburtstag jedes Jahr mit ihm teilen. Das hat
natürlich auch seine guten Seiten. Immerhin bin ich Einzel-
kind, und da ist jede Gelegenheit zum Teilenlernen gut,
sagt man. Und ich finde es irgendwie auch schön, schließlich sieht man sich ja nicht mehr so oft, weil meine Eltern
weit draußen in Lichterfelde wohnen. Aber der Termin bedeutet für mich jedes Jahr mehr Stress, denn je älter ich
werde, umso mehr wird von mir erwartet, dass ich etwas
dazu beitrage, dass es nett wird. Vor allem Ideen.

Dabei ist es schon schwierig genug, ein Geschenk für
meinen Vater zu finden. Na ja, ihm geht es wahrscheinlich
genauso, denke ich mir und schlurfe weiter. Natürlich gibt
es jede Menge tolle Läden in Berlin-Mitte, einer verrückter
als der andere, und jeder für sich was ganz Besonderes.
Aber ein Geschenk für einen in Ehren ergrauten techni-

schen Hauptsachbearbeiter bei den Berliner Verkehrsbetrieben und ehemaligen passionierten Amateur-Rugbyspieler zu finden, ist doch eine sehr spezielle Herausforderung.

Vielleicht einen aufblasbaren Fernsehturm? Oder ein altes Wählscheibentelefon? Eine Armbanduhr mit Laufschrift? Ein Hellboy-Heft? Ein ramponierter, aber echter Charles-Eames-Stuhl? Ein Paar Adidas Gazelle Retro-Sneaker, Sonderedition rot mit gelben Streifen? Nein, alles nichts. Viel zu schnuckelig, viel zu zerbrechlich. Zum Glück habe ich noch etwas Zeit. Heute ist Freitag, und der Geburtstag ist erst am Sonntag in einer Woche.

Mein Vater, der alte Rugbyfuchs, hatte schon ganz früh, ich glaube, ich konnte gerade mal laufen, die Regel eingeführt, dass jeder von uns dem anderen jederzeit etwas zuwerfen darf, und sei es noch so schwer und noch so unerwartet. Einzige Regel: Man musste dazu »Da kommt was!« rufen. Das war meine Rugby-Früherziehung. Am Anfang ging es mir auf die Nerven, dass mir dauernd Bälle und Stofftiere um die Ohren flogen. Später war ich dafür dann aber der Einzige in meiner Klasse, der seinem Vater seine Schultasche an den Kopf werfen durfte. Und, ehrlich, ich durfte werfen, so fest ich konnte, ich durfte mich heimtückisch von hinten anschleichen, und ich durfte sogar erst im letzten Moment »Da kommt was!« rufen – er hat sie immer gefangen und dabei auch noch gelacht. Ich wurde im Lauf der Zeit auch ganz gut. Am Ende habe ich mich dann aber doch für Fußball entschieden und eine Weile die Jugendspieler-Laufbahn durchgezogen, bis ich schließlich zusammen mit dem kompletten Mittelfeld der FC Lichterfelde B-Jugend radikal auf Alkohol, Drogen und Partys umgesattelt habe. Na ja.

Jedenfalls, einem Mann, dem man sein halbes Leben lang prall gefüllte Schultaschen an den Kopf geworfen hat, dem schenkt man keine aufblasbaren Fernsehtürme und keine Adidas Gazelle Sneaker. Nein, irgendwie wird das so nichts. Wenn ich nicht wenigstens bei Wonderwarez-Trödel dieses spottbillige, fast komplette WM-1982-Klebealbum für mich entdeckt hätte, wäre meine Laune jetzt tief im Keller.

Etwas zum Thema »Da kommt was!« wäre ideal. Ha, vielleicht … ja, einen Versuch ist es wert. Ich drehe um und schlüpfe in den Buchladen, an dem ich gerade vorbeigelaufen bin.

»Kann ich Ihnen helfen?«

»Gibt es zufällig ein Buch, das *Da kommt was!* heißt?«

»Nicht dass ich wüsste, aber ich schau mal im Computer … Ah ja, hier: *Da kommt was* von Susanna Brinkelbaum, Liebesroman, Rosa Rose Verlag, 2004. Könnte ich bis morgen bestellen.«

»Hm, was anderes mit dem Titel gibts nicht?«

»Ich sehe hier nichts. Kennen Sie vielleicht den Autor?«

»Nein. Egal. Ich schau mich noch ein bisschen um.«

Nachdem ich die Sportbücher inspiziert habe, bleibe ich am Reclam-Regal hängen und studiere die Buchrücken. Weia. Ich habe mich immer noch nicht entschieden, welchen Text ich Montag in einer Woche bei der Schauspielschulen-Aufnahmeprüfung vorsprechen will. Da muss ich jetzt wirklich mal aus dem Quark kommen.

Was haben wir hier? Einen Klassiker? Oder lieber irgendwas Exotisches? Vielleicht was aus *Wilhelm Tell* … Obwohl, nein, da rutscht man zu leicht ins Theatralische ab … *Faust*? … Hatte ich schon. Zu viele Klischees … *Woyzeck*? … Ich dreh mich schon wieder im Kreis. Mannomann, die anderen wissen bestimmt schon seit Jahren, was sie vorsprechen wollen. Während ich hier noch grüble, sind die bereits völlig mit ihren Rollen verwachsen. Die erledigen wahrscheinlich schon ihre komplette zwischenmenschliche Kommunikation nur noch mit Goethe-Zitaten …

Oh, ich muss los! Tobi und Gonzo warten.

*

Die Sonne brennt jetzt herunter, als ob sie testen will, was Berlin eigentlich aushält. Oder will sie uns für das, was wir vorhaben, bestrafen? Ich kauere mit Tobi und Gonzo in einem schattigen Hauseingang in der Reinhardtstraße und wir schminken uns gegenseitig die Gesichter grün. Wir tun es für Geld.

Die Theaterkantine des Berliner Ensembles liegt gleich bei uns um die Ecke, und immer wenn wir den Einheitsfraß aus den diversen Mensen nicht mehr sehen können, gehen wir hierhin zum Essen. Wie in jeder Kantine gibt es günstige Mitarbeiterpreise. Aber nur, wenn man einer von den Schauspielern oder dem anderen Theatergesocks ist. Das heißt, entweder man hat einen Hausausweis, oder man ist dermaßen kostümiert und geschminkt, dass keiner groß nachfragt. Sonst zahlt man zwei Euro mehr. Wenn man das auf Tobi, Gonzo, Francesco, Hendrik und mich hochrechnet, kommen da jedes Mal zehn Euro zusammen, und aufs Jahr betrachtet läppert sich das. Als Gonzo deswegen eines Tages die bescheuerte Idee hatte, dass wir uns einfach auch verkleiden und schminken, fanden wir das erst mal prima. Am Anfang waren wir auch wirklich sehr kreativ. Vor allem Francesco hat sich immer wieder mit verwegenen Hüten, Umhängen und Glitzer-Accessoires hervorgetan. Aber inzwischen ist irgendwie der Schwung raus. Francesco und Hendrik kommen nur noch selten mit, weil sie keine Zeit mehr haben, und Tobi, Gonzo und mir fällt schon seit zwei

Wochen nichts anderes mehr ein als grün angemalte Gesichter. Wenn wir so weitermachen, fliegen wir bestimmt bald auf. Eigentlich müsste sich die Kassendame schon längst mal gefragt haben, in welcher Berliner-Ensemble-Produktion denn bitte schön immer drei Knalltüten mit grün geschminkten Gesichtern auftreten.

Nach fünf Minuten konzentrierter Malarbeit sind wir bereit für den Auftritt. Gonzo steckt die Schminke ein und wir ziehen los. Auf dem Weg dreht sich kaum einer nach uns um. Leute, die in Berlin-Mitte rumlaufen, sind entweder zu beschäftigt oder haben eh schon alles erlebt oder sehen selbst noch bescheuerter aus als wir. Oft sogar alles auf einmal.

»Nächstes Mal müssen wir aber wirklich was anderes machen.«

»Ich weiß schon: dunkelblau und taubengrüne Augenbrauen als farblichen Akzent.«

»Nein, Gonzo, ich meine, richtig was anderes.«

»Lauft mal schneller. Ich hab Hunger.«

Wir huschen über den Berliner-Ensemble-Hof und trappeln die Treppe zur Kantine runter. Dabei versuchen wir, möglichst so auszusehen, als ob wir von harter Probenarbeit gezeichnet sind. Tobi bleibt natürlich wieder minutenlang vor der Menütafel stehen, rückt sich die Brille zurecht und streicht sich über seinen stattlichen Bauch.

»Hm, Putenbrust. Gabs gestern schon in der Mensa.«

»Pssst! Nicht von der Mensa sprechen. Wir sind Schauspieler.«

»Du kannst doch heute noch mal das Gleiche essen.«

»Ich bin aber gestern davon nicht satt geworden. Der Schock sitzt noch tief.«

»Dann nimm zwei Portionen.«

Wir schnappen uns die Tabletts und reihen uns ein. Das

Touristengrüppchen in der Schlange lässt uns ehrfürchtig nach vorne und tuschelt aufgeregt herum, weil es uns tatsächlich für echte Berliner-Ensemble-Schauspieler hält. Nur wegen bisschen grün im Gesicht.

Das Bezahlen klappt zum Glück wieder reibungslos. Wir setzen uns in unsere Stammecke hinten rechts und gabeln los.

»Sagt mal, habt ihr vielleicht eine Idee, was ich meinem Vater zum Geburtstag schenken könnte?«

»Das kann doch nicht so schwer sein.«

»Genau. Er ist doch keine Frau. Der liest nicht zwanghaft überall geheime Signale heraus.«

»Der freut sich doch bestimmt einfach über einen guten Cognac.«

»Und zwar ohne lang zu grübeln, ob du ihm damit sagen willst, dass er eine Saufnase ist.«

»Mjam.«

»Na ja, das Geschenk sollte aber irgendwie auch was mit mir zu tun haben.«

»Lad ihn doch einfach in ein gutes Restaurant ein.«

»Ach weißt du, mein Vater ist irgendwie nicht so der Typ für gute Restaurants. Der kommt mit den Kellnern nicht klar.«

»Schade … Mmh, wirklich ein Freudenfest für den Gaumen heute.«

Manchmal könnte man glatt vergessen, dass Tobi über seine gewaltigen Verdauungskapazitäten hinaus auch noch andere Qualitäten hat. Zum Beispiel den Spontanhumor eines jüdischen New Yorker Stand-Up-Comedians und den Spieltrieb eines hyperaktiven Achtjährigen. Und dass er nicht nur beim Essen, sondern auch beim Comics Sammeln und beim Computerspielen und, ja, eigentlich bei allem, was er so macht, zum Suchtverhalten neigt. Ach ja, und nicht zu vergessen, dass er Pharmazie studiert, was der Sache mit dem Suchtverhalten natürlich eine etwas bedrohliche Note gibt.

»Sag mal, da in deiner Tüte, das ist doch nicht etwa ein 82er-WM-Album?«

»Doch, hab ich gerade bei Wonderwarez gekauft.«

»Wie niedlich. Schau mal, das Cover. Grün-blauer Farbverlauf und gelb als Akzentfarbe. Das war damals absolut Avantgarde.«

Gonzo krault sich den Kinnbart und blättert.

»Hm, Hrubesch fehlt.«

»Was? Deswegen war es also so billig.«

»Der hat dich betrogen.«

»Na komm, Rossi ist drin, Zico, Platini …«

»Vielleicht finden wir einen Hrubesch bei eBay.«

»Gibts doch nicht, schon wieder leer der Teller.«

Tatsächlich, Tobi ist fertig. Obwohl er zwei Portionen, Extra-Beilage und zwei Nachtische hatte.

»Haut mal rein. Ich hab gleich mein Anorganische-Chemie-Seminar.«

»Puh, ich schlafe schon ein, wenn ich das Wort höre.«

»Wenn du nicht so einen erzkonservativen Drogengeschmack hättest, würdest du das jetzt nicht sagen.«

Gonzo und ich essen auf, und wir gehen. Die Touristengruppe starrt uns hinterher und tuschelt was von Brecht. Ich kann mir beim besten Willen nicht vorstellen, dass der Stücke geschrieben hat, in denen junge Männer mit grünen Gesichtern vorkommen, aber wer weiß.

»Bis heute Abend dann.«

»Und viel Spaß beim Drogen designen.«

»Na ja, ich bin noch ganz am Anfang.«

*

Ich verkrieche mich ins nächste Gebüsch und fange an, mir mit einem Papiertaschentuch die Schminke vom Gesicht zu wischen. Das dauert jedes Mal. Und meinen Taschenspiegel habe ich heute auch noch vergessen. Mist. Keine Ahnung, ob man noch was Grünes sieht. Muss ich gleich noch mal in einem Auto-Außenspiegel nachkontrollieren, bevor ich meinen Job antrete.

Manchmal denke ich, dass ich Tobi und Gonzo viel zu oft sehe und mich die ganze Abhängerei mit ihnen vielleicht nicht so richtig weiterbringt. Aber Tobis Witze und Gonzos bescheuerte Ideen ergeben für mich zusammen so etwas, das ich wahrscheinlich Wellness nennen würde, wenn der Name nicht schon für den ganzen Avocado-Honigmilchbad-Wüstensandpeeling-Aromadampfsauna-Schnickschnack vergeben wäre. Abgesehen davon, dass wir drei kaum Geld haben und gerade solo sind, könnte es von mir aus immer so weitergehen.

Und für gelegentliche Einflüsse von außen sowie Hilfe in Notlagen haben wir Francesco und Hendrik. Das heißt, nein, ab morgen nicht mehr Hendrik, sondern Reto. Aber der kann bestimmt auch was. Schweizer können immer was.

Als ich die Treppe zur U-Bahn runtergehe, höre ich eine vertraute Stimme.

»Haste maln Euro oder fünfzig Cent … ach, du bists, Krach.«

Punk-Erwin. Auf seinem Stammplatz. Einer von den vielen Freunden, die man einfach schon immer kennt, aber ums Verrecken nicht mehr weiß, woher eigentlich.

»Also Erwin, erstens finde ich, du solltest die Leute, die du anschnorrst, vorher angucken, und zweitens, schau mal auf die Uhr, deine Mama wartet schon längst mit dem Essen auf dich.«

»Was? Scheiße! Das gibt Ärger.«

»Warum stellst du dir nicht den Wecker an deinem Handy?«

»Du, ich hab letzte Woche ein iPhone gekriegt, und damit komm ich überhaupt nicht klar.«

»Dann kauf dir ne Armbanduhr.«

»Zu spießig. Tschüss … Ach, morgen ist bei euch Hendriks Abschiedsparty, oder?«

»Ja.«

Wie sich das immer herumspricht.

KUNSTKISTE

Zurzeit verdiene ich mein Geld als Museums-Aufpasser im Martin-Gropius-Bau. Klingt ein bisschen erbärmlich, aber man muss das positiv sehen. Wenn man später berühmt ist, kriegt man mit solchen Geschichten immer tolle Lacher in den Talkshows.

Und ein Bein ausreißen muss ich mir dabei auch nicht gerade. Dass Besucher des Martin-Gropius-Baus Kunstwerke anfassen oder rumbrüllen, kommt so gut wie nie vor. Im Prinzip verbringe ich also vier Tage in der Woche jeweils vier Stunden damit, in einer Ausstellungsraum-Ecke zu sitzen und zu versuchen, gar nicht da zu sein.

Der schlimmste Feind ist da eigentlich nur die Eintönigkeit, aber auch die macht mir nicht so viel aus. Ich beobachte einfach die Leute und versuche dadurch, meine Schauspieler-Fähigkeiten zu verfeinern. Allein schon an der Art, wie sie die Bilder betrachten, kann ich erkennen, wo sie herkommen, warum sie hier sind und mit welchen Charaktereigenschaften sie ihrer Umwelt Tag für Tag auf den Sack gehen. Und ich könnte sofort von meinem Stuhl aufstehen und ihre Rollen spielen.

Auch heute wieder. Kaum bin ich aus der U-Bahn raus, in den Martin-Gropius-Bau rein und habe mein Aufpasserjackett übergestreift, sehe ich auch schon den ersten Klassiker: Mann, der Ausstellungen hasst und nur seiner Frau zuliebe mitgegangen ist. Typische leicht ergeben gebückte Haltung. Weit geöffnete Augen suggerieren Aufmerksamkeit, aber wenn man in sie hineinguckt, sieht man nichts als schreckliche, tiefschwarze, gähnende Leere. Alle anderen Körperteile legen ebenfalls Zeugnis über den inneren Zustand des Mannes ab, jedes auf seine Art. Ich kann fast sehen, wie ihm die Worte seiner Frau durch das eine Ohr hinein- und durch das andere wieder herausschweben. Für mich sind alle Feinheiten wichtig. Ein guter Schauspieler spielt immer mit dem ganzen Körper.

Leider habe ich diese Rolle schon viel zu oft gesehen, um dem Mann noch etwas Neues abzugewinnen. Selbst wenn man mich um vier Uhr nachts mit einem Schwall kaltem Wasser aus dem Bett spülen würde, könnte ich den Mann, der Ausstellungen hasst, sofort spielen. Auch andere Charaktere habe ich bis zum Exzess studiert und geübt: den jungen Mann, der seine Freundin mit seiner Kunstbildung beeindrucken will, den jungen Mann, der wirklich was von Kunst versteht und sich einsilbig gibt, weil er nicht wie ein junger Mann wirken will, der seine Freundin mit seiner Kunstbildung beeindrucken will, den alten Mann, der was von Kunst versteht und keinen hat, dem er seine Gedanken mitteilen kann, oder auch den Reisegruppentourist, der sein Berlin-Programm abreißt und angesichts der altehrwürdigen Martin-Gropius-Bau-Räume verzweifelt versucht, ein Mindestmaß an Haltung einzunehmen – alles tausendmal gesehen. Die Tage, die mir etwas Neues bieten, werden leider immer seltener. Ich hole mal wieder meinen Zeichenblock raus und versuche aus Langeweile hier und da einen Charakter zu malen, aber da kommt selten was Vernünftiges bei raus. Bin halt durch und durch Schauspieler.

Schade übrigens, dass ich mich heute nicht selber beobachten kann. Junger Mann, der morgens erst nach Gonzo und Tobi aufs Klo durfte, anschließend anderthalb Stunden seinen schlitzohrigen Freund Arne in Manndeckung genommen hat und dabei zehn Kilometer gerannt ist, dann noch während seines Mittagessens einen Berliner-Ensemble-Schauspieler mimen musste und am Ende trotzdem tapfer seinen Job angetreten hat – das wäre wirklich mal was anderes.

Meinen Zeichenblock verstecke ich zu Hause immer unter meiner Matratze. Sonst findet ihn eines Tages noch unser Radikalästhet und Designpolizist Gonzo und hält mir einen langen Vortrag, warum sich ihm beim Anblick meiner Krakeleien jedes Kinnbarthaar einzeln sträubt. Keine Frage, er selbst hat wirklich Zeichentalent. Er hätte es schon längst verdient, dass er sich nicht mehr von einem schlecht bezahlten Werbegrafikerpraktikum zum nächsten hangeln muss. Und er hätte natürlich auch einen anderen amtlichen Namen als »Karl-Heinz Gonzalez-Viehbauer« verdient.

Was Letzteres betrifft, konnten wir, im Gegensatz zu seinem Jobproblem, Abhilfe schaffen. Wobei,»Gonzo« passt auch nicht hundert Prozent, muss man sagen. Gonzo hat nämlich von der spanischen Linie seiner Vorfahren etwas geerbt, das das hinfällige, langhakennasige Wesen aus der Muppetshow, an das jeder zuerst denkt, wenn er »Gonzo« hört, nicht mal buchstabieren kann: Jähzorn. Wenn unser Gonzo was in den falschen Hals bekommt, wird er zu etwas wie der Hulk, das HB-Männchen, Käpt'n Haddock, Rumpelstilzchen und Oliver Kahn in einer Person. Hinterher tut ihm zwar immer alles schrecklich leid, aber als er neulich dem Mercedesfahrer, der ihm die Vorfahrt genommen hatte, die Krawatte abgebissen hat, konnten wir einmal mehr nur froh sein, dass Francesco Rechtsanwalt ist.

Der ist übrigens auch so eine Marke für sich. Professionell und hochseriös während der Arbeit, aber sobald er aus seiner Kanzlei rauskommt, verwandelt er sich in eine Klischee-Tunte, dass sich die Balken biegen. Ich staune stets aufs Neue, wie er dann selbst bei den abseitigsten Gesprächsthemen immer wieder sofort einen sexuellen Bezug findet. Besonders lustig war es, als wir neulich Autofrickler zu Besuch hatten, die sich über Dinge wie Zylinderkopfdichtungen und obenliegende Nockenwellen unterhielten.

Leider wohnt Francesco schon seit Jahren eigentlich bei seinem Freund Stefan und benutzt sein WG-Zimmer nur noch gelegentlich. Ob aus alter Verbundenheit, Nostalgie oder als exzentrisches Hobby – keiner weiß es genau …

»Äh, Oliver.«

Da kommt Dr. Grobe, mein Chef.

»Oliver, sagen Sie, könnten Sie ausnahmsweise heute die letzte Stunde ein bisschen im Lager aushelfen? Es ist wie verhext. Alle sind krank. Ich weiß schon, das ist eigentlich eine Zumutung …«

»Kein Problem, Herr Dr. Grobe.«

»Oh, großartig. Es ist auch wirklich nur eine Ausnahme. Versprochen. Wiedersehen … Ach, äh, und Sie haben da grüne Farbe hinter dem rechten Ohr.«

Schon lustig. Dr. Grobe denkt tatsächlich, dass er mir mit Lagerarbeit was Schlimmes antut. Dabei bedeutet eine Stunde schwere Sachen rumschleppen für mich, der ich hier schon seit Stunden nichts anderes mache, als sich den Po wundzusitzen, mehr Wonne als Whirlpool, Ganzkörpermassage und Drei-Sterne-Restaurant zusammen. Vielleicht hat dieser Tag ja doch noch Steigerungspotential …

Francescos Name passt übrigens auch nicht so richtig zu ihm. Klingt irgendwie nach schwarzen Locken, dunklem Teint, feinem Gesicht und italienischem Akzent. Die Wahrheit ist aber: polierte Glatze, hellblonder Haarkranz, kräftige Statur, hanseatischer Dialekt und einfach nur Ossi-Eltern, die wenigstens im Namen ihres Sohnes einen Hauch von Mittelmeer erhaschen wollten. Nicht einmal der ausgesprochen seltsame Kontrast zu seinem Nachnamen »Krawanke« konnte sie davon abhalten.

Insgesamt ist meine WG schon ein ziemlich merkwürdiger Haufen. Objektiv betrachtet passen wir überhaupt nicht zusammen. Nehmen wir nur mal unsere Computer: Gonzo schwört als Grafiker auf Mac, Tobi dagegen auf PC, weil da mehr Spiele laufen, und ich sitze zwischen allen Stühlen und bin froh, wenn meine alte Windows-Pleistozän-Schleuder überhaupt läuft. Immer wenn sie das nicht tut, hüpft Gonzo im Kreis um mich herum und stößt Triumphschreie aus. Stürzt dagegen Gonzos Mac ab, rennt Tobi den Flur rauf und runter und brüllt »Ha, ihr seid auch nicht besser! Ha, ihr seid auch nicht besser!« Das alles wäre nur halb so schlimm, wenn wir nicht unser beschissenes gemeinsames Netzwerk mit gemeinsamem Internetanschluss und gemeinsamem Drucker hätten und nicht jedes Mal, wenn was nicht funktioniert, ein schrecklicher Krieg zwischen Tobi und Gonzo ausbräche, ob die PCs oder der Mac dran schuld sind. Francesco vermeidet es grundsätzlich, seinen Laptop in unsere WG mitzubringen. Und wenn es doch mal sein muss, hüllt er ihn in Stanniolpapier ein, damit er unter keinen Umständen Tuchfühlung mit unserem Netzwerk bekommt, weil er darin alle Viren der Welt in dreifacher Ausführung und noch dazu den Teufel persönlich vermutet.

In punkto Fußball sind wir ebenfalls ein komplettes Desaster. Bei Tobi erscheinen rote Herzen in den Augen, wenn er vom HSV spricht, und glühende Messer, wenn er von Bremen hört. Bei Gonzo ist es genau umgekehrt. Ich halte es mit Hertha, was wiederum glühende Messer bei Tobi *und* Gonzo hervorruft. Der Einzige, der noch mehr Hass auf sich zieht, ist Francesco, der Fußball nicht ausstehen kann. Als kleiner Lichtblick ist jetzt wenigstens Hendrik mit seinem ewigen Hansa Rostock weg. Trotzdem, mit der Energie, die wir pro Saison verbrauchen, um uns gegenseitig in Fußballangelegenheiten zu dissen, könnte man ohne weiteres ein Jahr lang das ganze Haus heizen.

Schon fast erstaunlich, dass es wenigstens ein Fußballthema gibt, bei dem wir uns alle einig sind: Filippo Inzaghi. Ja, dieser schon etwas betagte Stürmer vom AC Mailand. Sehr beeindruckende Karriere: Italienischer Meister, Champions-League-Sieger, über fünfzig Länderspiele, sensationelle Torquote und so weiter. Sein mit Abstand bester Wert ist aber die Anzahl seiner herausgeschundenen Freistöße und Elfmeter. Klar, irgendwie ist an fast jedem italienischen Fußballer ein guter Volksschauspieler verlorengegangen, aber Inzaghi ist in dieser Disziplin unangefochten der Größte. Und immer wenn er von einem nicht vorhandenen Fuß getreten durch den Strafraum segelt, sich anschließend von virtuellen Schmerzen gepeinigt auf dem Rasen hin- und herwirft und wir kollektiv vor dem Fernseher in unserer Küche abkotzen, dann sind wir wie ein Mann, Tobi, Gonzo, Hendrik, ich – und sogar Francesco, der findet, dass Inzaghis breite Mundpartie die Proportionen seines gesamten Gesichts zerstören.

Unsere kollektive Inzaghi-Aversion tritt sogar physisch in Erscheinung: In unserem Flur steht ein Inzaghi-Hass-Altar. Gut, eigentlich ist es nur eine rührend spießige Spiegelkommode aus der Jugendzeit unserer Urgroßeltern. Keiner weiß, wo sie herkommt. Sie steht vermutlich schon seit der Kaiserzeit an diesem Platz, und keiner würde je wagen, sie auch nur um einen Zentimeter zu verschieben, weil das sicher Unglück bringt. Die Verwandlung zum Inzaghi-Hass-Altar begann, als Gonzo vor zwei Jahren ein Bild von ihm, wie er in herrlich theatralischer Pose auf dem Rasen kauert, mit der einen Hand anklagend auf sein angeblich verletztes Bein weisend, mit der anderen den Schiedsrichter anflehend, aus einer italienischen Zeitung ausgeschnitten und an den Spiegel geklebt hat. Der Rest war ein Selbstläufer. Wir sammelten ab diesem Tag manisch alle jammernden, pseudoverletzten Inzaghis, die wir nur kriegen konnten, und klebten sie an die Kommode, und irgendwann begann Tobi, die Lücken zwischen den Inzaghis mit Bildern von Krankenschwestern zu füllen, die sich um ihn kümmern sollten …

»Oliver, kommst du? Herr Dr. Grobe hat gesagt, du hilfst mit im Lager.«

»Oh, schon so weit? Ich komme.«

*

Raaatsch!

Doch, ich bleibe dabei, Lagerarbeit ist großartig, wenn man vorher stundenlang nur herumgesessen hat. Da spürt man wieder seinen Körper und so weiter. Trotzdem, Lagerarbeit in einem Museum hat auch Nachteile. Die Transportkisten für Kunstwerke sind ein einziger Alptraum. Ihnen liegt ein zutiefst unharmonisches Designprinzip zugrunde. Es geht nur um das Innen. Klar, den niedlichen kleinen Kunstwerken darf um Himmels willen nichts passieren. Da wird gesichert, luftgepolstert und vakuumverpackt, dass die Schwarte kracht. Das Außen wird dagegen völlig vernachlässigt. Dass die Hanseln, die die Kisten tragen müssen, vielleicht Griffe gebrauchen könnten, oder dass es, wenn es schon keine Griffe gibt, gut wäre, wenn die Kisten nicht aus derart rauem Holz gebaut würden, dass die Splitter sogar noch durch Bauhandschuhe durchpiksen, daran denkt keiner. Bisweilen werden nicht einmal Selbstverständlichkeiten beachtet. Zum Beispiel, dass keine spitzen Schrauben aus dem Holz herausragen sollten, weil sich die

Trage-Hanseln daran sowohl Kleidungsstücke als auch Körperteile aufschlitzen könnten.

Gut, in meinem Fall war es gerade zum Glück nur ein Kleidungsstück. Andererseits, was heißt hier »nur«? Es war *meine Hose*. Ein Kleidungsstück, das einem Körperteil gleichkommt. Frauen verstehen das nicht, aber jeder Mann hat *seine Hose*. Die einzige, die wirklich sitzt, die einzige, in der er sich wirklich wohl fühlt. *Die Hose* trägt er jeden Tag, und wenn sie mal gewaschen werden muss, dann bleibt er oft so lange zu Hause, bis sie wieder trocken ist. Und wenn schließlich der Tag gekommen ist, an dem selbst er nicht mehr übersehen kann, dass *seine Hose* nur noch lose von ein paar Fäden zusammengehalten wird, dann beginnt eine lange, peinvolle, meist von zahlreichen Fehlschlägen geprägte Suche nach der neuen *Hose*.

Meine *Hose* war aber noch weit davon entfernt. Wir hätten noch viele Abenteuer gemeinsam bestehen können, hätte ihr nicht soeben diese dämliche, völlig unprofessionell geschraubte Kunstkistenschraube den Garaus gemacht. Ich muss mich erst mal setzen. Der Tag ist gelaufen.

Mädchen im Getriebe

Der Tag ist doch nicht gelaufen. Das merke ich sofort, als ich nach der Arbeit in unsere Küche komme. Natürlich hängt wieder die übliche Versammlung aus Freunden, Freunden der Freunde und Freunden der Freunde der Freunde herum, die alle diesen Raum als dauergeöffnete Kneipe betrachten, und manchmal fragen wir uns schon, ob das mit der Zapfanlage ein Segen oder ein Fluch ist. Aber zwischen den ganzen feisten Sackgesichtern strahlt Amelie heraus, und Francesco, der seit unserer finalen Wer-wird-der-neue-Mitbewohner-Entscheidungssitzung verschollen war, fläzt sich endlich wieder auf seinem kunstvoll geflochtenen Rattansessel à la Emmanuelle 1 bis 4. Aber klar, heute ist ja unsere WG-Bandprobe. Da ist er zuverlässig zur Stelle. Weiß genau, dass keine andere Band der Welt ihn nehmen würde.

Ihm gegenüber sitzt Gonzo in seiner Ecke und belehrt die Umstehenden, wie man das Logo für die WM 2006 viel besser hätte designen können, während Tobi voll und ganz darin versunken ist, Toastbrote in sich reinzustopfen. Hoch über allem hängt der friedlich vor sich hin ballernde Rambo. Das ist mehr als genug, um sich zu Hause zu fühlen.

Während ich mich, innerlich lächelnd, Richtung Tisch vordrängle, nehme ich zufrieden wahr, wie Vollbart-Lukas sofort, als er mich sieht, mit einer entschuldigenden Geste von meinem Stammplatz aufspringt. Wenigstens die Grundregeln des Anstands gelten hier noch. Bevor ich mich setze, haue ich im Vorbeigehen Francesco so fest ich kann auf die Schulter. Alte Tradition. Ein Mann von seinem Körperbau steckt das locker weg. Außerdem piepst er dann immer so niedlich »Fester, fester!«.

»SAMMA HAST DU SIE NOCH ALLE?!!!«

Okay, es ist nicht Francesco. Es ist Julia.

Ein bisschen ist sie ja selbst schuld. Jeder, der sich hier nur halbwegs auskennt, weiß, dass die Harmonie des Raums gestört ist, wenn die Stammplätze falsch besetzt sind. Deswegen haben wir eine Unmenge Klappstühle in der Ecke. Aber Julia ist nun mal ein rebellischer Geist. Vor allem, wenn es um Männer-Regeln geht.

Und irgendwie bin ich natürlich auch schuld, weil Julias wilde blonde Lockenmähne mit Francescos Glatze zu verwechseln, das geht eigentlich gar nicht. Ich bin wohl immer noch ein wenig mitgenommen von dem Hosen-Massaker vorhin.

»I ... ich dachte, du wärst Francesco.«

»Aha.«

Und während Julia »Aha« sagt, schreit ihr Blick »Männer!«. Es gibt niemanden auf der Welt, der so laut »Männer!« schreien könnte, wie Julia es einfach nur mit einem Blick kann. Ich setze mich zerknirscht hin und lasse mir ein Bier geben.

»Zu bunt ist bei Logos immer ein Fehler. Die hätten einfach einen harten Hell-Dunkel-Kontrast mit einer leuchtenden Akzentfarbe kombinieren sollen.«

»Mjam. Kann mal einer die nächste Toast-Packung aus dem Tiefkühlfach holen?«

»Tannengrün zum Beispiel.«

»Was ist da eigentlich für ein Auflauf im Hof?«

»Sieht so aus, als ob wieder jemand auszieht.«

»Tja, ne, der Wohlgemuth.«

»Der macht jetzt wirklich ernst.«

»Das ist jetzt aber wirklich die letzte Packung, Tobi.«

»Beunruhigend.«

»Und die Form. Viel zu kompliziert. Einfach ein paar klare Linien hätten gereicht. So zum Beispiel.«

»Oh nein!

»Was ist?«

»Das sind die Bellermanns, die da ausziehen!«

Tatsächlich, die Bellermanns. Das reizende alte Ehepaar, das bis eben noch über uns wohnte, steht mit nachdenklichen Mienen im Hof und sieht den Möbelpackern zu. Ich mache das Fenster auf.

»Herr Bellermann, das ist jetzt nicht Ihr Ernst, oder?«

»Doch, doch, junger Mann. Das wird ja immer nur lauter und schmutziger hier. Wir ziehen zu unserem Jungen nach Fredersdorf. Da wurde gegenüber ein Haus versteigert, und ein paar Euro hatten wir ja zum Glück noch auf dem Konto, nicht wahr.«

Touché. Die letzten zurechnungsfähigen Menschen verlassen das Schiff. Wir sinken zurück auf unsere Plätze, und jeder von uns zählt im Stillen nach, wie viele Wohnungen in unserem Haus jetzt überhaupt noch bewohnt sind. Das Ergebnis ist erschütternd. Es bleiben nur noch wir, der alte Mann mit der Kastenbrille aus dem dritten Stock, der nie ein Wort spricht, die vietnamesischen Zigarettenschmuggler aus dem vierten und die Kunstgalerie im Erdgeschoss. Das heißt, die Betreiber nennen es eine Kunstgalerie. In Wirklichkeit feiern sie dauernd kokaingesteuerte Partys und behaupten, es wären Vernissagen, damit sie keine Ausschanklizenz brauchen. Die sind einfach schlauer als wir damals mit unserem Keller-Club …

»Super. Ganz abgesehen davon, dass wir jetzt nur noch mit Freaks zusammenwohnen, ist die Presslufthammerorgie jetzt bestimmt ab morgen früh in der Bellermann-Wohnung. Oder, mit anderen Worten …«

»… direkt über unseren Köpfen.«

»Und zwar über allen.«

Julia muss los. Sie steht auf, tuschelt Amelie ein paar Worte zu und wirft mir, während sie sich gemeinsam mit ihr Richtung Flur vorschiebt, noch einen Blick zu wie eine Prinzessin dem Hofnarr, der ihr auf den Zeh getreten ist, den sie aber trotzdem nicht enthaupten lässt, weil ein niederes Wesen wie er gar nicht satisfaktionsfähig ist.

Zum Glück legt Tobi schnell die Füße auf den Emmanuelle-1-bis-4-Sitz, bevor weitere Irritationen durch Falschbesetzungen entstehen. Ich bringe mich in bequeme Kipp-Position und eröffne endlich die zweite Hälfte des Tages mit einem großen Schluck.

»Warum kommen jetzt auf einmal Blitze aus dem Toaster, wenn ich den Hebel runterdrücke?«

»Keine Ahnung. Sag mal Hendrik Bescheid, wenn er nachher kommt.«

Ein Glück, dass wir uns schon seit jeher bei der Biersorte einig sind. Becks, Jever und Co. haben hier ebenso Hausverbot wie Kindl und die anderen Alt-Berliner Traditionsbrühen. Seit die Zapfanlage hier steht, ist noch nie etwas anderes als Augustiner ausgeschenkt worden.

Dass unsere Küche dauernd als Kneipe missbraucht wird, geht mir zwar oft genug auf den Senkel, aber im Moment genieße ich es. Die Stimmen beginnen sich zu einem angenehmen Hintergrund-Teppich zu verbinden, ich höre den intensiven Fachgesprächen über unsere Wohnsituation und das bevorstehende Nord-Derby zu, und selbst das GROOOOOOOOOOOOOOH!!! des Presslufthammers klingt in dieser Atmosphäre irgendwie friedlich.

»Tja, ne, der Wohlgemuth.«

»Der macht jetzt Nägel mit Köpfen.«

»Tobi, mach den Toaster aus. Da schmurgelt was.«

»Solltet ihr mal mit Francesco klären, ob man da nicht was machen kann gegen Wohlgemuth. Also juristisch und so.«

»Ja, sollten wir mal machen.«

»Mein Gott, schaut mal, was mit meinem Toast passiert ist!«

»Der macht jetzt keine Gefangenen mehr, der Wohlgemuth.«

»Der wills jetzt wirklich wissen, ne.«

»Van der Vaart trifft nicht mehr.«

»Grasgrün als Akzentfarbe wäre auch gegangen. Aber auf jeden Fall harte Kontraste. Das ist das A und O.«

»Tobi, zieh den Stecker raus, bevor du in den Toaster langst!«

Amelie ist von der Tür zurückgekommen. Sie steuert auf mich zu. Ich muss wirklich mal mit Tobi über sie reden, denke ich, während ich versuche, meinen in die Höhe geschossenen Puls mit einem weiteren kräftigen Schluck Bier unter Kontrolle zu bringen.

»Hallo, Krach.«

Nein, sie will nicht über das nächste Neue-Freundin-für-Tobi-Projekt sprechen. Es geht um mich. Das sehe ich an ihrem Gesicht. Ich muss irgendwie den Eindruck erweckt haben, dass ich Fürsorge brauche. Oder ist das tatsächlich ein Zeichen von …? He, ich muss was sagen.

»Hallo, A … Am …«

KRACHBUMM!!!

Mein Herz? Die Küchen-Kneipe schweigt auf einmal, und Amelie hat sich erschrocken umgedreht. Nein, es muss doch von außen gekommen sein. Dennoch, ich würde jetzt ungern den Gesprächsfaden verlieren. Ich lächle sie an.

»Hallo, Am …«

»Krach! Komm schnell. Du musst dir dein Zimmer angucken.«

Manno. Ja, ich komm schon … und ja, es ist ein verheerender Anblick, wie hier der Baustaub aus meiner Tür quillt, und ja, wenn man durch ihn hindurchspäht, kann man schemenhaft die Trümmer der halben Wand auf meiner Matratze verteilt liegen sehen und dass die Staubwolke gerade die andere Wand erreicht und sich gnädig in dicken Schichten auf meinem Bücherregal, meinem Schreibtisch und meiner Kleiderstange niederlässt, und ja, man könnte schon auf die Idee kommen, ein wenig die Fassung zu verlieren. Aber ich habe zum Glück schon Erfahrung mit solchen Situationen und weiß genau, was zu tun ist.

»HNNJAAAAAAAAAAAAAAAAAAAAAAAARGHHH!!!«

»Chef, da wohnt noch Leut!«

Na also. Der Presslufthammer ist wieder aus. Nur der osteuropäische Akzent war diesmal ein anderer. Egal. Wo ist Amelie?

Gonzo zieht an meinem Ärmel.

»Das lassen wir uns nicht gefallen! Komm, Krach, wir gehen rüber! Tobi, komm auch mit!«

Ich weiß nicht, zu was das führen soll, aber das unruhige Flackern in Gonzos Augen gefällt mir gar nicht. Tobi und ich trotten mit unbehaglichem Gefühl im Magen hinter ihm her, während sich hinter uns das Küchen-Kneipenleben wieder normalisiert, als wäre nichts gewesen.

Eigentlich hätten wir auch durch das Loch in meiner Wand steigen können, aber aus alter Gewohnheit nehmen wir, wie immer, die Wohnungstür. Das ist leider nicht so gut, denn auf dem Treppenabsatz rennt Gonzo in Herrn Wohlgemuth. Gefährliche Situation. Francesco hat uns immer wieder eingebläut, dass egal, was auch passiert, keiner von uns

47

Herrn Wohlgemuth verhauen soll. Vermieter Verhauen ist nämlich ein 1A-Kündigungsgrund. Unsere bisherigen Gespräche mit Herrn Wohlgemuth gestalteten sich deswegen meistens so: Zwei von uns hielten Gonzo fest, während die anderen beiden das Reden übernommen haben. Jetzt haben wir aber nur die kleine Besetzung, und Gonzo steht auch noch ganz vorne. Wir sehen, wie sein Mund aufgeht, wir sehen die geballte Faust. Für den Bruchteil einer Sekunde gucken wir uns an. Das reicht, um die Rollen zu verteilen.

Tobi springt Gonzo von hinten an, reißt ihn zu Boden und hält ihm den Mund zu. Ich sehe über das Gonzo-Tobi-Kuddelmuddel hinweg Herrn Wohlgemuth ins Gesicht. Er sieht so aus wie immer. Möchte erscheinen wie einer, dem das ganze Stadtviertel gehört und für den wir nicht mehr sind als jederzeit zertretbare Ameisen. Aber das kriegt er nicht hin. Bei ihm ist immer alles eine Spur zu viel. In den Haaren ein bisschen zu viel Haarwasser, der Schlips ein bisschen zu bunt, das Hemd ein bisschen zu rosa, die Schuhe ein bisschen zu glänzend, die Beine ein bisschen zu weit auseinander, der Kopf ein bisschen zu weit vorgestreckt und die Ohren ein bisschen zu rot. Das alles sagt mir, dass ihm eben nicht das ganze Stadtviertel gehört, sondern nur ein Haus, dass er Schulden in mindestens sechsstelliger Höhe hat und dass er ein blutiger Anfänger in Sachen Immobilien ist. Aber ich komme gar nicht zu Wort. Er plaudert gleich los.

»Wissen Sie, Herr Krachowitzer, wenn Sie mal richtige Kerle als Bauarbeiter haben wollen, nehmen Sie Georgier. Die Kirgisen hab ich heute Mittag rausgeschmissen, die hatten keinen Mumm. Kann man doch richtig hören, dass da jetzt ein ganz anderer Wind weht, was?«

»Also, wenn Sie jetzt den Sound meinen, muss ich Sie enttäuschen, Herr Wohlgemuth. Die Georgier sind kein

Stück lauter als die Kirgisen. Aber die Effektivität, ja, da muss ich Ihnen schon recht geben.«

Ich glaube, ich habe den richtigen Ton getroffen. Herrn Wohlgemuths Grinsen verschwindet, und seine rechte Wange beginnt ein wenig zu zucken.

»Weil wir gerade bei diesem Thema sind, Herr Wohlgemuth, könnten Sie bitte allen Kirgisen, Georgiern, Usbeken, Mosambikanern und wen Sie sonst noch als Schwarzarbeiter beschäftigen, sagen, dass sie die Wand zu meinem Zimmer in Ruhe lassen sollen?«

Ja, klar, darauf hat er sich die ganze Zeit gefreut. Das Grinsen kommt wieder.

»Ach herrjemineh, Herr Krachowitzer, gab es da etwa Probleme? Das tut mir aber leid. Aber wissen Sie, wir leben nun mal in einer multikulturellen Stadt. Viele Völker, viele Sprachen. Da gibt es hin und wieder kleine Verständigungsspannen, nicht wahr?«

»Schon klar, Herr Wohlgemuth.«

Ich sehe, dass Gonzo die Oberhand über Tobi gewinnt. In seinen Augen stehen zwei zähnefletschende Totenköpfe.

»Wollten Sie auch etwas dazu sagen, Herr Gonzalez-Viehbauer?«

Bloß nicht. Ich komme Tobi zu Hilfe, versuche aber parallel dazu, den Gesprächsfaden nicht abreißen zu lassen.

»Nein … Herr Gonzalez- … Viehbauer kommt … jetzt wieder rein … und tr … inkt … noch ein Beruhigungs- … Bier. Nicht wahr … Gonzo?«

Ein paar Sekunden später hat Tobi ihn endlich im Schwitzkasten und schleift ihn rückwärts über die Schwelle zurück in die Wohnung. Ich richte mich schwer atmend wieder auf.

»Ach, und Herr Krachowitzer, haben Sie und Ihre Kameraden endlich Ihren Mietvertrag gefunden?«

Er kanns nicht lassen. Ich hole tief Luft.

»Herr Wohlgemuth, unser Mietverhältnis mit Ihnen basiert auf einem mündlichen Mietvertrag, der ungefähr 1996 zwischen den damaligen Mietern und dem damaligen Verwalter abgeschlossen wurde. Wir wissen, dass ein Mietvertrag normalerweise der Schriftform bedarf. Unser mündlicher Vertrag hat aber Gültigkeit, da wir seit über zehn Jahren pünktlich den fälligen Mietzins zahlen und so weiter und so weiter, oder wollen Sie wieder die Vollversion?«

Das ist der Text, den uns Francesco eingetrichtert hat. Ich fürchte, damit treiben wir Herrn Wohlgemuth irgendwann zur Raserei. Die Wange zuckt schon wieder.

»Und Sie glauben immer noch, dass Sie damit durchkommen, Sie … Bande?«

»Ja, Herr Wohlgemuth.«

»Sie … Sie werden sich noch wundern. Ich zieh jetzt noch ganz andere Saiten auf. Das war erst der Anfang, Herr Krachowitzer, das war erst der Anfang!«

Seine Stimme beginnt, kieksig zu werden, und er fingert nach seinen Zigaretten. Zeit, das Gespräch zu beenden.

»Auf Wiedersehen, Herr Wohlgemuth.«

So, Tür zu. Wo ist Amelie? Na klar. Versucht mit ihrer sanften Stimme Gonzo wieder ins Diesseits zu holen, während Tobi ihn immer noch festhält. Das kann dauern. Ich hole mir mein Bier und sehe noch mal nach meinem Zimmer. Die Staubwolke hat sich inzwischen etwas gelegt. Dieser Mörtel-Duft hat was. Ich finde ja, dass man im Lauf der Zeit viel zu viele Dinge ansammelt und viel zu lang wartet, bis man mal was wegwirft. Der Staub, der sich hier über meine Sachen gelegt hat, hat mit einem Schlag ganz mutig alles in Frage gestellt. Ich werde jedes Stück einzeln in die Hand nehmen und mich fragen: »Abstauben oder wegwerfen?« Vielleicht war das das Beste, was mir passieren konnte.

Ob mein Computer noch geht? Muss ich mal ausprobieren. Aber nicht heute. Ich trenne meine Zeitzonen immer ganz klar. Wenn das erste Bier getrunken ist, wird nicht mehr gearbeitet. Und meinen Computer zum Laufen zu bringen bedeutet immer Arbeit, selbst wenn er nicht völlig eingestaubt ist.

»Das sieht ja furchtbar aus hier.«

Amelie.

»Hm, ja, schon irgendwie.«

Sie … sie hat meinen Arm berührt.

»Komm, ich helf dir mal das Gröbste wegzuräumen. Scheint ja sonst keinen von den Dödels da zu interessieren.«

»Hm, ach lass mal. Mach ich lieber morgen. Ich hab jetzt Feierabend.«

»Aber wo willst du denn schlafen?«

»Na, ich geh einfach aufs Gästehochbett im Flur.«

»Okay. Ach, was ich dich vorhin schon fragen wollte, was ist eigentlich mit deiner Hose passiert?«

Verflixt, sie hat mich gerade gefragt, wo ich schlafen will. Und ich sage einfach, auf dem Gästehochbett. Ich meine, nicht dass ihre Frage jetzt eine mit roten Herzen verzierte Büttenpapier-Einladung in ihr kuscheliges Studentenwohnheimzimmer gewesen wäre, aber darauf einfach wie aus der Pistole geschossen »auf dem Gästehochbett« zu antworten, das ist schon fast eine Form der Zurückweisung, oder? Ich hätte wenigstens kurz zögern sollen. Mann.

»Äh … was?«

»Deine Hose. Da ist ein riesiger Riss im rechten Bein.«

»Ach ja, die Hose.«

»Das lohnt sich nicht mehr, die zu nähen.«

»Das war heute auf der Arbeit. Beim Kunstschleppen. Da stand eine Schraube aus der Kiste.«

»Und was war da für Kunst drin?«

»Ähm …«

Dreck, ich habe keine Ahnung. Auf was für Fragen Frauen immer kommen …

»Bin mir nicht ganz sicher. Vielleicht was von der Giacometti-Ausstellung …«

Giacometti. Das war gut. Alle mögen Giacometti.

»Irgendwie kenne ich dich nur in dieser Hose. Du hast doch hoffentlich noch andere, hihi?«

»Na ja, eine Jogginghose und, ach ja, ich hab noch einen Anzug für alle Fälle.«

»Kauf dir doch einfach noch mal die gleiche Hose. Die steht dir wirklich gut.«

»Geht nicht. Das ist eine bulgarische Konditorhose. Die hab ich vor zwei Jahren im Urlaub in einem Berufsausstattungsgeschäft in Plowdiw gekauft.«

Ich schütte Amelie mein Herz aus. Das männliche Hosenproblem in allen Facetten. Ich schwöre, jede andere hätte mir nach diesem Monolog einen Vogel gezeigt. Aber nicht Amelie. Die hört zu, die versteht.

»Pass auf, hast du morgen nach Vormittag Zeit?«

»Ja, schon.«

»Dann treffen wir uns doch einfach irgendwo und suchen eine neue Hose für dich, okay?«

Okay? Das ist so was von okay, ich finde kaum Worte.

Wir trollen uns zurück in die Küche. Ich vernichte langsam mein Bier und verwickle gemeinsam mit Amelie und Tobi den immer noch wutzitternden Gonzo in Gespräche, in denen die Wörter Pressluft, Bauarbeiter, Mietvertrag und Wohlgemuth kategorisch ausgeklammert bleiben.

BOSS DOMINATOR

Wenig später tänzeln Hendrik und Francesco mit einem
fröhlichen »Zeit für Musi-hik!« durch die Küchentür. Hendrik in Zimmermannshose mit Holzspänen dran und Francesco in seiner Rechtsanwaltskluft, nur dass er sich jetzt
den Schlips statt um den Hals um die Stirn gebunden hat.

Ach ja, die Probe. Es ist ja nicht so, dass ich keine Lust
hätte, aber, sagen wir mal so: Spielt ein Mensch in einer
Band, so sollte sie für ihn ein Quell der gepflegten Entspannung sein und der Proberaum ein Ort, an dem er seinen Alltag weit hinter sich lässt und tief durchatmen kann, ohne
dabei auch nur ein Molekül seiner gewohnten Umgebung in
die Lunge zu bekommen. Und wenn der Mensch nach einigen Stunden konzentrierten Musizierens mit handverlesenen Bandkollegen, die ihm sowohl vom Musikgeschmack
als auch vom Niveau her in idealer Weise gleichen, wieder
den Proberaum verlässt, fühlt er sich wie neu geboren und
widmet sich, gestärkt von der Kunst, wieder den Fährnissen
des Alltags und freut sich nebenbei auf den nächsten Auftritt.

So weit die Theorie. Die Band, mit der ich zweimal in der
Woche im Proberaum abschwitze, sieht aber so aus:

Keyboards: Tobi
Gitarre: Gonzo
Bass: Francesco
Schlagzeug: Hendrik
Singen: Ich

So viel zum Thema »Abstand vom Alltag«. Und was das Thema »Gleicher Geschmack und gleiches Niveau« betrifft, sieht es kurz gefasst so aus: Tobi verfügt über eine umfassende Musikschulbildung, kann Noten lesen, kennt die abendländische Harmonielehre wie seine Hosentasche und bewundert die großen Jazzpianisten. Gonzo weiß nicht einmal, wie Noten aussehen, ist aber ein Genie, hat großartige Ideen, kann alles, was er hört, sofort spielen und tritt das Wah-Wah-Pedal so virtuos wie kein Zweiter. Francesco dagegen hat null Talent und außerdem viel zu gepflegte Finger, um vernünftig Bass zu spielen. Aber wir können nichts machen, denn Basser gibt es in Berlin noch weniger als Schafzüchter. Und Hendrik am Schlagzeug, nun ja, sagen wir mal Dorf-Rock trifft Avantgarde, aber es ist immerhin nett, ihn wenigstens auf diese Weise weiter hin und wieder zu sehen. Auf jeden Fall, der Club, der uns auftreten lässt, muss erst noch eröffnet werden. Und einen Bandnamen haben wir auch immer noch nicht.

Bevor wir uns zur Probe begeben, wird noch ein Bier in kompletter Band-Zusammensetzung getrunken. Dabei stehen wir in meinem Zimmer und meditieren über dem Loch in der Wand.

»Kann man da eigentlich nicht was machen, so juristisch und so?«

»Hm, wie haben die georgischen Schwarzarbeiter denn ausgesehen? Muskulös, behaart und verschwitzt?«

»Mann, Francesco!«

»Krach müsste doch wenigstens eine Zimmerreinigung und eine neue Matratze von Wohlgemuth bezahlt bekommen, oder?«

»Der entzückende kleine Racker mit dem rosa Hemd bezahlt uns höchstens in Form von Tritten in den Po.«

»Also du kümmerst dich drum?«

»Wenn ich mich morgen ganz mutig fühle, vielleicht.«

»Wir können das DJ-Pult für die Party in dem Zimmer hinter dem Loch aufbauen.«

»Geht klar. Paar Bretter, Handkreissäge, Akkuschrauber und fertig.«

Hendrik mal wieder. Ob Schweiz-Reto wirklich in seine Fußstapfen passt?

Als wir endlich losziehen, sitzen immer noch Leute in unserer Küche.

»Wir sind auch gleich weg. Ich trink das hier nur noch schnell aus.«

»Ja, Lukas, das sagst du immer.«

»Heute aber wirklich. Ich muss morgen arbeiten.«

»Das sagst du auch immer.«

Unser Proberaum ist in dem verschrumpelten ehemaligen DDR-Trafohaus, das auf unserem Hof steht. Im Gegensatz zu unserer Wohnung haben wir dafür sogar einen echten Mietvertrag. Hatten wir mit den alten Eigentümern ausgehandelt. Fünf Euro pro Monat, dafür mussten wir selber die alten Elektroanlagen abreißen und auf den Schrott schaffen. Wir brauchten zwei Tage dafür, und wie durch ein Wunder hat sich bei dieser Aktion keiner von uns verletzt. Ist natürlich ein Traum, so ein Proberaum gleich nebenan. Wäre halt nur gut, wenn wir auch Musik machen könnten. Jedes Mal, wenn wir die vier Stücke, die einigermaßen klingen, geprobt und ein Bier getrunken haben und danach weitermachen, frage ich mich schlagartig nach dem Sinn der ganzen Sache. Uns fehlt die Idee, uns fehlt musikalische Reife, uns fehlt ein genialer Stückeschreiber, uns fehlt …

»Wisst ihr, was unser Problem ist?«

»Lass mich überlegen, Gonzo – vielleicht, dass Francescos Bass noch kein einziges Mal in seinem gesamten Bassleben auch nur eine Note genau auf der Eins gespielt hat?«

»Nein, wir müssen das Ganze mal mehr von der Marketing-Schiene her betrachten.«

BRTZL-RAAAAAAACK!!!!

»Francesco, wenn du was rumstöpselst, musst du vorher deinen Amp runterziehen! Kind!«

»Du meinst dieses vorwitzige Knöpfchen, wo *Volume* drübersteht?«

»Also, wir brauchen ein Etikett für unsere Musik, versteht ihr? Dann tun wir uns bei allem leichter. Beim Vermarkten, beim Stückemachen und überhaupt …«

»Wir haben ja noch nicht mal einen Bandnamen.«

»Wieso? Ist *Superhirn* schon abgelehnt?«

»Was willst du da eigentlich anschließen, Francesco?«

»Na, ich hab mir hier so ein Effektgerät gekauft. Keine Ahnung, was das kann. Mir hat nur der Name so gut gefallen: *Boss Dominator.*«

»Also schaut euch mal die ganzen Elektromusik-Idioten an: Drum 'n' Bass, Eurodance, Trance, Industrial, Jungle, Big Beat, alles die gleiche Soße, aber egal – neuer Name drauf, und die Geldmaschine läuft. Das müssen wir auch machen.«

»Und? Was ist dein Vorschlag?«

»Also ich hab jetzt noch keine Idee, aber ich denke, unser Style sollte auf jeden Fall einen deutschen Namen haben, einfach um uns abzugrenzen, versteht ihr?«

»Anarcho-Breitcore?«

»*Anarcho-Breitcore*! Genau, Tobi, das ist es doch schon!«

»Das hab ich jetzt eigentlich nur aus Spaß gesagt.«

»Egal. Jetzt noch einen Bandnamen! Schnell, du hast gerade einen Lauf!«

»Was das betrifft, können wir sowieso einpacken, weil mit *Boss Dominator* der weltbeste Bandname schon vergeben ist.«

»Da hat Tobi einfach mal recht.«

»Wieso? Das müsste man erst mal rechtlich abklären. Francesco, können wir uns *Boss Dominator* nennen?«

»Mmh? Keine Ahnung. Frag doch mal einen Anwalt.«

»Du bist Anwalt!«

»Nein, ich bin der schwulste Basser der Stadt.«

»Also ich fand *Superhirn* gut …«

*

Wieder eine Probe wie alle anderen. Wir treten auf der Stelle. Manchmal denke ich, als Band sind wir ebenso mies wie Herr Wohlgemuth als Kapitalist. Als wir uns gegen Mitternacht auf den Rückweg machen, habe ich Kopfschmerzen, fühle mich angestrengt, ausgelaugt und auf unangenehme Weise betrunken. Francesco und Hendrik verabschieden sich bis morgen Abend zu Hendriks Abschiedsparty. Auf der Treppe kommt uns Vollbart-Lukas mit seinen letzten Küchen-Mohikanern entgegengeeiert.

»Na-hacht. Ich glaub, das Bierfass ist leer. Wir bringen morgen ein neues mit.«

»Das sagst du auch immer.«

Erst als ich in meinem Türrahmen stehe, fällt mir wieder ein, dass ich mich nicht auf meine geliebte Matratze schmeißen kann, sondern aufs Gästehochbett muss. Jetzt finde ich die Staubhölle auf einmal doch recht deprimierend.

»Wisst ihr was?«

»Sag schnell, ich schlafe schon.«

»Wir sollten uns eine andere Wohnung suchen.«

»Hm.«

»Krach hat recht. Allein die Vorstellung, dass mir hier irgendwann noch der Baudreck ins Essen rieselt.«

»Na gut. Aber ich darf dann das Farbkonzept machen, okay?«

»Jaja.«

»Müssen wir nur noch Schweiz-Reto erklären.«

CHRALLO

»In der Hose siehst du wirklich interessant aus …«

Was meint Amelie damit, *interessant*? Und vor allem, gehts hier um die Hose oder um mich? Frauen sprechen in Codes. Weiß man doch …

»… aber vielleicht ist die hier noch besser?«

Ich hasse diese Alibi-Umkleidekabine im Made In Berlin. Machen einen auf Kult-Secondhandshop, aber Wohlfühl-faktor Null beim Hosenprobieren. Einfach nur ein Rings-um-Vorhang mit gefühlt einem Meter Abstand zum Boden. Damit auch ja jeder meine unrasierten Unterschenkel und meine ausgewaschenen Halbsocken bei ihren ungelenken Hampeltänzen beobachten kann, die ich immer vollführe, wenn ich eine mir noch fremde Hose anprobieren will.

Nein, die geht gar nicht. Die kneift. Amelie reicht mir die nächste herein. Noch ein Hampeltanz und wieder Vorhang auf.

»Und?«

»Dreh dich mal.«

Ich mache den Tanzbär.

»In der Hose siehst du nett aus. Irgendwie gemütlich.«

Nein, das muss der Hose gegolten haben. Oder findet sie *mich* nett und gemütlich?

»Hier, die könnte es sein. Die ist obenrum ein bisschen enger.«

Vorhang zu, Hampeltanz, Vorhang auf, Tanzbär.

»Hm, hat was von Mick Jagger …«

Mick Jagger mit zwanzig oder Mick Jagger mit sechzig? Hallo! Das ist jetzt sehr wichtig.

»Nein, Krach, ich glaube ganz ehrlich, hier finden wir nichts.«

Endlich eine codelose Ansage. Wir tippeln die Treppe rauf und begeben uns wieder auf die Straße.

»Also, was als Nächstes?«

»Hm …«

Mist. Die übrigen Läden in der Neuen Schönhauser sind nicht meine Preisklasse. Also, ich meine, noch nicht. Aber wie sage ich das Amelie, ohne zu armselig dazustehen?

»Pass auf, Krach, lass uns weiter preislich von unten nach oben arbeiten. Made In Berlin war nichts. Jetzt gehen wir zu H&M. Wenn wir da was finden – fein. Wenn nicht, dann nächste Preisklasse und so weiter. Okay? Ich muss erst um drei in der Uni sein.«

Oh Amelie, wenn du wüsstest, wie großartig du bist.

Wir schlendern zum Alexanderplatz. Mir fällt einfach nichts ein, was ich sagen könnte. Ich fühle mich wie ein Zwölfjähriger bei seiner ersten Eisdielen-Verabredung. Macht aber nichts. Amelie plaudert munter drauflos. Über ihr Studium, über Julia, über den Sommer. Ich kann mitreden, zuhören, lächeln. Alles so wunderbar leicht. Aber irgendwie finde ich keinen sicheren Halt auf diesem Zauberteppich.

Aber vielleicht ist es bei ihr genauso wie bei diesen Frauen, die nur aufs Geld schielen. Bloß ist sie nicht scharf auf Geld, sondern auf Probleme. Ist dein Problem gelöst – oder, noch schlimmer, kommt jemand anderes, der ein größeres Problem hat –, bist du raus. Vielleicht sehe ich das aber auch zu negativ …

»Miau, miau, miauuuu!«

Amelies Handy.

»Ja bitte? ...«

Ich mag es, wie sie ihre Lippen beim Sprechen bewegt. Leider gefällt mir nicht, was ich höre.

»Ja, gut ... Und am besten jetzt sofort, verstehe ... Also in einer halben Stunde könnte ich es schaffen, wenn ich mich beeile ... Ja ... Oh, das ist wirklich sehr nett von Ihnen ... Gut, ich mache mich gleich auf den Weg.«

Während sie das Handy wegsteckt, sieht sie mich mit einem Blick an, mit dem man Steine schmelzen könnte.

»Stell dir vor, Krach, ich kann Lambert abholen.«

Schluck.

»Lambert?«

»Ach, hab ich noch gar nichts davon erzählt? Also, Lambert ist ein Laborhund. Musste ganz viele schreckliche Versuche über sich ergehen lassen und wird jetzt zum Glück am Institut nicht mehr gebraucht. Ich hab schon vor einem halben Jahr gefragt, ob ich ihn haben kann, wenn sie ... na ja, und jetzt ist es so weit. Er wartet auf mich.«

»Aha.«

Ich hatte also recht. Aber so was von recht.

»Und jetzt haben wir noch keine Hose für dich gefunden.«

Sie guckt drein, als müsste sie mir mitten im Pazifik mein Rettungsboot unterm Hintern wegziehen. Aber auch wenn mein emotionaler Zustand absolut in diese Richtung geht, ich reiße mich zusammen wie ein guter Verlierer.

»Ach, ist schon in Ordnung. Ich find schon was.«

»Oder ...«

Sie zieht tatsächlich ihren Kalender raus.

»Oder wir ziehen übermorgen Nachmittag noch mal los. Wie wärs? Kannst du da?«

»Hm, ich glaub schon. Da müsste ich vormittags Museumsdienst haben.«

»Schick! Dann nimmst du fürs Museum einfach mal die Anzughose, und den Rest kriegen wir dann schon hin. So, jetzt muss ich aber sausen. Tschüss, wir sehn uns.«

Sie drückt mich noch mal und verschwindet Richtung U-Bahn. So wird das nie was. Ich muss wirklich dringend mit Tobi reden.

*

Als ich unser Haus erreiche, kracht mir aus heiterem Himmel eine riesige Kiste vor die Füße, bricht auseinander und entlässt hunderte Zigarettenstangen auf den Bürgersteig. Ich brauche gar nicht hochzusehen, um zu wissen, was los ist. Die Polizei kann es mal wieder nicht lassen und versucht zum x-ten Mal, das Zigarettenschmugglernest im vierten Stock auszuheben. Ein hoffnungsloses Unterfangen. Da könnten sie genauso gut versuchen, einen Mückenschwarm zu verhaften. Wo ich auch hingucke, schwirren kleine Vietnamesen rum. Sie rennen über die Dächer, klettern an Hausfassaden hoch und runter, spielen mit den Polizisten Fangen auf dem Bürgersteig, schlüpfen ihnen zwischen den Beinen durch und erschrecken sie mit angedeuteten Kung-Fu-Tritten. Einer der Polizisten ist so fett, dass sich ein Vietnamese minutenlang unter seinem Bauch verstecken kann. Nikotinsüchtige aus allen Schichten strömen heran, raffen mit leuchtenden Augen das aus den Fenstern geworfene Beweismaterial an sich und machen das Chaos perfekt. Der Einsatzleiter sitzt mit aufgerissenen Augen in seiner Wanne und klappt hilflos den Mund auf und zu. Hin und wieder beugt er sich zum Mikro, beginnt, ein Kommando durch die Lautsprecher zu bratzen, bricht aber gleich wieder ab, weil die Lage von Sekunde zu Sekunde konfuser wird.

Ich sehe mir das Schauspiel eine Weile lang an und

denke dabei immer noch an Amelie und diesen verflixten Labor-Lambert. Der Einzige, der hier außer mir noch völlig ruhig im Getümmel steht, ist ein gutausehender großer blonder junger Mann in Jeans und rotem T-Shirt. Auf dem Rücken trägt er einen prall gefüllten Profi-Bergrucksack, der bestimmt mehr gekostet hat als meine gesamte Garderobe, und seine Gesichtsfarbe ist so gesund, dass man sicher sein kann, er kommt nicht von hier. Erst als er sich langsam auf mich zubewegt, erkenne ich ihn wieder.

»Chrallo Krach.«

Ich weiß, er versucht hochdeutsch zu reden, aber ebenso gut könnte eine Nachtigall versuchen zu krähen.

»Hallo Reto, alles klar?«

»Alles klarch, odrch?«

Er guckt versonnen Richtung Einsatzleiter.

»Das rchat er sich wohl auchrchanders vorgestellt, odrch?«

»Ja, das hat er echt versaut. Wollen wir reingehn?«

Wir arbeiten uns durch das Gewusel aus Vietnamesen und Polizisten die Treppe hoch. Ein Glück, dass die Polizisten ein klares Beuteschema haben, sonst stünden wir beide schon längst mit dem Gesicht zur Wand und würden gefilzt. Reto guckt sich das Treiben allerdings so neugierig an, als würde er sich genau das als Eröffungszeremonie für sein Berliner Leben wünschen.

Tobi und Gonzo sind noch nicht da. Na ja, dann werde ich wohl jetzt eine halbe Stunde den Willkommens-Kasper für unseren neuen Mitbewohner machen. Wenn sie dann immer noch nicht da sind, verzieh ich mich. Er hat ja sicher auch genug zu tun, muss sein Zimmer einräumen und so weiter. Ich spüle zwei Gläser in der Glasspülanlage und beginne zu zapfen. Während das Bier läuft, überlege ich, dass ich Reto am besten gleich mal mit der Stammplatzsituation vertraut machen sollte, damit er sich von Anfang an dran gewöhnt, aber als ich mich umdrehe, hat er sich schon von selbst auf Hendriks Campingstuhl gesetzt, genau da, wo er letzte Woche auch schon saß, als wir Auswahlkomitee gespielt haben.

Er räkelt sich, sieht sich um und saugt jedes Detail auf. In seinem Blick liegt grenzenloses Wohlwollen. Ich finde ja unsere Küche auch ganz okay, aber so viel spontane Zustimmung habe ich noch nie erlebt. Als ich ihm das Bier reiche, beginnen seine Augen richtig zu leuchten.

Ich versuche alle Feierlichkeit aus diesen Momenten draußen zu halten. Reto scheint die gleiche Absicht zu haben, hebt das Glas andeutungsweise in meine Richtung und sagt, fast mehr zu sich selbst als zu mir, »zum Wohl«. Ich nicke zurück, und wir trinken beide, wie man eben trinkt, wenn man an einem warmen Sommertag unterwegs war. Die Zeit steht angenehm still. Hin und wieder sprechen wir ein paar Sätze.

»Was hast du jetzt eigentlich so vor in Berlin, Reto?«

»Nun, offen gesagt, irch weiß es noch nircht.«

Er guckt nachdenklich auf Rambo.

»Für mirch ist es schlussendlirch wirchtig, in einrch Stadt zu leben, wo derch Mensch nircht durch zu strenges Reglemong erstickchrt wird, der Rest wird sirch zeigen, odrch?«

Das hätte ein zeitgereister kalifornischer Hippie nicht besser formulieren können. Und man hätte sofort ein stilles Gebet für ihn gesprochen, dass ihn die Stadt nicht zehn Jahre später als kranke, gescheiterte Existenz wieder ausspuckt. Aber seltsam, bei Reto habe ich nicht den geringsten Zweifel, dass er schon bald irgendwas Gewaltiges reißen wird. Wer weiß, vielleicht spreche ich gerade mit dem künftigen Regierenden Bürgermeister. Ein Berliner Bürgermeister mit Schweizer Akzent. Das wäre doch mal etwas, wofür es sich zu leben lohnt.

Wir sprechen weiter, über die Stadt, über unsere Straße, über das Haus. Irgendwie mag ich sein Sprechtempo. Ruhig bis zum Anschlag, aber auch wieder nicht so langsam, dass es nervt. Ob er immer so ist? Oder liegt das nur daran, dass ihn das Hochdeutsch anstrengt?

Über die Bauarbeiterangriffe von gestern erzähle ich ebenso wenig wie davon, dass wir eigentlich schon beschlossen haben, uns nach einer neuen Wohnung umzuschauen. Im Moment ist sowieso kein Presslufthammer zu hören. Die Georgier sind wahrscheinlich ganz schnell über den Hof verschwunden, als vorhin die Polizeiwagen kamen.

Ich kündige noch vorsichtig Hendriks Ausstandsparty für heute Abend an und sehe an Retos Gesicht, dass diese Nachricht für ihn offensichtlich der letzte Baustein zum großen Glück ist. Danach verabschiede ich mich in mein Zimmer und mache die Tür schnell hinter mir zu, damit er die immer noch nicht aufgeräumte Bescherung von gestern nicht sieht. Vielleicht sollte ich mit dem Putzen noch einen Tag warten. Wichtig ist, dass man dem Staub lange genug Zeit gibt, sich abzulegen, sonst kann man am nächsten Tag gleich wieder von vorne anfangen. Ich werfe also nur die runtergekrachten Ziegelsteine durch das Loch in der Wand und widme mich dann wieder der geistigen Arbeit. Ich muss mich jetzt wirklich entscheiden, welchen Text ich bei der Schauspielschulen-Aufnahmeprüfung Montag in einer Woche zum Besten geben will.

Curtis Mayfield

Während ich mich unter den wilden Tänzern in meinem Zimmer tummle, beglückwünsche ich mich noch einmal zu den Entscheidungen des vergangenen Nachmittags. Es war eine gute Idee, nicht zu putzen. Erstens wäre nach diesem Abend eh alles wieder versaut gewesen, und außerdem hat Hendriks Ausstandsparty nun etwas, was noch keine andere Party der Stadt je gehabt hat: einen Dustroom. Je wilder sich die Leute bewegen, umso mehr Baustaub fliegt in die Luft, flirrt im Scheinwerferlicht herum und lässt sich auf den Tänzern nieder. Einige sehen schon aus wie Voodoo-Priester beim Gebetsritual, und meine zerrissene Hose passt perfekt zum Ambiente.

Außerdem war es eine gute Entscheidung, die Anfangsszene aus Becketts »Warten auf Godot« für die Aufnahmeprüfung auszusuchen. Das geht genau in die richtige Richtung. Kein Mainstream, aber trotzdem ein Klassiker. Damit komme ich bei der Auswahl-Jury weder als Langweiler noch als durchgeknallter Rebell rüber. Besonders stolz bin ich darauf, dass ich vor dem Abschicken auch noch eine Kopie von meinem ausgefüllten Anmeldebogen gemacht habe. Sollte man immer machen bei wichtigen Sachen.

DJ-Rainer mixt wild mit Plattenspielern und Laptop herum. Hört sich nicht schlecht an. Ich freu mich aber schon auf Tobi und Gonzo, die später die Beschallung übernehmen werden. Die Lichtanlage haben wir rund um das von Hendrik zusammengezimmerte DJ-Pult in der leeren

Nachbarwohnung aufgebaut. Die Scheinwerfer leuchten durch das Riesenloch in meiner Wand, und ihre Strahlen stechen wie weiße Laserschwerter durch den Staubnebel. Irgendwie wirkt die Öffnung wie der Eingang in einen Zeittunnel.

Natürlich macht der Staub auch Durst, und man kann sich darüber streiten, ob das gut oder schlecht für die Party ist. Einerseits die alkoholbedingten positiven Stimmungsimpulse, andererseits die Riesenschlange vor unserem einzigen Klo plus die Ferkel, die vom Ausklappbalkon in den Hof pinkeln. Egal. Ich muss mich auf jeden Fall schon wieder zur Zapfmaschine durcharbeiten. Vermutlich zum zehnten Mal in den vergangenen zwei Stunden. Zum Glück hat Hendrik einen Haufen Nachschub-Fässer rangeschafft. Dank Glasspülanlage sind immer frische Gläser am Start. Hat wahrscheinlich weniger damit zu tun, dass darin das Spülen so leicht geht, als damit, dass es ein nettes Männerspielzeug ist, aber da denke ich wahrscheinlich wieder viel zu sehr in Klischees.

»He, Krach, wann spielt ihr denn jetzt endlich?«

»Wie jetzt? Hat irgendjemand gesagt, dass wir spielen?«

»Es gibt da zumindest ein Gerücht ...«

»Alles Lüge.«

Immer das Gleiche. Sind alle Mitglieder einer Band auf einer Party versammelt, wird erwartet, dass man spielt. Dass wir dazu erst mal tonnenweise Equipment anschleppen, aufbauen und einstellen müssten, interessiert die Leute ebenso wenig wie die Tatsache, dass wir im aktuellen Stadium unserer künstlerischen Entwicklung lieber einen großen Bogen um alle Bühnen machen sollten.

Die Küchentür ist heute wieder mal ganz klassisch der Party-Flaschenhals. Wenn man es geschafft hat, sich da durchzuquetschen, nimmt man die übrigen Engpässe ganz leicht, auch wenn das knutschende Pärchen mitten im Raum dermaßen im Weg steht, dass man sie besser, so wie sie gerade dastehen, auf einen Handkarren hieven und auf den Ausklappbalkon fahren sollte. Sie würden es eh nicht merken.

So, jetzt aber. Glas her.

»☺ Im September muss es mal wieder Barcelona sein. ☺«

»☺ Schon wieder Barcelona? ☺«

»☺ Ach, weißt du, die Stadt geht mir einfach massiv gut rein. Dieser International Spirit, weißt du, was ich meine? ☺«

Was in drei Teufels Namen war das denn gerade? Ich starre in die Richtung, aus der die beiden unsäglichen Schleimstimmen kamen, und sehe zwei Jung-Erwachsene mit spitz zulaufenden Puma-Schuhen, Röhrenjeans, *Comme des Garçons*-T-Shirts, sorgfältig zurechtgezupften Zauselfrisuren und ekelhaftem Dauerlächeln an der Wand lehnen. Einer von ihnen hat eine Sonnenbrille im Haar. Ich fasse es nicht. Außerirdische. Auf unserer Party.

»☺ Aber Rodrigos neuer Club hat nicht so performt, wie er sich das vorgestellt hat, sagt man. ☺«

»☺ Ach, weißt du, Rodrigo ist nicht so richtig Barcelona. Der war schon immer mehr so Marbella, das ist sein Problem. ☺«

Okay, ich hatte schon einen halben Joint, aber das kann doch unmöglich das Ergebnis sein. Da steht Hendrik zwischen ein paar angetrunkenen Althausbesetzern aus Mitte. Ich weise ihn mit einer Kopfbewegung auf die beiden Gestalten hin und verziehe das Gesicht zu einer Grimasse des geballten Unverständnisses. Er arbeitet sich zu mir durch und flüstert mir ins Ohr.

»Die sind von der Werbeagentur nebenan. Gonzo hat die wohl eingeladen, weil er hofft, dass er nach seinem Praktikum da einen Job kriegt.«

Nichts wie raus hier. Im Flur kippe ich das halbe Glas in einem Zug herunter. Während ich getanzt habe, hat sich die Gästeschar anscheinend verdoppelt. Ich versuche, mich ein wenig im Getümmel umzusehen. Francescos Zimmer ist abgeschlossen. Er hat als Einziger von uns eine Zimmertür, bei der das Türschloss funktioniert. Deswegen haben wir alles, was auf keinen Fall kaputtgehen darf, bei ihm reinge-schafft. Zum Beispiel unsere Computer. Wir haben aller-dings streng darauf geachtet, dass Gonzos Mac und Tobis PC in diagonal gegenüberliegenden Zimmerecken stehen und einander den Rücken zukehren. Ob mein Computer nach der Baustaub-Katastrophe noch geht, weiß ich immer noch nicht, aber ich hab ihn trotzdem mal in Sicherheit ge-bracht.

Neben Francescos Zimmer ist Tobis Zimmer. Das größte von allen. Früher war es Hendriks Zimmer. Als er ausgezo-gen ist, haben wir ausgewürfelt, wer es bekommt. Gonzo und ich haben zwar am Tag danach rausgekriegt, dass Tobi uns mit Trickwürfeln beschissen hatte, die nur Einsen, Zweien und Dreien würfeln konnten, aber da hatte er sein neues Reich schon längst eingerichtet, und sein Gelsenkir-chener-Barock-Sideboard, zehn laufende Meter Jazz- und Easy-Listening-Trash-Platten und zu guter Letzt noch dut-zende schwere Kartons mit Manga-Comics wieder zurück an den alten Platz zu tragen, das haben wir dann doch lie-ber gelassen, obwohl ich eigentlich ziemlich scharf auf den Ausklappbalkon war.

Francesco thront in Tobis Ohrensessel in der Zimmer-ecke und erzählt Geschichten. Wenn er gut in Form ist, kann er jedem DJ das Partypublikum streitig machen, und auch heute scheint er auf dem besten Weg dahin zu sein. Er spinnt die Sage von König Midas virtuos zu einem schril-len Tuntenspektakel um, und alle hängen gebannt an sei-

69

nen Lippen. Ich höre ein wenig zu. Unglaublich, dieser Typ. Das macht er alles aus dem Handgelenk, aber wenn man ihn bitten würde, das aufzuschreiben – niente.

»Krach, hab dich schon gesucht.«

»Hallo, Caio.«

Mein Freund und Agent hat immer gute Laune, aber heute anscheinend ganz besonders. Seine pechschwarzen Haare stehen noch mehr ab als sonst, seine listigen kleinen Augen blitzen, und sein Lächeln geht von Ohr zu Ohr. Um das Bild perfekt zu machen, trägt er auch noch einen locker gebundenen Smiley-Schlips um den Hals.

»Hör mal, du wirst es nicht glauben, aber ich habe seit gestern einen direkten Draht zum NDR.«

»Oh, toll. Das war also das Kundengespräch gestern?«

»Yep. Ich hab gehört, ihr spielt gleich noch?«

»Nein! Wer erzählt so einen Müll?«

»Na, es gibt da so ein Gerücht.«

»Hör gut zu: Es gibt Getränke, es gibt Dope, es gibt Musik, es gibt den besten Geschichtenerzähler der Welt – wer will sich denn da bitte schön noch von einer komplett hirn-, belang- und konzeptlosen Band den Abend verderben lassen?«

»Na, das verpetz ich mal besser nicht deinen Mitmusikern. Aber Spaß beiseite – ich will heute was hören. Ich bin dein Agent, ich muss wissen, was du kannst, Freundchen … kleiner Scherz.«

»Niemals. Vergiss es.«

»Na, komm wieder runter. Oh, entschuldige, da sehe ich noch einen potentiellen Klienten für mich.«

»Vollbart-Lukas? Hör auf.«

»Wenn du dir keinen Fusselbart wachsen lässt, muss ich mich halt anderweitig umsehen.«

»Verschwinde.«

70

Na toll. Ich bekomme also meine Jobs über einen Agenten, der auch Kneipenbedienungen ohne jegliche Schauspielerfahrung wie Lukas als Klienten anwirbt, nur weil sie einen Bart haben. Bin wohl karrieretechnisch wirklich an einem Punkt, von dem aus es nur noch bergauf gehen kann. Während ich Tobis Zimmer verlasse, merke ich, dass mich diese Erkenntnis gar nicht so verbittert. Ich habe halt alles noch vor mir. Und, wie gesagt, die Talkshows später. Wenn ich erzähle, wie mir mein erster Agent einen Fusselbart einreden wollte, werden sie mich noch mehr lieben.

Auf dem Flur werde ich schon wieder angesprochen, wann wir denn nun endlich spielen, aber ich winke einfach nur noch ab. In Retos Zimmer fläzt sich das Volk auf Kissen und Matratzen. Reto führt mit einigen unserer Küchendauergäste ein intensives Fachgespräch über ökologischen Hanfanbau, und um sie herum werden eifrig Produkttests durchgeführt. Tobi steht daneben, inhaliert Essig-Kartoffelchips und schüttelt von Zeit zu Zeit den Kopf.

»Ich habe das Gefühl, dass wir hier in eine Generation hineinwachsen, die synthetische Drogen aus Prinzip verachtet.«

»Na und?«

»Das verstehst du nicht. Mein Pharmazeutenherz blutet.«

»Sag mal, äh, wo steckt Amelie eigentlich?«

»Hat mir vorhin ne SMS geschickt. Muss sich um Lambert kümmern. Der arme Kerl ist völlig runter.«

»Verstehe.«

So, jetzt Mut.

»Hast du Lambert schon gesehen?«

Raaaah, das wollte ich nicht fragen. Ich wollte fragen, wie man Amelies Herz …

»Ja, aber nur ganz kurz. So ne Promenadenmischung

halt, und ganz schön mager. Der braucht jetzt erst mal ein paar Extraportionen Chappi und ganz viel Liebe.«

Wir schlendern aus Retos Zimmer und setzen uns im Flur auf den Inzaghi-Hass-Altar. Direkt vor unseren Augen wackelt Punk-Erwins breiter Rücken hin und her. Er führt ein aggressives Streitgespräch mit Julia über Chauvinismus in der Unterschicht. Mit einiger Mühe kann man die weiße Schmierschrift auf seiner Lederjacke entziffern.

Die wahre Grenze verläuft nicht zwischen den Völkern, sondern zwischen oben und unten.

Passend zum Textinhalt zieht sich ein aufgepapptes Stück Stacheldraht quer über den Lederjackenrücken und unterteilt sie in oben und unten. Tobi schüttelt den Kopf und guckt verdrießlich drein.

»Das ist Bullshit. Wenn du mich fragst, gibt es nur eine Grenze, die die Menschheit teilt: die zwischen Hundebesitzern und Nicht-Hundebesitzern.«

Ich lasse seine Worte sacken, frage mich, ob er recht hat, und finde nur Gründe, die dafür sprechen. Vielleicht war Lambert ein Zeichen einer unsichtbaren höheren Macht. Vielleicht soll es einfach nicht sein mit Amelie und mir. Ich rutsche von der Kommode und will mir ein neues Bier holen.

»He, Krach. Bringt mal endlich die Instrumente an den Start!«

Ich schau schon gar nicht mehr nach, wer da gerade geschrien hat.

»Zum letzten Mal: Wir spielen heute nicht!!!«

Das ist wirklich so eine blöde Angewohnheit von mir, dass ich immer, wenn ich meinen Worten Nachdruck verleihen will, mit den Armen rumfuchtle. Erstens sieht es lächerlich aus, zweitens können dann im dichten Gedränge Dinge passieren, die man nicht gewollt hat. Jetzt zum Beispiel. Ich spüre, dass die Knöchel meiner rechten Hand mit voller Wucht in etwas Warmes, Weiches, Lebendiges und ich fürchte irgendwie Gesichtartiges reingehauen haben. Jetzt ist es natürlich ein Unterschied, ob man Francesco, Caio oder Punk-Erwin eine geknallt hat. Bei ersteren beiden kommt man locker mit einer Entschuldigung davon, bei Erwin ist dagegen erst mal eine halbe Stunde Anbrüllen fällig. Schon allein deswegen sollte ich es vermeiden, auf Partys zu fuchteln.

Aber es kann auch noch viel schlimmer kommen, denke ich, als ich in Julias zornglühendes linkes Auge schaue. Es ist nur das linke, denn das rechte hält sie sich gerade mit der Hand zu, weil es wohl den Hauptteil meines Hiebs abbekommen hat. Und just in diesem Moment kommen natürlich noch zwei Dinge dazu, die alles noch mal schlimmer machen: Erstens habe ich sie gestern schon mal aus Versehen gehauen, als ich sie für Francesco gehalten habe, und zweitens ist sie gerade sowieso schon auf 180, weil sie sich zu lange mit Punk-Erwin unterhalten hat.

Wir wechseln einen kurzen Blick. Was sie dabei aus einem Auge abfeuert, würde ich nicht mal mit fünfen fertigbringen, denke ich noch kurz, bevor wir in eine wilde Abfolge von reflexgesteuerten Handlungen hineinfallen, die uns endgültig ins Zentrum der Flur-Aufmerksamkeit heben: Julia haut mir ihr Knie zwischen die Beine, so wie sie es in ihren Frauen-Selbstverteidigungskursen gelernt hat, ich kann den Stoß mit einer panischen Handbewegung, die wahrscheinlich schon seit Jahrtausenden unauslöschbar in das männliche Erbgut eingeschrieben ist, abwehren, verliere das Gleichgewicht, halte mich irgendwo fest, merke erst zu spät, dass ich mich an Julia festhalte, falle um, sie auf mich drauf, und wir werden zu einem wüst verknoteten Arm- und Beinknäuel. In den nächsten Sekunden weiß keiner der Umstehenden so recht, ob das, was wir hier gerade machen, Kampfhandlungen oder Aufstehversuche sind. Und das Fatale ist, wir selbst wissen es auch nicht. Wir interpretieren nur. Und weil in diesen Momenten jeder, wie im Krieg, nur das Schlechteste vom anderen annimmt, deuten wir die Bewegungen des anderen im Zweifelsfall immer als Angriff. Das führt einige Male dazu, dass ein eigentlich harmloser Aufstehversuch des einen von einem verzweifelten Gegenangriff des anderen unterbunden wird und umgekehrt und so weiter. Erst nachdem wir uns eine kleine Ewigkeit lang immer wieder gegenseitig umgeschubst haben, kommen wir durch eine glückliche Fügung doch noch beide auf die Beine.

Wir sehen uns noch einmal an. Julia schnaubt, dann dreht sie sich energisch um wie Cleopatra im Asterix-Heft und verzieht sich in Tobis Zimmer. »Das war keine ... Absicht«, rufe ich noch hinterher, aber sie ist längst außer Hörweite. Dann schweife ich kurz geistig ab und denke zum ersten Mal seit meiner Kriegsdienstverweigerung über Krieg und seine Hintergründe nach. Tobi drückt mir mein leeres Bierglas in die Hand und schubst mich aus der Arena Richtung Küche.

»☺ So eine Mann-Frau-Catchernummer könnten wir doch für den Frische-Deo-Spot nehmen? ☺«

»☺ Du meinst, so genderfightmäßig? ☺«

»☺ Nein du, mehr so unisexmäßig, weißt du, was ich meine? ☺«

Tobi hält mir netterweise die Ohren zu, so dass ich die Fortsetzung des Gesprächs nicht höre. Das wäre jetzt auch wirklich etwas viel. Hendrik sitzt immer noch mit seiner Kumpelrunde um den Küchentisch herum.

»Was höre ich da? Ihr wollt ausziehen?«

»Na ja, war so angedacht.«

»Der Wohlgemuth mit seiner Bauerei halt, weißt schon.«

»Na prima, dann kommt doch auch alle nach Klein Ziethen. Wir suchen noch Leute für die große Scheune. Da muss man nur noch das Dach ...«

»Nein, lass mal Hendrik.«

»Und den Proberaum könnten wir im alten Kuhstall einrichten. Wär doppelt so groß wie hier.«

»Nee, wir wollen in der Stadt bleiben.«

»Übrigens, der Toaster ist irgendwie kaputt.«

»Was? Der gute alte Rowenta? Kann doch gar nicht sein. Das ist 1a-Westware.«

»Gestern hat was geschmurgelt.«

Noch während Tobi das Wort »geschmurgelt« ausspricht, hat sich Hendrik schon das Ding geschnappt und begonnen, es mit einem Universalwerkzeug, das er ungefähr drei mal so schnell aus seiner Gürteltasche gezogen hat wie Lucky Luke seine Knarre, auf dem Küchentisch zu zerlegen.

»Also hin und wieder mal die Krümel rausmachen solltet ihr schon.«

»Das waren aber nicht die Krümel, da hat richtig was geschmurgelt.«

»Und Blitze sind auch rausgekommen.«

»Hm, riecht wirklich bisschen nach Schmorplaste. Beppo, halt mal die Lampe ...«

Wir verfolgen mit angehaltenem Atem die Toaster-OP. Hätte ich gerade über Schmerzen im Unterleib geklagt, hätte mir Hendrik wahrscheinlich auch noch schnell den Blinddarm rausgenommen.

»Tobi, komm mal. DJ-Rainer will abgelöst werden.«

»Pssst! Das hier ist eine klassische Der-blaue-Draht-oder-der-Rote-Draht?-Situation. Wenn Hendrik einen Fehler macht, fliegen wir alle in die Luft.«

»Aber Rainer kann nicht mehr. Seit er die Pille genommen hat, die du ihm gegeben hast, verwechselt er dauernd Plattenspieler und Laptop.«

»Oh … okay.«

Tobi reißt sich vom Toastergedärm im Taschenlampenlicht los, geht zur Tür, räuspert sich kurz und ruft mit der unvergleichlichen Heinz-Erhardt-auf-Ecstasy-Stimme, die er immer benutzt, wenn er was anzukündigen hat, in den Flur.

»Freunde, es ist so weit! In wenigen Sekunden bricht das wüsteste James-Last-trifft-Walter-Wanderley-Massaker, das die Stadt je erlebt hat, über euch herein! Also schnallt euch an … ach, und kann bitte jemand DJ-Rainer sagen, dass er ganz viel Wasser trinken soll?«

Typische Tobi-Ankündigung. Keiner weiß genau, was auf uns zukommt, aber alle setzen sich in Bewegung. Wenn er und Gonzo am Pult sind, ist es immer wichtig, sich früh genug um einen guten Platz auf der Tanzfläche zu kümmern. Nur Hendrik bleibt sitzen und zieht noch schnell ein paar Toaster-Schrauben an.

Wir erreichen den Dustroom gerade noch rechtzeitig vor der großen Menschenmasse, die aus Tobis Zimmer herausquillt. Francesco hat wohl angesichts des bevorstehenden Musikereignisses seine Geschichte ganz schnell zu Ende gebracht.

»Seid ihr bereit, für die Heroen der Hammondorgeln, die Schamanen der Schnauzbärte, die Magier des miesen Musikgeschmacks, Tobiiii und Gonzooooooo?«

Keine Ahnung, woher Caio auf einmal das Mikro hat, aber auch keine Zeit, darüber nachzudenken. Tobi ist noch schnell in seinen weißen Strass-Anzug geschlüpft und Gonzo in sein Hemd mit den lodernden Flammen drauf. Schon allein deswegen liebe ich sie. Andere DJs tun einfach nichts für die Show. Die glauben, es reicht, wenn ihr Kopfhörer dicker ist als der der anderen.

Neben dem Pult sitzt DJ-Rainer auf dem Boden, ein riesiges Glas Wasser in der Hand und den zugeklappten Laptop, aus dem eine LP herausragt, auf dem Schoß. Kaum ist Caios letztes Wort verklungen, faucht irgendeine bis zur Unkenntlichkeit verzerrte 60er-Jahre-Unterhaltungsmucke durch die Boxen, und Gonzo hat die Rhythmusmaschine dazu angeschmissen. Die Mischung ist unwiderstehlich bösartig. Das Tanzvolk gerät in Ekstase und der Staub fliegt binnen Sekunden bis an meine immerhin knapp vier Meter hohe Decke.

Hendrik kommt als Letzter ins Zimmer gestürmt und macht einen Hechtsprung mitten ins Getümmel. Er kann sich so was leisten. Hätte ich das versucht – jede Wette, dass ich wieder auf irgendeine Weise mit Julia zusammengeknallt wäre. Ich sehe sie am äußersten Rand meines Blickfelds. Irgendwie scheint sie den Punkt auf der Tanzfläche zu suchen, der ihr gleichzeitig den größtmöglichen Abstand zu mir und zu Punk-Erwin bietet, und das ist gar nicht so leicht, weil wir uns beide an entgegengesetzten Enden befinden.

Ich sehe jetzt Dinge, die mir während unserer Nahkampfbegegnung entgangen sind. Sie hat ein enges burgunderfarbenes Top mit ein bisschen Glitzer drin an, einen lustigen Puschel-Zopfgummi als Armband, und ihre Haarspitzen scheinen ein klein wenig mehr den Gesetzen der Schwerkraft zu gehorchen als sonst. Nichts deutet darauf hin, dass sie sich mit Männern prügeln würde. Das waren alles sehr unglückliche Umstände. Ich ertappe mich dabei, sie sexy zu finden, und bekomme sofort Schuldgefühle. Aber es ist nun mal wahr. Sie sieht zum Anbeißen aus – auch wenn ich ahne, dass es sofort die nächste Kampfrunde zwischen uns geben würde, wenn ich das offen aussprächse. Aber seltsam. Irgendwie hat die Rangelei eine Art, nun ja, Brücke zwischen uns hergestellt. Nicht nur, dass ihr Duft noch an mir dranhängt. Ich spüre in diesem Moment tatsächlich eine stärkere Verbindung zu ihr, als ich sie, sehen wir der Sache ins Gesicht, jemals zu Amelie hatte.

Ist aber wohl mehr so was wie bei Harry Potter und Voldemort. Wahrscheinlich muss einer von uns in einem superheftigen Endkampf sterben, damit irgendeine geheime Prophezeiung in Erfüllung geht und die Erde wieder ins Gleichgewicht kommt.

*

Ich glaube nicht, dass irgendjemand im Raum jetzt noch weiß, wie viel Uhr es ist. Nur dass es irgendwie schon wieder hell draußen ist, gibt einem einen ungefähren Anhaltspunkt. Es ist fast noch genauso voll wie zu Beginn von Tobis und Gonzos Set. Die beiden kennen einfach keine schwachen Momente. Aber Tobi wird bald eine Esspause brauchen, das sehe ich ihm an.

Die meisten Leute haben nur noch das absolut Nötigste am Leib. Staubgefärbter Schweiß rinnt über nackte Arme und Beine. Sogar Punk-Erwin hat seine Stacheldraht-Lederjacke ausgezogen, was er sonst nie tut. Julia, die ihren Groll längst vergessen hat, tanzt Rücken an Rücken mit ihm. Ob ihr schon aufgefallen ist, dass sie ein kleines Veilchen hat? Ich muss schon wieder an Harry Potter denken. Klar, die Narbe, die ihm Voldemort zugefügt hatte. Die tat immer weh, wenn dieser fiese Sack an ihn dachte, auch wenn er noch so weit entfernt war. Ob Julia auch das Veilchen juckt, wenn ich … Tatsächlich sie hat sich gerade das Auge gerieben. Kann aber auch ein Schweißtropfen gewesen sein.

Jemand tippt mir von hinten auf die Schulter.

»Hi, Krach!«

»Arne! Jetzt wirds aber Zeit. Warum kommst du erst jetzt?«

»Wir haben heute endlich die Firewall zum Fileserver des Gesundheitsministeriums geknackt. Da wollten wir uns dann natürlich noch ein wenig umsehen.«

»Na dann Prost.«

»Prost. Sag mal, du hast doch erzählt, dass du ein Staubproblem mit deinem PC hast?«

»Ja, aber das willst du dir doch nicht etwa jetzt ansehen?«

»Och, nur so als Erholung. Mal bisschen Hardware fummeln. Schon ewig nicht mehr gemacht.«

»Na, wenn du unbedingt willst, dann hol dir von Francesco den Schlüssel zu seinem Zimmer. Da haben wir den ganzen Kram hingeräumt.«

»Okay.«

Francesco flirtet gerade mit kessen Hüftschwüngen ein paar mir unbekannte Mädels an. Ihnen scheint nicht klar zu sein, dass das eine ironische Geste ist. Hoffentlich sind sie nicht enttäuscht, wenn sie erfahren, dass ihr großartiger Herr Geschichtenerzähler in den festen Händen eines gehobenen Friseurmeisters in der Mommsenstraße ist. Hacker-Arne steuert wie eine ferngesteuerte Rakete auf ihn zu, lässt sich den Schlüssel geben und ist weg.

Reto tanzt mitten im Getümmel. Irgendwas hat sein Gesicht auf Dauerlächeln geschaltet. Er ist der Einzige im Raum, der kaum schwitzt und immer noch eine gesunde Gesichtsfarbe hat. Die Schweiz muss Zauberkräfte besitzen. Das haben wohl auch die beiden Werbeagenturfuzzis erkannt, die, obwohl sie völlig stoned sind, alle zehn Minuten versuchen, ihm noch mehr von seinem Bio-Gras aus der Tasche zu leiern. Noch krasser ist der Drogenpegel der beiden Kunstgalerie-Koksparty-Veranstalter aus dem Erdgeschoss, die sich inzwischen auch eingefunden haben und mit tellergroßen Augen und irren Lachern durch die Staubwolken pflügen. Nur Hendrik ist irgendwie schon länger weg. Wahrscheinlich mit Miriam an einem stillen Ort. Die beiden haben sich schon die ganze Zeit so intensiv ... he, warum ist auf einmal die Musik aus?

»Meine Damen und Herren, wir kommen nun zum Höhepunkt der Party.«

Nein! Nehmt Caio bitte das Mikro weg! Sofort!

»Wie wir alle wissen, wird heute die berühmte namenlose WG-Band exklusiv für uns spielen. Ein großes Ereignis, denn es ist der erste Gig seit fünf Jahren. Nur noch der Schlagzeuger ist der gleiche wie damals. Die anderen Instrumente wurden an neue, und, wie mir gesagt wurde, hochbegabte junge Talente weitergereicht. Ich darf sie nun alle in den Raum mit dem Ausklappbalkon bitten ...«

Wie jetzt? Das kann doch nicht sein. Wie in Trance tapse ich mit der Menge über den Flur ... Doch tatsächlich, Instrumente, Anlage, alles spielfertig aufgebaut. Deswegen war Hendrik also verschwunden. Verräter. Hat sich wahrscheinlich von Caio zu dieser Untat breitschlagen lassen. Es ist die Pest mit dem Jungen. Kaum hat er mal nix zu arbeiten, lässt er sich für den größten Blödsinn einspannen.

Francesco lässt sich mit viel Sich-Zier-Gepose von den Mädels zu seinem Bass schubsen, und Hendrik sitzt schon mit den Stöcken in der Hand auf seinem Schlagzeughocker. Ich stehe wie vom Blitz getroffen neben Tobi und Gonzo. Tobi hat den Kopf in den Nacken gelegt und kippt sich zwei Jumbo-Chipstüten gleichzeitig in den Schlund. Gonzo schaut mich an. Ich schüttle den Kopf. Tobi hat die beiden Packungen leer gemacht. Während er noch auf ein paar Resten herumkaut, liest er das Kleingedruckte auf der lee-

ren Tüte: »Hm, lecker, enthält Beriokonakulose und Xela-
minsäure. Soweit ich weiß, wird gerade noch geforscht, ob
beides in Kombination Krebs verursacht … Ham wir noch
ne Tüte? Danke. Mjamjamjam …«

Im Hintergrund organisiert Caio den berühmten Sprech-
chor aus *Blues Brothers*. So was kann er. Nach ein paar Sekunden brüllt der ganze Raum wie aus einer Kehle.

»Wir wolln die Show! Wir wolln die Show!«

Tobi hat die dritte Tranche Krebs-Chips geschafft und
wischt sich über den Mund.

»Also ich wär dann so weit.«

Ich sehe noch mal Gonzo an. Er zuckt mit den Schultern.
Ich gebe auf.

»Aber nur vier Songs. Dann geh ich wieder.«

»Ja, klar.«

*

Es war noch viel schlimmer, als ich es mir jemals hätte vorstellen können. Beim ersten Song hat Francesco in der falschen Tonart losgespielt, beim zweiten ist ihm sein Boss
Dominator außer Kontrolle geraten, beim dritten hat Tobi
während seines Solos eine Chipstüte über die Tasten seines Fender-Rhodes-Pianos gekippt, und beim vierten hat
Punk-Erwin angefangen mitzugrölen. Der Höllenapplaus,
der gerade den Raum füllt, hat wohl weniger mit unserer
Darbietung als mit dem der Tageszeit angemessenen Be-
wusstseinszustand unseres Publikums zu tun. Ich winke
noch mal matt, stecke das Mikro ins Stativ und verlasse die
Bühne, gerade noch rechtzeitig, bevor die ersten »Ausziehn! Ausziehn!«-Rufe einsetzen.

Die anderen zögern einen Moment lang, aber bevor sie
die Gefahr richtig erkennen, ist es auch schon zu spät.
Punk-Erwin hat sich das Mikro geschnappt und brüllt ir-

gendwas von »Rock 'n' Roll« hinein. Die sofort einsetzende Rückkopplung hätte jedem Ohrenarzt die Tränen in die Augen getrieben. Es gibt keinen Zweifel. Er will singen. Hendrik, Francesco, Tobi und Gonzo sehen sich noch mal an und fügen sich dann ihrem Schicksal. Sie spielen einfach irgendwas.

Und Erwin brüllt. Hendrik hat zum Glück schnell die Hand am Pult und zieht das Mikro runter, so dass weder Boxen noch Ohren nachhaltig zerstört werden. Dafür aber umso mehr die Nerven. Ich gehe sogar so weit zu behaupten, dass Punk-Erwin im Moment ein guter Grund wäre, zumindest vorübergehend mal auf sein Gehör zu verzichten.

Und jetzt kommen auch noch die Show-Elemente. Er zerreißt sich sein schweißnasses T-Shirt. Darunter kommt etwas zum Vorschein, was weniger an Iggy Pop erinnert, sondern, zu unser aller Überraschung, eher an einen Weltklasse-Surfer. Entweder Erwin war mal Leistungssportler, oder die Welt ist einfach ungerecht. Und weil ich ziemlich sicher bin, dass Erwin niemals Leistungssportler war, bleibt wohl nur die zweite Variante.

Julia bewegt sich im vorderen Drittel der Menge. Sie scheint das Ganze gut zu finden. Sie kichert mit Miriam rum, und die beiden schunkeln mit der Musik mit.

Musik.

Noch eben hätte ich dieses Wort für das, was sich da abspielt, nicht für angemessen gehalten. Doch je genauer ich jetzt hinhöre, umso mehr höre ich ein kleines Wunder, auch wenn ich mich noch so sehr dagegen sträube. Erwin hat sich schon nach ein paar Takten heiser gebrüllt und singt seitdem nur noch im höchsten Falsett. Man merkt, er würde gerne lauter, aber es geht nicht mehr. Dass er gerade singt, als hätte er sein Leben nicht in Berliner U-Bahnhöfen, son-

dern auf den Club-Bühnen von New York und London verbracht, scheint ihm gar nicht klar zu sein. Und die Band
spielt dazu, wie ich sie noch nie gehört habe. Gonzo treibt
Hendrik und Francesco mit schmutzigen Riffs vor sich her,
und Tobi bringt mit dem Rhodes die entscheidende ho-
möopathische Dosis Kultur mit rein. Genau so hatte ich mir
das immer vorgestellt. Und Punk-Erwin, wie gesagt, man
könnte fast denken, Curtis Mayfields Geist würde persönlich die Hand über ihn halten.

Ich sehe noch mal Julia und Miriam an und spüre einen
Kloß im Hals. Es gibt nichts dran zu rütteln. Meine Band, an
der ich dauernd nur herumnörgle und die ich Probe für
Probe mit härtester Kritik überziehe, klingt, sobald ich weg
bin, auf einmal richtig gut. Ich glaube, dies ist wirklich ein
guter Moment für ein paar gepflegte Selbstzweifel.

Ich klettere durch das Fenster auf den Ausklappbalkon
und hoffe, dass die morgenklare Luft mir zuflüstert, dass
das alles nur ein schlechter Traum ist. Aber was auch immer
sie mir zuflüstert, es geht ohnehin in dem Mördergroove
unter, der durch die Fenster über den ganzen Hof schallt.
Wären die Vietnamesen nicht für ein paar Tage auf Tauch-
station gegangen, würden sie jetzt wahrscheinlich oben in
den Fenstern sitzen, mitwippen und mich übermütig mit
Zigaretten bewerfen. Heute sehe ich aber nur die Umrisse
des seltsamen alten Mannes aus dem Dritten in einem
Fenster, kaum zu erkennen, weil er das Licht ausgeschaltet
hat.

Nach einiger Zeit bleibt Erwin die Stimme ganz weg. Als
Showdown kippt er sich sein Glas über dem Kopf aus und
schüttelt unter großem Gejohle ein todbringendes Schweiß-
Bier-Gemisch aus seinen blondierten Haaren in die Menge.
Anschließend lässt er sich selber der Länge nach hineinfal-
len. Ja, die großen Gesten, das können sie, die Punks. Aber

Erwin kann noch viel mehr, wie ich jetzt weiß, und er vermutlich immer noch nicht.

Die Band spielt ohne Gesang weiter. Wenn ich nicht wüsste, dass da Francesco am Bass ist, würde ich niemals von alleine drauf kommen, so sicher und entspannt reitet er gerade die Takte herunter. Punk-Erwin als küssende Muse für meine Band. Wenn mir das jemand vor einer Stunde geweissagt hätte, hätte ich schallend gelacht. Ob das geneigte Publikum ihn wohl gerade aufgefangen hat? Oder ist er ins Erdgeschoss durchgebrochen? Ich kann es von meinem Platz aus nicht sehen. Aber selbst wenn Letzteres der Fall wäre, er wird sich auf jeden Fall weitaus besser fühlen als ich.

Was mache ich hier überhaupt für eine Figur? Stehe wie eine beleidigte Leberwurst auf dem Balkon. Dabei bin ich gar nicht beleidigt. Nur äußerst unbarmherzig vom Hammer der Erkenntnis getroffen und deswegen ein wenig traurig. Kann man doch mal sein, oder?

Erst jetzt bemerke ich, dass das knutschende Pärchen, das vor fünf Stunden die Küche blockiert hat, ebenfalls auf dem Balkon steht. Gut möglich, dass sie tatsächlich jemand mit dem Handkarren dahin gefahren hat. Sie tun auf jeden Fall immer noch das Gleiche und sehen mich nicht.

»He, willst du nicht noch mal singen?«

Ich drehe mich um. Das war Julia. Sie steht im Fenster und sieht mich an. Partymädchen durch und durch. Keine Spur mehr von Ärger.

»Ach nee, ich weiß nicht.«

»Bist du sauer auf Erwin?«

»Iwo. Ich fand nur, also eigentlich … fand ich Erwin … ziemlich gut, du nicht?«

»Och ja, ging so.«

Sie kommt durchs Fenster gestiegen, sieht das Pärchen

und grinst. Wir haben nicht viel Platz zum Stehen, aber das scheint sie nicht zu stören. Ich mache einen Versuch, mich von Voldemort in Ron Weasley zu verwandeln.

»Tschuldige noch mal wegen vorhin. Ich fuchtel manchmal so unkontrolliert rum, und da …«

Sie grinst und hält mir den Arm fest, mit dem ich gerade schon wieder rumgefuchtelt habe.

»Vorsicht.«

»Äh, wie geht es eigentlich deinem Auge?«

»Ist nicht mein erstes Veilchen. Aber mein erstes von einem Mann … das war jetzt aber kein Kompliment, klar?«

»Klar. Das Schlimme am Krieg ist, dass man nicht mehr aufhören kann.«

»Äh … was?«

»Ach, ist mir nur vorhin so durch den Kopf gegangen. Hat aber nichts mit uns zu tun … also glaub ich zumindest.«

»Du bist ja süß.«

Du bist ja süß. Das ist der schlimmste Multi-Bedeutungscode, den Frauen im Repertoire haben. Kann wirklich alles heißen, von »Volldepp« bis zu »Ich liebe dich«. Es kommt auf die Färbung an. Aber Färbung, das ist jetzt nicht das, wofür Männer immer die geeigneten Antennen haben. Ich bin ja mit meinen vom Museumsdienst und Schauspielertraining gestählten Körpersprachekenntnissen wenigstens manchmal leicht im Vorteil, aber das nützt mir gerade auch nichts, weil ich, während sie das gesagt hat, auf ihre staubigen nackten Füße auf den Holzplanken gestarrt habe und an Sommerurlaub am See denken musste.

Sie holt einen etwas zerdrückten, aber durchaus noch rettbaren Joint aus der Hosentasche.

»Hab ich von eurem neuen Mitbewohner. Biologischer Anbau. Willst du?«

»Och ja, so zum Ausklang.«

Sie biegt das Ding liebevoll zurecht und nimmt eins der Feuerzeuge, die auf dem Minibalkontisch liegen, um ihn anzuzünden. Es riecht sofort großartig.

»Weißt du, dass Reto in der Schweiz mal im Knast war, Julia?«

»Nö. Wegen Marihuanabesitz?«

»Nö, weil er seine Drogenhandelsgewinne versteuern wollte.«

»Der ist ja süß.«

Wir nehmen beide ein paar tiefe Züge. Bilde ich mir das nur ein, oder höre ich jetzt wirklich Kuhglocken?

»Gut, oder?«

»Ja.«

»Ich hoffe trotzdem, dass Reto unsere Wohnung nicht zum Dealerbezirk macht.«

»Mir hat er gesagt, er will hier in Berlin auf was ganz anderes umsatteln. Er weiß nur noch nicht, auf was.«

»Aha.«

»Übrigens, dein Zimmer sieht ja ziemlich wüst aus. Wo schläfst du heute Nacht, äh, ich meine heute Vormittag eigentlich?«

»Auf dem Gästehochbett.«

Ich bin einfach zu blöd.

ANARCHO-BREITCORE

Ich habe mich immer noch nicht getraut, Tobi zu fragen, wie man Amelies Herz gewinnen kann. Wobei, ehrlich gesagt, ich bin nicht sicher, ob es wirklich daran lag, dass ich mich nicht getraut habe. Ich meine, nicht dass ich mich in der vergangenen Nacht plötzlich Hals über Kopf in Julia verknallt hätte, aber ich frage mich, ob die unsichtbare Potter-Voldemort-Brücke zwischen uns wirklich nur Einbildung war. Wie auch immer, ich habe Tobi heute Morgen, kurz bevor Vollbart-Lukas und Punk-Erwin als letzte Partygäste aus der Wohnung gekrochen sind, jedenfalls wieder nicht über den geheimen Zugang zu Amelies Herz ausgequetscht, sondern quasi als Übersprungsfrage nachgebohrt, was denn eigentlich damals in dem Kreativ-Schreibkurs los gewesen war, nach dessen erster Stunde er und sie sich getrennt hatten.

Ich hätte natürlich auch diesmal nichts erfahren, wenn nicht die ungewöhnliche Tageszeit und Retos Bio-Gras im Spiel gewesen wären. Das hatte Tobi nach langem Zieren nämlich doch noch probiert. Und biobekifft nahm er die Frage deutlich offener auf als sonst. Er grinste und holte ein paar beschriebene Blätter aus einem Geheimversteck in seinem Zimmer.

»Die erste Übung in dem Schreibkurs hieß *Tandem-Schreiben*. Einer fängt an, schreibt einen Absatz, gibt das Blatt dem anderen, der liest es, schreibt weiter, gibt es wieder zurück und so weiter.«

»Und *deswegen* habt ihr euch getrennt?«

»Lies einfach.«

Ich las.

Amelie:

Gwendolin hatte Schwierigkeiten, sich zu entscheiden, welchen Tee sie sich machen sollte. Earl Grey wäre früher ihre erste Wahl für einen gemütlichen Abend wie diesen gewesen, aber Earl Grey würde sie an Charles erinnern. Das wollte sie auf keinen Fall, auch wenn es viele glückliche Momente in ihrer gemeinsamen Zeit gegeben hatte. Die Wunden waren tief. Sein dominantes Auftreten, sein Ton, auftrumpfend, immer eine Spur zu ruppig und nicht zuletzt sein schäbiges Verhalten gegenüber ihrer sensiblen Freundin Susanne. Nein, Earl Grey war nicht das Richtige.

Tobi:

Währenddessen hatte Lieutenant Charles Crenshaw, Anführer des Siebten Geschwaders der Galaxy-Alpha-Truppen, das sich gerade auf Mission im Orbit von Centaurus 3 befand, wichtigere Sorgen als die Neurosen einer hübschen, aber hoffnungslos melodramatischen Schnitte namens Gwendolin, mit der er vor über einem Jahr eine wilde Nacht verbracht hatte. »Lieutenant Crenshaw an Basisstation«, sprach er, ohne den Blick von dem mannshohen Zentralmonitor der Kommandobrücke abzuwenden, in seinen transgalaktischen Kommunikator. »Polarorbit gesichert. Bislang keine Spur von Widerstand ...« Doch noch bevor er sich abmelden konnte, wurde sein Schiff von einem gewaltigen Granitorstrahl getroffen, der aus dem Nichts zu kommen schien. Charles schloss geblendet die Augen. Ein gewaltiger Ruck schleuderte ihn aus seinem Sitz quer über die Kommandobrücke.

Amelie:

Er schlug mit dem Kopf auf und starb nur wenige Sekunden später. Er hatte gerade noch genug Zeit, ein letztes Mal zu bedauern, dass er ausgerechnet die einzige Frau, der er je etwas bedeutet hatte, seelisch malträtiert hatte. Bald darauf stellte die Erde ihre sinnlosen Kampfhandlungen gegen die friedlichen Bauern von Centaurus 3 ein. »Kongress verabschiedet Gesetz zur dauerhaften Abschaffung von Kriegs- und Raumfahrteinsätzen«, las Gwendolin eines Morgens in ihrer Zeitung und nahm die Neuigkeit mit einer Mischung aus Begeisterung und Langeweile auf. Sie war nachdenklich und starrte versonnen in den Regen, der seit heute Morgen herunterkam und nicht aufhören wollte. Zeitungen, Schlagzeilen, Fernsehen – all das hatte sie viel zu früh ihrer kindlichen Neugier auf die Dinge beraubt. Wenn sie nicht bald anfangen würde, sie wiederzufinden, wäre es irgendwann zu spät.

Tobi:

Auch wenn sie es nicht ahnte, hatte sie zu diesem Zeitpunkt gerade mal noch 10 Sekunden zu leben. Einige tausend Kilometer über ihr feuerte nämlich gerade das zotlaarganische Mutterschiff die erste Salve Akio-Exkalibrator-Raketen ab. Die Liberalen hatten, ermutigt durch die alljährlichen Friedensmärsche der Landfrauen, den unilateralen Raumfahrtsabrüstungsvertrag durch den Kongress gepeitscht, und die Menschheit war nun ein wehrloses Angriffsziel für alle feindlichen außerirdischen Imperien. Bereits zwei Stunden nach Unterzeichnung des Vertrags hatte die zotlaarganische Flotte Kurs auf die Erde genommen, mit genügend Waffen an Bord, um den gesamten Planeten in die Luft zu jagen. Ungehindert drang die Akio-Exkalibrator-Rakete in die Erdatmosphäre ein. Wenige Sekunden

später spürte selbst der Präsident in seinem geheimen mo-
bilen Unterwasserstützpunkt auf dem Meeresboden die un-
vorstellbare Gewalt der Explosion, die Gwendolin und gut
hundert Millionen weitere Menschen von einem Moment
auf den anderen pulverisierte. Nachdem ihn das Entsetzen
für einen kurzen Augenblick paralysiert hatte, schlug er
energisch mit der Faust auf den Konferenztisch, um seinen
Generalstab aus der Lethargie zu reißen.

Amelie:
Lieber Tobi, mir ist jetzt gerade endgültig klar geworden,
dass es keinen Sinn mehr mit uns hat. Ich gehe jetzt raus,
und geh mir bitte nicht hinterher.

Ich habe mich noch bis zum Einschlafen gefragt, wie Tobi
es schaffen konnte, etwas dermaßen zu versauen. Aber das
muss man wieder im Großen und Ganzen sehen. Er hat ja,
wie gesagt, den Beginn ihrer Beziehung immer mit dem
Wort *peng* umschrieben …
   Verflixt, ich bin schon wieder weggepennt. Kein Wunder.
Party bis neun Uhr morgens und anschließend nur drei
Stunden Schlaf auf dem Gästehochbett, das ich mir auch
noch mit Hendrik teilen musste. Aber es hilft ja nichts. Ich
habe Martin-Gropius-Bau-Schicht. Hätte ich mal vorhin
bloß nicht nur die Aspirins, sondern auch die Familienpackung Amphetaminkapseln aus Tobis Medikamentenla-
ger mitgenommen.
   Wenigstens hat sich jetzt gerade ein interessanter Mann
an einem Bild drei Meter neben mir festgebissen. Optisch
nicht weiter auffällig. Anfang vierzig, dezent gemustertes
Hemd, Andeutung eines Oberlippenbarts. Aber wie er das
Bild betrachtet … so vertieft und gleichzeitig so abgeklärt.
Ja, keine Frage, er ist irgendwie vom Fach … andererseits,

irgendwas sagt mir, dass ihm das Bild doch nicht so richtig nahgeht, obwohl er es so konzentriert ansieht ... die Ohren sprechen mal wieder Bände ... was ist er von Beruf? Was treibt ihn her?

Es gibt kaum etwas Besseres, um mich wach zu halten, als solche Fragen. Das Blöde an meinem Job ist, dass ich nicht einfach auf ihn zugehen und Konversation machen darf, um mehr rauszukriegen. So was kann ziemlich in die Hose gehen. Der gewöhnliche Museumsbesucher hält Museumsaufpasser wie mich nämlich für Menschen niederer Entwicklungsstufe. Wenn wir uns nicht konsequent zurückhalten, heißt es gleich, gestörter Kunstgenuss, Beschwerde beim Chef und so weiter. Neue Kollegen, die denken, es ist eine gute Idee, ihr redseliges Berliner Gemüt in den Job einzubringen, bekommen das ganz schnell auf bitterste Weise zu spüren. Nein, ich bin Profi, ich weiß mich zu zügeln. Ich ziehe als Ersatzhandlung meinen Zeichenblock raus und versuche, den Mann zu zeichnen. Das Ergebnis kann man natürlich vergessen, aber durch das Zeichnen behalte ich seine Körperhaltung besser im Kopf. Außerdem lässt mich dieser Akt ganz nebenbei immens in der Achtung der Besucher steigen. Sobald mein Stift auf dem Papier ist, verwandle ich mich in deren Köpfen vom geistig minderbemittelten Aufpass-Proll zum materiell minderbemittelten Kunststudenten. Das ist ein Riesenschritt. Da erinnern sich die Leute ganz schnell wieder daran, dass Klassendenken komplett aus der Mode ist.

Als ich die Schritte meines Chefs in der Mittelhalle höre, packe ich den Block schnell wieder weg. Ich weiß zwar nicht, ob er überhaupt was dagegen hätte, aber sicher ist sicher.

»Hallo, Oliver.«

»Guten Tag, Herr Dr. Grobe.«

»Also, es ist wie verhext ...«

»Soll ich wieder ins Lager? Kein Problem.«

»Ja … aber ich sehe gerade, Sie haben sich heute extra schick gemacht. Nein, lassen Sie mal. Das soll André machen. Ich mag ja keine Kleiderordnungen, aber ich finde es sehr gut, wenn das Aufsichtspersonal von selbst versteht, dass das nicht irgendein Ort ist, an dem man irgendwie rumlaufen kann. Nein, nein, das macht André. Der ist in Jeans da.«

Ach so, ich hab ja die Anzughose an. Hatte ich schon vergessen. Schon lustig. Dr. Grobe findet mich irgendwie gut. Ich habe schon dutzende Jobs durch, aber ich war noch nie der Liebling des Chefs. Und den Aufpasser-Job habe ich mit so geringen Ambitionen angetreten, dass ich fest mit einer Karriere als meistgehasster Mitarbeiter gerechnet habe. Aber nein, ausgerechnet hier werde ich Chef-Liebling. Ich schwöre, ich habe nie etwas Besonderes dafür getan. Irgendwie fügt sich so was von selbst.

Der Oberlippenbart-Mann geht ein paar Schritte nach links … Ungewöhnlicher Gang … nein, da steckt etwas Spezielles dahinter … Irgendwas mit Kunst … verflixt, ich komm nicht drauf. Ich habe zu wenig Informationen … hey, vielleicht ist er ein Meisterdieb? So was wie Sir Charles Lytton in *Der rosarote Panther*? Auch wenn er nicht mal annähernd die Klasse von David Niven hat … Vielleicht sollte ich besser Dr. Grobe Bescheid sagen …

*

Beim nachmittäglichen Nachhausekommen habe ich eigentlich fest mit einem dieser beiden Szenarien gerechnet:
A) Alle schlafen noch (wahrscheinlicher).
B) Sie sind schon aufgestanden und haben mit dem Aufräumen angefangen.

Aber als ich die Wohnungstür aufschließe, schlägt mir weder der klassische Nach-Party-Kollektiv-Komaschlaf-Muff entgegen, noch rieche ich den Hangover-Putzkolonne-am-Werk-Duft, in dem sich Siff-Schwaden mit Putzmittel-Aromen und Frischluftbrisen vermengen. Stattdessen riecht es einfach nur so, als hätte die Party niemals aufgehört, und eine aufgeregte Kleingruppe sitzt in der Küche und diskutiert aufgeregt. Gonzo, Tobi, Reto, Francesco, Hendrik, Amelie mit Lambert auf dem Schoß und, wahrscheinlich nur um das Überraschungsmoment perfekt zu machen, Hacker-Arne. Aus der Anlage krächzt der höhenlastige Mitschnitt, den Caio gestern während unseres Auftritts gemacht hat, und im Hintergrund presslufthämmern die Georgier, als hätte es hier nie eine Razzia gegeben.

Anscheinend besteht mein Gesicht aus tausend Fragezeichen. Jedenfalls versuchen alle gleichzeitig, mich auf den Stand der Dinge zu bringen, während ich noch in der Küchentür stehe.

»Stell dir vor, die beiden Galeriekokser von unten haben uns eingeladen, heute Abend auf ihrer Vernissage-Party zu spielen.«

»Die fanden uns richtig gut.«

»Jauuuuul!«

»Keine Angst, Lambert, das ist nur Oliver. Der ist ganz lieb.«

»Und Arne hat bis eben noch an deinem Staub-PC rumgefrickelt.«

»Hat nur keiner bemerkt, dass er die ganze Nacht in Francescos Zimmer war.«

»Nicht mal Francesco selbst, als er sich schlafen gelegt hat.«

»Na ja, bemerkt schon, aber ich habe ihn für eine Kuh gehalten.«

»Kein Wunder, wenn du sonst nie kiffst, aber gestern gleich drei Gramm Reto-Bio-Spezial wegsaugst.«

»Jedenfalls brauchen wir jetzt sofort einen Bandnamen. In zwei Stunden soll der Gig auf Kiss FM angesagt werden.«

»Also ich finde Superhirn gut.«

»Komisch, die Berliner sehen von meinem Gras immer Chrühe. Elvin und Adrian von der Werbeagenturch haben das auch erzählt …«

»Arne, was hast du eigentlich die ganze Nacht mit Krachs PC angestellt? Ich meine, außer Anti-Staub-Software installiert?«

»Bleibt doch mal bei der Sache! Wir brauchen einen Bandnamen.«

»Warum bist du heute eigentlich so schick, Krach?«

»Irgendwas, was zu Anarcho-Breitcore passt. Los, jetzt! Jeder macht einen Vorschlag. Einfach aus dem Bauch heraus. Hendrik?«

»Spreizdübel … hey, du hast gesagt, einfach aus dem Bauch raus. Hab ich gemacht. Sag erst mal selbst was.«

»Äh … äh … äh, Colorcode, ach nee …«

»Volvomagnet.«

»Arbeitsspeicher.«

»Kniekick.«

»Rensenbrink.«

»Also, ich finde Superhirn gut.«

»Volkszählung.«

»Sushisucker.«

»Jauuuuuul!«

»So wird das nie was.«

Komisch, dass Tobi so still ist. Mit irgendwas fummelt er die ganze Zeit unter dem Tisch rum. Sonst hätten wir wahrscheinlich schon längst einen Namen.

»Krach, jetzt setz dich endlich und sag auch mal was.«

»Hm … Sir Charles Lytton?«

»Hey, das ist doch schon mal ein Ansatz. Einfach einen Personennamen.«

Ich nehme mir ein Glas Wasser und setze mich. Eigentlich ist es ja gar nicht so schlecht, jetzt nicht gleich putzen zu müssen. Nur dass wir heute Abend schon wieder spielen sollen, muss ich erst mal verdauen. Ich wollte mir doch erst mal in aller Ruhe überlegen, ob ich meinen Sänger-Posten mit heroischer Geste an Punk-Erwin übergebe. So ähnlich wie John Travolta in *Saturday Night Fever* seinen Tanzpokal an die Puerto Ricaner …

»Oh, irch kann mirch erinnern, dass alle Berliner Bands, die in den letzten Jahren in Zürich gespielt haben, chrussische Personennamen hatten.«

»☺ Oh nein, das geht gar nicht. Russischer Bandname ist viel zu 90er. ☺«

»☺ Wenn nicht sogar 80er. ☺«

»☺ Aber im negativen Sinn. ☺«

»☺ Habt ihr eigentlich keine Espresso-Maschine? ☺«

Alle erstarren mitten in ihrer Bewegung. Wo zum Teufel kommen die beiden Zombies jetzt schon wieder her? Gonzo findet als Erster die Sprache.

»Nee, nur Filterkaffee. Habt ihr eigentlich nicht Wochenende?«

»☺ Wochenende. Er hat Wochenende gesagt, Adrian. ☺«

»☺ Wie süß. Nein, Schätzchen, am Montag ist die Frische-Deo-Präsentation. Da müssen wir noch jede Menge dran schrauben. ☺«

»☺ Ich nehm mir mal was von eurem … nun, nennen wir es ruhig Kaffee. ☺«

»Jauuuuuuul!«

Während Elvin mit spitzen Fingern nach unserer Kaffeekanne langt, funkeln wir alle, so böse wir können, Gonzo an. Gonzo funkelt zurück. Wenn er wirklich über diese Heinze einen Job in der Agentur kriegt, schuldet er der WG mindestens fünf Bierfässer.

»Äh, nur mal so, wie seid ihr eigentlich reingekommen?«

»☺ Na durch die Wohnung nebenan und dann flott durch das Loch in der Wand vom Dancefloor-Zimmer geglitten … ☺«

»Jetzt bleiben wir wirklich mal beim Thema. Also, wollen wir einen russischen Bandnamen?«

»Na klar. Mir doch egal, ob das zu sehr 90er ist. In Zürich sind sie anscheinend verrückt danach. Das sollte uns etwas sagen.«

»In Zürich wohnt das Geld.«

»Ich find auch. Russischer Name geht immer.«

»Hat jemand das Moskauer Telefonbuch da?«

Wunderbar. Da haben Elvin und Adrian der Diskussion völlig unverhofft eine neue Richtung gegeben. Alle sind einer Meinung: Hauptsache, der Bandname ist das krasse Gegenteil von dem was die beiden sagen. Als ich meine Umhängetasche öffne, um noch ein Aspirin rauszuholen, witscht Lambert urplötzlich winselnd aus Amelies Armen und versucht, aus dem Fenster zu springen. Gonzo erwischt ihn gerade noch an den Hinterläufen. Aber statt ihm auf Hundeknien für seine Lebensrettung zu danken, jault er nur und zappelt. Amelie sieht mich streng an.

»Krach, wie konntest du nur!«

»Was denn? Ich hab nur meine Tasche aufgemacht.«

»Was heißt hier *nur*! Lambert war ein Laborhund. Jedes Mal, wenn er Klettverschlüsse hört, denkt er, jetzt wird er wieder festgeschnallt und wir machen Versuche mit ihm. Denk dich mal ein bisschen in ihn rein.«

»Ach so.«

»Jauuuuuul!«

»Ist ja gut, mein Kleiner, ist ja gut ...«

»☺ Unglaublich, ein suizidaler Hund. ☺«

»☺ Das nehmen wir für die Hundefutter-Kampagne, oder? ☺«

»☺ Nein du, das ist zu Zaunpfahl. ☺«

»Also, wir suchen einen russischen Namen. Wo kriegen wir den her?«

»Im Inzaghi-Hass-Altar liegt noch ein Stapel von dem Prawda-Probeabo, das Francesco mal im Suff abgeschlossen hat.«

»Ach, stimmt, die, die wir aufgehoben haben, für wenn wir mal die Küche renovieren.«

Hendrik fegt nach draußen und ist drei Sekunden später mit einer alten Prawda wieder auf seinem Platz.

»Okay. Wir konzentrieren uns auf die Musik, und Hendrik liest einfach alle russischen Namen vor, die in der Zeitung vorkommen. Wenn einer findet, dass ein Name passt, einfach Stopp rufen.«

»☺ Vergesst nicht, dazu einen Kreis zu bilden und euch mit den Handflächen zu berühren, hichichich! ☺«

»Jauuuuuul!«

»Und das kannst du wirklich lesen, Hendrik?«

»Na klar, solide Ost-Schulbildung ... Andrej Klytschkow ... Sergej Glasjew ... Leonid Roschal ... Ruslan Auschew ...«

»Nee, alles nichts.«

»Boris Gryslow ... Nikita Belych ... Andrej Busin ... Dmitri Medwedjew ... Gennadi Onischtschenko ... Alexej Wenediktow ...«

»Passt auf, die Radiofritzen warten nicht ewig. Wir machen es einfach so: Hendrik liest weiter, und wenn Lambert das nächste Mal jault, nehmen wir genau den Namen, der gerade dran war. Ohne Wenn und Aber.«

»Taimuras Mamsurow … Alexander Dsasochow … Jewgeni Primakow … Konstantin Titow …«

»War der nicht Astronaut?«

»Kosmonaut.«

»Ruhe!!!«

»Michail Kassjanow … Boris Nemzow … Andrej Rebukanow …«

»Jauuuul!«

»Bingo! So heißen wir ab jetzt. Andrej Rebukanow – Anarcho-Breitcore. Ich ruf gleich bei Kiss FM an.«

»Hendrik! Du hast Lambert am Schwanz gezogen.«

»Nur ganz leicht.«

»Wie kannst du nur …«

»Andrej Rebukanow hat mir irgendwie gefallen, und außerdem macht es Spaß, Zufallsentscheidungen heimlich zu steuern … he, was ist auf einmal mit der Musik?«

»Weiß nicht, die Anlage ist tot.«

»Licht geht auch nicht mehr … Toaster auch nicht … der Strom ist weg.«

»Ich schau mal nach der Sicherung.«

»Tobi, was frickelst du da eigentlich die ganze Zeit unter dem Tisch rum?«

»Hm? Ach so, ich versuch nur, dies Schloss hier aufzukriegen.«

»Hä, was für ein Schloss?«

»Na dies hier. Hab ich von Arne. Das ist jetzt der neue Hacker-Sport. Analoge Schlösser knacken. Man braucht nur ein Pick-Set.«

»Pick-Set?«

»Na, das ist so die Grundausrüstung.«

Tobi schwenkt einen Bund aus feinen Stahlhäkchen, der

genau so aussieht wie der Dietrichbund, den die Bartstoppel-Einbrecher in Seniorenzeitschriften-Cartoons immer am Gürtel tragen.

»Wetten, dass ich diesen Standard-Baumarkt-Schließzylinder, im ahnungslosen Volksmund auch *Sicherheitsschloss* genannt, in fünf Minuten aufgekriegt habe?«

Tobi mal wieder. Wenn ihn erst mal was gepackt hat …

»Die Sicherung ist drin. Das mit dem Strom muss an irgendwas anderem liegen.«

»Arne schafft das Schloss sogar in weniger als einer Minute, aber der hat auch schon Übung.«

»Dann haben wohl die Georgier irgendwo die Versorgungsleitung angebohrt.«

»Gehen wir mal nachsehen.«

»Da! Ich habs schon offen, Arne!«

»Wow, das ging aber schnell. Du hast Talent. Probier mal das hier. Das ist ein Chubb-Schloss. Sozusagen das nächste Level.«

Ich ziehe mit Hendrik los. Die Georgier werkeln im Erdgeschoss hinter der Kunstgalerie am Übergang zum Seitenflügel. Kurz bevor wir sie erreichen, kommt uns natürlich wieder Herr Wohlgemuth entgegen.

»Sieh an, Herr Krachowitzer und Herr Pranske. Was führt Sie denn hierher? Doch nicht etwa wieder Probleme mit den Stemmarbeiten?«

Zum Glück ist Gonzo diesmal nicht dabei.

»Iwo. Wir wollten nur mal Ihren Georgiern zugucken, Herr Wohlgemuth.«

»Vielleicht können wir von denen noch was lernen.«

»Presslufthammer-Ansetzwinkel, Meißelbreite und so weiter, das ist ja eine ganze Wissenschaft für sich.«

»Herr Pranske hat nämlich eine Großbaustelle in Klein Ziethen, müssen Sie wissen.«

»Besonders interessieren mich regional bedingte Stemm-technik-Unterschiede.«

»Wirklich ein hochinteressantes Thema.«

»Der Georgier stemmt zum Beispiel äußerst rückenscho-nend.«

»Dieses Wissen wird dort unten schon seit Generationen weitergegeben.«

»Unbezahlbar ist das, Herr Wohlgemut, unbezahlbar.«

»Warten Sie mal ab. In spätestens fünf Jahren bieten die Krankenkassen hier kostenlose Kurse für Bauarbeiter in georgischer Stemmtechnik an.«

»Kommen Sie doch mit. Das sehen wir uns gemeinsam an … was ist denn mit Ihrer rechten Wange los, Herr Wohl-gemuth?«

Wir verabschieden uns und gehen weiter. Aus den Au-genwinkeln sehe ich, dass er sich eine Zigarette ansteckt und dabei Schluckauf bekommt. Ich glaube, wir müssen langsam aufpassen, dass wir es nicht zu weit treiben.

Bei den Georgiern finden wir das, was wir schon erwar-tet haben. Ein aufgestemmter Versorgungsschacht, Schmor-geruch in der Luft und ein schreckensbleicher Arbeiter mit zitternden Knien. Hendrik redet ein wenig auf Russisch mit dem Ältesten des Trupps. Baufachleute wie die bei-den finden immer sofort einen Draht zueinander, egal in welcher Sprache. Der Georgier-Chef macht während des Gesprächs ein paar beunruhigende Gesten mit sei-nem Meißel nach oben in Richtung unserer Wohnung. Ich sehe zur Decke. An vielen Stellen fehlt der Putz. Zwi-schen uns und diesem Baudreck-Inferno hier liegt quasi nichts mehr als ein paar lächerliche Balken und Dielenbret-ter.

Nachdem Hendrik sein Fachgespräch beendet hat, ge-hen wir wieder hoch. Er lacht bitter.

»Der Georgier-Chef hat Herrn Wohlgemuth tausendmal gesagt, dass der Versorgungsschacht wahrscheinlich in dieser Wand ist.«

»Und?«

»Und Herr Wohlgemuth hat ihm tausendmal gesagt, dass sie trotzdem reinstemmen sollen. Er hat sich sogar danebengestellt und zugeschaut. Und dann … na ja, muss einen ordentlichen Funkenregen gegeben haben.«

»Und was war das für eine Geste mit dem Meißel nach oben?«

»Och, er hat nur netterweise angeboten, dass wir, bis das wieder repariert ist, was von ihrem Baustrom abhaben können. Müssten sie nur ein Loch in die Decke machen für das Kabel.«

»Hm. Na, bleibt uns wohl nichts anderes übrig.«

Als wir zurück in die Küche kommen, läuft die Musik aber seltsamerweise schon wieder.

»☺ Na, kommt schon, ihr dürft ruhig staunen. ☺«

»☺ Powered by Agentur Forza Idee. ☺«

Wir sehen das Verlängerungskabel auf dem Boden und folgen seinem Verlauf durch die Küchentür, über den Flur, durch Retos Zimmer, aus dem Fenster raus und durchs nächste Fenster im ersten Stock des Nachbarhauses wieder rein, direkt in die Räume der Werbeagentur. Wir gehen zurück.

»Äh … danke. Also, das ist wirklich nett von euch.«

»Hm, und bekommt ihr da auch keinen Ärger?«

»☺ Ach, eure paar Kilowatts. ☺«

»☺ Wir kriegen sowieso Sonderkonditionen, weil wir jetzt einen ukrainischen Billig-Stromanbieter als Kunden haben, der den deutschen Markt aufmischen will. ☺«

»☺ Wollten sich *Nuclear Superpower* nennen. Haben wir ihnen aber zum Glück ausreden können. ☺«

»☺ Der deutsche Endverbraucher tickt eben ganz anders. ☺«

»Und wie heißen sie jetzt?«

»☺ Unser Creative Director schwankt noch zwischen *Grünkraft* und *Sonnenschein*. ☺«

KONST

Ganz toll. Nicht nur, dass wir jetzt ukrainischen Atomstrom aus der Steckdose einer zynischen Werbeagentur ziehen. Bestimmt glauben Elvin und Adrian jetzt auch endgültig, dass unsere Küche ihr neuer Pausenraum ist, denke ich zähneknirschend, während ich mit Tobi das elend schwere Fender-Rhodes-Piano über den Hof in die Kunstgalerie schleppe. Warum haben wir eigentlich keine Sackkarre?

Und Amelie hat auch nur noch Lambert im Sinn. Was für eine Verschwendung. Aber das soll mich jetzt nicht kümmern. Manchmal ist es gut, einfach nur an den nächsten Schritt zu denken und alles andere auszublenden. Und der nächste Schritt heißt Gig bei den Galeriekoksern.

Die sogenannte Kunstgalerie sieht aus, als wäre hier die DDR in einer Zeitkapsel konserviert worden. Gut, in einer Zeitkapsel, in die inzwischen jede Menge klebriger Party-schmutz eingedrungen ist, aber sonst ist hier wirklich nichts angefasst worden. DDR-Plastikboden, DDR-Tapete, DDR-Fenster, DDR-Lampen, DDR-Stühle und natürlich DDR-Duft. Eigentlich unglaublich. Fast zwanzig Jahre ist das mit dem Mauerfall her, und hier riecht es immer noch nach dem sozialistischen Universal-Desinfektionsmittel Wofasept. Wie nachhaltig sich das in alle Poren reingefressen hat. Hier muss früher mal ein wahrer Putzteufel gehaust haben. Hendrik hat mir mal aus Spaß eine Flasche von dem Zeug unter die Nase gehalten. Eigentlich ist der Duft unbeschreiblich. Am ehesten trifft man es vielleicht, wenn man sich billiges, total vergilbtes und verstaubtes Papier vorstellt, das mit Essig übergossen wird. Mein erster Impuls nach der Duftprobe war jedenfalls, mich freiwillig in die Psychiatrie einweisen zu lassen.

Die Krönung der DDRigkeit sind hier allerdings die klotzigen Brillen und die Frisuren der beiden Galeriebetreiber. Fast schon hyperreal, diese Betonseitenscheitel. Zudem ein interessanter Kontrast zu den fettigen Zottellocken des Künstlers, der in einer Ecke des Raums auf dem Boden kauert und laut auf Englisch vor sich hin fluchend noch schnell was fertigmalt.

Leider können wir die Schlepperei nur zu dritt erledigen. Francesco ist noch in der Arbeit, Gonzo hat sich abgemeldet, weil er noch ein Andrej-Rebukanow-Transparent basteln wollte, das wir hinter die Bühne hängen können, und Reto hat sich bereit erklärt, schon mal mit dem Hausputz anzufangen. Die Unterbesetzung beim Schlepp-Team merkt man sofort in den Armen. Ich kriege im Zweifelsfall sowieso immer die schwersten Lasten aufgeladen, weil ich der Einzige bin, der nachher seine Finger nicht zum Spielen braucht. Ich sollte mir mal eine Alibi-Gitarre zum Mitschrammeln besorgen.

Tobi hat es sich schon wieder gemütlich gemacht.

»Jetzt frickel nicht schon wieder an deinem Schloss rum. Wir müssen noch mindestens zweimal gehen.«

»Hm? Ach so, ja.«

Die Option, meinen Sänger-Posten an Punk-Erwin weiterzureichen hat sich erledigt. Er hat, seit er heute Mittag aufgewacht ist, keine Stimme mehr, hat mir seine Mama erzählt.

Tobi steckt seine Schlossknack-Ausrüstung wieder ein, und wir gehen zum gefühlten zwanzigsten Mal Richtung Proberaum. Und dann noch mal. Und dann noch mal. Als wir endlich die gesamte LKW-Ladung Amps, Endstufen, Boxen, Kabel und was man alles sonst noch so als Band braucht, obwohl man eigentlich nur einen mittelgroßen Raum mit anspruchslosem Publikum beschallen will, auf die Bühne gewuchtet haben, sind meine Finger kaum noch zu fühlen. Wir lassen uns seufzend auf die herumstehenden DDR-Stühle sinken und verschnaufen. Etwa zehn Sekunden später kommt Gonzo mit seinem Transparent an.

»Na, was sagt ihr? Durfte ich netterweise auf Adrians und Elvins Agenturplotter rauslassen. Der kann sogar auf Stoffbahnen drucken. Sieht doch großartig aus, oder? Senfgelb als Akzentfarbe auf …«

»Mich beeindruckt vor allem dein Timing, wenn es darum geht, nichts schleppen zu müssen.«

»Jetzt nöl nicht rum. Gute Arbeit, Gonzo.«

Es sieht wirklich fantastisch aus, was er da in Windeseile produziert hat. Einprägsamer Schriftzug aus für uns Mitteleuropäer nur bedingt lesbaren russischen Buchstaben und im Zentrum eine halbnackte Comicfigur mit grotesk verdrehten Armen.

»Soll das Männchen eigentlich Andrej Rebukanow sein?«

»Kann jeder selbst interpretieren.«

Während die Instrumente verkabelt werden, habe ich Mußezeit. Theoretisch könnte ich jetzt Reto eine halbe Stunde beim Putzen helfen, aber dann müssten mich die anderen wieder extra holen, wenn Soundcheck ist. Nein, immer Wegrennen ist gar nicht gut für das Wir-Gefühl einer Band. Ich sitze lieber ein wenig herum und betrachte die schmierigen Ölgemälde des britischen Zottelkünstlers, Armer Kerl. Aufgeregt, wie er ist, scheint er zu erwarten, dass die Ausstellung sein großer Durchbruch wird. Dass die Vernissage nur als Vorwand dient, um trotz fehlender Schanklizenz eine amtliche Party feiern zu dürfen, kommt ihm

105

gar nicht in den Sinn. Geschweige denn, dass seine Otto-Dix-trifft-Death-Metal-Bandplakat-Schmierorgien so dermaßen überhaupt keinen Nerv treffen, dass alles zu spät ist.

Die Tür zwischen den beiden Schaufensterscheiben ist offen. Hin und wieder stecken Touristen ihre Köpfe rein, werden aber vom DDR-Geruch sofort dermaßen zurückgestoßen, dass sie gar nicht erst dazu kommen, auf die miese Zottelbritenkunst draufzugucken. Gehört wahrscheinlich zum Konzept des Ladens.

Gonzo fummelt jetzt auf einmal hektisch an dem alten Stern-Radio rum, das in der Ecke auf dem Boden steht.

»Du glaubst doch nicht wirklich, dass du damit West-sender reinkriegst?«

»Psssst!«

»Frrrrrbrtzlfrrrr … und hier hab ich noch eine Party für euch: Galerie Ostler, frrrrrrr … straße 26 … frrrrrbrtzl … spielen Andrej Rebukanow … frrrr … Anarcho-Breit-core …frrrrkrckfrrrrrr … anschließend legt DJ Zone … frrrrrrrrrrrr … Indie-Electrotrance … brtzlknackfrrrrrrr …«

»Sagenhaft! Eben noch keinen Namen gehabt, und jetzt kennt uns schon ganz Berlin!«

»Tja, die Massenmedien …«

»Offen! Ich hab das Chubb-Schloss aufgekriegt!«

»Aha.«

»Etwas mehr Begeisterung, bitte. Das ist hier nicht so ein Lullipulli-Mietwohnungsschlösschen. Mit solchen Dingern werden Villen und Anwaltskanzleien gesichert.«

»Und was hast du davon? Willst du jetzt einbrechen gehen?«

»Aber nicht doch. Schon mal was von Hacker-Ehre gehört? Wir machen das nur, um Sicherheitslücken aufzuzeigen.«

»Tobi will Sicherheitslücken aufzeigen. Wer hätte das gedacht.«

»Na gut, ich gebs ja zu. Es ist vor allem das Machtgefühl. Auch mal probieren?«

»Nee, später vielleicht.«

*

Was so eine Radiodurchsage ausmacht. Es ist noch nicht mal elf, und die Pseudogalerie ist schon so voll, dass keiner mehr reingeht. Einer der Scheitelkokser muss Türsteher spielen, während der andere uns bearbeitet, dass wir endlich anfangen. Aber wir haben es nicht eilig. Früh anfangen heißt am Ende nur länger spielen, und bei unserem begrenzten Repertoire ist das nicht gerade das, wovon wir träumen.

Ein Teil des Publikums besteht aus unseren Partygästen von gestern. Sogar Punk-Erwin ist gekommen, obwohl er immer noch keinen Piep rausbringt. Ein Dreikäsehoch mit Gelfrisur arbeitet sich durch die Menge zu uns durch.

»Hallo, seid ihr die Band? Ich schreibe für den Musikteil vom Prinz. Auf Kiss FM ham sie gesagt, ihr spielt Anarcho-Breitcore. Da wollt ich mal fragen, was isn dis eigentlich?«

Für Antworten auf solche Fragen ist normalerweise Tobi zuständig, aber Arne hat ihm schon wieder ein neues, noch schwierigeres Schloss gegeben, und deswegen nimmt er Reize aus seiner Umgebung kaum noch wahr, also müssen wir ran.

»Das erklär ich dir, wenn du mir erklärst, was Big Beat ist.«

Oh, Gonzo ist auch nicht schlecht.

»Ja, bitte! Ich wollte auch schon immer wissen, was Big Beat ist.«

»Du als Musikkritiker eines so renommierten Blatts musst das doch irgendwie erklären können.«

»Na ja, äh, also, äh …«

»Na komm schon.«

»Also ich sag mal so, bei Big Beat gibts ganz verschiedene Grundrhythmen, so Richtung Techno, Breakbeat und so, hm, und das Ganze so zwischen 85 und 160 BPM mit Bass Drum auf der Eins. Na ja, so in etwa.«

»Vielen Dank! Endlich hab ichs kapiert.«

»Und Anarcho-Breitcore?«

»Hör gut zu: Da gibts auch ganz verschiedene Grundrhythmen, aber mehr so Richtung Hinterhouse und Euroklopf, meistens zwischen 50 und 80 beziehungsweise 130 und 2500 BPM, aber niemals zwischen 116 und 118. Und, ganz charakteristisch, Zufallsbass auf eins, zwo, drei oder vier.«

»Oder irgendwo dazwischen.«

»Äh, verstehe. Also was Komplexeres.«

»Auf jeden Fall. Muss man sich reinhören.«

»Danke euch.«

»Gern geschehen.«

Wir alle schaffen es, ernst dreinzublicken, bis sich der Prinz-Praktikant wieder trollt. Der Scheitelkokser tippt schon wieder auf seine nicht vorhandene Armbanduhr. Hinter ihm sehen wir Reto durch den Hofeingang reinkommen. Er sieht angestrengt aus.

»Hast du etwa die ganze Zeit geputzt?«

»Ja. Also nur mal so das Chröbschte.«

»Na komm, nicht so bescheiden. Du bist ein Held.«

»Setz dich. Ich hol dir ein Bier.«

»Nein, irch bin noch nircht ganz fertig. Mir ist nurch das Putzmittel ausgegangen. Vielleicht kann irch mir hier etwas borgen.«

»Putzmittel? Hier? Ich bitte dich. Riecht man doch, dass hier seit 1990 nicht mehr geputzt wurde.«

Aber irgendwie hat Reto den typischen Gesichtsausdruck eines Mannes, den man besser nicht aufhalten sollte.

»Okay, wenn wir jetzt nicht langsam anfangen, schlachtet uns DJ Zone.«

»Tobi, du muss jetzt ganz tapfer sein.«

»Hm?«

»Gib mir das Schloss.«

»Sofort. Warte, gleich hab ichs …«

»Gib mir das Schloss!«

»Ach Manno …«

Sollte ich irgendwann mal in meinem Leben Kinder erziehen müssen, wird mir meine Zeit mit Tobi noch sehr nützlich sein. Ich warte, bis alle ihre Instrumente am Start haben, und gehe auf die Bühne. Heute habe ich mir fest vorgenommen, es mal mit einer anderen Einstellung anzugehen. Ich muss das sehen wie Punk-Erwin. Sich einfach freuen, dass Publikum da ist, und alles geben. Das überträgt sich dann ganz schnell auf die Band. Während Gregor den ersten Song anzählt, baue ich Körperspannung auf. Kurzes Aufatmen, als ich höre, dass Francesco diesmal die richtige Tonart erwischt hat, und los … Ja, da springen sofort Funken aufs Publikum über. Merkt man. Nur Lambert findet es nicht so gut. Er jault zum Steinerweichen und Amelie verschwindet nach ein paar Sekunden mit ihm aus der Tür.

Allen Übrigen scheint es zu gefallen. Caio steht weit vorne und nickt anerkennend, obwohl ich immer noch keinen Fusselbart habe, und Vollbart-Lukas und Konsorten wagen schon die ersten Tanzschritte. Der Einzige, dem unser Auftritt nicht so gefällt, ist der finster dreinblickende Zottelbritenkünstler. Hat wohl eher mit großem Presseauflauf und Blitzlichtern gerechnet und nicht damit, dass hier auf einmal die Hausband im Zentrum des Interesses steht. Was mir wiederum nicht so gefällt, ist, dass Julia, anstatt sich auf uns zu konzentrieren, ganz eifrig dabei ist, Punk-Erwin die Taubstummensprache beizubringen. Aber davon sollte ich mich jetzt nicht ablenken lassen.

Gerade als ich meine Stimme noch mal deutlich für den dritten Refrain anhebe und mich, um mein Engagement zu unterstreichen, ins Hohlkreuz fallen lasse, machen die Boxen einen lauten Knacks. Danach geben sie keinen Mucks mehr von sich.

Ausgerechnet jetzt. Wir haben noch nicht mal den ersten Song fertiggespielt. Ich singe noch ein paar Takte weiter, aber das bringt nichts. Gesang, der mit einem Schlag von 500 Watt Verstärkerleistung auf unplugged umgestellt wird, klingt immer ein bisschen dünn. Vollbart-Lukas brüllt »Scheiß Ost-Sicherungen!«, aber noch während die Lacher verklingen, sehe ich, was wirklich passiert ist. Herr Wohlgemuth steht neben der Bühne und hat unseren Endstufen-Netzstecker in der Hand.

»Es reicht, meine Herren. Wenn Sie glauben, dass ich erlaube, dass Sie hier mit Ihren akustischen Dampframmen das Haus zum Einsturz bringen, dann haben Sie sich geschnitten!«

Ob er sich dabei mit Absicht so positioniert hat, dass Gonzo ihm am nächsten steht und wir anderen nicht die geringste Chance haben, ihn aufzuhalten? Ich könnte natürlich pro forma noch versuchen, ihn mit einem Kevin-Costner-Bodyguard-Neiiiiiiiiiiiiin-Hechtsprung aufzuhalten, aber damit würde ich höchstens meinen guten Willen beweisen. Wir sehen mit angehaltenem Atem zu, wie das Verhängnis seinen Lauf nimmt.

»SIE ... SIE WAS FÄLLT IHNEN EIN! EINFACH DEN

STECKER RAUSZIEHEN! WAS GLAUBEN SIE, WAS DA ALLES KAPUTTGEHEN KANN?«

Immerhin siezt er ihn. Äußerst beunruhigend ist aber, dass er seine Gitarre wie eine Keule über seinem Kopf schwingt. Wir versuchen, ihm gut zuzureden.

»Nicht die gute Gibson, Gonzo!«

»Ist er doch gar nicht wert!«

Zwecklos.

»WENN SIE UNSERE BOXEN ZERSCHOSSEN HA-BEN, DANN REIß ICH IHNEN DEN ARSCH KREUZ-WEISE AUF! UND JETZT VERSCHwinden Sie, aber ganz fi. oder, äh, tja, nun …«

Hm, einerseits ist es gut, dass Gonzo sich beruhigt, aber andererseits kann das nur heißen, dass etwas absolut Extraordinäres passiert sein muss.

»Äääääääähm … möchten Sie vielleicht … ein Bier … Herr Wohlgemuth? Oder … äh, soll ich Sie vielleicht mit einer der Damen bekannt machen …? Alles kein Problem …«

Ich habe mich ein paar Schritte herangepirscht und erkenne jetzt den vollen Umfang des Schlamassels. Hinter Herrn Wohlgemuth stehen sechs Russen. Also, ich meine *Russen*. Nicht so Leute, die einfach nur drolligen Akzent sprechen, sondern richtig fiese Klischee-Geldeintreiber, alle mindestens zwei Meter groß, pechschwarze Anzüge, die nur äußerst mühsam die mächtigen Körper im Zaum halten, Hände wie schwere gusseiserne Bratpfannen und ein Gesichtsausdruck, der jeden, der sie ansieht, sofort in den gleichen emotionalen Zustand versetzt wie den von Lambert, als ich vorhin die Klettverschlüsse aufgemacht habe.

Ich hab ja schon geahnt, dass wir es zu weit getrieben haben. Und jetzt hat Herr Wohlgemuth einfach überreagiert. Die Kerle sind bestimmt nicht ganz billig …

111

Seine Augen werden zu Schlitzen.

»Ich möchte jetzt sehen, wie Sie Ihr Krachzeug abbauen und verschwinden lassen.«

»Ja, Herr Wohlgemuth.«

»Wollten wir sowieso gerade.«

»Umso besser. In einer Stunde schau ich noch mal vorbei. Haben wir uns verstanden?«

»Ja, Herr Wohlgemuth.«

»Das hoffe ich für Sie.«

Er macht auf dem Absatz kehrt und wühlt sich durch die konsternierte Menge nach draußen. Die Russen gucken für einen winzigen Moment ratlos. Dann gehen drei von ihnen Herrn Wohlgemuth hinterher. Die Zurückgebliebenen wollen anscheinend noch etwas Stress machen, um einen guten Eindruck zu hinterlassen. Einer packt Vollbart-Lukas am Fußgelenk, hebt ihn kopfüber in die Luft und schüttelt ihn so lange, bis ein Feuerzeug aus seinen Hosentaschen rausfällt. Der andere hebt es auf, während der dritte Gonzos Transparent von der Wand fetzt. Als er damit fertig ist, knüllt er es unter seinem Arm zusammen. Danach streben die drei ebenfalls Richtung Ausgang. Der letzte Russe streichelt den Scheitelkokser an der Tür im Vorbeigehen mit dem kleinen Finger sanft am Bauch, worauf der röchelnd in sich zusammensackt. Durch die Schaufensterscheiben können wir sehen, wie sie das Transparent draußen auf den Boden schmeißen, eine Flüssigkeit aus einer Plastikflasche drüberkippen und es mit Lukas' Feuerzeug anzünden. Herr Wohlgemuth und die anderen drei sind nicht mehr zu sehen.

»Alter Schwede.«

»Der Wohlgemuth.«

»Was für eine Performance.«

»Der meints jetzt wirklich ernst.«

»Schon ein bisschen krank, sein Hang zur Dramatik.«

»Sag mal, Krach, jetzt, wo wir nicht mehr spielen dürfen, kann ich bitte mein Schloss wiederhaben?«

*

Das Zurückschleppen ging schnell, weil fast das ganze Publikum mitgeholfen hat. So ein bisschen Aktion kam den meisten sehr gelegen, um schneller den üblen Nachgeschmack des Russenbesuchs loszuwerden. Vor allem Vollbart-Lukas fiel dadurch auf, dass er sich ausnahmsweise mal komplett verausgabte.

Inzwischen hat DJ Zone angefangen aufzulegen. Mit der Lautstärke hält er sich etwas zurück. Nur für alle Fälle. Weiß ja keiner, ob Herr Wohlgemuth die Russen womöglich für die ganze Nacht gebucht hat. Vielleicht gabs da einen günstigen Pauschalpreis. Andererseits hat er eigentlich keinen Grund, die Galeriekokser zu schikanieren, weil die sowieso nur einen Mietvertrag haben, mit dem er sie jederzeit rausschmeißen kann. Aber besser mal vorsichtig sein. In der Stimmung, in der er gerade ist, wird er dazu neigen, übers Ziel hinauszuschießen.

Von Reto ist immer noch keine Spur zu sehen. Stattdessen klebt der Prinz-Praktikant wieder an meinen Hacken.

»Hat mir wirklich gut gefallen, muss ich schon sagen. Also ich meine, das Wenige, was ich gehört hab. Echt schade. Was hatten die Russen eigentlich für ein Problem mit euch?«

»Ach weißt du, das kommt immer wieder vor, dass uns die Major Labels ihre Schläger auf den Hals hetzen. Die haben Angst vor uns. Aber jetzt entschuldige mich bitte kurz, ich muss aufs Klo.«

»Aber natürlich.«

»Wenn du noch Fragen hast, wende dich am besten an

113

den da hinten in der Ecke, der dauernd mit dem Schloss rumfummelt.«

Eigentlich ist das Klo der Ort in der Galerie Ostler, den man wirklich unbedingt meiden sollte, weil es da am schlimmsten nach DDR riecht. Aber als ich meinen Fluchtort erreiche, merke ich, dass ich tatsächlich muss. Manchmal werden solche Bedürfnisse ja schon allein durch den Anblick einer Kloschüssel ausgelöst. Als ich wieder draußen bin, schnappe ich mir den Scheitelkokser, der vorhin an der Tür stand. Von dem Russen-Magenschwinger vorhin hat er sich inzwischen ganz gut erholt, und die erste Line hat er offensichtlich auch schon in der Nase.

»Was ich schon immer mal fragen wollte, wie kann es eigentlich sein, dass es hier immer noch so nach DDR riecht?«

»Hihi, wirkt doch sehr authentisch, oder?«

»Auf jeden Fall.«

»Hihi.«

»Aber dass das hier immer noch so stark ist?«

»Hihi, ehrlich gesagt, wir helfen ein bisschen nach.«

»Sag bloß, ihr putzt mit DDR-Putzmittel?«

»Hihi, nein, wir sprühen es einfach nur in die Luft.«

»Ihr seid krank.«

»Hihi, als Off-Galerie braucht man nun mal Ost-Ambiente.«

»Dir ist aber schon klar, dass das hier trotzdem nie so richtig DDR sein wird?«

»Wieso?«

»Weil ihr rheinischen Akzent sprecht.«

Er grinst und haut mir auf die Schulter.

»Hihi, scheiße aber auch.«

Komisch. Ich muss bei seiner Frisur immer an Herrn Schulz denken, unseren Spießer-Nachbarn aus Lichterfelde, der während meiner Schulzeit immer durchsetzen

wollte, dass ich nicht mit meiner Band in unserem Reihen-
hauskeller proben darf. Eine ungute Erinnerung.

Während ich noch grüble, kommt Tobi auf mich zu.

»Kannst du mir bitte wieder mein Schloss wegnehmen?«

»Warum denn das?«

»Ich glaube, ich krieg Sehnenscheidenentzündung.«

»Na gut, gib her.«

»Danke, und gib es mir bitte erst in einer Woche zurück,
egal, was ich sage.«

»Mach ich … äh, Tobi, ich wollt dich eigentlich immer
schon mal fragen, also wegen Amelie …«

Ich kriege weiche Knie. Wie erbärmlich.

»Alles klar, du willst wissen, ob Amelie in dich verliebt
ist?«

»Nein, nein, wo denkst du hin!«

»Ach so.«

Wo sind die Russen hin? Ich brauche dringend einen
Straftritt in den Magen.

»Hm, aber wie ist das denn, also nur mal so im Großen
und Ganzen betrachtet …«

»Krach, wir sind nicht mehr zusammen, und sosehr ich
sie mag, in der Sache hat das Schicksal einfach mal einen
sehr klugen Schachzug gemacht.«

»Du meinst, es ging einfach nicht?«

Tobi seufzt.

»Zum ersten Mal habe ich es geahnt, als sie mir 2002 den
Schlips mit Klaviertastenmuster zum Geburtstag geschenkt
hat. Und als sie ein halbes Jahr später auch noch zwei komplette Jahrgänge *Dragonball* ins Altpapier geworfen hat,
ohne auch nur zu ahnen, was sie da tut, wusste ich es ganz
sicher. Leider war die Müllabfuhr schon weg.«

»Hm, das ist hart.«

»Vor allem, weil es ihr nur darum ging, Platz für einen

Gummibaum zu schaffen. Also willst du jetzt wissen, ob Amelie in dich verliebt ist, oder nicht?«

»Also, um genau zu sein … ja!«

»Also, im Moment, glaube ich, eher nicht.«

»Okay.«

»Aber Chancen hast du, glaub ich, schon bei ihr.«

Diese Offenheit auf einmal. Ich hätte mich schon viel früher trauen sollen zu fragen.

»Hm, und was soll ich tun?«

»Ehrlich gesagt, keine Ahnung.«

»Okay.«

»Das Gute an Amelie ist aber, dass du bei ihr genau erkennen kannst, wenn sie in dich verliebt ist.«

»Wie denn das?«

»Dann macht sie eine Lasagne für dich.«

»Eine Lasagne.«

»Frag mich nicht, warum. Ich weiß nur, dass es so ist. So, und jetzt muss ich mal auf den Entsafter. Ich kann mich gar nicht mehr erinnern, wann ich zum letzten Mal war. Muss noch irgendwann vor dem Chubb-Schloss gewesen sein.«

Ich lehne mich nachdenklich an die Wand. Die Galerie hat wohl wirklich schon wildere Partys gesehen als heute. Kein Wunder. Die Leute haben Hendriks Abschiedsparty in den Knochen und Herrn Wohlgemuths Partypuper-Attacke in den Köpfen. Da feiert man eher dezent.

»He, Krach, warum bist du heute eigentlich so schick?«

Jedes zweite Gespräch fängt heute mit dieser Frage an. Aber bei Julia bin ich ganz froh, dass wir ausnahmsweise mal gewaltfrei Kontakt aufnehmen.

»Meine Standardhose hat doch den riesigen Riss, und die Party gestern hat ihr dann endgültig den Rest gegeben.«

»Verstehe. Wie war denn deine Nacht mit Hendrik auf dem Hochbett?«

»Na, auf jeden Fall ist nichts an dem Gerücht dran, dass er immer mit seinem Werkzeug schlafen geht. Und wie war deine Nacht?«

Fast im gleichen Augenblick trifft mich ein gewaltiger Hieb in der Nierengegend. Ich kriege keine Luft mehr und starre Julia an. War sie das? Hab ich was Falsches gesagt? Sie hatte doch damit angefangen …

»HEY, THIS IST NIKT DER FUCKING WALLPAPER, WO DU DU ANLEHNST! THIS IST KONST! VERSTEHST DU, ASSHOLE? KONST!!!«

Ach so, der Zottelbrite. Obwohl ich fast keine Luft mehr kriege, schaffe ich es, schnell ein paar Worte herauszupressen.

»Verstehe … Kunst … Alles klar … Tschuldigung.«

Hab ich mich doch tatsächlich in eins seiner Bilder reingelehnt. Miese Malerei hin oder her, das geht natürlich gar nicht. So weit ist meine Museumsaufpasser-Berufsehre immerhin entwickelt. Der Künstler zieht ab. Ich glaube, es hat ihm gutgetan, einfach mal hemmungslos in jemanden reinzuhauen.

Julia schaut eher interessiert als schockiert.

»Wusstest du, dass es eine neue Theorie gibt, die besagt, dass Kämpfen die einzige Sprache ist, in der sich Männer quer durch alle Milieus und Ethnien verständigen können?«

»Sehr … interessant. Und was ist … mit Fußball, Blues und … dummen, schweinischen Witzen?«

»Hm, da ist was dran.«

»Puh, der hat gesessen … ich glaub, ich brauch … mal einen Schluck Wasser.«

»Falls es dich interessiert, du hast jetzt jede Menge *Konst* auf der Hose.«

*

Ölfarbe. War ja klar. Die Anzughose ist also auch hinüber. Wenn das so weitergeht, kann ich bald nicht mehr aus dem Haus. Hoffentlich sagt Amelie morgen nicht den Shoppingtermin ab.

Es ist halb zwei, und ich schleppe mich mit Tobi, Gonzo und Francesco die letzten Treppenstufen hoch. Die drei haben es gut. Können sich einfach auf ihre Matratzen fallen lassen. Ich armer Kerl muss noch aufs Gästehochbett klettern. Morgen werde ich mich um eine neue Matratze kümmern. Gleich nach der Hose. Im Moment kann ich mir allerdings nicht einmal vorstellen, dass ich überhaupt jemals wieder aufstehe.

Als wir durch die Eingangstür kriechen, werden wir allerdings mit einem Schlag wieder hellwach.

»Wir sind ein Stockwerk zu hoch, oder?«

»Nein, das muss unsere Wohnung sein. Es gibt bestimmt nur einen Inzaghi-Hass-Altar.«

In der Tat, alles ist noch da und steht an seinem Platz. Was nur völlig anders ist: Es ist *sauber*. Und aus Retos Zimmer dringt das laute basslastige Schnarchen eines restlos erschöpften Schweizers.

»Der Boden hat eine ganz andere Farbe, als ich immer dachte.«

»Das Waschbecken auch.«

»Er hat sogar den Dustroom in den Urzustand zurückversetzt. Einschließlich deiner Matratze, Krach.«

»Unglaublich.«

» …«

»Aber sehen wir den Tatsachen ins Gesicht.«

Nein, ich will nicht. Es gibt Extremsituationen, in denen man die Wahrheit besser verdrängt. Und das hier ist eine. Kein Zweifel.

Die anderen bleiben aber hart.

»Es riecht … komisch.«
»Sprich es aus, Tobi.«
»Wofasept.«

H & M

»Es tut mir wirklirch furchtbarch leid.«

»Hey, zum letzten Mal: Du kannst nichts dafür, dass dir die Galeriekokser DDR-Putzmittel gegeben haben.«

Es hilft nichts. Reto guckt drein wie ein Schweizer Bankdirektor, der aus Versehen alle Kundendaten an die Steuerfahndung geschickt hat. Armer Unglücksrabe. Der DDR-Geruch hat sich über Nacht aber auch wirklich kein Stückchen verflüchtigt. Nicht mal Tobi scheint unter diesen Umständen noch das Frühstück zu schmecken.

»Ich hab geträumt, dass sie die Mauer wieder aufgebaut haben.«

»Da hast du noch Glück gehabt, Francesco. Ich hab geträumt, dass mich die Stasi in der Mangel hat.«

»Sind auch wirklich alle Fenster offen?«

»Ja. Hab ich schon dreimal kontrolliert.«

»Warum bist du eigentlich heute so sportlich, Krach?«

»Ach, leck mich.«

»Jetzt sag doch mal.«

»Genaugenommen, weil meine Jogginghose meine einzige Hose ist, die noch nicht in unnötige Konflikte mit Kunst geraten ist.«

»Aha.«

»Sollen wir jetzt auswürfeln, wer von uns die Scheitelkokser umbringt?«

»Lass uns lieber Wohlgemuths Russen vorbeischicken.«

Irgendwie sind unsere Gespräche nicht geeignet, Retos

120

Schuldgefühle zu dämpfen. Mir fällt zum Glück ein, dass wir ihm ja immer noch nicht erzählt haben, dass wir hier sowieso rauswollen. Das ist wohl jetzt der perfekte Zeitpunkt dafür.

»Weißt du, Reto, es ist wirklich nicht so schlimm. Mit den ganzen Bauarbeiten ist das hier doch eh nix auf die Dauer. Wir suchen uns einfach was Neues. Hatten wir eh schon die ganze Zeit vor. Und der DDR-Mief ist doch ein Super-Ansporn für uns alle, mal ein bisschen mehr die Augen offenzuhalten. Muss man einfach im Großen und Ganzen sehen.«

Reto lächelt wieder ein wenig und nimmt sich kurze Zeit später endlich auch ein Brötchen. Irgendwie schmeckt es jetzt doch. Tobi bettelt mich zwischendrin immer wieder an, dass ich ihm nur mal ganz kurz die Schlossknack-Ausrüstung gebe, aber ich bleibe eisern.

Am Ende des Frühstücks gewinnt Francesco den Wettlauf zum Klo. Er gewinnt immer, wenn er da ist. Hat einfach den kürzesten Weg von seinem Emanuelle-1-bis-4-Stuhl aus, und an ihm kommt keiner vorbei. Zweiter bin ich, dritter Tobi, vierter Gonzo. Reto versteht die Hektik und die Rangeleien nicht. Erst nachdem er als fünfter und letzter sein Geschäft verrichtet hat, hat er für alle Zeiten begriffen, worum es bei diesem Spiel geht.

Nach dem Frühstück probiere ich mich durch die Hosen meiner Mitbewohner, weil ich nicht in Jogginghosen ins Museum will. Gonzos Angebote fallen leider total aus. Viel zu kurz und zu eng. Bei Tobi ist es genau das Gegenteil und bei Francesco erst recht. Am Ende nehme ich eine Jeans von Reto. Muss ich zwar die Hosenbeine umkrempeln, aber obenrum passt sie wenigstens halbwegs.

Auf dem Weg zur U-Bahn klingelt mein Handy.

»Hallo Caio.«

»Hallo Krach, wie gehts?«

»Bis auf dass unsere Wohnung seit gestern wie ein DDR-Seniorenheim riecht, bestens.«

»Hör zu, ich hab schon bei Hendriks Abschiedsparty dauernd nachgedacht, was wir aus deiner Singerei machen können. Und gestern in der Koksergalerie, als du das erste Lied gesungen hast, hats bei mir endlich gefunkt.«

»Ja, ich hab mich gestern auch etwas mehr reingehängt. Schade, dass die Russen …«

»Macht nichts, mir war schon bei den ersten Takten klar, wo ich dich unterbringe.«

Das klingt gut. Vielleicht braucht Seeed ja noch einen Sänger?

»Halt dich fest – du wirst die Stimme von Ernie.«

»E … E …«

»Ja, genau, Sesamstraßen-Ernie. Natürlich erst mal nur vertretungsweise, aber wer weiß … Hallo, bist du noch dran?«

»… Ja.«

»Also, wir haben morgen um zwölf einen Termin im Studio Hamburg. Du hast doch morgen frei, oder? Wir treffen uns um neun am Hauptbahnhof. Versau es nicht. Es ist eine Riesenchance.«

*

Auch nach vier Stunden Museumsschicht habe ich die Botschaft aus Caios Worten immer noch nicht richtig verstanden. Habe ich eine Stimme wie Ernie? Das kann nicht die Wahrheit sein. Caio denkt, ich *könnte* so singen wie Ernie, wenn ich es *versuche*. Ja, so denkt er bestimmt. Wir werden sehen.

Über Amelie habe ich auch nachgedacht. Ich sehe es jetzt so: Lambert ist eine Art Prüfung für mich. Komme ich mit ihm klar, könnte ich auch mit Amelie zusammenleben. Und wenn nicht, dann ist einfach von vornherein der Wurm drin. Genau wie bei Tobi und ihr. Ich werde mal versuchen, mich mit Lambert anzufreunden. Einfach mal Gassi gehen und dabei bisschen Smalltalk mit ihm machen. Und ich sollte mir eine andere Tasche zulegen. Eine mit Magnetverschluss …

Da ist ja schon wieder dieser Mann mit dem Sir-Charles-Lytton-Blick. Eigentlich sollte ich ja alle Besucher im Blickfeld behalten, aber ich kann nicht anders. Ich konzentriere mich nur auf ihn … Nein, so schaut keiner ein Bild an, der Kunst mag. Dieser Blick hat was Kaltes. Ihn interessieren keine Farben und Bildkompositionen. Ihn interessiert nur der Wert. Kein Zweifel.

Oho, jetzt kommt noch ein zweiter dazu. Ich hab genau gesehen, wie Lytton ihn mit einer unauffälligen Kopfbewegung herbeigewunken hat. Sie wechseln kein Wort. Der zweite wirkt ein wenig unsicher, aber sein Blick ist ebenso kalt. Wenn ich das Bild wäre, würde ich Angst bekommen.

Der Fall ist klar. Ich muss Dr. Grobe Bescheid sagen. Schnell ein paar unauffällige Blicke in willkürliche Richtungen, denn Lytton und sein Komplize dürfen nicht merken, dass ich auf sie aufmerksam geworden bin, dann stehe ich auf, als wäre es das Selbstverständlichste der Welt, und schlendere aus meinem Aufpassraum, als müsste ich mal wohin. Warum haben wir eigentlich keine Funk-Headsets? Nicht auszudenken, wie viel wertvolle Zeit verlorengehen würde, wenn hier mal eine besoffene Football-Mannschaft mit Teppichmessern randalieren würde. Zum Glück finde ich Dr. Grobe gleich im Büro.

»Oliver? Haben Sie etwa Ihren Raum …?«

»Es ist was Wichtiges, Herr Dr. Grobe. Da sind zwei Männer, und, nun ja, also ich bin sicher, dass sie Kunstdiebe sind.«

»Aha. Und deswegen lassen Sie die allein, damit sie ungestört ihr Handwerk verrichten können, oder wie soll ich das verstehen?«

»Nein, das sind keine primitiven Ganoven. Das sind Superprofis. Die checken unsere Sicherungssysteme aus und steigen dann nachts ein. Wahrscheinlich kriecht er durch die Lüftungsschächte oder was weiß ich. Jedenfalls wollte ich Ihnen Bescheid sagen.«

»Aha. Jetzt nur mal eine kleine und wahrscheinlich völlig unangemessene Detailfrage: Woher wollen Sie das wissen?«

»Die Körpersprache, Herr Dr. Grobe.«

Dr. Grobe holt tief Luft.

»Gut, ich komme mal mit. Aber nur, weil Sie es sind und nicht André oder einer von den anderen Leichtfüßen.«

Auf dem Weg zu meinem Aufpassraum gebe ich Dr. Grobe noch eine kurze Einführung in das Thema »Körpersprache«. Gleichzeitig stelle ich anhand *seiner* Körpersprache fest, dass ich mit jedem Wort meines Vortrags ein wenig näher an André und die Leichtfüße heranrücke.

»Sehen Sie, sie sind noch da, Herr Dr. Grobe. Und sie schauen immer noch das gleiche Bild an.«

»Sie meinen die beiden Herren?«

»Genau. Schauen Sie besser nicht so auffällig hin.«

Dr. Grobe holt wieder tief Luft.

»Dann muss ich Ihnen mal was sagen, Oliver.«

Weia, dieser Tonfall.

»Das da rechts ist Herr Bangemann. Herr Bangemann kommt von der Versicherung, die diese Ausstellung versichert hat, zu einem wahren Freundschaftspreis versichert hat, muss ich hinzufügen, und der andere Mann ist sein technischer Mitarbeiter. Sie prüfen routinemäßig, ob die Sicherheitsstandards eingehalten werden.«

Ha, das war es also. Da muss man aber auch erst mal drauf kommen. Im Prinzip hatte ich also recht, hab nur die falschen Schlüsse gezogen.

Dr. Grobe sieht mich streng über seine Halbmondbrillengläser hinweg an.

»Vermutlich wird mir Herr Bangemann heute noch ein paar sehr unangenehme Fragen stellen, warum die Aufsicht hier einfach den Raum verlassen hat.«

»Tja, Herr Dr. Grobe, da war ich wohl ein bisschen ...«

»Nein, Oliver, machen Sie sich mal keine Gedanken. Das konnten Sie nicht wissen. Soll ich Ihnen was sagen? Ich habe manchmal den Eindruck, Sie sind der Einzige, der versteht, dass er hier einen wichtigen Job macht.«

»Na ja, man tut, was man kann.«

»Was für berufliche Pläne haben Sie im Moment eigentlich?«

»Ich bereite mich gerade auf die Aufnahmeprüfung für die Ernst-Busch vor.«

»Schauspieler?«

»Ja.«

Dr. Grobe runzelt die Stirn.

»Überlegen Sie sich das gut, Oliver. Ich finde, in Zeiten, in denen sogar Menschen wie dieser, wie heißt er noch, Bushito eingeladen werden, an einem hoch renommierten Haus wie dem Berliner Ensemble zu inszenieren, muss man sich schon fragen, ob Schauspieler noch ein erstrebenswerter Beruf ist.«

»Hm, mag sein.«

»Denken Sie doch auch mal über Kunstgeschichte nach.«

»Mach ich, Herr Dr. Grobe.«

*

Nein, hier sehe ich kein Land. Viel zu viele Hosen. Und aus den Namen, die H&M seinen Modellen verpasst, werde ich auch nicht schlau. Was ist der Unterschied zwischen »Classic« und »Original«? Oder zwischen »Sliq« und »Drain«? Ganz zu schweigen von »Bragg« und »Lad« und »Bootcut«. Am liebsten würde ich es mir einfach gemütlich machen und warten, bis Amelie kommt. Aber sich irgendwo auf eine Stufe lümmeln geht nicht, da kommt bestimmt gleich das Security-Arschgesicht und fragt, ob es mir helfen kann. Also blättere ich einfach ein bisschen in den T-Shirts. Wenn wir hier fertig sind, frag ich Amelie, ob ich noch eine Runde mit Lambert Gassi gehen soll. Damit er sich an mich gewöhnt. Ja, das ist gut. Erstens, wie gesagt, ein Test für mich, zweitens bin ich bestimmt der Erste, der ihr das anbietet. Das bringt Punkte auf allen Ebenen.

»Ich würd mir an deiner Stelle keine XL-Shirts kaufen. Du bist höchstens L.«

»Oh, hallo Julia, was machst du hier?«

Ihr eigenes T-Shirt ist heute XXS. Vor allem am Bauch.

»Amelie kann nicht. Lambert ist seit eurem Gig gestern nicht mehr bereit, auf die Straße zu gehen. Und Amelie lässt er auch nicht weg.«

»Verstehe. Du …«

»Genau, ich darf sie vertreten.«

Sie sagt das ganz gleichgültig. Weder genervt noch freundlich. Aber irgendwie fragt sie sich wohl schon, warum ich mir nicht selber eine Hose kaufen kann.

»Äh, nett von dir.«

»Dann lass uns mal starten.«

Hu, ist das komisch. Ich glaube, ich kann nur mit Amelie Hosen aussuchen. Mit Julia bin ich noch nicht so weit. Aber es ist zu spät. Sie ist schon zu den Jeans vorgeprescht.

»Tja, also das ist ein ganz schöner Wust hier, was, Julia?

Soll ich jetzt zum Beispiel *Slim Fit* oder *Regular Waist* nehmen?«

»Keine Ahnung. Musst du einfach mal anziehen.«

»Tja, ne, ist wohl das Beste.«

Ich angle mir wahllos fünf Hosen aus verschiedenen Fächern.

»Schau doch mal hin, Krach, die sind alle Taille 36.«

»Oh, ist das zu groß?«

»Taille 36. Unglaublich. Und deinesgleichen, die haben mal eine Frau beim Fernsehen rausgeschmissen, nur weil sie aus Versehen *Schalke 06* gesagt hat.«

»*Schalke 05* hat sie gesagt.«

»Sieh mal an. So was weißt du natürlich wieder ganz genau.«

»Carmen Thomas, aktuelles Sportstudio 1973.«

»Unglaublich, mit was ihr Typen euch immer beschäftigt.«

»Na hör mal, das gehört zum Legendenschatz der Nation.«

»Und die arme Frau wurde dafür rausgeschmissen.«

»Ich meine, das ist doch lustig. Wenn du heute einen Schalker ärgern willst, brauchst du nur *Schalke 05* sagen.«

»Hallo? Sie wurde dafür rausgeschmissen!«

»Das ist ein Gerücht. Sie wurde gar nicht rausgeschmissen.«

»Nicht?«

»Nein, es gab, soweit ich weiß, nur eine Hetzkampagne in der Bild-Zeitung.«

»Ach, *nur* eine Hetzkampagne in der Bild-Zeitung. Na, dann bin ich ja beruhigt.«

Irgendwie ist komische Stimmung zwischen uns. Mal bisschen lustig, mal bisschen aggressiv, aber beides nicht so richtig. Vielleicht besser ein anderes Thema …

»Weißt du, was Caio mir als nächsten Job andrehen will?«

Dreck. Verplappert. Das passiert mir immer wieder. Ich suche ein Ausweichthema und nehme ausgerechnet etwas, was ich streng geheim halten will.

»Was denn?«

»Ach, ist eigentlich noch nicht ganz sicher. Konzentrieren wir uns lieber aufs Hosenkaufen. Guck mal, die da ist vielleicht …«

»Jetzt sag doch.«

»Na gut, ich werde die Stimme von Ernie.«

»Du meinst doch nicht etwa Sesamstraßen-Ernie?«

»Aber nur vertretungsweise.«

»Sesamstraßen-Ernie!«

»Ist auch echt noch gar nicht sicher.«

»Jetzt freu dich doch!«

»Mach ich ja.«

Julia klaubt mir jetzt doch selbst ein paar Hosen zusammen. Es geht einfach schneller so. Ich verschwinde in der letzten, noch freien Umkleidekabine. Wenigstens hat man hier im Gegensatz zum Made In Berlin schön viel Platz und gutes Licht. Ich bin im Nu umgezogen und zeige mich.

»Nein, dafür hast du viel zu wenig Hintern.«

»Aha.«

Also die nächste.

»Schon besser, aber dein Hintern, also ehrlich, irgendwie hast du keinen.«

»Jetzt mach aber mal nen Punkt.«

Ich verziehe mich grummelnd wieder in meine Höhle. Amelie, warum hast du mich im Stich gelassen?

Gerade als ich die Hose wieder ausgezogen habe, geht die Tür auf.

»Hier, die habe ich noch gefunden.«

Ich fasse es nicht. Julia steht in meiner Umkleidekabine.

Hallo, ich habe ein Schamgefühl. So wie die meisten Menschen.

»Störts dich, wenn ich hier drinbleibe?«

»Och, nicht wirklich.«

Na gut. Das ist halt Julia.

»Der Verkäufer da draußen starrt mir nämlich die ganze Zeit auf den Ausschnitt.«

»Guter Geschmack, der Mann.«

»Hey!«

»Also, das war als Kompliment gemeint.«

»Jetzt halt den Mund und zieh die Hose an.«

Na gut. Gentleman-Charme geht anders. Aber muss man da gleich so patzig werden?

»Tschuldigung.«

Tschuldigung ist nie verkehrt. Das nimmt den Dampf raus und signalisiert Verständnis. Außer natürlich, wenn man im selben Moment irgendwas macht, was überhaupt nicht in Richtung Tschuldigung geht. Davor sollte man sich wirklich hüten. Schlimmer kann man jemanden kaum provozieren. Aber, auch wenn natürlich alles wieder ein total unglücklicher Zufall ist, ein fahrig aus den Bundschlaufen einer Hose gezogener Ledergürtel, dessen eines Ende sich für einen kurzen Moment verselbständigt und dabei der armen Julia, die sich natürlich ausgerechnet in diesem Moment bückt, um einen Kleiderbügel aufzuheben, wie eine Dressurpeitsche auf die Wange klatscht, geht natürlich genau in diese Richtung.

Tschuldigung – klatsch.

Da kann ich schon verstehen, dass sie irritiert ist. Und ich muss sagen, es hat schon was sagenhaft Unwahrscheinliches, dass ich in dichter Folge derselben Frau dreimal hintereinander aus Versehen körperlich weh tue, aber gemessen an dem, was nun folgt, ist das schon fast eine Lappalie. Kann man natürlich endlos grübeln, wie es so weit kommen konnte. Vielleicht liegt es daran, dass eine H&M-Umkleidekabine bei aller Großzügigkeit doch zu eng für eine Schlägerei wie auf unserer Party ist, vielleicht auch daran, dass man sich in fremder Umgebung immer anders verhält, vielleicht auch an der Luft, der Tageszeit, Biorhythmus, Mondphase, Schaltjahr oder alles zusammen. Wirklich schwer zu sagen. Jedenfalls merken wir nach ein bisschen Rangelei auf einmal, dass wir gar nicht mehr rangeln, sondern Sex haben. Kein Zweifel. Wir tun es. Hier und jetzt. Für einen kurzen Moment denke ich noch nach, wann denn genau der Zeitpunkt war, als wir vom Rangeln zum Sex übergegangen sind. Vielleicht schon, als sie begann, mich gegen die Wand zu drücken? Vielleicht auch erst, als ihr T-Shirt im Eifer des Gefechts immer weiter hochrutschte und sie nichts dagegen unternahm? Vielleicht aber auch erst, als ich ohne die geringste Furcht ihr Knie zwischen meine Beine gelassen habe? Oder war es doch eher eine Zeitspanne als ein Zeitpunkt? Während wir uns, so fest wir können, mit allen dazu tauglichen Körperteilen aneinanderdrücken, kneten, kneifen, schwer atmend von Wand zu Wand taumeln und uns dabei hin und wieder im großen Spiegel ansehen, verschwindet die Frage blitzschnell am Horizont und macht Platz für Explosionen, Eruptionen und die ganze übrige Galerie der inneren Bilder für unaufhaltsam Richtung Königsorgasmus marschierende Lust. Das muss ein Traum sein.

*

Wir sitzen auf dem Teppichboden der Umkleidekabine und lehnen aneinander. Julia hält mit beiden Händen meinen Arm fest und drückt ihn an sich. Im Spiegel sehen wir, wie das freundliche Umkleidekabinenlicht unsere Haut umschmeichelt. Ab und zu schauen wir uns in die Augen und lächeln uns an wie zwei Mona Lisas. Die Zeit steht still. Oder sie rast, wir wissen es nicht. Wir müssen auf jeden Fall warten, bis wir alles in uns aufgenommen haben, was gerade unsichtbar in uns und um uns herumschwebt.

Irgendwann sprechen wir dann doch wieder.

»Das war …«

»Ja, das war …«

»Hm …«

»… Schalke 07?«

»Schalke 08!«

»Mindestens.«

FRISCHE-DEO-PITCH

»Du hast ja immer noch Retos Hose an?«

»Ja.«

»Nichts gefunden mit Julia?«

»Nein.«

Bloß schnell das Thema wechseln. Ich will Amelie weder erzählen, was wir den ganzen Nachmittag über in den Umkleidekabinen bei H&M, Zara, Kaufhof, C&A, Respectman und zum Schluss aus lauter Übermut auch noch bei Herrenausstatter Kiebling gemacht haben, noch dass wir jede Aktion anschließend auf der nach oben offenen Schalke-Skala bewertet haben. Ich muss das erst mal verarbeiten.

»Jauuul!«

»Ja, ist ja gut Lambert. Aber du musst dich jetzt auch mal ein klein wenig zusammenreißen.«

»Julia hat gesagt, der lässt dich gar nicht mehr raus?«

»Ja, es ist ein Elend. Aber ich muss jetzt wohl auch mal ein bisschen hart zu ihm sein. Ich gewöhne ihn schrittweise an neue Orte. Hier in eurer Küche fühlt er sich schon ganz wohl.«

»Super.«

»Tut mir übrigens leid, dass ich nicht kommen konnte.«

»Ist schon in Ordnung. Kannst ja nicht den Hund in den Herzinfarkt treiben, nur wegen meiner Hose.«

»Dein Handy war halt aus im Museum. Da hab ich mir gedacht, frag ich einfach Julia. Die hat ein gutes Auge. Wir gehen auch immer zusammen einkaufen.«

»Klar.«

»Aber wie es aussieht, war sie doch keine gute Vertretung.«

»Das … kann man so und so sehen.«

Als ob es nicht reicht, dass ich gerade mit der besten Freundin der Frau, in die ich eigentlich verknallt bin, aus heiterem Himmel eine Tour d'orgasme durch den Berliner Textileinzelhandel gemacht habe. Nein, der erste Mensch, mit dem ich danach spreche, ist auch noch ausgerechnet die Frau, die ich gerade, nun ja, betrogen ist das falsche Wort, also betrogen hätte, wenn, ja wenn … Hält der Welterfahrungsschatz vielleicht irgendwo ein Beispiel für diese Konstellation bereit? Eine Blaupause, aus der ich herauslesen kann, was ich tun soll und, noch viel wichtiger, was ich nicht tun soll? … Immerhin hat Amelie ja quasi alles selbst angeleiert. So richtig beklagen braucht sie sich nicht … Tut sie ja auch gar nicht. Erstens weiß sie nichts, zweitens wäre sie vielleicht gar nicht traurig. Bis jetzt hat sie mir zumindest noch keine Lasagne gebacken … Nein, die Frage ist, merkt sie etwas? Wenn sie in mich verliebt ist, müsste sie doch etwas merken …

»Jauuuul!«

»Ich fürchte, wir müssen schon wieder gehen. Lambert hat Durst.«

»Ich kann ihm doch schnell ein Schälchen Wasser …?«

»Geht nicht.«

»Was? Wieso?«

»Weil ihr seit einer Stunde kein Wasser mehr habt.«

»Nein! Haben die Pressluft-Guerilleros jetzt etwa auch noch die Wasserleitung angestemmt?«

»Tobi meint, nein, es muss was anderes sein.«

»Hm, wart mal, die Nachbarwohnung müsste doch auf jeden Fall an einem anderen Versorgungsstrang liegen.

Ich schlüpf einfach schnell durchs Loch und hol da Wasser.«

»Haben wir schon probiert. Da sind aber alle Wasserhähne abmontiert.«

»Ach so.«

»Tobi probiert gerade, einen Eimer Wasser von euren Nachbarn zu organisieren.«

»Da gibts nur noch die Vietnamesen und den alten Mann, der nie spricht.«

»Vielleicht hat er ja Glück.«

»Jauuuuul!«

»Aber wenn er nicht gleich kommt, muss ich los. Ich kann meinem kleinen Baby hier nicht zu viel auf einmal zumuten.«

»Tja.«

»Übrigens, nur damit du es weißt, Tobi erfindet die ganze Zeit Ausreden, um in dein Zimmer zu gehen. Ich tippe mal, er sucht seine Schlossknackausrüstung.«

»Bestimmt tut er das. Aber er hat keine Chance.«

»So gut versteckt?«

»Nö, ich hab das Zeug immer dabei. Ich bin ja schließlich verantwortlich für seine Gesundheit. Das nehm ich sehr ernst.«

»Da kommt er ja.«

Tobi stolpert schnaufend mit einem randvoll gefüllten Putzeimer über die Schwelle. Das Wasser schwappt links und rechts raus. Lambert springt von Amelies Schoß und stürzt sich auf die Pfützen.

»Puh, schwer.«

»Hallo, Tobi.«

»Ich sag dir, der alte Mann im Dritten hat so was von einen an der Waffel. Glaubst du, der hätte ein Wort mit mir geredet, als ich ihn wegen Wasser gefragt hab? Nicht mal mit Blicken hat der geredet.«

»Aber Wasser hat er dir gegeben?«

»Ja. Das heißt, er hat den Eimer genommen, die Tür zugemacht und ist nach ungefähr zehn Minuten wiedergekommen.«

»Na, mal sehen, wie lange das reicht. Am besten, wir trinken nur noch Bier.«

»Stell den Eimer lieber auf den Tisch, bevor Lambert ... zu spät.«

»Und du hast keine Ahnung, warum nichts mehr aus dem Hahn kommt?«

»Nein. Vielleicht gehts ja schon wieder?«

»Ich probier mal – nö.«

»Na, wenigstens gibt es auch eine gute Nachricht, Krach: Der Strom geht wieder.«

»Oh. Wie das?«

»Haben die Georgier wieder geflickt. Der Wohlgemuth weiß wahrscheinlich gar nichts davon.«

Amelie gibt Lambert ein Wasserschälchen, damit er nicht mehr aus dem Eimer schleckt. Tobi beginnt Bier zu zapfen.

»Wart mal, vielleicht sollten wir noch schnell unten forschen, was mit dem Wasser los ist. Ich meine, bevor Gonzo nach Hause kommt, verstehst du?«

»Hm? Ach so, na gut.«

Wir nehmen unseren ganzen Verstand zusammen und finden heraus, an welcher Wand die Wasserleitung für unsere Wohnung liegt, und sehen uns die gleiche Wand im Erdgeschoss an. Nichts Verdächtiges. Und die Georgier sind weit weg im Seitenflügel.

»Hm, also wenn wir kein Wasser haben, dürften die Galeriekokser logischerweise auch kein Wasser haben, oder?«

»Das dürfte sie auch nicht besonders stören, weil sie nicht putzen und sich von Wodka und Koks ernähren.«

»Außer sie müssen mal aufs Klo.«

»Tja.«

»Komm, wir schauen mal in den Keller. Vielleicht hat auch einfach nur irgendein Scherzkeks den Absperrhahn zugedreht.«

»Wenns sein muss.«

In unserem Keller herrscht die Luftfeuchtigkeit einer Tropfsteinhöhle, und man riecht jeden Einzelnen der zahlreichen Rohrbrüche, die das Haus im Lauf seiner Geschichte erlebt hat. Alles, was man hier lagert, zerfällt nach kurzer Zeit zu schimmeligem Brei. Ich versuche, mich so wenig wie möglich dort unten aufzuhalten, und wenn es doch mal sein muss, stelle ich mich danach immer gleich unter die Dusche, auch wenn ich gar nichts angefasst habe. Und selbst dann bin ich noch unsicher, ob ich nicht am Ende noch anfange, von innen heraus zu schimmeln. Was weiß ich, was man da alles einatmet.

Wir reißen uns zusammen und tapsen vorsichtig die glitschige Treppe herunter.

»Und aus solchen Kellern haben die früher ihre Fluchttunnel in den Westen geschippt.«

»Die kannten wirklich keine Furcht.«

»He, was ist das?«

Unglaublich. Inmitten all der schleimigen sporendurchsetzten Wände und verfaulten Lattenverschläge strahlt eine nagelneue Wand mit einer Stahltür heraus.

»Die war letztes Mal noch nicht da.«

»Und die Tür ist natürlich zu.«

»Schon ein dummer Zufall, dass ausgerechnet hinter dieser Tür die Absperrhähne sind, an die man früher jederzeit rankonnte, was?«

»Tja.«

»Tobi, das ist dann wohl jetzt deine große Stunde.«

»Wie, meine große Stunde?«

Ich ziehe sein Pick-Set aus meiner Tasche und schwenke es vor seiner Nase.

»Was? Oh nein.«

»Ist dir das Schloss zu schwierig?«

»Hey, ich könnte dieses Schloss aufhusten, wenn ich wollte.«

»Na dann.«

»Das ist gegen die Hacker-Ehre.«

»Hallo? Wir werden doch wohl noch nachsehen dürfen, ob uns jemand das Wasser abgedreht hat.«

»Nein, nicht so.«

»Wirklich nicht?«

Ich lasse das Pick-Set lasziv vor seiner Nase hin- und herpendeln und sehe, wie es sich in seinen Pupillen spiegelt. Jetzt einfach nichts sagen und zusehen, wie er weich wird.

…

»Tut mir leid, Krach.«

Er dreht sich um und geht. Unglaublich. Tobi, der Mann, an dem die ideale Universal-Versuchsperson zur Erforschung aller Formen des Suchtverhaltens verlorengegangen ist, beißt nicht an. Dieser Hacker-Ehrenkodex muss stärker wirken als das Über-Ich einer siebzigjährigen Benediktinerinnen-Nonne.

Natürlich steht wieder Herr Wohlgemuth im Treppenhaus.

»Herr Krachowitzer und Herr Lüdenscheidt, guten Tag auch. Fangen Sie schon mal an, Ihren völlig überfüllten Mieterkeller zu räumen? Das finde ich sehr gut. Hier unten bleibt nämlich kein Stein auf dem anderen.«

»Heißt das, dass auch die neue Wand wieder abgerissen wird, die den Zugang zu den Absperrhähnen versperrt?«

»Warum fragen Sie?«

»Ach, nur so.«

»Haben Sie etwa kein Wasser mehr?«

Dieses Grinsen.

»Na ja, sagen wir mal so, es läuft nicht so richtig.«

»Hm, dann sollten wir mal nachsehen, ob da was nicht stimmt.«

»Das könnte natürlich nicht schaden, Herr Wohlgemuth.«

»Nur dumm, dass ich den Schlüssel nicht dabeihabe.«

»Tja, all die Schlüssel immer.«

»Konnte ich ja auch nicht ahnen, dass da jemand von meinen Arbeitern dran rumdreht. Wieder mal eins von diesen Missverständnissen.«

»Blöd gelaufen.«

»Aber soll ich Ihnen was sagen? In drei Tagen bin ich wieder hier. Da denk ich dann an den Schlüssel. Oder sagen wir, ich bemühe mich, dran zu denken.«

»Tun Sie das, Herr Wohlgemuth. Wir mindern sonst die Miete. Wenn das Wasser nicht geht, sind das mindestens zehn Prozent.«

»Zehn Prozent von 364 Euro? Sie machen mir ja richtig Angst, Herr Krachowitzer.«

»Tschuldigung.«

»Apropos Angst, glauben Sie wirklich, Ihre Russen-Mutanten könnten mich irgendwie einschüchtern? Da haben Sie sich getäuscht. Wo haben Sie die eigentlich her? Gab es da einen günstigen Pauschaltarif?«

…

Was?

Zum ersten Mal in meinem Leben weiß ich nicht bereits eine Minute im Voraus, auf welche Pointe Herr Wohlgemuth hinauswill. Ich sehe Tobi an. Ihm geht es genauso. Ich muss mir Mühe geben, nicht zu stammeln.

»Äh, nur damit es keine Missverständnisse gibt, Herr

Wohlgemuth, Sie meinen die schwarzen Riesen, die Sie gestern zur Party im Erdgeschoss mitgebracht haben, oder?«

»Natürlich, Herr Krachowitzer, ich war es, der die Russen mitgebracht hat. Sehr komisch. Mal im Ernst, dieses Niveau der Auseinandersetzung sollten Sie ganz schnell verlassen. Wenn mir diese Herren noch mal über den Weg laufen, krieg ich Sie mit einer fristlosen Kündigung wegen Gewalt gegen den Vermieter dran. Mein Rechtsbeistand hat das Papier schon vorbereitet.«

Wenn ich eine weiße Fahne hätte, würde ich sie jetzt schwenken, wenn ich Basketballtrainer wäre, würde ich jetzt das Timeout-Zeichen machen, wenn Herr Wohlgemuth ein Computer wäre, würde ich ihn jetzt neu starten. Leider alles keine echten Optionen für den Moment. Ich ringe um Worte.

»Herr Wohlgemuth, ich glaube, Sie haben es jetzt wirklich geschafft.«

»Was meinen Sie, Herr Krachowitzer?«

»Ich weiß nicht mehr, auf welcher Ebene der ironischen Brechung unser Gespräch sich gerade befindet.«

»Ich versteh Ihr Studentendeutsch nicht.« Er sieht uns scharf an. »Aber ich hoffe, Sie haben mich verstanden. Wenn Sie mir noch mal Schläger auf den Hals schicken, fliegen Sie raus. Sofort. Achtkantig. Wiedersehen.«

Er rauscht ab.

»Was war das denn jetzt?«

»Keine Ahnung. Vielleicht will er versuchen, uns was anzuhängen? Was anderes fällt mir beim besten Willen nicht dazu ein. Wir sollten auf jeden Fall Francesco Bescheid sagen.«

»Tja, und mit dem Wasser hat er uns jetzt sowieso ganz schön bei den Eiern, was?«

»Tja, wenn dir die Hacker-Ehre weiterhin wichtiger ist als fließendes Wasser, dann ist das wohl so.«

»Mann, Krach, stell dir einfach vor, du hättest den 3. Dan in Karate und würdest auf die Straße gehen und wehrlose Frauen vermöbeln. Das macht man nicht.«

»Ein Türschloss ist keine wehrlose Frau.«

»Hallo? Dieser 15-Euro-Economy-Schließzylinder ist für mich eine 80-jährige blinde Oma mit Schnupfen und Gehhilfe. Dem helf ich höchstens über die Straße.«

»Der Schließzylinder will nicht über die Straße.«

»Wortklauber.«

»Also weiterhin Wasserholen beim Schweige-Opa?«

»Nächstes Mal bist du dran.«

»Ach, Tobi.«

Als wir die Küche betreten, wartet die nächste Heimsuchung auf uns.

»☺ Hoch die Tassen, Homies! Wir haben den Frische-Deo-Pitch gewonnen! ☺«

»Aha.«

»☺ Wir haben das tatsächlich durchgezogen mit der Mann-Frau-Catchernummer. Absolute Weltidee von euch, muss ich sagen. ☺«

»☺ Wenn wir den Film dazu drehen, laden wir dich und deine Freundin zum Casting ein. ☺«

»☺ Na, was ist denn? Immer noch kein Getränk in der Hand? Euch müssen wir doch wohl nicht zeigen, wie man Bier zapft? ☺«

»Jauuuuul!«

Ich schwöre, wenn ich nicht schon die ganze Zeit Durst gehabt hätte und wenn nicht Lambert schon mit seiner Zunge im Wassereimer gewesen wäre, ich hätte das gemeinsame Bier offen verweigert. Aber es hilft ja nichts.

»He, da kommt ja fast nichts mehr raus. Habt ihr etwa in der kurzen Zeit das Fass alle gemacht?«

»☺ Na, bisschen feiern muss schon sein nach so einem Success. ☺«

»☺ Wir bringen euch morgen ein neues mit. ☺«

»Das sagen alle immer.«

»☺ He, ein Mann, ein Wort. Okay? Bei uns gilt das noch. ☺«

»☺ Da sind wir vom Scheitel bis zur Sohle Old School. Ups, böses Ührchen, wir müssen wieder. ☺«

»☺ War nett mit euch. Cya. ☺«

»Jauuuuul!«

»Ruhig, Lambert.«

Bevor wir weiterreden, reichen Tobi und ich uns erst einige Male das Glas mit der faden Rest-Plörre hin und her. Wir genießen den Augenblick. Jedes Mal, wenn Elvin und Adrian weg sind, ist das wie Zahnschmerz, der plötzlich aufgehört hat.

»Ich glaub, wir müssen mit Gonzo reden. Er hat sie hier reingeholt, er soll sie auch wieder rauswerfen.«

»Aber wenn euch der Strom wieder flöten geht?«

»Lieber leg ich eigenhändig ein Kabel von deinem Studentenwohnheimzimmer hierher, als noch mal auf diese Forza-Idee-Säcke angewiesen zu sein, Amelie.«

»Na, wartet mal wenigstens noch ab, bis das mit dem Wasser geklärt ist. In solchen Situationen braucht man Freunde.«

»Wir könnten das mit dem Wasser sofort klären, aber Tobi will keine alten Omas vermöbeln.«

»Krach will sagen, dass der Wohlgemuth uns das Wasser abgedreht hat und dass wir nicht an den Absperrhahn rankönnen, weil da jetzt neuerdings eine Tür davor ist.«

»Und Tobi weigert sich, das Schloss zu knacken, obwohl er es könnte.«

»Finde ich sehr vernünftig. Mit einer beginnenden Sehnenscheidenentzündung sollte man nicht spaßen. Ich hatte
da neulich mal einen Schimpansen im Seminar, der …«

»Jauuuuuul!«

»Okay, Lambert, wir gehen jetzt. Hast ja tapfer durchge-
halten.«

Amelie umarmt uns beide und geht. Ich rieche sicher
überall nach Julia. Das muss sie doch merken? Aber nein,
kein Zucken, kein fragender Blick, bin wahrscheinlich nur
paranoid.

*

Das Nord-Derby fällt wirklich genau auf den richtigen Tag.
Ich bin von den vergangenen zwei Nächten völlig platt und
brauche dringend Erholung und einen Anlass, nicht nachzudenken.

Wir haben uns schon früh die sechste Reihe in der FC
Magnet Bar gesichert, lümmeln in den Sitzen und betrachten mit angenehm leeren Köpfen die Bilder, die der Beamer
an die Wand vor uns wirft. Diesem Ort sollten wir eigentlich
mal einen Dankessong widmen. Public Viewing in fast komplett idiotenfreier Umgebung gibt es nämlich fast nirgends.
Tobi und Gonzo in der Mitte der Reihe sind aufgekratzt,
weil es für sie ja immerhin um Leben und Tod geht, aber
Francesco, Vollbart-Lukas, Caio und ich gleichen das wieder aus. Uns ist völlig egal, ob Hamburg oder Bremen gewinnt.

Die Interviews mit den Clubmanagern, die gerade gezeigt werden, interessieren uns kaum, aber ich liebe es, einfach nur den Rasen anzugucken. Manchmal zeigen sie die
Bilder der Hubschrauber-Kamera. Dann ist die ganze Wand
grün und das bekannte Muster aus weißen Linien und
Punkten zeichnet sich darauf ab. Mittelkreis, Mittellinie, die

Auslinien, die Strafräume, die Fünf-Meter-Räume, die Viertelkreise an den Eckfahnen. Mit jedem Spiel, das ich gesehen habe, wirkt es stärker. Es ist, als würden alle großen Fußball-Momente, die ich je gesehen habe, aus diesem Feld herausstrahlen.

Wir trinken Flaschenbier. Kein Vergleich mit dem Augustiner aus unserer Zapfanlage, aber heute hätten wir ja dank Adrian und Elvin zu Hause eh auf dem Trockenen gesessen. Ich trinke sowieso nicht viel zu Fußballspielen. Wenn, dann ist es nur, weil der Geschmack dazugehört. Betrunken Fußball zu sehen, nur noch in der Lage, die Tore und die Fouls zu zählen, ist Verschwendung.

Der Schiedsrichter pfeift an, und die Linien treten in den Hintergrund. Jetzt ist die Zeit der Spieler. Großartig, wenn einem egal ist, wer gewinnt. Natürlich ist jedes gute Fußballspiel Kunst, aber je mehr einem das Ergebnis egal ist, umso besser kann man das erstaunlicherweise wahrnehmen. Tobi und Gonzo leiden und krampfen. Während der eine seinen Körper spannt, sich aufrichtet und seine Arme zum Hochreißen bereitmacht, schrumpft der andere zusammen, und im nächsten Moment ist es umgekehrt. Sie heben und senken sich wie Zylinderkolben eines Zweitakt-Motors. Keiner von ihnen kann den Steilpass, mit dem Trochowski gerade die gesamte Bremer Abwehr geknackt hat, genießen. Gonzo hat Angst, dass ein Tor fällt, und Tobi, dass kein Tor fällt. Nur wir anderen haben die ganze Schönheit dieses Moments erlebt. Als der Ball auf van der Vaarts Fuß ankam, war das keinen Deut weniger groß als eine harmonische Auflösung bei Mozart, aber wenn man bangt, wie es weitergeht, hat man nicht so viel davon. Van der Vaart schießt knapp vorbei, Tobi sinkt wieder herunter, und Gonzo kommt wieder hoch.

Die erste Halbzeit ist toll. Zur Pause steht es eins zu eins.

Wir gehen nach draußen, um etwas frische Luft zu bekommen. Tobi und Gonzo rekapitulieren laut alle Tore, Torchancen, Fouls, Schwalben, fragwürdige Abseitsentscheidungen und worüber man sich noch so streiten kann. Ich könnte den ganzen Abend zuhören.

Reto kommt die Veteranenstraße herauf.

»Na, wird auch Zeit.«

»Die erste Halbzeit hättest du mal lieber nicht verpassen sollen.«

»Vor allem, wenn du nur Schweizer Fußball gewöhnt bist, harhar.«

»Irch habe noch ein wenig im Intrchnet nach Wohnungsangeboten fürch uns gesucht.«

»Und war was dabei?«

»Nun, irch denke, das Angebot hierch ist hochinteressant, odrch? Es hat fünf Zimmrch, eine große Wohnkürche mit Terrasse und Treppe in den Garchten im Hof und, sehrch wirchtig, zwei Toiletten, beide mit Luftzufurch und Badezimmrch separat.«

»Und bezahlbar?«

»Nurch 560 Euro brchutto chralt. Der einzige Hakchren – es hat Ofenheizung.«

»Hm, könnte man sich schon mal ansehen.«

»Zentralheizung ist eh nur was für Warmduscher.«

»Wo liegt die Wohnung denn?«

»Irch habe das hier ausgedruckt.«

»Zeig mal … oh, Reto, ich glaube, wir müssen dir was erklären.«

»Etwas nircht in Ordnung?«

»Na hör mal, das ist in Reinickendorf.«

»Ja?«

»Verstehst du nicht? Reinickendorf!«

»Aha«

144

»Ich weiß auch nicht, wie soll man das am besten erklären?«

»Reinickendorf ist ein selbsterklärender Begriff.«

»Ja, Reinickendorf halt.«

»Aha.«

»Also man könnte das Wort Reinickendorf mit *da, wo man nicht, wirklich niemals, unter keinen Umständen hinzieht* übersetzen.«

»Oder *der Stadtteil, dem man sogar Treptow vorziehen würde.*«

»Oder *dort, wo dein sozialer Status an der Höhe deiner Rente gemessen wird.*«

»Oder *da, wo die Promis wohnen, die nicht mal mehr ins Dschungelcamp kommen.*«

»Verstehst du? Es ist gefährlich dort.«

»Aha.«

»Aber danke für die Mühe. Wir bleiben dran.«

»Zweite Halbzeit geht los.«

Wir lassen uns wieder auf die Sitze fallen. Das Spiel ist jetzt nicht mehr so gut wie in der ersten Hälfte, auch wenn Reto von Minute zu Minute mehr der Kiefer herunterfällt. Ich schweife nun doch mit den Gedanken ab. Hat sich was geändert zwischen Amelie und mir? Ich bin doch nicht in Julia verliebt, oder? Das war mehr so … ja, wer weiß. Irgendwie so … Verflixt, können die Fischköpfe nicht einfach ein bisschen besser spielen? Ich will nicht nachdenken … Es war einfach nur was Sexuelles. Ja, so ist das. Ist doch auch kein Problem. Solange man gegenseitig auf die Gefühle achtet. Muss man auch mal im Großen und Ganzen sehen …

Telefon. Meine Mutter. Ruft an, während das Nordderby läuft. Immer wieder erstaunlich, wie unterschiedlich doch die Prioritäten des Lebens innerhalb einer Familie gesetzt sein können.

»Hallo Mama, du, ich sitz gerade …«

»Hallo Oliver, du, ich will dich auch gar nicht lange stören, aber ich hab eine wichtige Neuigkeit für dich. Stell dir vor, dein Patenonkel Heinz darf am Montag nach deinem und Papas Geburtstag im Berliner Dom predigen!«

»Aha.«

Sie klingt wirklich aufgeregt. Aber was ist daran so besonders? Mein Patenonkel Heinz ist Pfarrer. Der predigt doch die ganze Zeit immer irgendwo …

»Unglaublich, nicht wahr? Das ist eine Reihe mit Gastpredigern, und einer von denen ist ausgefallen, und Onkel Heinz darf …«

»Alles klar, Mama. Wie viel Uhr?«

»10.30 Uhr. Ist doch eine tolle Geburtstagsüberraschung für euch, oder?«

»Auf jeden Fall.«

»Hast deinen Patenonkel ja auch wirklich schon lange nicht mehr gesehen. Und dann gleich im Dom …«

»Ja, Mama. Du, können wir vielleicht nachher oder morgen weiter …«

»Natürlich. Wollte ich nur schnell loswerden. Ich freu mich schon auf euren Geburtstag. Tschüss … ach, Oliver, Mandeltorte ist gut, oder?«

»Ja, prima. Ich freu mich auch. Tschüss.«

Hm, für mich waren alle Kirchen immer in etwa gleich. Aber klar, jetzt, wenn ich so darüber nachdenke, Berliner Dom, hat schon was …

Der Schiri pfeift ab. Es bleibt beim eins zu eins. Wir trinken in Ruhe aus und tröpfeln nach und nach auf die Straße. Tobi und Gonzo beharken sich noch ein wenig, beruhigen sich dabei aber langsam. Caio legt mir die Hand auf die Schulter.

»Ich muss los. Du denkst an den Termin morgen?«

»Ja, Caio, neun Uhr, Hauptbahnhof, Gleis 8.«

»Genau. Sei bitte pünktlich und nimm für alle Fälle dein Handy mit.«

»Alles klar. Ich weiß nur nicht, ob ich das noch bis morgen mit dem Fusselbart hinkriege. Oder ist das nicht so wichtig bei der Rolle?«

»Bis dann, Krach.«

＊

Es ist schon spät. Ich liege auf meiner Matratze und arbeite schon seit einer halben Stunde an einer SMS für Julia. Zum letzten Mal lese ich den finalen Entwurf durch:

schlaf gut ;-)

Ja, das ist prima. Oder doch lieber mit »:-)«?

Ach, diese Smileys sind sowieso nicht meine Welt.

schlaf gut!

Nein, viel zu grob, so ein Ausrufezeichen.

schlaf gut

Schön und kurz. Aber irgendwie steckt da nicht alles drin …

Schlaf gut

Jaaa, so ganz konservativ mit Groß- und Kleinschreibung. Das hat was … Aber irgendwie ist das alles nicht Julias Welt.

träum was schönes

Nein.

ich hoffe, ich träum von dir

Hmmm, das könnte …?

Oh, jetzt krieg ich eine SMS … Von Julia

es war nur was sexuelles

…

Moment, Moment. Das ist doch jetzt wieder ein Code, oder? Verflixt. Hätte ich nur mal früher gesmst. Aber hilft ja nichts. Ich muss jetzt dechiffrieren, führt kein Weg dran vorbei.

Okay. Gute Codeknacker arbeiten immer intuitiv. Das muss ich jetzt auch machen. Augen zu, Kopf leer machen … und jetzt spontan draufgucken.

es war nur was sexuelles

…

Vielleicht einfach rückwärts lesen?

selleuxes saw run raw se

Klingt auf jeden Fall besser. Meine Intuition sagt mir, dass das ein gutes Zeichen ist … Ah, sie hat keinen Punkt am Ende gemacht. Damit will sie doch unbewusst sagen, dass für sie alles noch offen ist, oder? Der Sinn des Satzes steht dem allerdings ein bisschen entgegen, muss man sagen … Obwohl, das kommt jetzt wieder darauf an, wie man ihn interpretiert. Ich sollte einfach mal alle Interpretationen aufschreiben, die mir spontan einfallen. Dann streiche ich die unsinnigsten aus und nähere mich so Schritt für Schritt der Wahrheit. Vielleicht sollte ich mir auch noch Tobi zu Hilfe holen, wegen der Außensicht? Aber das Plappermaul erzählt bestimmt Amelie davon. Vielleicht hat Julia ihr sowieso schon alles erzählt?

Ich muss mich konzentrieren. Her mit dem Stift.

Interpretationsmöglichkeiten einer SMS von Julia mit dem Text »es war nur was sexuelles«:

1) Ich will dich nicht mehr sehen
2) Morgen, H&M, gleiche Zeit …?
3) Ich will dich nicht mehr sehen!!!
4) Morgen, H&M, gleiche Zeit!!!!!!
5) Das war der mieseste Sex, seit ich mit Günni auf der Klassenfahrt …
6) Das war der beste Sex, seit ich mit Günni auf der Klassenfahrt …

7) Ich liebe dich, aber du hast es nicht verdient

8) Ich liebe dich nicht, obwohl du es verdient hättest

9) Könntest du mir bitte eine SMS schreiben, in der steht, dass du das genau so siehst wie ich?

10) Könntest du mir bitte eine SMS schreiben, in der steht, dass du das ganz anders siehst?

11) Hättest du mir die Schlaf-gut-SMS geschrieben, würd ich jetzt was Netteres schreiben

12) Sei bloß froh, dass du mir nicht die schlaf-gut-SMS geschrieben hast, sonst müsste ich jetzt noch viel gröber werden

13) Lass uns auf die kirchliche Trauung verzichten

14) Lass es uns als Nächstes im Schwimmbad probieren

15) ...

MIETGORILLAS

»Morgen, Krach, was steht da eigentlich auf dem Zettel, der auf deinem Bauch liegt?«

»Hmmmpfwas?«

»*Interpretationsmöglichkeiten einer SMS von Julia mit dem Text ›es war nur was sexuelles‹. Erstens …*«

»Gib mir sofort den Zettel, Gonzo.«

»Schon gut, ich dachte, das wär die Einkaufsliste. Ich wollte nämlich …«

»Was machst du überhaupt in meinem Zimmer?«

»Na, ich brauche eine von meinen Hosen die du nach dem Anprobieren alle nicht zurückgebracht hast.«

»Ach so, Tschuldigung. Wie spät ist es eigentlich?«

»Halb acht.«

»Ächz. Was machst du so früh?«

»Hab ich nicht erzählt? Ich hab einen Job als Testhörer für RS2. Geht um halb neun los.«

»Mein Patenonkel Heinz predigt am Montag morgen im Berliner Dom. Dann weck ich dich auch einfach mal um … Moment, sagtest du Testhörer für RS2?«

»Na, ich muss mir Songs anhören und ankreuzen, ob ich die weiterhin gerne im Radio hören möchte. Musste nur angeben, dass ich RS2-Stammhörer bin, um den Job zu bekommen.«

»Du bist wahnsinnig.«

»Na hör mal, hundert Euro für sechs Stunden Musikhören ist doch nicht schlecht, oder?«

»Sechs Stunden *Superoldies und das Beste von heute*«.

»Für mich wäre viel schlimmer, wenn ich sechs Stunden das RS2-Corporate-Design ansehen müsste. Außerdem gibt es ja Pausen.«

»Du bist wahnsinnig.«

»Mach dir keine Sorgen. Aber sag mal, was war das denn jetzt mit Julia und *es war nur was sexuelles*? Gibt es da etwas, was deine WG wissen sollte?«

»Nein, ich bereite nur ein Rollenspiel für einen Schauspielkurs vor, und dabei greife ich auf Charaktere aus meinem Freundeskreis zurück.«

»Ach so. Und wo ist jetzt die Einkaufsliste?«

»In der Küche, da, wo sie immer ist.«

»Alles klar. Ich muss los. Bis dann.«

Puh.

Ich stecke den Zettel unter mein Kopfkissen und schlafe auf der Stelle wieder ein.

*

»Gopf! Schon wiedrch zu spät!«

Ich kann Reto verstehen. Als Letzter nach dem Frühstück auf die Toilette zu müssen ist sowieso schon ein Alptraum. Aber heute, wo wir nur einen Eimer Wasser haben, um das gesammelte Elend aus der Schüssel zu spülen, ist es natürlich besonders gemein. Da zahlt er jetzt Lehrgeld. Muss halt erst noch die nötigen Reflexe ausbilden, um so schnell von seinem Stuhl hochzukommen wie früher Hendrik. Aber wer weiß, vielleicht ist auch sein Grundcharakter einfach zu ruhig.

»Du hast immerhin Glück, dass Gonzo schon weg ist und Francesco bei seinem Freund übernachtet hat.«

Hm, lieber ein neues Thema.

»Was hast du eigentlich die ersten Tage in Berlin so getrieben?«

»Nun, irch versurche, in der Modebranrche Fuß zu fassen. Da muss irch noch ein wenig die rirchtigen Personen treffen, aber bisherch fügt sirch alles wunderbarch, odrch.«

Etwas unheimlich ist er mir in seiner Zielstrebigkeit ja schon. Gerade mal drei Tage hier und anscheinend schon bestens in der Spur. Andere schaffen es in dieser Zeit höchstens einmal den Fernsehturm rauf und wieder runter. Andererseits, Reto und Mode kann ich mir irgendwie überhaupt nicht vorstellen. Da fehlt ihm das Exzentrische. Aber soll er sich ruhig mal selber die Hörner abstoßen.

»Danke übrigens, dass ich heute noch mal deine Hose haben kann.«

»Chrein Problem, odrch.«

NÄÄÄÄÄÄÄÄÄÄÄÄÄÄÄÄÄÄÄÄÄHT!

Unsere Wohnungsklingel. Das heißt, es war mal unsere Wohnungsklingel, bis Herr Wohlgemuth, als erste Amtshandlung, eine neue Klingelanlage einbauen ließ. Seitdem können wir zwar endlich die Haustür unten per Summer öffnen, aber dafür macht es in unserer Wohnung jetzt nicht mehr Dingdong, sondern NÄÄÄÄÄÄÄÄÄÄÄÄÄÄÄÄÄÄÄHT!, und für diese akustische Vogelscheuche das Wort Klingel zu verwenden geht wirklich an der Realität vorbei. Wer uns wohlgesonnen ist, drückt den Knopf nur ganz kurz oder begnügt sich mit Anklopfen. Wenn es dagegen NÄÄÄÄÄÄÄÄÄÄÄÄÄÄÄÄÄÄÄHT macht, kann das eigentlich nur eins bedeuten.

»Tag, Herr Wohlgemuth.«

»Ha, Sie haben also schon geahnt, dass ich es bin! Damit haben Sie sich verraten!«

»Langsam, langsam. Worum geht es denn? Überhaupt, ich dachte, Sie wollten erst in drei Tagen wiederkommen?«

»Ich bin nicht zu Scherzen aufgelegt, Herr Krachowitzer. Sie wollen Krieg? Können Sie haben!«

»Krieg? Auf keinen Fall. Das Schlimme an Krieg ist, dass man nicht mehr aufhören kann, wenn man einmal begonnen hat.«

»Spielen Sie nicht den Ahnungslosen!«

Er kiekst. Es ist ihm ernst. Wenn ich nur wüsste, mit was … Ach so.

»Geht es jetzt wieder um die Russen?«

Er äfft mich nach.

»Geht es jetzt wieder um die Russen? Sie sind wirklich dreist.«

Hinter meinem Rücken höre ich die Toilettentür aufgehen. Herr Wohlgemuth zuckt zusammen. Meine Güte, ist der nervös.

»Herr Wohlgemuth, Gott zum Gruße. Können wir Ihnen einen Kaffee anbieten?«

So ist es richtig, Tobi. Spannung rausnehmen.

»Machen Sie sich bloß nicht über mich lustig, Herr Lüdenscheidt – und schließen Sie um Gottes Willen die Klotür!«

»Also, verstehe ich das richtig: Sie fühlen sich ausgerechnet von den Russen verfolgt, die Sie selbst engagiert haben, um die Party in der Galerie zu pupen?«

»Zum letzten Mal, machen Sie sich nicht über mich lustig.«

»Vielleicht haben Sie einfach vergessen, sie zu bezahlen. Da reagieren so Russen manchmal ziemlich verschnupft.«

»Jetzt reichts mir. Ich wollte Ihnen eine letzte Chance geben, mit heiler Haut aus der Sache rauszukommen, aber wenn Sie keinen Wert darauf legen, bitte schön, dann spüren Sie jetzt die volle Härte des Gesetzes. Schläger engagieren ist kein Kavaliersdelikt. Ich freue mich schon auf das

Schmerzensgeld. Und mindestens einen von Ihnen sehe ich in Untersuchunghaft, das schwör ich Ihnen.«

»Herr Wohlgemuth …«

»Und nur damit Sie es wissen: Meine Anwältin ist nicht nur eine exzellente Immobilienrechtlerin, sondern …«, er senkt seine Stimme und kommt näher heran, »… sondern auch eine Kampflesbe wie aus dem Bilderbuch. Die lässt alle anderen Fälle liegen, wenn sie eine stinkende Männerbude wie Ihre hier ausräuchern kann. Da leckt sie sich schon seit Jahren die Finger nach. Bestellen Sie am besten schon mal den Umzugswagen!«

»Also, wenn wir wieder Wasser hätten, wäre das mit dem Gestank schon mal nur noch halb so wild.«

»Stimmt. Haben Sie zufällig den Schlüssel für die Absperrhähne dabei?«

»Nein. Und soll ich Ihnen was sagen? Den habe ich, glaube ich, gestern Abend bei der Auseinandersetzung mit Ihren Mietgorillas verloren. Da können Sie mal sehen, wer auf Gewalt setzt, schneidet sich immer ins eigene Fleisch.«

Auseinandersetzung? Er zieht das wirklich durch. Ha, da fällt mir was ein.

»Herr Wohlgemuth, würden Sie vielleicht Herrn Lüdenscheidt aufgrund der außergewöhnlichen Situation offiziell erlauben, die Tür zu den Absperrhähnen mit einem, nun ja, Nachschlüssel zu öffnen?«

»Nein! Und jetzt guten Tag.«

»Herr Wohlgemuth …«

Nichts zu machen. Er ist schon auf der Treppe. Einmal dreht er sich noch um.

»Übrigens, Ihre Freunde, die Georgier, hab ich rausgeschmissen. Die haben doch tatsächlich an den Elektroleitungen herumgeflickt. Ohne Handwerkskammer-Zulassung. Kann ich nicht verantworten, so was. Heute kommen Neue. Ukrainer. Feine Kerle, Sie werden es sehen.«

Wir gucken ihm nach. Er humpelt.

»Gopfertelli siech namal, das halt irch nircht aus!«

»Du musst einfach durch den Mund einatmen, Reto.«

Armer Kerl.

DAILY SOAP

Norddeutschland rauscht mit 200 Sachen am Fenster vorbei. Caio hat sich neben mir tief in seinen Fantasy-Roman vergraben. Ich habe keine Ahnung, was da gleich im Studio Hamburg auf mich zukommt, aber ich lande mit meinen Gedanken im Moment sowieso dauernd bei Julias SMS.

es war nur was sexuelles

Ich sehe das jetzt nüchterner. Wahrscheinlich ist es diesmal gar kein Code, sondern tatsächlich eine klare Aussage. Und wenn das so ist, dann kann ich eigentlich froh darüber sein. Kein Dilemma wegen Amelie, diskretes Schweigen, keine Komplikationen, klassische Tragödie abgewendet. Und das bisschen Traurigkeit geht bestimmt auch bald vorbei.

Die Frage ist nur, was antworte ich jetzt? Mein inneres Handbuch für Feingefühl und Takt gibt für solche Situationen nichts her. Aber irgendwie ist das auch nicht wirklich der Kern des Problems.

Caio klappt sein Buch zu.

»In zehn Minuten sind wir da. Wie siehts aus, Krach? Bist du gut bei Stimme?«

»Ich hab jedenfalls die letzten Stunden nicht mit Rumschreien verbracht.«

»Schauen wir mal, was geht, was?«

»Und sie haben dir wirklich nicht mal gesagt, was ich da überhaupt vorsingen soll?«

»Nein, sonst hätte ich dirs natürlich gesagt.«

»Ist doch eigentlich komisch, oder?«

»Ja, schon. Die sind im Moment halt recht hektisch. Wenn Ernie keine Stimme mehr hat, bedeutet das Ausnahmezustand.«

Er versucht, professionell gelassen dreinzugucken, aber ich kenne ihn gut genug, um zu sehen, dass er diesmal wirklich nervös ist.

In Hamburg angekommen, wursteln wir uns zum Taxistand durch. Zwanzig Minuten später stehen wir vor der Einfahrt des Studiogeländes. Caio spricht ein paar Worte mit dem Pförtner, dann geht es weiter. Ich würde mich auf dem verwinkelten Gelände wahrscheinlich nicht einmal mit einem Navigationsgerät zurechtfinden, aber Caio steuert souverän den richtigen Bau an und fragt sich bis zur richtigen Tür durch. Ehe ich mich versehe, stehen wir in einem Tonregieraum mit einem gigantischen Mischpult. Die Luft ist stickig. Ein paar bebrillte Männer sitzen mit finsteren Mienen auf Bürostühlen herum. Schwere Stresssituation, keine Frage. Extrem steife Nackenpartien.

Hinter einer schalldichten Glasscheibe ist ein Aufnahmeraum, in dem eine kleine Herde junger Männer versammelt ist, die darum wetteifert, wer am verzagtesten aussieht. Die Brillenmänner schenken ihnen keine Beachtung. Stattdessen schauen sie uns so grimmig an, als hätten wir gerade in ihre Porzellanentensammlung getreten. Caio ist aber nicht der Typ, der sich ins Bockshorn jagen lässt.

»Guten Tag. Mein Name ist Caio Wesenberg. Und das ist …«

»Was wollen Sie?«

»Nun, ich hatte mit Herrn Böltinghausen telefoniert wogen …«

Alle gucken den Mann ganz hinten in der Ecke an, der wohl Herr Böltinghausen ist. Der erstarrt, fährt nach einem kurzen Moment mit der Hand durch die Luft und guckt genervt auf den Boden.

»Ja, stimmt, hatte ich vergessen.«

Unheilvolles Schweigen. Es ist klar, dass die Herren einfach nur überlegen, wie sie uns möglichst schnell wieder loswerden können, ohne gegen geltende Menschenrechtskonventionen zu verstoßen. Ich will lautlos verschwinden, aber Caio hält mich mit eisernem Griff am Arm fest. Schließlich stöhnt der Älteste der Brillenmänner kurz auf, sieht Herrn Böltinghausen mit einem vernichtenden Blick an und sagt: »Also wenn, dann jetzt gleich.«

Caio entspannt sich etwas.

»Wunderbar. Dann …«

»Ja, was ist? Brauchen Sie ein Taxi zum Mikrofon?«

Wow, was für eine Laune. Mit dem Blick könnte er einen Elefanten verscheuchen.

»Äh, welche Tür?«

»Da hinten. Und dann rechts.«

Er sieht aus, als hätte er unerträgliche Kopfschmerzen. Ich nehme die Beine in die Hand. Drei Sekunden später stehe ich im Aufnahmeraum. Die verzagten jungen Männer lassen mich bereitwillig zum Mikro vor. Der Lautsprecher an der Decke wird unsanft eingeschaltet. Ich höre die Stimme des Kopfschmerzmanns.

»Knack … Was haben Sie vorbereitet?«

»Oh … eigentlich nichts. Caio, äh, Herr Wesenberg sagte …«

Der Lautsprecher ist wieder aus. Ich sehe durch die Scheibe, wie dem Kopfschmerzmann nun endgültig das Gesicht herunterfällt und wie Herr Böltinghausen versucht, im Erdboden zu versinken. Caio fängt an zu reden und zieht dabei sein Aufnahmegerät aus der Tasche. Die Männer fassen sich an die Köpfe und sehen auf ihre Uhren, aber Caio redet weiter auf den Kopfschmerzmann ein. Der fügt sich schließlich seinem Schicksal.

»Knack … Herr …«

»Krachowitzer, Oliver Krachowitzer.«

»Also Oliver, Sie bekommen jetzt was von Ihrer eigenen Band über den Kopfhörer eingespielt. Singen Sie einfach dazu.«

Während ich mir den Kopfhörer überstülpe, sehe ich, wie alle Brillenmänner außer dem Kopfschmerzmann und Herrn Böltinghausen den Regieraum verlassen. Arschgeigen. Sie nutzen mein Vorsingen für eine Kaffeepause. Egal, ich werde es versuchen. Bin ich Caio schuldig.

Während das Vorspiel zum ersten Andrej-Rebukanow-Song aus Caios Aufnahmegerät über den Kopfhörer in meine Ohren tüdelt, schließe ich die Augen und versuche, alles um mich herum zu vergessen.

Ohmmm. Du bist Ernie.

Ich lasse den kleinen Kerl vor meinem geistigen Auge erscheinen. Der absurd breite Schädel, die orange Haut, die großen neugierigen Augen, die Knubbelnase, die Schwarzer-Handfeger-Frisur und das impertinente Dauergrinsen. Kurz bevor ich einsetzen muss, gelingt es mir tatsächlich, mit Haut und Haaren in ihn hineinzuschlüpfen.

Ich bin Ernie … Zwo, drei, vier …

Nach den ersten Takten bin ich so überrascht über meine Stimme, dass ich mich beinahe verhasple, aber ich habe dies Lied so oft gesungen, dass ich mich locker über die kleine Unsicherheit hinwegrette.

Ich bin Ernie.

Ich kann es wirklich. Hätte ich nie gedacht. Caio ist brillant.

»Knack … danke, das reicht.«

Ich höre auf und öffne meine großen neugierigen Ernie-Augen. Der Kopfschmerzmann sieht aus, als hätten ihn die

Schmerzen nun endgültig überwältigt. Er hält sich mit beiden Händen die Stirn, und Herr Böltinghausen schüttelt traurig den Kopf. Caio gibt nicht auf. Er redet und redet, obwohl ihn die beiden nicht einmal mehr ansehen. Dann verschwindet er im Laufschritt durch die Tür und taucht im nächsten Moment neben mir auf.

»Okay, ich gebs zu, das war ein dummer Witz von mir. Sie suchen natürlich keine Ernie-Stimme, sondern sie casten Sänger. Für eine Daily Soap rund um eine Band.«

»Was?«

»Sing jetzt noch mal. Aber diesmal bitte wie du selbst, okay?«

»Okay, Caio. Aber wenn wir hier draußen sind, darf ich dich ein klein bisschen umbringen, ja?«

»Selbstverständlich, und jetzt häng dich rein.«

Also, alles wieder auf Anfang. Aber das muss ein guter Schauspieler können. Ohmmm, du bist wieder Oliver Krachowitzer, der Mann ohne Hosen im Schrank, dafür ein begnadeter Anarcho-Breitcore-Interpret und neuerdings Experte für Sex in Umkleidekabinen.

Die ersten Takte sind schon vorbei. Mein Einsatz. So, jetzt mit Überzeugung. Du stehst in der Columbiahalle. 3000 Leute hängen an deinen Lippen und dazu drei Millionen zu Hause an der Live-Übertragung …

Ja. Wunderbar. Ich bin mitten in der Musik. Noch besser als beim Galerie-Gig. Ich liebe meine Band. Wir werden bald durchstarten. Und ich muss Punk-Erwin zum Essen einladen. Er hat mir gezeigt hat, wo es langgeht.

…

So, das war jetzt schon die dritte Strophe. Diesmal kommt kein »Danke, das reicht« aus dem Lautsprecher. Ich glaube, ich kann die Augen jetzt langsam wieder öffnen.

Unglaublich. Der Kopfschmerzmann hat offensichtlich

keine Kopfschmerzen mehr. Er liegt sich mit Herrn Böltinghausen lachend in den Armen, und sie hüpfen beide synchron herum wie Uli Hoeneß und Ottmar Hitzfeld vor der
Trainerbank, wenn der FC Bayern wieder in letzter Minute
das alles entscheidende Tor geschossen hat. Caio strahlt
und zeigt mir zwei erhobene Daumen. Die anderen Herren
kommen allmählich mit ihren Kaffeetassen zurück. Auch
ihre Mienen hellen sich schlagartig auf, und alle schließen
sich dem Jubelgehüpfe an.

Ich singe das Lied zu Ende und genieße das Schauspiel.
Hm, Hauptdarsteller in einer Daily Soap rund um eine Band.
Das ist zwar nicht ganz das, was ich mir als Traumziel vorgestellt habe, aber es wird zumindest meinen Bekanntheitsgrad mit einem Schlag von null auf extrem riesig aufpusten.
Und zwar meinen Bekanntheitsgrad als Schauspieler *und*
als Musiker. Danach muss ich natürlich schleunigst das Daily-
Soap-Darsteller-Image wieder loswerden, aber darüber kann
mich mir ja Gedanken machen, wenn es so weit ist. Fürs
Erste sollte ich auf jeden Fall nicht meckern. Wie sich das Leben von einem Tag auf den anderen ändern kann.

»Knack ... Danke! Danke! Danke, Oliver! Großartig! Sie
sehen schon, wir sind alle erleichtert. Sie können sich nicht
vorstellen, durch was für eine Hölle wir in den vergangenen
Tagen gegangen sind. Wir haben schon gar nicht mehr dran
geglaubt, dass wir noch rechtzeitig den Richtigen finden.«

»Danke, freut mich.«

Die Herren brauchen noch ein paar Minuten, um wieder
arbeitsfähig zu werden. Schließlich neigt sich der Exkopf-
schmerzmann wieder zum Mikro.

»Knack ... Gut, dann gleich mal weiter im Text. Oliver,
wenn Sie so gut sind und im Aufnahmeraum bleiben. Machen Sie es sich bequem. Die anderen können gehen.
Danke für Ihre Mühe.«

Die Jungmännerherde tröpfelt wortlos aus dem Raum. Caio zeigt immer noch mit den Daumen nach oben.

»Knack … Oliver, nur um ganz sicherzugehen, wir würden Ihnen jetzt gerne ein Lied vorspielen. Es wird mit das wichtigste in Ihrem Repertoire sein. Sie kennen es vermutlich. Achten Sie auf Melodie und Text. Wir würden es dann nämlich anschließend gerne von Ihnen hören. Aber bleiben Sie entspannt. Keiner hier hat Zweifel, dass Sie es packen.«

»Gut, okay.«

»Sind Sie bereit? Oder möchten Sie noch was trinken vorher?«

»Nein, kann losgehen.«

Das mit dem Sich-verwöhnen-lassen muss ich mir ganz langsam aneignen. Kommt sowieso besser, wenn man am Anfang nicht gleich den Star mimt. Sobald dann erst mal die ersten Folgen ausgestrahlt sind …

Das Lied geht los.

Moment mal. Das Vorspiel kenne ich tatsächlich irgendwoher … So eine Swingnummer. Das ist zwar nicht unbedingt mein Stil, aber andererseits verdienen Roger Cicero und Konsorten ein Heidengeld damit. Ist halt unsere Zeit … So, jetzt kommt gleich der Gesang. Dann erkenn ichs bestimmt sofort wieder …

»*Dub dubidubi dubi didup,*
Dub dubidubi dubi didup.
Quietsche-Entchen, nur mit dir
plansche ich so gerne hier.
Quietsche-Entchen, ich habe dich so furchtbar lieb …«
…

Moment mal, was wird hier mit mir gemacht?

*

162

Ich weiß nicht, ob wir überhaupt schon außer Hörweite des Studios sind, aber es ist mir egal.

»Ich will eine Erklärung, Caio!«

»Was gibts denn da zu erklären? Du hast auf ganzer Linie gewonnen, Mann! Du bist der neue Ernie. Komm, schlag ein. Wir werden reich.«

»Du erzählst mir, Sie casten Sänger für eine Daily Soap mit Band, und am Ende suchen sie doch nur eine Ernie-Stimme!«

»Was meinst du mit *nur* eine Ernie-Stimme? Damit gehörst du zu den Top-100-Stimmen im deutschen Showbiz.«

»Lenk nicht ab. Was sollte das mit der Daily Soap? Ich hätte das ehrlich gesagt besser gefunden als die Ernie-Stimme. Vor allem, wenn ich den Aspekt ›Bewahrung meiner persönlichen Würde‹ in Betracht ziehe …«

Caio legt mir die Hand auf die Schulter und schaut mich ernst an.

»Hör zu, ich sag dir die Wahrheit: Wenn du ganz normal singst, klingst du wie Ernie, aber wenn du mit Absicht versuchst, wie Ernie zu singen, klappt es irgendwie nicht. Das war mir vorher nicht klar.«

»Und deswegen hast du mir diesen Scheiß von der Daily Soap erzählt?«

»Es war eine Notlüge.«

»Drecksack.«

»Hey, du verdienst jetzt richtig Geld. Ich versteh nicht, warum du dich nicht freust?«

»Es ist ja auch nicht deine Stimme, die nächste Woche eingespielt wird, wenn Ernie beim Kika-Sommerfest vor tausend kleinen Hosenscheißern die Bühne betritt.«

»Du musst da, glaub ich, echt noch an deiner professionellen Einstellung feilen.«

BRAZIL

GROOOOOOOOOOOOOOOOOOOOOOOOOOH!

»Puh, das ist jetzt aber kein Spaß mehr.«

»Tja, der Wohlgemuth.«

»Der meints jetzt wirklich ernst.«

»Wie bitte?«

»Der meints jetzt wirklich ernst!!!«

»Ach so, ja.«

Ich bin wieder zurück und sitze mit Tobi am Küchentisch. Der Presslufthammer muss gerade direkt über unseren Köpfen sein. Hin und wieder fällt unser Blick auf das schöne Augustiner-Fass, aber wir wissen, dass es leer ist.

»Und du bist jetzt wirklich Ernie?«

»Zum letzten Mal: Ich bin nicht Ernie. Ich leihe ihm nur meine Stimme. Und auch nur vertretungsweise.«

»Sei doch nicht gleich so gereizt. Ernie ist doch voll der Sympathieträger.«

»Ich will nichts mehr hören.«

»Hey, wenn der Bundespräsident eines Tages direkt vom Volk gewählt wird, jede Wette, dass Ernie es packt?«

»Du glaubst doch nicht im Ernst, dass er sich gegen Hansi Hinterseer durchsetzen kann?«

NÄÄT!

Reto steht vor der Tür. An den beiden Besenstielen über seinen Schultern hängen insgesamt vier Eimer voll Wasser. Er lächelt trotz der aberwitzigen Last. Ihm fehlt nur noch ein Grashalm zwischen den Zähnen und er könnte mitsamt seiner Ausrüstung direkt in einen Almmilch-Schokoladen-Werbespot hineinmarschieren. Das einfache Leben scheint ihm irgendwie zu gefallen. Er schreitet würdevoll in die Küche, geht in Zeitlupe in die Knie und stellt alle vier Behältnisse so sorgfältig ab, dass nicht mal ein Tropfen überschwappt. Ich sehe Tobi an. Er stülpt die Unterlippe vor und nickt in ehrlich empfundener Bewunderung. Wir hatten wirklich ein gutes Händchen bei der Neuer-Mitbewohner-Auswahl.

NÄÄÄÄÄÄÄÄÄÄÄÄÄÄÄÄÄÄHT!

»Und ich dachte schon, wir hätten jetzt mal ein paar Momente Ruhe.«

»Na immrchin sind die Männrch mit den Pressluft-Hämmrchn jetzt in ein anderes Zimmrch gegangen, odrch.«

»Die wären mir, ehrlich gesagt, lieber als jetzt schon wieder der Wohlgemuth.«

»Wahrscheinlich haben ihn seine Russen noch mal zusammengeschlagen, hähä.«

»Find ich nicht so lustig. Der heckt was aus.«

Tobi macht die Tür auf.

»Tagchen. Getränkelieferung für Lüdenscheidt, Viehbauer-Gonzalez, Krawanke, Krachowitzer und, puh, Zimmerli.«

Der dicke Getränkefahrer schubst ein Bierfass von seiner Sackkarre über unsere Türschwelle.

»In'n ersten Stock, nur wejen eem Fass. Nochma machick dit nich. Könnse den Forza-Idee-Schnuckis ausrichten.«

»Machen wir. Schönen Tag noch.«

Tobi macht die Tür zu und reißt die Arme hoch.

»Bier!«

»Jah!«

»Endlirch!«

»Kann man sagen, was man will, aber Elvin und Adrian haben Wort gehalten.«

»Mach schon, schließ es an, Tobi.«

»Bin dabei.«

KRAAAAAAAAAAACH! WUMMMMMM!

Weia, was auch immer das war, jetzt ist wirklich was kaputtgegangen. Während wir aus der Küche hechten, um nachzusehen, was da gerade in Trümmer gefallen ist, muss ich noch mal an Wohlgemuths Worte denken. *Ukrainer. Feine Kerle.* Na, mal sehen.

Auf dem Flur ist nichts zu erkennen. Jeder stürzt in sein Zimmer. Einen Moment später sind alle wieder da und schauen erleichtert. Bleiben also nur noch Gonzos Zimmer, Francescos Zimmer, Bad und Klo. Wir verteilen uns.

»Klo ist in Ordnung.«

»Gonzos Zimmer auch.«

»Bad auch.«

»Francescos Zimmrch nircht.«

Stimmt, Francescos Zimmer nicht. In der Decke klafft ein riesiges Loch, ein gigantischer Schutthaufen aus Putz, Mauerziegeln, Kaminofentrümmern und Asche türmt sich auf dem Boden, und es riecht wie im Braunkohlekraftwerk. Ob überhaupt etwas in diesem Zimmer heil geblieben ist, ist mehr als zweifelhaft. Ein Glück, dass Francesco hier nur noch ein paar alte Taschenbücher und ein paar wenige Klamotten in zwei Ikearegalen deponiert hat.

Durch das Loch in der Decke gucken ein paar ratlose Männergesichter.

»Sie sind die Herren Ukrainer, nehme ich an?«

Was der eine Mann antwortet, kann ich nicht verstehen, aber die Körpersprache sagt mir alles: »Tschuldigung, aber hat uns keiner gesagt, dass hier noch jemand wohnt und dass die Decke morsch ist, erst recht nicht.«

Wir schließen die Tür wieder, damit nicht zu viel Staub herausschwebt. Während Tobi und ich uns noch versteinert anstarren, verschwindet Reto in seinem Zimmer und taucht kurz darauf in Arbeitsklamotten wieder auf.

»Was hast du vor?«

»Nun, wirch sollten versuchen, diesen Schlamassel ein wenig in Ordnung zu bringen, odrch?«

»Wie willst du das in Ordnung bringen?«

»Also nurch mal das Chröbste …«

»Nein, lass mal, Reto. Francesco ist Anwalt. Der regelt so was gerichtlich.«

»Genau. Besser nichts anfassen. Alles Beweismittel.«

»Meint ihr wirklirch …«

NÄÄT

»Hallo Amelie.«

»Hallo Kr …«

»Jauuuuuuul!«

»Nein! Bleib weg von den Eimern, Lambert!«

»Habt ihr immer noch kein Wasser?«

»Er hat nur aus dem grünen geschlabbert. Schnell, wir stellen die anderen Eimer aufs Regal. Räum mal die Teller weg.«

Amelie setzt sich kopfschüttelnd.

»Ich hab gehört, du bist jetzt Ernie, Krach. Herzlichen Glückwunsch.«

»Ich bin nicht Ernie. Ich bin nur seine Stimme.«

»Na trotzdem.«

»Und auch nur vertretungsweise. Ächz, hilft mir mal einer?«

»Sofort – waaah, Reto! Das Regal kippt! Halt dagegen!«

»Wirch müssen die Eimerch chranz nach hinten schieben.«

»☺ Wow, Wasservorräte bunkern. Lowtec pur. Alle Achtung. ☺«

»☺ Schade, dass die bunten Plastikeimer das ganze Look &Feel versauen. Blecheimer wären besser. So Alt-Berlinmäßig, weißt du, was ich meine? ☺«

»☺ Du, find ich gar nicht so. Die Plastikeimer haben einen verdammt hohen Ghettofaktor. ☺«

»Warum klingelt ihr eigentlich nie?«

»☺ Weil wir keine Spießer sind, und ihr auch nicht. Dachten wir jedenfalls. ☺«

»☺ Ich seh schon, unser Fass ist gut angek … ☺«

NÄÄÄÄÄÄÄÄÄÄÄÄÄHT!

»Jetzt aber, Wohlgemuth.«

»Will bestimmt seinen Triumph über Francescos Zimmer auskosten.«

»Wenigstens klingelt der. Könnt ihr mal sehen.«

Vor der Tür stehen drei junge Männer. Das heißt, nur zwei von ihnen stehen. Der in der Mitte hängt kraftlos an den Schultern der beiden anderen und singt mit geschlossenen Augen leise vor sich hin.

»Gonzo!«

»Was haben sie mit dir gemacht?«

»Take on meeeeee …«

»Wir haben ihn so auf der Straße gefunden. Taumelte rum und sang.«

»Gerade mal eure Adresse haben wir aus ihm rausgekriegt.«

»Roooooxanne …«

»Das waren bestimmt die Russen.«

»Man chrann keine äußerlirchen Verletzungen sehen.«

»Echte Profis haun immer da hin, wo man nachher nichts sieht.«

Ich kenne zum Glück die Wahrheit.

»Es ist nicht so schlimm. Er hat sich nur sechs Stunden RS2-Hits angehört.«

»*Sechs Stunden RS2-Hits?*«

»Für Geld.«

»Wirch hätten ihm doch Chreld leihen chrönnen.«

»Foreeever young, I want to be foreeever young …«

Wir bedanken uns bei den Überbringern und tragen Gonzo in die Küche.

»Komm, setz dich erst mal auf deinen Stuhl.«

»Chranz vorsichtig.«

»Tobi, hol mal ein Bier.«

»Kommt schon.«

»Sooo, schön langsam trinken.«

»☺ Der ist einfach nicht RS2-Zielgruppe. ☺«

»PFUIÄÄCH!«

»Um Himmels willen, schmeckt das Bier nicht, Gonzo?«

»Der muss zum Arzt.«

»I'm just a woman in love …«

Ich nehme das Glas und probiere.

» PFUIÄÄCH!«

»Krach, alles klar?«

»WAS IN DREI TEUFELS NAMEN IST DAS?«

»☺ Pinklbräu Easy. ☺«

»☺ Die süddeutsche Antwort auf Jever Light. ☺«

»☺ Unser dickster Food&Beverage-Kunde im Moment. ☺«

»☺ Dafür seid ihr wiederum genau die Zielgruppe. ☺«

»☺ Spätestens wenn unser Spot läuft, muss es euch schmecken. ☺«

»I'm saiiiiiling, I'm saiiiiiiling …«

»☺ Ich seh schon, wird noch ein harter Job. ☺«

Amelie kriegt zu viel.

»Ich glaubs einfach nicht! Gonzo gehts schlecht, und jetzt wird er auch noch als Bier-Versuchstier missbraucht.

Ihr seid solche Kasper! Bringt ihn jetzt in sein Bett, ich kümmer mich um ihn.«

Wir gehorchen. Und wenn ich ihren Gesichtsausdruck richtig lese, tun wir gut daran.

»Jauuuuul!«

»Kannst du so lange Lambert nehmen, Krach?«

Sie drückt mir tatsächlich ihren Hund in den Arm.

»Sprich einfach ein wenig mit ihm.«

»I want to know what love iiiiis …«

Amelie macht Gonzos Zimmertür zu. Wir setzen uns wieder in die Küche. Elvin und Adrian sind immer noch da. Aber jetzt kenne ich kein Pardon mehr.

»Ihr habt Nerven! Aus dem unendlichen Kosmos der süddeutschen Biere bringt ihr hier ausgerechnet das einzige an, das nicht schmeckt!«

»☺ Jetzt sag doch nicht so was Böses, Krach. ☺«

»Wahrscheinlich habt ihr Gonzos Trauma damit noch mal verschlimmert!«

»☺ Warte, bis die Imagekampagne startet. Dann schmeckt es ganz anders. ☺«

»☺ Nach Nightlife und Party. ☺«

»Hört genau zu: Was RS2 unter den Radiosendern ist, ist dieses Gesöff unter den Bieren! Ich würde es nicht mal mögen, wenn ich halb verdurstet aus der Sahara gekrochen käme UND ES AUS GISELE BÜNDCHENS BAUCHNABEL SCHLÜRFEN DÜRFTE!«

»Jauuuuuuuuuuuul!«

»Tschuldige, Lambert. Du warst nicht gemeint.«

»☺ Hm, Bauchnabel geht nicht. Zu Schöfferhofer, oder? ☺«

»☺ Aber Gisele Bündchen ist schon mal ein Ansatz. ☺«

»☺ Wir haben auf jeden Fall noch eine Menge zu tun. Bis bald, Freunde. Und danke für das Statement, Krach. ☺«

Am liebsten würde ich den beiden ihr Pinklbräu-Easy-Fass die Treppe hinterherschmeißen, aber ich habe die Hände nicht frei. Als Ersatzhandlung brülle ich meine Mitbewohner an.

»Macht, was ihr wollt, aber ich will die beiden nicht mehr sehen!«

»Tja.«

»Und überhaupt, ab morgen wird Wohnung gesucht. Das gilt für alle. Ich will raus hier. Ist mir inzwischen egal, wo es uns hinverschlägt!«

»Also übrigens, irch habe heute noch eine Offerte in Friedrirchshain gefunden.«

»Oh … also, das habe ich jetzt nicht so wortwörtlich gemeint.«

»So?«

»Weißt du, Reto, Friedrichshain, ich meine, einerseits ja, okay …«

»… aber andererseits auch wieder nein.«

»Verstehst du?«

»Friedrichshain, das ist halt einfach – Friedrichshain.«

»Aha.«

»Jauuuuuul!«

Irgendwie mache ich mich immer lächerlich mit meinen Wutanfällen.

Nachdem Tobi und Reto sich ebenfalls davon überzeugt haben, dass mit Pinklbräu Easy nichts zu reißen ist, gehen sie kurzentschlossen mit unserem Bollerwagen los, um ein neues Augustiner-Fass zu besorgen. Ich bleibe mit Lambert auf dem Schoß sitzen. Er schnuffelt ein wenig herum und lässt sich kraulen wie eine Katze. Seltsam. Das tut mir irgendwie gut. War einfach bisschen viel auf einmal heute. Ich sollte das mal sacken lassen:

A) Ich muss mich damit abfinden, dass ich eine Stimme wie Ernie habe ➡ Bewältigungsstrategie: Macht nichts. Was soll der falsche Stolz? Immerhin verdiene ich jetzt Geld damit. Davon kann Punk-Erwin mit seiner Curtis-Mayfield-Nummer nur träumen.

B) Francescos Zimmer ist hinüber ➡ Bewältigungsstrategie: Macht nichts. Ist nicht mein Zimmer, und vielleicht kann ich es auch vermeiden, dass ich derjenige bin, der die Sache Francesco beibringen muss. Außerdem hat es ja auch ein Gutes: Die Ukrainer wissen jetzt für alle Zeiten, dass sie keine Kaminöfen im Ganzen auf die Decke krachen lassen dürfen.

C) Keiner weiß, was an Wohlgemuths angeblichen Russen-Heimsuchungen dran ist ➡ Bewältigungsstrategie: Macht nichts. Abwarten.

D) Keiner weiß, wie wir je wieder an fließendes Wasser rankommen ➡ Bewältigungsstrategie: Macht nichts. Weiter versuchen, Tobi weichzukriegen.

E) Elvin und Adrian sind dauernd da ➡ Bewältigungsstrategie: Nicht bewältigen, sondern beseitigen, zuständig: Gonzo.

F) Gonzo ist mit Amelie in seinem Zimmer und die Tür ist zu, während ich hier mit Lambert auf dem Schoß in der Küche sitze ➡ Bewältigungsstrategie: Macht nichts. Sie kümmert sich nur um ihn, solange er außer Gefecht ist. Und ich sollte jetzt die Gelegenheit nutzen, eine gute Beziehung zu Lambert aufzubauen.

G) Ich hab jetzt alles durch und keine Ausrede mehr, nicht
noch einmal über Julias SMS nachzudenken.

Hm ...

es war nur was sexuelles

Teufel noch mal, warum auch nicht? Ich muss einfach nur
meine Einstellung gegenüber unserer Beziehung ändern.
Julia, du Umkleidekabinenluder, wenn ich nur an deine
Titten denke, werd ich ...

»Jauuul!«

Ja, Lambert, du hast recht. Irgendwie trifft das nicht ganz
den Punkt.

es war nur was sexuelles

Hey, sollte ich nicht vielleicht einfach mal darüber nachdenken, was es für mich war? Ja stimmt, es ist unglaublich,
dass ich allein für die Erkenntnis fast einen Tag brauche.
Aber es war ja heute irgendwie dauernd Alarm. Gut, also
hopp jetzt. Es war was Sexuelles. Klar. Also daran gibt es
schon allein auf der sachlichen Ebene nichts zu deuteln.
Aber *nur* was Sexuelles? Jetzt nähern wir uns dem sprin-
genden Punkt, Lambert. Verdreh nicht so die Augen. Ich
weiß, du hast andere Sorgen. Aber lass uns bei der Sache
bleiben. Also, ich sag jetzt mal so ganz frei aus dem Bauch
heraus, nein, es war für mich nicht nur was Sexuelles.
Dürfte ich dir eigentlich gar nicht verraten, weil ich ja in
dein Frauchen verliebt bin. Aber, sehen wir der Sache ins
Gesicht, ich bin nun wohl auch in Julia verliebt ... Nein, was
denkst du von mir. Natürlich ist das kein Spatz-in-der-
Hand-und-Taube-auf-dem-Dach-Ding. Das sind zwei Tauben. Auf zwei verschiedenen Dächern. Guck mich nicht so
an, als wäre ich ein Idiot. Du verstehst nichts von Tauben.

So. Meine eine Taube hat mir nun gesmst, dass es nur
was Sexuelles zwischen uns war. Hm, was? Ihhh, nein! Ich
meine Julia, schon klar. Also, jetzt kommen wir wirklich

zum Punkt: Julia und ich haben – unterschiedliche Ansichten. Das ist schlecht, Lambert. Was sagst du? Stimmt, könnte auch sein, dass sie mich nur provozieren will. Ha, weißt du was? Ich provoziere jetzt einfach mal zurück. Komm, wir holen mein Handy. So.

morgen wieder was sexuelles?

Na, was meinst du? Frech, ich weiß. Lieber nicht? Ach komm. Man kann nicht das ganze Leben zaudern. Wenn ich gestern die SMS früher losgeschickt hätte, hätten wir jetzt vielleicht gar nicht diese unnötige Distanz zwischen uns. Irgendwie muss ich das Eis brechen. Also, ich schick das jetzt los. Ja, ich tus … Ich habs getan.

»Jauuuuuuuuuuuuuuuuuuuuuul!«

»Sei nicht so pessimistisch.«

NÄÄT

Tobi und Reto sind zurück. Es ist nur eine Frage von wenigen Sekunden, bis das Fass angeschlossen ist und wir mit drei gut eingeschenkten Gläsern am Tisch sitzen.

»Prost.«

»Prost.«

»Prchost.«

»Hat eigentlich schon jemand Francesco wegen dem Zimmer Bescheid gesagt?«

»Nö.«

»Hihi, Lambert fühlt sich ja sehr wohl bei dir.«

»Hast du schon mal versucht, ihn von deinem Schoß heruntrchzuheben?«

»Hey, keine Experimente mit Lambert.«

»Tobi hat recht. Der kann nur rumlaufen, wenn Amelie in der Nähe ist. Ist sowieso toll, dass sie schon aus dem Raum gehen kann, ohne dass er Panik kriegt. Aber das klappt nur, wenn er Körperkontakt mit jemandem hält, dem er vertraut.«

»Apropos Vertrauen – ich hatte dir doch mein Pick-Set gegeben …«

»Nein, Tobi, die Woche ist noch nicht rum.«

»Nur fünf Minuten.«

»Nein! Außer du gehst damit an die gewisse Tür im Keller.«

»So ein hinterhältiges Denken hätte ich dir wirklich nicht zugetraut. Pfui, sage ich!«

»Es gibt noch andere Dinge auf der Welt. Lenk dich einfach ab. Hier, schau zum Beispiel mal ins Fernsehprogramm.«

»Jurassic Park 3, Shanghai Knights, Asterix und Obelix gegen Cäsar …«

»Na schau doch mal hier. Auf Pro7 läuft Brazil.«

»Lass mich überlegen, hab ich den schon 16 oder 17 Mal gesehen?«

»Also irch kenn das nircht. Das ist eine Dokumentation, odrch?«

»Wie jetzt?«

»Moment mal.«

»Du hast wirklich noch nie Brazil gesehen, Reto?«

»Nein, wirklirch nircht.«

Tobi und ich sehen uns an.

»Tja. Dann würde ich sagen …«

»… hol mal ein wenig von deinem Kuh-Gras …«

»… mach es dir gemütlich …«

»… und Film ab.«

Reto gehorcht uns aufs Wort. Er steht zwar immer noch auf, um den Fernseher anzumachen, statt ihn mit den Zehen zu bedienen, aber solche Kniffe muss er halt mit der Zeit noch lernen.

Ich schau noch mal bei Gonzo rein. Amelie kauert neben seiner Matratze, krault ihm die Haare und schnurrt beruhi-

gend auf ihn ein. Er ist immer noch im bösen RS2-Parallel-
universum.

»… and I'm sure you can show meeeee …«

Amelie versucht, Zuversicht auszustrahlen.

»Er singt jetzt immerhin schon ganze Lieder am Stück
und wechselt nicht mehr alle drei Sekunden.«

»Wir gucken Brazil in der Küche. Und frisches Augustiner haben wir auch. Das bringt ihn vielleicht auf andere
Gedanken?«

»Lieber noch nicht. Wir stoßen vielleicht nachher dazu.«

Hm, das gefällt mir irgendwie nicht. Die Dächer, auf
denen meine Tauben sitzen, werden immer höher. Oder
werde ich immer kleiner?

Pünktlich zum Filmstart hängen wir mit drei frischen Bieren auf den Sitzen. Tobi und ich haben uns zwar vorgenommen, nur den Anfang mitzusehen, aber nach einigen Joints
sind wir so weit, dass es sich nicht mehr lohnt, noch auszu-
steigen. Vollbart-Lukas und die üblichen Verdächtigen haben sich nach und nach auch eingefunden, und Lambert ist
auf meinem Schoß eingeschlafen.

Robert De Niro alias Anarchisten-Klempner Tuttle flüchtet per Seil in die Häuserschluchten.

»Unglaublirch, all diese Röhren, odrch?«

Ich beneide Reto dafür, dass er den Streifen noch ganz
jungfräulich genießen kann. Man müsste sich die besten
Filme aus dem Gedächtnis löschen können. Einfach, um sie
immer wieder neu zu sehen. So wie die dekadenten Römer
mit ihrer Pfauenfeder … Blöde Werbepause. Schon wieder.
Was da immer für Lebenszeit vernichtet wird.

»Der Film hat mirch auf eine Idee gebracht. Wirch könnten doch untrch dem Gästehochbett ein zweites WC instal-
lierchen, odrch?«

»Ach, Reto.«

»Viel zu viel Arbeit.«

»Außerdem ziehen wir doch sowieso bald aus.«

»Ist das wirklirch sichrch?«

»Na ja …«

Oh, SMS von Julia.

arschloch

»Fiep?«

»Ach, Lambert. Das besprechen wir morgen.«

Beeeeert

Warum muss es ausgerechnet heute so brüllend heiß sein? Die Asphaltwüste vor dem Hauptbahnhof ist weicher als eine Grundschul-Turnmatte, und ich mache mir Sorgen, dass das gesamte Kinderkanal-Sommerfest gegen Mittag bei Sonnenhöchststand im Boden versinken wird. Einschließlich dem zehn Meter hohen Bernd-das-Brot-Kletterturm, der als letzte Worte bestimmt noch einmal leise »Mist« sagen würde.

Aber malen wir den Teufel nicht an die Wand. Noch wuseln überall Kinder herum, lachend, weinend, brüllend, staunend, bettelnd, sabbernd, schlafend, Hosen voll habend. Dazwischen leiden die Eltern. Am schlimmsten sind die dran, die ihre Bälger auf den Schultern tragen müssen, damit sie die hoffnungslos belagerte Bühne sehen können, auf der die Figuren aus den Kika-Sendungen als überdimensionale Puppen herumhüpfen.

Leider muss ich genau da hin. Ich werde natürlich schief angeschaut, weil ich mich als Erwachsener ohne Kind einfach so nach vorne wühle, aber wenn es mir zu blöd wird, setze ich zwischendurch einfach ein verzweifeltes Gesicht auf, werfe panische Blicke um mich und rufe: »Oskar, Oskaaaaar!«

Ich muss wirklich zusehen, dass ich vorankomme. Gleich wenn die Jungs von *Raumfahrer Jim* von der Bühne runter sind, kommt Ernie. Mit meiner Stimme. Das will ich nicht versäumen, so peinigend das Ganze hier auch ist.

So, weiter geht es für mich nicht. Die letzten Meter vor der Bühne sind für die süßen Kleinen reserviert. Wenn ich da über die Absperrung steige, würde ich sofort gelyncht. Auch wenn ich noch so laut »Aber ich bin doch Ernie!« brülle. Lieber nicht. Ich habe schließlich heute noch Termine. Gleich nachher bin ich wieder mit Amelie zum Hosenkaufen verabredet. Sie kam gestern noch zur Schlussviertelstunde von Brazil dazu. Gonzo hatte endlich aufgehört zu singen und war eingeschlafen. Muss ein hartes Stück Arbeit gewesen sein. Sie wirkte erschöpft. Aber als sie mich dann immer noch in den doppelt umgekrempelten Reto-Jeans herumsitzen sah, erinnerte sie sich auf einmal, dass sie auch noch andere Fälle hatte.

Die Raumfahrer-Jim-Jungs verabschieden sich. Ernie und Bert kommen mit großem Hallo auf die Bühne. Das Playback setzt ein.

»Beeeeert, weißt du, in welcher Stadt wir heute sind?«

Wahnsinn!

Hier stehen mehr als tausend Leute und hören mir zu. Den Einleitungsdialog fand ich bei der hastig improvisierten Aufnahmesitzung im Studio schlimm, aber jetzt hier live ist das ganz anders. Jede Pointe sitzt, und das Frage-und-Antwort-Spiel mit dem Publikum klappt, als wäre es einstudiert. Schade, dass mein Bert-Stimmen-Kollege nicht hier ist. Diesen Triumph müssten wir gemeinsam genießen.

»Kinder, könnt ihr uns vielleicht sagen, in welcher Stadt wir heute sind?«

»Beeeerliiiiiiiiiin!«

Ich fasse es nicht!

Eine Energie, als hätte Robbie Williams im ausverkauften Wembley-Stadion in die Runde gefragt, wer ihn heute abend nach Hause bringt.

»Hee, könnse nich mal bisschen nach hinten gehen? Die Kleinen wollen auch was sehen.«

Ha, wenn du wüsstest, wen du vor dir hast, du völlig überschminkte Rudower Strähnchen-Strubbelmattenqualle. Aber was solls. Ich gehe zwei Reihen nach hinten.

Jetzt spielen Ernie und Bert den altbewährten »Wie heißt denn nur dieses Lied?«-Sketch. Also eigentlich ist er halb Sketch, halb Lied. Wir haben gestern in Hamburg lediglich den Sprechpart am Anfang neu aufgenommen, um sicherzugehen, dass kein stimmlicher Bruch zur Anmoderation entsteht. Wenn nur der Gesang in der alten Ernie-Stimme kommt, ist der Übergang weniger problematisch.

Ich fand die »Wie heißt denn nur dieses Lied?«-Nummer ja schon als Kind klasse. Ernie kann nicht einschlafen, weil ihm ein Lied im Kopf herumspukt, zu dem ihm der Text nicht mehr einfällt. Und Bert kann nicht einschlafen, weil Ernie das Lied dauernd vor sich hin summt. Zuerst nölt er rum, aber dann lässt er sich von Ernie anstecken und versucht, ebenfalls draufzukommen, wie das Lied heißt. Und wenn Bert erst mal an einer Sache dran ist, dann gibts kein Halten mehr. Das Duett, das die beiden zu ihrer Liedsuche schmettern, hat schon heute seinen Platz in der Musikgeschichte sicher.

»Ladidadidam, Ladidadidam, wie heißt denn nur dieses Liiiied?

Ladidadidam, Ladidadidam, wie heißt denn nur dieses Lihiiied?

Es geht Ladidadidam, Ladidadidam …«

Der Hammer. Schade dass das nun nicht mehr mein Part ist. Darauf hätte ich richtig stolz sein können. Die Zwischenmoderation mit meiner Stimme hat keine Chance dagegen. Ich schleiche mich etwas kleinlaut aus dem Getümmel heraus. Ist sowieso Zeit für meinen Hosentermin.

*

Amelie hatte mal wieder eine großartige Idee. Wir sind einfach in einen Berufsausstattungsladen gegangen. Wie damals in Plowdiw, als ich mir die Konditorhose gekauft habe, die jetzt kaputt ist. Und noch etwas ist großartig. Lambert ist mit dabei und lässt sich ohne Theater draußen vor dem Laden anbinden. Amelie sieht auch ein bisschen entspannter aus als gestern.

»Ich hab das die ersten Tage ganz falsch eingeschätzt. Ich dachte immer, Lambert ist panisch und hat Angst vor neuen Orten. In Wirklichkeit ist er einfach nur eifersüchtig.«

»Eifersüchtig?«

»Ja. Am Anfang wollte er partout nicht, dass ich mit anderen Menschen Kontakt habe. Jetzt hat er inzwischen spitzgekriegt, dass keiner von euch mich ihm wegnehmen will.«

»Ah, so ist das.«

Ihr Lächeln, ihr wippender Pferdeschwanz, ihre sanfte, aber glockenklare Stimme. Man kann gar nicht anders. Man muss sich in sie vergucken … Oder, mal nüchtern betrachtet, sie löst Zwangsemotionen aus. Genau, das ist es …

»Gestern mit dir und Gonzo war ein Schlüsselerlebnis für ihn.«

»Was?«

»Na, dich hat er am meisten auf dem Kieker gehabt, weil er aus irgendeinem Grund bei dir am meisten gedacht hat, dass du mich ihm wegnehmen willst. Aber gestern hast du dich um ihn statt um mich gekümmert. Und parallel dazu hat er mitgekriegt, dass ich mit Gonzo verschwunden bin und dass ich dann aber auch wieder aufgetaucht bin. Dadurch hat er Vertrauen aufgebaut, verstehst du?«

So ist das also.

Der Berufsausstattungsladen ist ziemlich verwinkelt, was mich schon wieder ganz kleinlaut werden lässt. Aber Amelie schreitet mutig voran.

»Schau mal, da hängen ja schon die Konditorhosen.«

»Hm, ziemlich doofes Muster, oder?«

»Find ich irgendwie auch. Aber hier, die Installateur-Hose.«

»Bisschen heftig das Blau, oder?«

»Ich glaube Blau, das passt zu dir. Probier doch mal.«

Leuchtendes blau passt zu mir. Was heißt das jetzt schon wieder? Pitt, Clooney, Depp, DiCaprio – ist auch nur einer von denen jemals mit einer leuchtend blauen Hose rumgelaufen?

»Hee, willst du nicht die Umkleidekabinentür zumachen?«

Ach ja. Die letzten Male hat Julia immer die Tür zugemacht. Ich habe einen kleinen Schweißausbruch, aber eigentlich kann Amelie jetzt nicht aus der Tatsache, dass ich die Tür nicht zugemacht habe, schließen, dass … Außer Lambert hat gepetzt. War schon etwas gewagt, dass ich ihm gestern so viel anvertraut habe. Was weiß ich, was es alles für Kommunikationsebenen zwischen Hunden und Frauen gibt. Man hört ja die erstaunlichsten Dinge.

Als ich wieder rauskomme, schüttelt Amelie sofort den Kopf.

»Nein, die Installateur-Hose ist nichts. Hab mich getäuscht. Sieht einfach nur nach Installateur aus. Eine Zimmermannshose vielleicht?«

»Och nee, nichts mit Doppelreißverschluss, oder?«

»Oder eine Malerhose?«

»Weißt du, irgendwie ist Berlin nicht Plowdiw. Lass uns einfach wieder in die Neue Schönhauser gehen.«

»Du, das kann aber ganz schön teuer werden.«

»Ich krieg doch nächste Woche mein erstes Ernie-Geld.«

Der männliche Angeber-Reflex. Ein Überbleibsel aus archaischen Zeiten. Wirkt heute höchstens noch bei hirntoten Porsche-Hinterherglotz-Trullas, aber bestimmt nicht bei Amelie. Bei der wäre mit Porsche gar nichts zu holen. Außer er ist kaputt und du brauchst Hilfe beim In-die-Werkstatt-Schieben. Ich hätte kaum etwas Dooferes machen können, als zu erwähnen, dass ich kein Geldproblem mehr habe. Damit habe ich meine Hilfsbedürftigkeit kleingeredet. Dass Amelie trotzdem weiter mitkommt, ist ein kleines Wunder, aber ich merke schon, wie ihr Engagement nachlässt. Sie guckt sogar heimlich auf die Uhr. Ich darf sie jetzt nicht mehr zu sehr strapazieren.

Wir gehen in den erstbesten Chichi-Modeladen in der Neuen Schönhauser. Dass die Anzahl der hier angebotenen Hosen ziemlich überschaubar ist, finde ich recht angenehm. Mit anderen Dingen, wie zum Beispiel, dass der Laden PlumPlumStudio heißt, muss ich mich erst noch anfreunden.

Der PlumPlumVerkäufer scheint sich unheimlich über Kundschaft zu freuen. Ungewöhnlich für diese Stadt, aber in der Neuen Schönhauser schert sich keiner mehr um die alten Regeln.

»Eine Hose für den Herrn, vermute ich mal?«

Gut erkannt. Ich wette aber zehn zu eins, dass du trotz deiner Stimme hetero bist.

»Ja, genau. Hätten Sie einen Tipp für uns?«

»Schau mal, hier ist gerade ein Modell reingekommen. Musst du unbedingt gleich mal reinschlüpfen.«

»Hm, ganz schön knallig die Farbe, aber wenn Sie meinen.«

»Lass uns du sagen. Ich bin Gerald.«

Gerald nimmt mit Augen und Händen Maß.

»Die hier müsste passen. Du hast ja einen sportlichen Po.«

Und du bist trotzdem hetero, aber mir doch egal. Ich nehme die Hose.

Moment mal.

»He, nur dass das klar ist, ich will keine Röhrenjeans.«

»Probier sie. Sie ist quasi eine Weiterentwicklung.«

Er zwinkert Amelie zu. Ich sehe sie an. Sie zuckt mit den Schultern. Na gut. Ich schlüpfe in die Kabine.

»Tür zumachen, Krach.«

»Also mich stört das überhaupt nicht.«

Ich würde wirklich zu gerne sehen, wie schnell Gerald die Schwulenrolle ablegen würde, wenn ich jetzt die Fashion-Victim-Tunte mimen würde und auf seine Avancen einginge. Aber das ist mir einfach zu billig. Ich bin doch nicht Didi Hallervorden.

Puh, das Ding ist noch enger als ein Fußballtrikot von 1974. Ich komme kaum rein.

»Zeig dich, mein Freund. Großartig! Zu eng? Nein, oder? Da passt ja noch mein Fingerchen dazwischen. Was meinst du?«

Er sieht Amelie an.

»Ehrlich gesagt, von der Seite siehts komisch aus.«

Ich betrachte mir die Sache im Spiegel.

Uaah! Das muss ein Zerrbild sein.

»Weißt du, das ist eine Kombination aus Röhrenjeans und klassischen Baggy-Pants. Wadenbetont mit Hänge-popo. Best of two Worlds. Damit bist du so was von ganz vorne dran, ich bin jetzt schon neidisch auf dich.«

»Ich glaube, ich muss mir das noch mal in Ruhe über-legen.«

»Ja, das denke ich auch.«

»Wir kommen morgen noch mal.«

»Kein Problem, ich leg sie euch zurück. Auf welchen Namen?«

»Eugen Wohlgemuth.«

»Prima. Morgen bin nämlich nicht ich da, sondern meine
Fr ... ähm, jemand anderes.«

STECHERAKADEMIE

Amelie wäre noch in ein weiteres Geschäft mitgegangen, aber Lambert war nun doch ein bisschen durch den Wind. Erstaunlicherweise war er aber bereit, ein Weilchen mit mir mitzukommen, damit Amelie sich mal ungestört für zwei Stunden auf ihre Lern-Bank in den Monbijoupark verziehen kann. Ich kämpfe mich mit ihm über die schmalen Bürgersteige der Rosenthaler Straße und wundere mich, dass keiner genervt ist. Mit einem Hund an der Leine beansprucht man nämlich ziemlich viel Platz. Aber stattdessen werde ich so oft aus dem Getümmel heraus angelächelt wie im ganzen vergangenen Monat nicht. Unglaublich, wie tiervernarrt die alle sind.

Ich denke über die doppelte Pleite von eben nach. Das mit der Hose, gut, das dauert halt, ich finde schon noch eine. Aber Amelie. Ich muss das geregelt kriegen. Also, nüchterner Blick: Ich bin, wie mir eben endlich klar wurde, ein Opfer von Zwangsemotionen.

So.

Und ich weiß, dass man von Amelie Aufmerksamkeit kriegt, wenn man Hilfe braucht.

So.

Und das Ergebnis aus beidem ist, dass ich mich, seit sie sich von Tobi getrennt hat, kläglich von einem Amelie-Hilf-Anlass zum nächsten hangle, ohne dass wir uns dabei auch nur ein Stück nähergekommen sind.

So.

Ich spiele ein dummes, endloses Spiel, nichts weiter. Stillstand ohne Hoffnung. Schluss damit. Zwangsemotionen muss man ignorieren.

So.

Und Julia mit ihrer arschloch-SMS, also die kriegt auch noch ihre Antwort. Auf einen groben Klotz gehört ein grober Keil.

Inzwischen sind wir zu Hause angekommen. Mir klebt die Zunge am Gaumen. Jetzt Augustiner. Lambert kommt mit mir die Treppe hoch und ist immer noch völlig entspannt. Mit dem Hundevieh und mir klappt irgendwie alles viel unkomplizierter.

Durch die Wohnungstür höre ich verdächtige Groooh-Laute. Hoffentlich nicht die Ukrainer, die schnell mal meine Abwesenheit ausgenutzt haben, um auch noch den Rest meiner Wand abzureißen. Vor lauter Panik brauche ich ewig, bis ich den Wohnungsschlüssel ins Schloss gekriegt habe.

Nanu? Unter unserem Gästehochbett ist jetzt eine Wand mit einer Tür. Und die Quelle der Groooh-Laute ist irgendwo dahinter. Ich nähere mich vorsichtig und sehe Reto durch die Türöffnung. Er metzelt mit einer Schlagbohrmaschine im Mauerwerk herum. Um ihn liegen ein paar Rigipsplattenreste, PVC-Röhren und eine noch verpackte Kloschüssel verstreut. Er bemerkt uns nicht.

»Jauuuuuuul!«

»Ruhig, Lambert, das ist nur ein Bohrer.«

Reto hört auf und prüft das Loch.

»Huhu.«

»Oh, chrallo, Krach.«

»Du baust jetzt wirklich ein zweites Klo ein?«

»Nun, irch hatte heute sowieso nirchts anderes zu tun. Und im Moment ist das Wassrch ja abgestellt. Das ist eine

gute Chrelegenheit, eine neue Abzweigung an die Wassrch-
leitung anzubringen, odrch?«

Erst jetzt sehe ich das neue glänzende Kupferrohr und
das graue Abwasserrohr, die beide aus unserer Badezim-
merwand herauskommen und über ein paar abenteuerli-
che Schleifen und Loopings an der Flurdecke zur neuen
Klo-Kabine führen.

»Wow, so was kannst du?«

»Nun, es ist nircht weitrch schwer. Bechrommt man alles
im Baumachrkt, odrch.«

»Und warum machen die Rohre diese ganzen Windungen an der Decke?«

»Oh, das habe irch mirch von Brazil abgeschaut. Gefällt
es dir nircht?«

»Doch, doch, sieht schick aus. Musst du eigentlich noch
mehr bohren?«

»Ein wenig schon noch.«

»Na, dann setz ich mich mit Lambert lieber noch ein bisschen raus.«

Schnell ein Bier gezapft. Bevor wir aus der Tür sind,
drehe ich mich noch mal um.

»Sag mal, nur eine kleine Frage, wie soll denn bei dem
neuen Klo der ganze äh-du-weißt-schon eigentlich von
der Schüssel zum Abwasserrohr kommen? Das wird doch
nicht einfach so vier Meter im Rohr nach oben gespült,
oder?«

»Eigentlich nircht.«

»Aha.«

»Ein Abwassrchrohrch muss Gefälle haben, odrch.«

»So.«

»Abrch irch habe eine Abwassrchhebeanlage besorgt.«

Er deutet auf einen unscheinbaren weißen Plastikkasten
an der Wand.

»Da drin wird der äh-du-weißt-schon, zerchrleinert und anschließend hochgepumpt, odrch.«

»Echt?«

»Es ist auch chranz leise.«

»Nicht schlecht.«

Wir gehen runter. Unser Hof war schon immer ziemlich schäbig, und jetzt ist er außerdem auch noch voll mit dem Schutt, den die verschiedenen Bautrupps in den letzten Wochen reingekippt haben. Zum Draußen-rumhängen geht man da besser nach vorne auf die Straße. Netterweise haben die Galeriekokser eine wackelige Bank unter ihrem Schaufenster angedübelt. Da sitzt man zwar in der prallen Sonne, aber mit Basecap und gut ausgerichtetem Mützenschirm lässt es sich aushalten. Für Lambert hab ich noch ein Schälchen Wasser mitgenommen. Nachdem er ein bisschen geschlabbert hat, will er wieder auf meinen Schoß klettern.

»Na gut, alte Schmusekatze, komm her. Aber stör mich nicht beim Nachdenken.«

Ich halte meinen Kopf so, dass ihm mein Mützenschirm auch ein wenig Schatten spendet.

arschloch

Ja, das hat sie wirklich geschrieben. Sieht schon so aus, als ob du recht gehabt hast, Lambert. »morgen wieder was sexuelles?« war eine dämliche Idee. Wie konnte ich nur? Mir rollt es die Fußnägel hoch, wenn ich dran denke ... Oder ist »arschloch« doch ein Code? Aber für was? Und selbst wenn, sie kann wohl kaum davon ausgehen, dass ich ihn verstehe. Nein, »arschloch« heißt Arschloch. Muss ich jetzt einfach mal als gesetzt betrachten. Höchstens, dass das Satzendzeichen danach fehlt, könnte man als positives Zeichen werten. Aber das sind Details. Ich muss mich jetzt entscheiden: Bin ich beleidigt, oder gehe ich auf sie zu? So einfach ist das.

Oh, da sehe ich Gonzo die Straße hochkommen. Also, bis er da ist, muss ich mich entschieden haben. Wenn ich noch länger mit meiner Antwort warte, ist sowieso alles hin. Beleidigt sein oder auf sie zugehen? Also, ich würde sagen, ich gehe auf sie zu, oder, Lambert? Ja, siehst du auch so, gell. Ich meine, wenn ich jetzt beleidigt wäre, könnte ich ja nur »selber arschloch« oder so was smsen, und das bringt uns bestimmt nicht weiter. Muss man auch mal im Großen und Ganzen betrachten.

»Na, Krach, kleines Sonnenbad mit Hund?«

»Reto baut oben gerade ein zweites Klo, und der Bohrer macht Lambert nervös.«

»Wow.

»Und du? Heute keine RS2-Hits?«

»Äh, nein. Die haben meine anderen Termine auf nächste Woche verschoben. Waren sehr verständnisvoll. Ich war wohl nicht der einzige Tester-Kollaps.«

»Verstehe.«

»Ich hol mir ein Bier. Soll ich deins nachfüllen?«

»Unbedingt.«

Gonzo verschwindet im Hauseingang. Schnell, mein Handy. Also, was schreibe ich, Lambert? »lass uns reden«? Inhaltlich richtig, aber der Tonfall – autsch. Gonzo kommt eh gleich. Ich brauche was Kurzes. »reden?«. Lambert? Sag was! »reden?«. Ja? Ja. Raus damit … geschafft.

Die Haustür geht wieder auf. Gonzo kommt.

»Der baut tatsächlich mir nichts, dir nichts ein zweites Klo.«

»Tja, was für ein Mann.«

»Hier, dein Bier.«

»Prost.«

»Auf Reto.«

»Best Mitbewohner ever.«

Gonzo krempelt sich die Hosenbeine hoch und zieht wie

ich seine Kappe tief ins Gesicht. Dafür dass er gestern abend noch völlig in den Seilen hing, sieht er jetzt geradezu abenteuerlich erholt aus.

»Dir gehts wieder gut?«

»Hm? Ach so, ja, bisschen Schlaf wirkt manchmal Wunder. Ich hab höchstens noch zwei, drei Ohrwürmer. *The Final Countdown, Dirty* …«

»Ich wills nicht wissen.«

»Tschuldigung.«

Man hört kaum ein Geräusch. Ob das daran liegt, dass sich bei dieser Sonne kaum jemand auf die Straße traut, oder schluckt die Hitze die Geräusche? Am lautesten sind Lamberts Atemzüge. Danach kommen schon die Luftbläschen in meinem Bier.

Ich gehe noch mal im Kopf die *Warten auf Godot*-Textpassage durch, die ich am Montag vorsprechen will. In der ganzen Euphorie über den Ernie-Job darf ich ja schließlich nicht meine Aufnahmeprüfung vergessen. Zum Glück kann ich schon alles auswendig …

WRUMMMMMM!

Irgendwas ist da gerade knapp über unsere Köpfe geflogen und klang dabei wie eine aufgeblasene Hummel.

WRUMMMMMM!

Noch mal.

»Äh?«

»Krass.«

Wir sind viel zu bräsig, um aufzuspringen und wild in alle Richtungen zu starren.

WRUMMMMMM!

Ah, jetzt seh ichs. Irgendein ferngelenktes Flugdings. Es beschreibt einen großen Bogen über die Straße und kommt schon wieder auf uns zu. Gonzo und ich sehen uns an und nehmen beide noch einen großen Schluck.

Das Flugdings bleibt direkt vor unseren Köpfen in der Luft stehen und sagt »Hallo Krach, hallo Gonzo!«

Soll ich jetzt antworten? Erstens kenne ich es nicht, zweitens, was soll ich sagen? *Hallo Flugdings*? Zum Glück hat es keine Augen. Würde die Situation sicher noch angespannter machen, wenn wir uns jetzt anstarren würden.

»Das passiert jetzt gerade nicht wirklich, oder?«

»Keine Ahnung.«

»Lambert nimmt das aber sehr gelöst.«

»Tja, der fühlt sich halt sicher bei mir.«

»Bleibt das Ding jetzt für immer hier?«

»Von mir aus gerne. Die Propeller machen wenigstens bisschen Wind.«

Ich kann das Flugdings nicht so gut gegen die Sonne sehen. Aber ich erkenne, dass es vier Rotoren hat. Einen an jeder Ecke.

»Wir ignorieren es einfach.«

»Okay.«

»Da kommt Hacker-Arne.«

»Hallo! Na, kleines Sonnenbad mit Hund?«

»Reto baut gerade oben ein zweites Klo ein, und der Bohrer macht Lambert nervös.«

»Ich hol mir auch ein Bier. Soll ich eure nachfüllen?«

»Unbedingt.«

»Vielen Dank übrigens, dass du uns nicht nach dem Flugdings da fragst. Wir könnten dir nämlich auch nicht mehr darüber sagen, als dass es seit einer Minute hier in der Luft steht und dass es sprechen kann.«

»Nein, so was aber auch.«

»Warum fummelst du eigentlich die ganze Zeit mit deinem Handy rum?«

Arne zieht seinen T-Shirt-Kragen näher zum Mund und spricht leise in das winzige Clip-Mikro, das dort befes-

tigt ist. Das Flugdings sagt: »Weil Arne mich mit seinem
Handy fernsteuert, ihr Bulle-von-Tölz-Gucker.«

Gonzo und ich sehen uns an, dann das Flugdings, dann
Arne, dann sein Handy, dann wieder uns.

»Ach so.«

»War ja klar.«

»Heh, du kannst doch jetzt nicht einfach raufgehen. Wer
steuert dann das Flugdings?«

»Das ist ein Quadrokopter.«

»Das war keine Antwort auf meine Frage.«

»Ich hab eine Software geschrieben, mit der er sich von
selbst in der Luft stabilisiert, wenn ich nicht steuere. Die ist
jetzt aktiv.«

Wir schauen misstrauisch auf die immerhin butterbrot-
messerlangen Rotorblätter, die einen Meter vor unseren
Nasen durch die Luft sausen.

»Ist die Software noch die Beta-Version?«

»Na ja, ehrlich gesagt, sogar noch eine Vorstufe zur Beta-
Version. Und ihr solltet auch vorsichtshalber nicht tele-
fonieren, bis ich wieder da bin. Vor allem nicht ins D2-
Netz.«

»Hm.«

»Wenn du oben bist, frag mal Reto, ob er noch was von
dem Kuh-Gras hat.«

Arne verschwindet, wir blinzeln in die schwirrenden
Rotorblätter.

»Hat eigentlich schon jemand Francesco Bescheid gesagt wegen dem Schutt in seinem Zimmer?«

»Also ich nicht.

Oh, SMS. Von Julia.

redon!

Ah. Sogar mit Ausrufezeichen. Jetzt kommt Bewegung
in die Geschichte.

»Party-Einladung für heute Abend?«

»Nee, nur der nächste Ernie-Job.«

Verheimlichen ist ja eigentlich doof, aber bei mir ist gerade alles so in der Schwebe, da sollte ich jetzt nicht unnötig Verwirrung stiften, bevor sich die Zustände wieder stabilisiert haben.

Tobi kommt die Straße rauf. Mit Studentenausrüstung und ziemlich verschwitzt.

»Hallo Freunde! Na, kleines Sonnenbad mit Hund?«

»Reto baut gerade oben ein zweites Klo ein, und der Bohrer macht Lambert nervös.«

»Und was ist das da?«

»Ein Quadrokopter.«

»Äh, und wer steuert den?«

»Arne. Mit seinem D2-Handy. Also, das heißt, solange Arne nicht da ist, steuert er sich selbst.«

»Mit einer Vor-Beta-Softwareversion.«

»Du meinst, man kann das Ding mit einem D2-Handy steuern?«

»Hat Arne gesagt ... Heeeh ...!«

Tobi hat sofort sein Handy rausgezogen und tippt drauf rum. Der Quadrokopter beginnt zu schwanken. Gonzo und ich ziehen die Köpfe ein.

»Nein! Lass es, Tobi!«

»Äh, war das jetzt der Quadrokopter?«

»Ja.«

»Aber wie ...? Ach, jetzt versteh ich. Arne, der alte Streber ...«

»Das hab ich gehört.«

»Bring mal auch ein Bier für Tobi mit, Arne.«

»Schon unterwegs.«

Zwei Minuten später kommt Arne mit vier Bieren und einer Tüte von Reto.

»Junge, Junge. Vier Leute hält die Bank aber gerade noch so aus.«

»Tja, die Galeriekokser bauen halt nicht so stabil wie Hendrik.«

Wir machen uns über Arnes Lieferung her. Die Feuerzeugflamme, mit der der Joint angezündet wird, ist kaum heißer als die Luft. Ab und zu kommen Leute vorbei. Obwohl es sehr heiß ist, gehen sie schnell. Jeder hat es eilig, in die nächste Schattenzone zu kommen.

»Heh, der Joint muss kreisen.«

»Wir sitzen aber in einer Reihe.«

»Da geht nur lineare Bewegung.«

»Das hast du schön gesagt, Arne.«

Ich sehe Amelies schlanke Taille unter meinem Mützenschirm auftauchen.

»Na, ihr? Kleines Sonnenbad mit Hund?«

»Fieeep, Fieeep!«

»Ruhig, Lambert, ich lass dich ja zu Frauchen.«

»Reto baut gerade oben ein zweites Klo ein, und der Bohrer macht Lambert nervös.«

»Und was ist das hier bitte schön, wenn ich fragen darf?«

»Ich bin ein Quadrokopter.«

»Huch! … Mann, Arne! Jetzt hätte ich vor Schreck fast Lambert fallen gelassen.«

»Tschuldigung.«

»Ich hol mir auch ein Bier. Lambert, bleib noch mal kurz bei Krach.«

»Ach, lass nur. Ich mach das schon.«

»Oh, danke Gonzo.«

»Und soll ich bei euch noch nachfüllen?«

»Unbedingt.«

Gonzo springt los. Dem geht es wirklich wieder gut, keine Frage. Na, mal sehen, was ist, wenn er nächste Woche wie-

der an die Superoldies ranmuss. Ob man da mit der Zeit
abstumpft? Amelie setzt sich neben mich und macht ihre
Capri-Jeans-Beine lang. Der Sommer schimmert auf ihren
schlanken, glatten Waden. Lambert verteilt sich fast gleich-
mäßig auf meinem und ihrem Schoß. Sie lächelt mich an.
Ja, rein hundetechnisch wären wir eine wunderbare Familie.

Gonzo kommt wieder und verteilt die Biere.

»Könnt ihr mal bisschen zusammenrücken?«

»Na gut.«

»Ächz.«

»Junge, Junge. Fünf Leute hält die Bank aber gerade
noch so aus.«

»Jetzt noch ein Grill mit Würsten drauf wär gut.«

»Mach doch, Tobi.«

»Habt ihr eigentlich schon Francesco Bescheid gesagt
wegen seinem Zimmer?«

»Ich nicht.«

»Ich auch nicht.«

»Hm.«

Ich muss Julia smsen. Aber direkt neben Amelie geht das
ja nicht. Ich sollte mal aufs Klo gehen …

»Wer darf eigentlich als Erster auf Retos neues Klo?«

»Reto natürlich.«

»Und wenn er gar nicht muss?«

»Typisch Krach. Dauernd über Problemen grübeln, die
eigentlich keine sind.«

»Mit so einem Denken zieht man am Ende nur echte Probleme an.«

»HEY, DIS IST NIKT EINER PLATZ FUR SUNBATHING
MIT EINER HUND! DIS IST EINER EINGANG FUR EINER
FUCKING INDEPENDENT-KONSTGALLERY!«

Die Stimme kenne ich. Ich schiele unter meinem Müt-

196

zenschirm heraus und sehe den britischen Zottelkünstler von der Vernissage-Party.

»Hör auf, ihn zu tätscheln, Gonzo, das ist keine Kuh.«

»We are sitting here because our flatmate is building a new toilet and the drillingmachine makes the dog nervous.«

»AND UAS SOLL DIS BULLSHIT FLIEGMASCHIN HIER ... AUTSCH!«

»Don't touch.«

Der Zottelbrite hält sich die Hand, mit der er in einen der Rotoren gelangt hat, und geht kopfschüttelnd zur Eingangstür der Koksergalerie.

»HEY, DIESER GALLERY HAT NIE GEOFFNET, HAT SIE?«

»Only when there is party.«

Er tritt wütend gegen die Tür.

»IK WETTE SIE HABE NIKT VERKAUFT EINER EINZIGER BILD.«

»You want a beer?«

»We have real Bavarian beer, fresh from the barrel.«

»Ektes Bavarian Bier?«

»Yes. You want?«

»Unbedinkt.«

Tobi beschreibt ihm mühsam den Weg zum Fass. Jetzt aufzustehen wäre wirklich zu viel verlangt. Nicht einmal Amelie macht Anstalten.

»Aber ihr solltet jetzt wirklich Francesco Bescheid sagen. Der kommt doch gleich noch zur Probe, oder? Nicht dass er einen Schock kriegt.«

»Den kann man jetzt nicht anrufen. Der ist sicher in einer Sitzung.«

»Und eine SMS?«

»Was soll ich denn da smsen? *dein zimmer ist im arsch, lg tobi*?«

»Bin ich froh, dass ich nicht hier wohne.«

Der Künstler kommt mit einem Glas voll Schaum zurück. Briten. Von Pop verstehen sie eine Menge, aber nicht von Getränken. Er scheint trotzdem zufrieden zu sein.

»Wow, die einer Zimmer bei euk ist voller Mull.«

»Oh, that is where our flatmate Francesco lives.«

»He is seldom here.«

»Ueiß er daruber Bescheid?«

»No.«

»Holy shit, ihr solltet es ihm sagen. Konnt ihr etwas zusammenrucken?«

»Na gut.«

»Ächz.«

»Oh Boy, dieser Bank hält bestimmt nikt nok mehr als sieben Leuter aus, hält sie?«

Ich sollte jetzt wirklich Julia was smsen. Wenn der Joint fertig geraucht ist, verzieh ich mich mal kurz.

»Warum makt dis Bavarian Bier bei mir so viel Schaum?«

»Because you didn't use the Zapfingmachine correctly.«

Hm, Julia will »reden!«. Komisch. Irgendwie mache ich mir jetzt doch Sorgen. In »arschloch« hat einfach mehr Emotion dringesteckt. Hoffentlich will sie mir jetzt nicht einfach nur auseinandersetzen, dass das Ganze ein Unfall war. Wobei, *ein* Unfall ist gut … Aber trotzdem, warum fürchte ich mich eigentlich davor? Würde wenigstens für klare Verhältnisse sorgen. Und ob das mit Amelie wirklich nur Zwangsemotionen sind, da könnte ich schon auch noch mal drüber nachdenken …

Eine Viertelstunde später stößt Reto endlich zu uns. Verschwitzt, glücklich, mit Bier und frischer Tüte in der Hand.

»Freunde, die Toilette ist fertig.«

»Wow.«

»Fantastisch.«

»Chrönnt irch etwas zusammenrückchren?«

»Na klar.«

»Ächz.«

KRAAAAACKS!

Das war mit Ansage.

»Entschuldigung. Irch habe gedacht, die Bank hält acht Leute aus.«

»Tja, hier ist eben nicht die Schweiz.«

»Die haben die Galeriekokser gebaut.«

»Ach so.«

»Jauuuuuuuuul!«

»Ruhig, Lambert.«

»Ist der Joint trocken geblieben?«

»Ja.«

Tobi und Arne gehen nach oben und füllen die Gläser wieder auf, die beim Sturz ausgekippt sind. Wir anderen bleiben einfach so, wie wir gelandet sind, auf den Banktrümmern sitzen und lehnen uns an die Hauswand. Amelie hat es beim Sturz etwas gedreht, so dass sie mit dem Oberkörper halb auf mir und mit den Beinen auf Gonzo liegt. Sie lächelt und bleibt einfach so. Ich kann nicht anders. Ich muss meine Nase kurz in ihre Haare stecken und an ihrem Kopf reiben. Sie lässt es geschehen. Hmm. Verflixte Zwangsemotionen.

»Und, hast du das Klo schon getestet?«

»Iwo. Das müssen wirch schon feierlirch einweihen, odrch?«

»Warum hängen die Schweizer eigentlich immer *odrch* an jeden zweiten Satz?«

»Weiß irch nircht, odrch.«

»Ou! Da kommt Francesco.«

»Dreck.«

»Äh, er weiß Bescheid, dass sein Zimmrch derangiert ist, odrch?«

»Pscht!«

Francesco hat die Ärmel hochgekrempelt und trägt sein Jackett über der Schulter. Sein bis zum Anschlag gelockerter Schlips baumelt wie ein Uhrenpendel vor seinem bis zum Bauchnabel aufgeknöpften Hemd hin und her. Er mustert uns stumm und nimmt jede Einzelheit unserer Versammlung mit einem wohlwollenden Nicken zur Kenntnis. Die kaputte Bank, auf deren Trümmern wir kauern, die Biere, den Joint. Selbst Arnes Quadrokopter, der immer noch vor unseren Nasen in der Luft schwebt, scheint für ihn ganz selbstverständlich zur Szene dazuzugehören. Keine Fragen, keine verstörten Blicke. Er macht nur im Vorbeigehen eine stumme Geste, die ausdrücken soll, dass er in der folgenden Zehntelsekunde seine Aktentasche mit einem Bier vertauschen und sich dann zu uns gesellen will.

»Heh, bleib ruhig hier, Francesco. Ich hol dir dein Bier.«

»Ich will aber auch noch mein Täschlein deponieren.«

»Nehm ich auch mit.«

»Und ein wenig Erleichterung täte auch not.«

»Du könntest in den Hof …«

Keine Chance, er winkt ab und verschwindet im Haus. Wir stürzen hinter ihm her.

»Francesco, wir … wir müssen dir noch was erzählen.«

»Dass Krach und Amelie im PlumPlumStudio eine modische Hose für Herrn Wohlgemuth haben zurücklegen lassen? Weiß ich doch schon längst. Ich kenn Gerald.«

»Nein …«

»Dass Gerald hetero ist? Na, hört mal, das weiß doch jeder.«

Mist, er ist schon durch die Tür

»Nein …«

»Dass wir nun ein neues Zimmerchen unter dem Gäste-hochbett haben? Stimmt, das ist wirklich eine Überra-schung.«

»Äh stimmt, Reto hat uns ein zweites Klo gebaut.«

»Super, oder?«

»Hat noch keiner benutzt.«

»Schau es dir ruhig mal an.«

»Oh, darf ich es vielleicht auch gleich einweihen? Wie gesagt, ich müsste …«

»Natürlich, natürlich.«

»Du bist ja immerhin WG-Ältester.«

»Einen Eimrch Wasser zum Spülen brauchst du noch, abrch abziehen chrannst du dann chranz normal. Die Ab-wassrchhebeanlage springt automatisch an.«

»Nicht zu fassen, Herr Zimmerli.«

Francesco würdigt ausführlich alle Klodetails. Wir schwit-zen. Endlich macht er die Tür hinter sich zu.

»Schnell, Reto! Wir schließen das Klo von außen zu und sagen Francesco, dass die Tür klemmt. Dann können wir noch schnell das Gröbste wegräumen.«

»Das geht leidrch nircht. Keine Außenverriegelung.«

Wir hören schon, wie das Wasser aus dem Eimer rauscht. Danach summt und pumpt es.

»Hört irch? Das ist die Abwassrchhebeanlage.«

Wir sehen alle zur Decke und verfolgen die akustische Spur von Francescos Geschäft.

»Warum hast du eigentlich die ganzen Windungen und Schleifen eingebaut?«

»Das ist wie in Brazil. Gefällt es dirch nircht, Gonzo?«

»Doch, doch, sieht schick aus.«

»Abor da vorno in dor Mitte wackelt es, wenn was durch-fließt.«

»Da auch.«

»Oh, da muss irch wohl morgen noch ein paar Halte-
schellen anbringen, odrch.«

»Nein, lass mal. Das mach ich mit Tobi. Du hast jetzt
wirklich schon genug geschafft.«

Francesco tritt durch die Tür und schaut feierlich in die
Runde.

»Nun, Freunde, ich denke, eine neue Ära der WG-Fäkal-
entsorgung hat begonnen.«

»Yep. Ein Hoch auf Reto. Und jetzt gehen wir am besten
ganz schnell wieder runter, um zu feiern. Komm, Francesco.«

»Momentchen. Nur noch schnell mein Aktenbehältnis in
mein Kämmerchen … und zieht doch nicht dauernd so an
mir, Kinder. Man könnte ja meinen, ihr wollt was vor mir
verstecken.«

»Nein! Nicht aufmachen!«

»Oh … heiliger Freddie Mercury, was für eine Bescherung!«

»Weißt du, die ukrainischen Bauarbeiter …«

»Die waren da doch recht grobmotorisch unterwegs
und …«

»Wir wollten es dir schon die ganze Zeit sagen, aber …«

Komisch. Nach dem ersten Schreck scheint Francesco
das ganze Desaster eher zu amüsieren. Er holt sein Handy
raus, macht ein Foto und setzt dann sein Knuddelbärge-
sicht auf. Das macht er immer, wenn er seinen Freund an-
ruft.

»Ja, hallochen, Stefan … Stell dir vor, ein Haufen wilder
ukrainischer Bauarbeiter hat mein Zimmer verwüstet …
Ja, klar habe ich mit ihnen gekämpft. Ich bin von Kopf bis
Fuß mit ihrem schmutzigen Schweiß getränkt … Ja, es waren einfach zu viele … Natürlich, ich komme gleich nach
der Probe … Nein, auf keinen Fall werde ich duschen. Geht

gar nicht. Die Kerle haben auch die Dusche zerstört, weißt du …«

Er fährt zärtlich mit der Hand über den Schutthaufen und zerreibt einen Putzkrümel zwischen den Fingern. Wir entfernen uns diskret. Tobi kramt den Grill aus der Abstellkammer, und der Brite kriegt noch schnell ein trinkbares Bier gezapft. Danach zieht die Karawane wieder nach unten. Diesmal nehmen wir ein paar Klappstühle mit. Der Quadrokopter steht immer noch genau am gleichen Fleck in der Luft.

»Arne, deine Quadrokopter-Software funktioniert, glaub ich, besser, als Windows jemals funktioniert hat.«

»Die muss aber noch durch den 24-Stunden-Test.«

»Wer holt Würste?«

»Ich nicht, ich sitze schon.«

»Okay, ich mache es.«

»Krach ist ein Held.«

Ich muss Julia smsen. Hatte ich in der Aufregung schon wieder vergessen. Sobald ich um die Straßenecke herum bin, ziehe ich mein Handy raus.

reden!

Da kann ich jetzt eigentlich nichts verkehrt machen, oder? Schade, ich hätte Lambert mitnehmen sollen. Er gibt mir irgendwie mehr Sicherheit. Aber diese Antwort werde ich wohl hoffentlich auch alleine hinkriegen. Ich führe einfach unseren Ein-Wort-Dialog fort.

wann?

Ja. Mehr braucht es nicht. Wir wollen ja sowieso reden. Raus damit.

Okay.

Jetzt nächster Job. Rein in den Supermarkt.

Ich schlängele mich durch die vielen Nach-der-Arbeit-Einkäufer zum Kühlregal und schaufle großzügig Bratwürste ins Einkaufskörbchen. Noch eine Familientube Senf und fertig. An der Kasse dauert es etwas. Ich habe mir den Kicker mitgenommen, um die Wartezeit zu überbrücken. AC Mailand gegen RSC Anderlecht 4 : 1. Und Inzaghi war nur auf der Ersatzbank. Wahrscheinlich wurde er selbst da noch brutal gefoult.

SMS. Von Julia.

jetzt!

Weia, das ist nicht gut. Auf jeden Fall soll sie nicht zu uns kommen. Das macht die anderen nur neugierig, wenn wir uns jetzt vor aller Augen zum Reden zurückziehen. Ich mache ihr das am besten mit einer Frage deutlich.

wo?

Und raus damit. Den Wink wird sie ja wohl verstanden haben.

Ich bin dran mit Bezahlen. Schnell den Kicker zwischen die Überraschungseier gesteckt und den Geldbeutel gezückt. Hoffentlich sind die Kohlen schon heiß, wenn ich zurück bin. Ich krieg Hunger. Ob das nachher noch was wird mit der Probe? Normalerweise gilt die eiserne Regel, erst proben, dann grillen. Aber man muss das manchmal auch einfach so laufen lassen, wie es kommt. Einstellung ist sowieso viel wichtiger als Proben. Weiß ich ja jetzt.

Ich verlasse den Supermarkt und gehe mit flotten Schritten zurück. Die Sonne steht jetzt zum Glück etwas tiefer. Alle sitzen noch so da, wie ich sie verlassen habe, nur Francesco ist inzwischen auch dazugekommen, und Tobi hüpft um den Grill herum und betüdelt die glühenden Grillkohlen so liebevoll, als wären sie frisch geschlüpfte Küken.

»Hallo, Krach. Schnell, keine Sekunde verlieren, rauf mit den wonnigen Fleischwalzen.«

Ich fummle die Würste aus dem Plastik. Oh, SMS. Jetzt muss ich aber das hier erst zu Ende bringen.

»He, nicht so nervös, Krach. Jede Wurst ist kostbar.«

Es dauert eine Ewigkeit, bis alle auf dem Rost liegen. So, endlich geschafft. Finger abgewischt und unauffällig das Handy raus.

bin gleich da

Uh, langsam. Ich hatte doch *wo?* gesmst. Da kann sie doch jetzt nicht einfach …

»Hallo Julia!«

Ich drehe mich um und sehe, wie Amelie ihr um den Hals fällt. Die Jungs begrüßt Julia wie immer mit einem leicht unterkühlten Winken. Mich auch. Aber im Gegensatz zu den anderen sieht sie mich dabei an. Ich muss was tun.

»He, Julia, ich hol dir erst mal ein Bier, okay?«

»Unbedingt. Was ist das hier eigentlich?«

»Ein Quadrokopter. Gehört Arne.«

Wie machen wir das jetzt nur mit dem Reden? Ha, ich habe eine Idee.

»Du musst dir unbedingt unser neues Klo anschauen. Hat Reto gerade eingebaut.«

Nein! Das habe ich jetzt hoffentlich nicht wirklich gesagt? Ich meine, es gibt Männer, die es fertigbringen, Frauen zum Traktor-Wettrennen einzuladen oder zu Briefmarkenausstellungen oder sogar zu Pfeifentabakskongressen. Aber ich bin wohl gerade in völlig neue Dimensionen vorgestoßen.

»Ein neues Klo? Na, ich komm mal mit.«

Puh, sehr tolerantes Mädchen.

Wenige Augenblicke später stehen wir in der Küche. Ich zapfe ihr ein Bier und fülle mein Glas auch noch mal auf. Sie trinkt gleich einen großen Schluck. Ihre Lippen sind feucht.

Also jetzt *reden.* Prima. Nur, wer fängt an? Aber noch während ich darüber nachdenke, höre ich schon meine Stimme.

»Also weißt du, Julia, das tut mir echt leid, dass ich *morgen wieder was sexuelles?* gesmst habe, aber weißt du, ich war irgendwie bisschen gekränkt, dass du mir *es war nur was sexuelles* gesmst hast, das war halt schon ziemlich schroff, nicht wahr? Und da dachte ich, also weil für mich war es eben nicht nur was Sexuelles, muss ich mal ganz deutlich sagen, und da dachte ich, also weil wie man in den Wald hineinruft, so schallt es heraus, und da dachte ich, ich schreib jetzt mal ganz dreist *morgen wieder was sexuelles?*, weißt du? Aber jetzt ist mir klar, dass du wahrscheinlich gekränkt warst, dass ich mich so lange nicht gemeldet hab, und das stimmt ja auch, aber an dem Tag ist halt bei uns das Wasser ausgefallen, und dann haben wir zusammen das Nord-Derby geguckt, und dann wollte ich dir abends gerade smsen, also wollte ich wirklich gerade, ehrlich, ich hab schon *schlaf gut* getippt und hab nur noch ewig rumgegrübelt wegen dem Satzendzeichen, oder ein Smiley hätte ich ja auch machen können, also wegen den Feinheiten hab ich halt noch so rumüberlegt, und auch, ja stimmt, am Ende habe ich mich dann noch für *ich hoffe, ich träume von dir* entschieden, na ja, und dann kam deine SMS rein, einfach so mittendrin, und da musste ich dann noch mal von vorne überlegen und bin dann erst mal eingeschlafen, und am nächsten Tag musste ich erst mal nach Hamburg wegen dem Ernie-Casting, aber ich hab dauernd überlegt, was sms ich bloß zurück, was sms ich bloß zurück, und du weißt ja, wenn man zu lange überlegt, kommt oft der größte Mist raus, und das würde ich jetzt auch total gerne wieder rückgängig machen, aber, ich weiß nicht, ich …«

Sie lächelt und stellt ihr Bier auf den Tisch.

»Zeigst du mir jetzt endlich das neue Klo?«

»Ach so, ja klar, Tschuldigung …«

Sie zieht mich an der Hand in den Flur. Wie jetzt? Das

gibts doch nicht. *reden!* Das war jetzt also auch schon wieder ein Code. Ich lerne es nie. Im Nu sind wir im neuen Klo verschwunden. Julia streift ihre Espandrillos ab, macht es sich bequem und schlingt mir ihre Beine um den Hals.

»Vorsicht, ich weiß nicht, ob man auf der Abwasserhebeanlage …«

Aber schon im nächsten Moment sind wir wieder völlig in unserem Umkleidekabinenfilm verschwunden. Unsere Haut ist immer noch ganz heiß von draußen. Einen Moment will ich nichts lieber, als aus Retos blöder Jeans rauszukommen. Einen Moment später hat sich der Wunsch bereits erfüllt. Ich kümmere mich nicht mehr darum, worauf wir sitzen, stehen oder liegen. Ich spüre ihre zarten Hände. Es kommt mir vor, als ob sie in diesem Augenblick mindestens acht davon hat. Die verschlängelten Brazil-Röhren schwanken wild vor meinen Augen hin und her. Einen Spiegel sollten wir hier unbedingt noch anbringen, denke ich mir noch. Einen großen …

Mittendrin in unserem Spiel habe ich auf einmal ein Déjà-vu. Es ist wie beim ersten Mal bei H&M. Auf einmal wird wieder gehauen. Bloß diesmal ist es umgekehrt. Julia haut mich. Sie schlägt mir ein dünnes Taschenbuch um die Ohren. Keine Ahnung, wo das auf einmal herkommt. Muss da irgendwo rumgelegen haben. Und noch etwas ist anders. Bei H&M sind wir vom Kämpfen zum Sex hinübergeglitten. Jetzt gleiten wir anscheinend gerade in die entgegengesetzte Richtung. Obwohl, nein, wir gleiten nicht von einem Zustand zum nächsten hin. Wir befinden uns vielmehr in zwei Zuständen gleichzeitig. Oder, besser gesagt, wir sind zweigeteilt. Während unsere Unterkörper einfach weiter Sex haben, sind die Oberkörper auf einmal mit Hauen und Abwehren beschäftigt. Und irgendwie spüre ich auch, dass Julia hier kein abgefahrenes S&M-

Erregungssteigerungsprogramm durchzieht, was in dem Stadium, in dem wir uns gerade befinden, sowieso völlig überflüssig wäre, sondern dass sie etwas auf dem Herzen hat.

Unsere Unterkörper nehmen sich allerdings gelassen alle Zeit, die sie brauchen, und zum Glück sieht Julias Oberkörper bald ein, dass er es jetzt vorläufig mal gut sein lassen sollte mit der Hauerei, was auch immer dahinterstecken mag. Nur das Taschenbuch hält sie weiter verbissen fest, als dürfte sie es auf keinen Fall verlieren.

Als die Unterkörper endlich die Nach-Höhepunkt-Entspannungsphase einläuten, lehnen wir uns erst mal wieder schwer atmend aneinander und belassen es dabei, uns ab und zu erschöpft und glücklich anzusehen.

»Schalke 07? ... Au!«

Warum haut sie mir jetzt schon wieder das blöde Taschenbuch ins Gesicht?

»Hör doch mal auf damit!«

»Ha, so was lest ihr also!«

Klatsch.

»Was denn?«

»*Stecherakademie – In jedem Mann steckt ein Verführer*«

»Was? Keine Ahnung, wo das herkommt.«

»*Wenn Sie dieses Buch gelesen haben, landen Sie mit jeder Frau nach nur einer Stunde im Bett. Wenn Sie es wollen.*«

»Ich schwöre, ich sehe das zum ersten Mal.«

Julia schlägt das Buch irgendwo auf und beginnt vorzulesen.

»*Alle Frauen sind unsicher. Sie können davon ausgehen, dass keine von ihnen, auch nicht die Begehrenswerteste, auch nur andeutungsweise weiß, was sie eigentlich will.*«

»Hm.«

»*Umso wichtiger ist es, dass Sie die Frauen, die Sie treffen, von Anfang an steuern. Und Sie werden merken, es ist ganz leicht.*«

»Wow.«

»*Sagen Sie sich jedes Mal, bevor Sie eine Frau ansprechen, drei Mal laut in Gedanken, dass das größte Glück, das einer Frau widerfahren kann, ist, Sie zu treffen.* Ich glaube, ich muss gleich kotzen!«

Klatsch.

»Au. He, das hab schließlich nicht ich geschrieben.«

»Aber du liest es.«

»Nein, verflixt noch mal, ich weiß nicht, wem das gehört, ich sehe es zum ersten Mal.«

Julia steht mit einem Ruck auf, steckt das Buch ins Klo und zieht ab.

»He, nicht! Die Abwasserhebeanlage …«

Julia schnaubt und schlüpft so ruppig in ihre Kleider, dass die Nähte krachen.

»Jetzt beruhige dich doch bitte wieder.«

Nichts zu machen. Sie verschwindet und knallt zum Abschied die Klotür so heftig zu, dass Retos Brazil-Röhrenkonstruktion nach einer Minute immer noch wackelt. Die Abwasserhebeanlage macht Geräusche, als hätte sie erhebliche Schwierigkeiten, das Buch zu verdauen. Ich stecke meinen Arm bis zum Anschlag ins Klo. Wenn man Zivildienst in einem Altenheim gemacht hat, kennt man bei so was keine Hemmungen. Während ich mit der einen Hand vergeblich versuche, das Buch zu ertasten, ziehe ich mit der anderen Hand den Stecker der Abwasserhebeanlage aus der Steckdose. Das hätte ich wohl besser nicht tun sollen. Es dröhnt, und die ganze Anlage zittert und bebt schlimmer denn je. Ich will den Stecker sofort wieder reinstecken, aber da bekomme ich auf einmal doch ein paar Stecherakademie-Seiten zu fassen. Ich ziehe vorsichtig daran und spüre, dass ein nicht unerheblicher Teil des Buchs noch dranhängt. Ganz vorsichtig hole ich es heraus. Immerhin Seite 102 bis zum Schluss. Das ist etwa das hintere Drittel des Buchs. Die Ecke, an der der Kackzerkleinerer sich gerade die Zähne ausgebissen hat, ist etwas ausgefranst. Sonst ist es noch ziemlich heil. Ich lege die triefende Schwarte vorsichtig auf den Boden und stecke den Stecker wieder rein. Während die Röhren langsam aufhören zu beben, tupfe ich gedankenverloren die Seiten mit Toilettenpapier trocken.

SUPERPUPER

Was man so träumt und warum wird ja viel diskutiert. Oft heißt es, dass man das, was man tagsüber noch nicht so richtig verarbeitet hat, einfach noch mal durchgeht, quasi so wie Nachsitzen im Schlaf. Aber irgendwie träume ich viel zu oft Dinge, die überhaupt nichts mit meinem Tag zu tun haben, als dass das stimmen könnte. In der Nacht, nachdem mir Piotr den Ball an den Kopf geschossen hat, habe ich zum Beispiel nicht von Kanonenkugeln geträumt, sondern von einem wunderbaren Abend am Strand, und in der Nacht, nachdem ich Tobi kennengelernt habe, auch nicht von einem alles verschlingenden Monster, sondern von drei Balletttänzerinnen.

Dass ich heute Nacht tatsächlich von Julia träume, wie sie mir das nasse Stecherakademie-Buch um die Ohren klatscht, liegt bestimmt nur daran, dass es gerade unter meiner Matratze liegt. Ich sollte es vielleicht mehr Richtung Fußende verschieben.

Natürlich ist in einem Traum immer alles ein wenig verfremdet. Die Frequenz, in der ich ihre Buchhiebe einstecke, ist zum Beispiel fern aller Realität. Mindestens 125 BPM. Noch seltsamer ist aber das Geräusch. Es macht nicht Klatsch-Klatsch-Klatsch, sondern UMZZ-UMZZ-UMZZ. Und das in einer Lautstärke, als wäre mein Kopf ein an eine 4000-Watt-Verstärkeranlage angeschlossenes Drumpad.

Natürlich wache ich irgendwann davon auf. Zum Glück weiß ich seit dem Presslufthammerangriff vor ein paar

Tagen, dass sich mit dem Ende des Traums nicht immer unbedingt alles in Wohlgefallen auflöst, was einen gepeinigt hat. Deshalb nehme ich es halbwegs gelassen, dass ich, nachdem ich die Augen geöffnet und mich aufgesetzt habe, weiter UMZZ-UMZZ-UMZZ höre. Es ist zwar durchaus so laut, als würde man im Sommer 1998 von einem Love-Parade-Truck überrollt, aber gegen den Presslufthammer von neulich kann das trotzdem nicht anstinken, denke ich mir, während ich in den Flur tapere. Ich weiß zwar nicht, was das bringen soll, aber irgendwas muss man ja machen.

Im Flur sehe ich Tobi und Reto in Boxershorts, die gerade versuchen, Gonzo den 2000-Gramm-Hammer aus unserem Werkzeugkasten aus der Hand zu winden.

»Chromm, sei vernünftig.«

»Das bringt doch nichts.«

»Doch, ich mach den ganzen Laden kaputt! Und ihre Brillen zermalm ich zu Staub! Den müssen sie dann schnupfen! Lasst mich los!«

UMZZ-UMZZ-UMZZ-UMZZ-UMZZ-UMZZ-UMZZ-UMZZ-UMZZ-UMZZ-UMZZ-UMZZ-UMZZ-UMZZ-UMZZ-UMZZ-UMZZ-UMZZ-UMZZ-UMZZ-UMZZ-UMZZ

Ich beginne langsam, die Situation zu begreifen. In der Galerie ist Party. Eigentlich nichts Besonderes. Früher konnte man locker über die Geräusche, die durch unsere Decke drangen, hinwegschlafen. Aber irgendwie müssen sich die Scheitelkokser in den letzten Monaten eine gewaltige neue Beschallungsanlage vom Drogenbudget abgespart haben, und heute Nacht testen sie sie anscheinend zum ersten Mal an.

»Also lass uns einen Kompromiss machen, Gonzo. Du lässt den Hammer hier, aber dafür darfst du reden, wenn wir jetzt runtergehen.«

»Und du ziehst dir vorher was an.«

»Grrr. Lasst mich!«

»Entweder so oder gar nicht.«

An Tobi ist heute wirklich ein Pädagoge verlorengegangen.

»Na gut, na gut.«

»Freut mich, dass du vernünftig bist.«

»Ich beuge mich nur der Gewalt.«

Gonzo gibt den Hammer her. Wir schlüpfen in unsere Kleider und passen gleichzeitig auf, dass er nicht vorzeitig wegfitscht. Tobi setzt noch mal seinen strengen Blick auf und gibt Gonzo ein paar letzte Ermahnungen mit auf den Weg, während Reto und ich die Tür blockieren.

»Und nicht vergessen: Lösung geht vor Eskalation. Hallo Gonzo, hast du mich verstanden?«

»Jaja.«

»Ich will eine problemorientierte Diskussion mit sachlichen Argumenten hören.«

»Leck mich.«

»Wie war das?«

»Ja.«

»Schau mir in die Augen, wenn du antwortest.«

»Ja.«

»Gut. Wir vertrauen dir.«

Tobi nickt uns zu. Wir geben die Tür frei, und im gleichen Augenblick ist Gonzo verschwunden. Reto und ich wollen ihm nachsetzen, aber Tobi ermahnt uns zur Ruhe.

»Er muss merken, dass wir ihm vertrauen.«

»Tun wir das?«

»Darum geht es jetzt nicht.«

»Aha. Na hoffentlich passiert kein Unglück, du Pestalozzi für Arme.«

Während ich hinter den anderen die Treppen hinunterstolpere, merke ich wieder, wie müde ich eigentlich bin. Meine Augen, meine Beine, meine Hände – sie machen zwar alle irgendwas, aber mein Körper fühlt sich nicht wie eine Einheit an. Womöglich falle ich gleich auseinander. Vielleicht wäre es besser, wenn ich wieder ins Bett gehe und den stressigen Traum weiterträume.

Die Hintereingangstür zur Galerie schwingt wie die Membrane einer Lautsprecherbox. Als ich sie öffne, werden wir vom UMZZ-UMZZ-UMZZ fast weggefegt. Wir pressen uns die Hände auf die Ohren und schieben uns gegen den Schalldruck in den völlig überfüllten Raum. Nachdem wir uns ins Zentrum gekämpft haben, können wir die Lage einigermaßen überblicken. Eine Reihe von furchterregenden Boxentürmen verdeckt die ganze Seitenwand samt der an ihr aufgehängten Zottelbritenkunst und setzt alles im Umkreis unter Schall. Die Scheitelkokser tummeln sich auf der anderen Seite des Raums hinter der Bar und verkaufen seelenruhig Drinks. Gonzo steht neben ihnen und brüllt aus Leibeskräften auf sie ein.

Tobi sieht uns triumphierend an. Ja, stimmt. Gonzo ist nicht gewalttätig geworden. Aber das liegt bestimmt nicht daran, dass er unser Vertrauen gespürt hat, sondern dass er im Moment alle Kraft in die Bewegung seiner Stimmbänder steckt. Und nicht einmal das reicht aus. Die Scheitelkokser interpretieren seine Lippenbewegungen als Getränkebestellungen. Gonzo bekommt bereits den dritten Plastikbecher mit irgendeinem hochprozentigen Mördergemisch ausgehändigt. So kommen wir nicht weiter. Ich nicke Tobi zu. Wir bahnen uns einen Weg durch die Menge und schlüpfen ebenfalls hinter die Bar. Dort haken wir einen der Scheitelkokser an beiden Armen unter und schleifen ihn auf seinen Hacken zum Klo. Gonzo kommt uns mit seinen Plastikbechern hinterher.

Auf dem Klo umzzt es immer noch höllisch laut, aber wenn man sich direkt ins Ohr schreit, kann man durchaus einfache Konversation betreiben.

»WAS SOLL DAS?«

»MACHT GUT DRUCK, ODER? 4000 WATT, HIHI.«

»ZU LAUT!!!«

»DA GEWÖHNT MAN SICH DRAN, HIHI.«

»4000 WATT IST NUR FÜR GROSSE HALLEN.«

»KUNST KENNT KEINE GESETZE, HIHI.«

»WART MAL AB. WAHRSCHEINLICH KÖNNT IHR EUCH GLEICH MIT WOHLGEMUTHS RUSSEN DARÜBER UNTERHALTEN.«

»DAS GLAUB ICH KAUM, HIHI.«

»WIESO?«

»WEIL WOHLGEMUTH SELBST UNS DIE ANLAGE HIER REINGESTELLT HAT, HIHI.«

»WAAAS?«

»JA. ER WILL DAS KULTURELLE LEBEN IM HAUS FÖRDERN, HIHI.«

»ICH FASSE ES NICHT.«

»SCHAUT MAL, WAS ER NOCH GESPENDET HAT, HIHI.«

Er zerrt eine Kiste furchterregender mexikanischer Riesenböller ohne EU-Zulassung unter einem Regal raus.

»DAMIT SPRENGT DER ESTNISCHE AKTIONSKÜNSTLER FLAVUS PORUWIN NACHHER NOCH BLUMENKOHLKÖPFE IN DIE LUFT, HIHI.«

*

Ich sehe die Gesichter von Gonzo und Tobi. Ja, sie sind es. Ich kann sie eindeutig erkennen. Und das ist, nachdem man einen 0,5er Plastikbecher Scheitelkokser-Mördermix getrunken hat, nicht unbedingt selbstverständlich. Wir hängen immer noch auf dem Klo herum, weil es der einzige Ort ist, wo man es aushalten kann. Ab und zu kommt jemand, um sein Geschäft zu verrichten, aber niemand stört sich an unserer Gesellschaft, nicht mal die Frauen.

Und das alles in einem Etablissement, das von zwei Typen geführt wird, die wie unser alter Spießer-Nachbar Herr Schulz aussehen. Wer weiß, vielleicht ist einer von ihnen es ja wirklich? Vielleicht ist das seine späte Rache an mir? Eine böse Vision.

Aber ich will nicht meckern. Ich habe schon schlimmere Nächte erlebt. Wahrscheinlich hätte ich heute auch bei völliger Stille schlecht geträumt. Muss man auch mal im Großen und Ganzen sehen.

»WIESO HABEN DIE EIGENTLICH HIER WASSER UND WIR NICHT?«

»KEINE AHNUNG. MUSS DER WOHLGEMUTH WOHL IRGENDWIE SO HINGETRICKST HABEN.«

»DRECKSACK.«

»WO IST RETO EIGENTLICH?«

»IM GALERIERAUM.«

»WIE HÄLT DER DAS AUS?«

»HAT SICH HENDRIKS GEHÖRSCHUTZ AUFGESETZT.«

Ob ich noch einen Becher trinke? Aber dazu müsste ich raus in die Schallhölle. Außerdem muss ich morgen arbeiten. Und endlich eine Hose finden. Eigentlich hab ich mehr Hunger. Die Grillwürste von heute Abend sind komplett an mir vorbeimarschiert, was einerseits an meiner kleinen Auszeit mit Julia, andererseits aber auch am übermenschlichen Appetit des Zottelbriten gelegen hat, der anscheinend seit zwei Tagen nichts mehr gegessen hatte. Selbst Tobi hat gestaunt.

Reto kommt rein.

»AH, IHRCH SEID JA IMMRCH NOCH HIER.«

»JA, HIER IST ES SO SCHÖN STILL.«

»IRCH GEHE JETZT WIEDRCH INS BETT.«

»ABER DA OBEN KANNST DU DOCH EH NICHT
SCHLAFEN.«

»ES WIRD BALD VORÜBRCH SEIN.«

»WIESO DAS?«

»IRCH HABE DIE STROMKOSTEN FÜRCH DIE ANLAGE
AUSGERECHNET UND DEN SCHEITELKOKSRCHN DEN
VORCHGELEGT.«

»HM, GUTE IDEE, ABER DIE SCHEITELKOKSER SIND
NICHT UNBEDINGT DIE, DIE DEN RUF DER VERNUNFT
VERSTEHEN.«

»ABRCH IRCH HABE DEN VATTENFALL-KLASSIK-
TARIF ZUGRUNDE GELEGT.«

»HARTER STOFF, ABER SELBST DAS WIRD DIE NICHT
SCHOCKEN. NICHT HEUTE ABEND.«

»HABT IRCH EINE ANDERE IDEE?«

Wir sehen uns an. Stimmt. Irgendwie haben wir unser
Ziel aus den Augen verloren. Aber wir merken schnell,
dass kleine Pausen bei kreativen Prozessen manchmal
recht förderlich sind. Ich kann Tobi und Gonzo ansehen,
dass ihre Hirne auf einmal wieder arbeiten, und auch meins
kommt in Schwung.

»ICH GLAUBE, DER AKTIONSKÜNSTLER KRACHOWIT-
ZER WIRD JETZT GLEICH MAL DEM DJ EINEN WODKA-
WOFASEPT-COCKTAIL KREDENZEN.«

»UND DER AKTIONSKÜNSTLER TOBI VON BRAT UND
WURST WIRD DIE 4000-WATT-ENDSTUFEN-SICHERUN-
GEN DEMATERIALISIEREN.«

»UND DER AKTIONSKÜNSTLER GONZALEZ SUPERPU
PER WIRD EINE KISTE ILLEGALER MEXIKANISCHER RIE-
SENBÖLLER IN DEN BOXEN …«

»HAB ICHS NICHT GESAGT? GONZO MUSS EINFACH NUR UNSER VERTRAUEN SPÜREN.«

»FRISCH ANS WERK!«

PEPE YOB

Eigentlich gibt es bei dieser Hitze nichts Besseres, als in einem kühlen Museum herumzusitzen, träge den Leuten hinterherzustieren und dafür auch noch bezahlt zu werden. Wenn nur die ganzen Sorgen nicht wären. Wenn ich heute keine Hose finde, wird die Lage kritisch. Die Reto-Jeans ist total verschwitzt. Dr. Grobe hat vorhin schon recht merkwürdig geguckt, als er vorbeigegangen ist. Zum Glück stand gerade ein Rucksacktourist direkt neben mir, der rein von der Optik her noch besser zu den Ausdünstungen in der Luft passte.

Aber gut, das kriege ich hin. Ich gehe einfach gleich nach der Arbeit in ein stinknormales Jeansfachgeschäft und lasse mir von einem stinknormalen Jeansfachverkäufer eine stinknormale Jeans verpassen. Ich muss überhaupt meine Kräfte schonen. Die Nacht war, trotz unseres durchschlagenden Erfolgs in der Koksergalerie, äußerst unerholsam. Außerdem rücken die kritischen Termine näher. Heute ist schon Donnerstag. Nur noch vier Tage bis zur Aufnahmeprüfung an der Ernst-Busch und nur noch drei bis zum Doppelgeburtstag, und ich habe immer noch kein Geschenk für meinen Vater. Dafür habe ich einen Dauerpfeifton in den Ohren. Wenn das heute Nachmittag nicht weg ist, geh ich zum Arzt. Schade, dass bei den Scheitelkoksern nichts mehr zu holen wäre, wenn ich sie wegen eines erlittenen Gehörschadens verklagen würde. Die 4000-Watt-Anlage ist seit unseren künstlerischen Eingriffen nicht mehr allzu viel wert.

Aber das größte Problem ist natürlich wieder Julias neueste SMS, die vor einer Stunde in meinem Handy eingeschlagen ist. Ich starre sie inzwischen bestimmt zum fünfzigsten Mal an.

es war wirklich nur was sexuelles

Manno. Bloß wegen diesem blöden Buch. Dabei gehört es mir weder, noch habe ich es gelesen. Und ich werde es auch nicht lesen. Ich lasse es nur unter meiner Matratze. Bis es wieder trocken ist. Braucht sie sich wirklich nicht aufzuregen. Aber hilft ja nichts. Wenn ich noch was retten will, muss ich was antworten. Ich tippe einen Textentwurf nach dem anderen auf mein Handy, aber kann mich zu keinem so recht durchringen ...

morgen wieder was wirklich sexuelles?

Auf keinen Fall.

reden?

Hat sich zwar bewährt, aber seit gestern ist *reden* ja auch ein Code. Nein, könnte sie in den falschen Hals kriegen ...

schalke 01?

Hm, nicht schlecht. So quasi als Metapher für Neubeginn ... Wenn Lambert jetzt ja sagen würde, würde ich das glatt losschicken, aber ohne ihn fühle ich mich nicht sicher genug. Und das merkt man einer SMS sofort an ...

nein, es war liebe.

Hey, langsam. Erstens bin ich mir da gar nicht sicher, und zweitens bin ich vor allem erst mal sauer auf sie. Immer dieses Überreagieren. Soll sie doch mal erwachsen werden. Ist doch wahr. Aber daraus krieg ich jetzt auch keinen geeigneten SMS-Text gebastelt ...

Wir haben einfach ein Problem. Unsere Beziehung ist wie einer dieser Lehrtrickfilme, in dem die Erdgeschichte im Superzeitraffer gezeigt wird. Erst ein paar Milliarden Jahre lang nichts und dann plötzlich in drei Sekunden Keule-Rad-Papier-Supercomputer-und-Schluss. Für Liebesgeschichten ist so ein Tempo nicht das Wahre. Da kommt erst mal die Schmachtphase, dann die Missverständnisphase, dann die Verzweiflungsphase und dann schließlich, nach langem dramatischem Endkampf, kommt der Kuss im Sonnenuntergang. Wenn man sich nicht an den vorgeschriebenen Ablauf hält, braucht man sich nicht wundern, wenn alles schiefgeht. Und wenn Julia dann auch noch aus den blödesten Kleinigkeiten heraus Streit anfängt und mir dauernd Amelie über den Weg läuft ...

Klingeling. Anruf. 040-Vorwahl.

Mist, eigentlich darf hier niemand telefonieren. Ich hab das Handy nur eingeschaltet, weil ich noch schnell die SMS schicken wollte. Aber ich kann das nicht wegdrücken. Das sind die Sesamstraßenjungs aus Hamburg.

»Hallo?«

Wenn das jetzt ein Besucher sieht und mich bei Dr. Grobe verpetzt ... Ich verstecke mich so gut es geht hinter einer Säule und flüstere nur ganz zart. Zum Glück lohnt sich das Geheimgespräch wenigstens. Nur gute Nachrichten. Die alte Ernie-Stimme fällt weiter aus, und sie wollen das erste Lied mit mir aufnehmen. Juchu! Und dann haben sie sich auch noch ausgerechnet für »Ladidadidam, Ladidadidam, wie heißt denn nur dieses Lied« entschieden. Hurra! Und er hat sich fünfmal entschuldigt, dass der Termin ausgerechnet am Sonntag ist, und war noch zerknirschter, als ich ihm sagte, dass das sogar mein Geburtstag sei. Dabei kann ich mir kaum ein schöneres Geburtstagsgeschenk vorstellen. Muss ich so schnell wie möglich mit dem Üben anfangen ...

So jetzt aber weg mit dem Handy. SMS an Julia muss ich im Kopf entwerfen.

*

Ich mache schon wieder den gleichen Fehler und grüble zu lange. Ich weiß es und mache es trotzdem. Eigentlich hatte ich mir das Ende meines heutigen Museumsdiensts als absolute Deadline für die Antwort-SMS gesetzt, aber der ist jetzt schon seit fünf Minuten vorbei, und zwischen mir und dem Martin-Gropius-Bau liegen bereits mehrere hundert Meter. Selbstgesetzte Deadlines machen einfach nicht genug Druck. Da muss ich andere Saiten aufziehen. Ich setze mich in die pralle Sonne auf ein filigranes Stahlgeländer, das so heiß ist wie Mamas Herdplatte auf Stufe drei und mir so tief in den Po einschneidet, dass ich es keine Minute aushalten werde. Kappe und Sonnenbrille setze ich auch ab.

So, und bevor die SMS nicht abgeschickt ist, bewege ich mich nicht vom Fleck.

Schwitz, autsch. Komm, denk nach. Es liegt ganz in deiner Hand, wann es aufhört.

es war wirklich nur was sexuelles … Worauf will sie hinaus? … Nein, darüber habe ich schon die ganze Zeit nachgedacht. Ich brauche eine schnelle Lösung. Keine Spekulationen, keine Experimente. Doppelschwitz, Doppelautsch. Was ist unverfänglich? Womit kann ich die Spannung abbauen? Argh, diese Schmerzen. Ich gebe ihr einfach recht. Genau. Das ist sicher kein Geniestreich, aber verkehrt mache ich damit bestimmt nichts. Frauen recht geben. Daraus könnte man wahrscheinlich ein ganzes Beziehungsstrategiebuch schreiben. Und in unserem Fall heißt das, dass sie sich jetzt überlegen kann, ob sie es wirklich so gemeint hat oder eben … Arrrrrrrrgh!

du hast recht

Schnell senden!

Aaaah, noch eine Sekunde länger, und das Geländer hätte sich durch die Hose gebrannt. Folter kann schon sehr

effektiv sein. Sollte man lieber nicht weiter drüber nachdenken.

Ich genehmige mir ein kühles Fischbrötchen in der wohl-
temperierten Shoppingmall am Potsdamer Platz. Beim
Kauen entdecke ich schräg gegenüber genau das, was ich
jetzt brauche. *Jeans Store.* Ja, das klingt solide. Kein Bragg,
kein Sliq, ordentliche Umkleidekabinen und vor allem
keine mutierten Röhren à la PlumPlumStudio. Krümel aus
dem Mundwinkel gewischt und los.

Angenehm leer der Laden um diese Zeit. Der Verkäufer
tut trotzdem so, als hätte er alle Hände voll zu tun.

»Äh, hallo, äh, ich bräuchte eine Hose.«

Er dreht sich träge um. Diese Bräune, diese Muskeln,
dieser Gesichtsausdruck. Supermacho wäre noch schwer
untertrieben.

»Hier bitte. Die ganze Wand ist für Herren. Und die beiden Ständer hier auch noch.«

Die Stimme. Eine Tonne mühsam unter Kontrolle gehal-
tenes Testosteron. Und diese Körpersprache. *Hey, muss das
sein? Im Hinterzimmer sind zwei notgeile Blondinen und
warten auf mich. Ich muss mich schon schwer zusammenreißen, um vorher noch schnell diesen Jeansstapel sortiert
zu kriegen …*

Aber ich brauche ihn. Da lass ich jetzt nicht locker.

»Weia, ganz schön viel Auswahl, was? Könnten Sie mir
vielleicht helfen?«

*Wenn ich so könnte, wie ich wollte, würde ich dich jetzt
beim Hosenboden packen und mal gucken, ob ich dich bis
zum Media Markt schmeißen kann.*

»Welche Größe?«

»Na ja, so …« Mist, ich kann mir diese Zahlen nie merken.

Es dauert ihm zu lange.

»Probier die. Wenns nicht passt, sag Bescheid.«

Ich schlüpfe in die Umkleidekabine. Tür zumachen nicht vergessen. Und rein in die Hose. Wow, passt perfekt. Beinlänge, Taille. Der beherrscht sein Metier. Muss man ihm lassen. Ich verlasse mein Versteck.

»Äh, also die passt schon mal ganz gut …«

Dann bezahl und verschwinde.

»… aber ham Sie vielleicht auch was ohne so absichtlich reingemachte Löcher und so pseudoabgewetzte Stellen?«

Ohne pseudoabgewetzte Stellen? Was für einen kranken Geschmack hast du denn?

Er meditiert kurz vor dem Regal, steigt auf die Leiter und zieht eine weitere Hose raus.

»Hat zwar nicht deine Beinlänge, aber eine andere hab ich nicht mehr davon.«

Hallo? Es gibt hier bestimmt über 1000 Jeans, und nur eine davon hat keine Löcher? Ich stelle mir kurz vor, was passieren würde, wenn man hier mal meine emsige Oma eine Nacht lang mit ihrer Nähnadel und ihrem Stopfei allein ließe, und muss kichern, während ich die Löcherjeans mit der heilen Jeans vertausche. Bevor ich Supermacho erneut unter die Augen trete, reiße ich mich natürlich wieder zusammen.

»Hm, obenrum passt sie.«

»Unten kannst du sie ja umkrempeln. Trägt man heute wieder so.«

Vor allem so Weicheier wie du.

»Okay, ich nehm sie.«

Irgendwie muss es ja mal vorangehen. Ich kann sie ja auch noch kürzen lassen. Wenn unser Wasser wieder geht und Retos Jeans erst mal gewaschen ist und ich sie mir noch mal für einen Tag leihen kann …

»119,90.«

Autsch. Das Hosenkürz-Budget ist damit schon mal weg. Aber wenn ich jetzt einen Rückzieher mache, nagelt mich Supermacho vor den Augen seiner notgeilen Blondinen an die Wand.

*

»Hüstel, haste maln Euro oder … ach du bists, Krach.«

»Du solltest deine Stimme noch ein paar Tage schonen, Erwin.«

»Abhängen und nichts tun ist halt nichts für mich. Krächz.«

»Ach so.«

Ich setze mich mit meiner Jeans-Store-Tüte in die U-Bahn und mache mich auf den Heimweg. Um mir die Endgültigkeit meiner Entscheidung richtig bewusst zu machen, lese ich noch mal den Kassenzettel.

Herren-Jeans Pepe Yob 119,90 Euro, Verkäufer Guntram Liebig.

Unverschämt der Preis, aber der Verkäufername ist es fast schon wieder wert. Und überhaupt, dass ich das mit der Hose geschafft habe, macht mich euphorisch. Es ist gerade mal Mittag. Vielleicht kann ich ja heute noch ein paar andere Sachen reißen? Zum Beispiel das Geschenk für Papa finden. Und ich könnte die Warten-auf-Godot-Anfangsszene für die Aufnahmeprüfung zur endgültigen Perfektion treiben. Wenn ich diesen gewissen Hauch von dumpfer Dauerverzweiflung in die Stimme gelegt bekomme, hab ich sicher gute Chancen. Außerdem könnte ich das Loch in meiner Wand irgendwie mal verschließen. Vielleicht Tücher davorhängen oder ein paar Pappkartons zurechtschnitzen. Oder ich lasse mir von Reto zeigen, wie man richtig mauert. Der kann das bestimmt. Dann können Elvin und Adrian endlich nicht mehr einfach so reinplatzen. Und vor allem muss ich natürlich »Ladidadidam, Ladidadidam« üben.

Raus aus der U-Bahn, rein in die Hitze. Den Schwung muss ich jetzt mitnehmen … SMS!

arschloch!

…

Also jetzt reichts! Wenn nicht mal Rechtgeben hilft, dann weiß ich auch nicht mehr. Das wird jetzt gleich erledigt. Hab ja schließlich auch noch andere Dinge zu tun. Ich hämmere »selber arschloch« in die Tasten und drücke »senden«.

»Jauuuuuuuuuuuuuuuul!«

»Oh, hallo Amelie, hallo Lambert.«

Schnell weg mit dem Handy. Da stecken zu viel negative Vibrationen drin.

»Jauuuul! Jauuuuuuuuuuuul!«

Ist ja gut, alter Junge, ich hab doch immerhin das Ausrufezeichen weggelassen, quasi als Hintertür …

»Hallo, Krach. Na, Lambert hat dich ja anscheinend schwer vermisst, was?«

Amelie umarmt mich. Zarter Duft, zarte Hände, Zwangsemotionen, nichts als Zwangsemotionen …

»Oh, hast du dir eine Hose gekauft?«

»Yep. Ging ganz fix.«

»Na, gratuliere.«

Ha, das scheint sie jetzt wirklich ein wenig zu verblüffen.

»Wurde auch langsam mal Zeit, dass ich aus den verschwitzten Reto-Jeans rauskomme. Ich hüpf jetzt erst mal unter die Du … äh, ach nein, geht ja nicht.«

»Komm doch nachher kurz zu mir zum Duschen. Alle paar Tage sollte das schon mal sein bei dem Wetter, oder?«

»Echt?«

»Na klar.«

Ich darf bei Amelie duschen. Ich werde mich nackt in ihrer kleinen weißen Studentenwohnheimapartment-Nasszelle tummeln und mich zum ersten Mal seit zwei Tagen wieder mit fließendem warmen Wasser besprenkeln. Und sie wird mich draußen mit einem kühlen Getränk erwarten, und ich werde ihr, unwiderstehlich nach Frische-Duschgel duftend, meine Jeans-Store-Hose vorführen. Nur schade, dass sie noch nicht gekürzt ist …

»Aber nur, wenn es keine Umstände macht.«

»Iwo. Komm, wann du willst. Ich bin ab vier da. So, jetzt muss ich aber los. Ich hab gleich Seminar. Machs gut, Krach.«

Noch eine Umarmung. Zwang hin oder her. Emotionen bleiben Emotionen. Kann man sich ruhig mal gönnen.

»Jauuuuuuuuuuuul!«

Amelies Duscheinladung hat meinen positiven energetischen Zustand noch einmal gesteigert. Ich gucke mitleidig auf die Gestalten, die rechts und links von mir in der Hitze zerfließen. Bisschen mehr Haltung würde euch echt guttun. Guckt mich mal an. Ich habe gerade einen grässlichen SMS-Streit mit meiner Geliebten hinter mir. Und lasse ich mich vielleicht deswegen hängen?

Ich springe unsere Treppe hoch. Jetzt nur noch schnell ein Bier, und dann gleich ran an die Tasks. Ja, so sagt man das heute … Irgendwie ist mir so, als wäre vorhin das Wort »Geliebte« in meinen Gedankengängen vorgekommen. Sicher nur ein kleiner Fehler im System.

VERFICKTE LAUSCHER

Und ich bin mir immer noch sicher, dass ich wirklich noch was geschafft hätte, nachdem ich das Bier gezapft und zwei große Schlucke genommen habe, und ich bin ja auch wirklich gewöhnt, dass hier dauernd die abseitigsten Dinge passieren, und ich will das jetzt auch gar nicht als Entschuldigung vorschieben, aber gerade als ich von der Küche in mein Zimmer gehen will, erstrahlt unser Flur auf einmal in einem Licht, das ich bisher nur aus biblischen Wunderbeschreibungen in Predigten meines Patenonkels Heinz kannte.

Alles ist anders. Der Duft, die Farben, die gesamte Molekülstruktur der Luft hat sich verändert, auch wenn ich nicht genau sagen könnte, woran man das merkt. Ich bleibe im Türrahmen stehen. Mein Unterkiefer fällt in Tiefen, die anatomisch betrachtet gar nicht möglich sind. Ich bin mir sicher, dass die Weltgeschichte genau in diesem Moment noch einmal mit dem Jahr 0 beginnt.

Auf unserem Flur steht die schönste Frau, die ich je gesehen habe. Sie kam gerade aus Retos Zimmer. Kein Zweifel. Ihr glänzendes kastanienfarbenes Haar wird von einem entzückend eigenwillig diagonal über ihren Kopf gezogenen Scheitel in zwei Gruppen geteilt, von denen eine ihre wie von Rodin persönlich vollendete rechte Wange umschmeichelt, während die andere sich damit begnügt, ihr linkes Ohr zu verdecken und sich erst weiter unten, dort wo ihre markanten Schultern aus dem cremefarbenen Sommerkleid hervorkommen, wieder nach vorne wagt. Als sie mich sieht, hebt sie ihre zarten, an den Außenseiten sich allmählich in ein Nichts verlierenden Augenbrauen, was ihre großen braunen Rehaugen noch ein wenig größer macht, und, als ob das noch nicht genug wäre, formt sie mit ihren breiten Lippen ein Lächeln, das mir sofort die Füße wegzieht, was aber nichts macht, weil ich ohnehin gerade schwebe. Audrey Hepburn, Claudia Schiffer, Sienna Miller – war nett mit euch, aber ihr könnt einpacken.

Wie aus einer anderen Welt höre ich Retos Stimme.

»Darf irch vorstellen? Das ist Krach, mein Mitbewohnchr, und das ist Madeleine.«

»Hallo, Krach!«

Oh, so viel positive Energie in der Stimme. Huch, ihre schlanke, zart gebräunte Hand kommt auf mich zu. Ich nehme sie ungläubig wie ein Bettler, dem man einen 100-Euro-Schein gibt.

»D … Danke.«

Krass. Ich habe wirklich »danke« gesagt. Na ja, wenigstens nicht »Darf ich das behalten?«. Madeleine lächelt noch einmal, diesmal leicht verschmitzt, was ihr wiederum genau die leicht irdische Note gibt, die ihr noch zur absoluten Perfektion gefehlt hat, und wendet sich wieder Reto zu. Die beiden verlassen die Wohnung und versuchen, sich dabei anscheinend gegenseitig im Lächeln zu überbieten.

In Slapstickfilmen läuft es ja immer so, dass, wenn eine überirdisch schöne Frau einen Raum mit Männern drin betritt, alle verstummen, sie anstarren und sich irgendwo im Vordergrund einer sein Bier über den Latz kippt, ohne es zu merken. Das ist aber ganz platter Klamauk, das hat mit dem echten Leben nichts zu tun. Ich habe mir mein Bier natürlich nicht über den Latz gekippt. Ich weiß nicht, wo es hingekommen ist. Es muss sich irgendwie unter Madeleines Einfluss dematerialisiert haben.

Gonzo steht neben mir. Bis jetzt habe ich ihn noch gar nicht wahrgenommen. Ihn muss die Erscheinung mit noch größerer Wucht getroffen haben. Warum sollte er sich sonst ein riesiges Stofftuch in den Rachen gestopft haben? Da muss man ja fast Mitleid kriegen.

»Waf wa daf bikkefön?«

»Ich kann es nicht mit Worten beschreiben.«

»Waf mach fo eige Fau ei Eto?«

»Kannst du mal das Tuch aus dem Mund nehmen?«

»Afo, hak gaich gegenk …«

»Alter, ich mach mir Sorgen um dich.«

»Na, dann schau lieber mal dich an. Du hast dir dein Bier über den Latz gekippt.«

Also doch. Bäh.

»Was macht so eine Frau bei Reto?«

»Ich weiß nicht. Vielleicht rauchen die Fotomodelle jetzt Kuh-Gras?«

»Oder sie finden den Schweizer Akzent sexy?«

»Hm, kann sein. Da stellen sie sich wahrscheinlich immer gleich eine Kreuzung aus Milliardär und Skilehrer vor.«

»Eigentlich muss man nur ›Chr‹ statt ›K‹ sagen und an jeden zweiten Satz ›odrch‹ dranhängen, oder?«

»Wir müssen Reto mal heimlich aufnehmen und analysieren.«

»Glaubst du, die kommt wieder?«

»So wie die sich angeschaut haben – ja.«

»Vielleicht hat sie noch Schwestern …«

»Was ist das eigentlich für ein Tuch?«

»Hm? Ach so, das ist das neue Andrej-Rebukanow-Transparent. Hab ich gerade bei Forza Idee aus dem Plotter gelassen. Diesmal aus feuerfestem Stoff. Falls die Russen noch mal kommen, hihi.«

»Deinen Sabber hat es ja anscheinend auch ganz gut verkraftet.«

»Du, das soll sogar richtig wetterfest sein. Die haben mir gesagt, ich soll das mal testen. Ich häng das jetzt ein paar Tage vor mein Fenster.«

Tobi kommt durch die Tür.

»Habt … habthabt … ihr … ReReReto … undundund …«

Wir nicken.

»Aber wiewie … wowo …?«

Wir zucken mit den Schultern.

»Komm, trink erst mal was.«

Wie weich meine Knie immer noch sind. Ich schiele vom Küchentisch durch die offenen Türen in mein Zimmer. Unglaublich, dass ich vor ein paar Minuten noch gedacht habe, ich könnte heute das Riesenloch zumauern. Irgendwie ist meine ganze Kraft mit einem Schlag weggeblasen.

NÄÄÄÄÄÄÄÄÄÄÄÄÄÄÄÄÄÄT!

Sie kommt wieder! Wir stürzen alle gleichzeitig zur Tür. Weil wir uns beim Rennen gegenseitig mit allen Tricks und Kniffen bearbeiten, die wir in hunderten Toilettenwettläufen gelernt haben, dauert es eine Weile. Als die Tür aufgeht, liegen wir drei ineinander verkeilt auf dem Boden.

Vor der Tür stehen fünf Männer in T-Shirts, Arbeitshosen, Bauhelmen und mit unzähmbarer Gier nach schwerer körperlicher Arbeit in den Augen.

»Firma Brombach. Wenn Sie so freundlich wären, den Weg frei zu machen, können wir sofort anfangen.«

»He, Moment mal, hier wird nichts rumgebaut.«

»Genau. Hier wird nämlich noch gewohnt.«

»Aber Ihr Hausbesitzer, Herr Wohlgemuth, hat uns beauftragt, hier einen Schaden zu beheben.«

»Äh, sagten Sie Schaden beheben?«

»Ja, eine eingestürzte Decke.«

»Ach so, ja, das ist bei unserem Mitbewohner.«

»Vierte Tür rechts.«

»Was ist denn mit Ihnen los? Warum gucken Sie so komisch?«

»Nun, es ist so, …«

»Herr Wohlgemuth hat hier noch nie etwas beheben lassen …«

»Seit wir hier wohnen nicht …«

»Und wir wohnen schon ziemlich lange …«

»Na, diesmal hat er es sogar richtig eilig. Wir kriegen eine Prämie, wenn wir heute noch fertig werden. Hat wohl einen guten Rechtsanwalt, euer Mitbewohner?«

»Sieht so aus.«

*

Während die Brombach-Jungs ihre Ausrüstung reinschleppten, haben wir unsere Biere ausgetrunken und dabei beschlossen, erst mal in der Berliner-Ensemble-Kantine Mittag zu machen. Die grünen Gesichter malen wir uns wieder erst kurz vor dem Ziel in einem schattigen Hauseingang auf, damit die Schminke in der Hitze nicht zerläuft.

»Nächstes Mal brauchen wir aber wirklich was anderes.«

»Stimmt. Schon allein, weil die grüne Schminke zu Ende geht.«

»Ich hole uns Mintgrün, und Korallenrot als Akzentfarbe.«

»Oder vielleicht besser mal was mit Hüten? So mit buschigen Federn dran und so?«

»Besprechen wir noch in aller Ruhe. So, jetzt Haltung. Wir sind Schauspieler.«

Beim Essenholen klappt zum Glück wieder alles so wie immer. Erstaunlich. Das Kantinenpersonal scheint sich die

Theaterstücke jedenfalls nicht anzusehen. Keiner fragt sich, was die Grüngesichter hier immer wollen.

»Tobi mal wieder. Hackbraten mit Rahmsoße, Gemüse und Extra-Kartoffeln. Bei der Hitze.«

»Na und? Hat auch nicht mehr Kalorien als deine durchschnittliche tägliche Bierration. Außerdem habe ich, wie du siehst, heute nur *einen* Nachtisch genommen.«

»Früchtequark. Allein davon wird man doch schon pappsatt.«

»Sagt mal, anderes Thema, seht ihr den Tisch da hinten?«

»Wo? … Oh, krass.«

»Vielleicht eine Spiegelung?«

Nein, kein Zweifel, die drei Jungs mit den grün geschminkten Gesichtern in der anderen Ecke sind echt.

»Und wer hat hier die ganze Zeit rumgemeckert, von wegen einfach nur grüne Gesichter reicht nicht?«

»Glaubst du, das sind wirklich Schauspieler?«

»Nein, bestimmt auch nur Betrüger wie wir. Die haben sich das von uns abgeschaut.«

»Vielleicht haben wir einen stadtweiten Modetrend losgetreten.«

Grüne Gesichter, grüne Gesichter, irgendwas beunruhigt mich, aber noch bevor ich richtig darüber nachdenken kann, überschlagen sich auch schon die Ereignisse. Ein kleiner dicker Mann mit Halbglatze betritt den Raum und steuert direkt auf uns zu.

»Sagen Sie mal meine Herren, sitzen Sie eigentlich auf Ihren Ohren? Wir haben Sie schon dreimal ausgerufen. Jetzt aber ganz flott auf die Probenbühne!«

Kein Zweifel, er meint uns. Wir erstarren vor Schreck. Nur Tobi steckt sich noch in Zeitlupe ein riesiges Stück Hackbraten in den Mund.

Ich höre die Stimme des Kassenmädchens aus dem Hintergrund.

»Die können nichts dafür, Herr Weidinger. Der Lautsprecher ist seit heute Morgen kaputt.«

»Warum sagt mir das denn keiner? Als ob wir nicht schon genug Probleme hätten. Beeilung, meine Herren! Essen können Sie nachher. Geht meinetwegen aufs Haus.«

»Äh …«

»Was denn noch?«

Gonzo zeigt einfach nur auf den Tisch mit den anderen Grüngesichtern.

»Ach so, proben wir heute schon mit sechs grünköpfigen Gemüsehändlern? Na umso besser. Los jetzt!«

Gemüsehändler! Natürlich, jetzt weiß ich es! Im *Arturo Ui* gibt es Gemüsehändler. Soweit ich weiß, keine große Rolle, aber auf jeden Fall mit Text. Jetzt haben wir wirklich ein Problem.

Wir trotten im Gänsemarsch hinter Herrn Weidinger und den echten Arturo-Ui-Gemüsehändlern her. Gonzo und Tobi haben natürlich keine Ahnung, dass wir jetzt gleich in eine Kostümprobe von Bushidos Brecht-Inszenierung hineinstolpern. Der Einzige, der noch was geradebiegen kann, bin ich. Ich schleiche mich an einen von den echten Schauspielern heran.

»Pst! Wir sind eigentlich nur die Vertretung. Wie geht noch mal der Text?«

Er sieht mich nur an und verdreht die Augen, was mit der ganzen grünen Schminke extra krass wirkt, weil das Augenweiß so noch viel mehr aus dem Gesicht herausknallt.

Ein paar Sekunden später stehen wir tatsächlich auf der Probebühne. Ich versuche, mich zu beruhigen. Was kann schon passieren? Wir fliegen halt jetzt irgendwie auf, und dann schmeißen sie uns raus. Wird halt ein bisschen peinlich, aber so im Großen und Ganzen betrachtet macht das ja nichts. Schlimmstenfalls kriegen wir Hausverbot. Ich hoffe nur, dass sie sich nicht mein Gesicht merken. Wäre blöd, wenn ich mich später mal hier als Schauspieler bewerben will.

Die Bühnenscheinwerfer blenden, so dass ich die Leute im Auditorium nur mühsam erkennen kann. Ein kleines Grüppchen Damen und Herren mit Papieren, Notizbüchern und Klemmmappen in der Hand. Sie glucken auf den Sitzen zusammen und tuscheln. Plötzlich kommt aus dem Hintergrund irgendwo ein kleiner Junge mit Baggy-Pants und Goldkette angeschossen und baut sich breitbeinig vor der Bühne auf.

»Okay, Jungs, hört mir zu. Euer Text ist geschtrischn. Klar? Isch will während der ganzen Zene keinen von eusch sehn, der sein Maul aufmachen tut, is dis kapiert?«

Hm, Text gestrichen. Das gibt uns immerhin eine faire Chance, hier vielleicht doch noch unerkannt rauszukommen.

»Falls ihrs noch nisch wisst, isch bin Goofyman. Alles, was isch sage, kommt direkt von Bushido, okay?«

Er versucht, sehr gefährlich auszusehen. Man sollte jetzt lieber nicht an seinem Selbstbewusstsein kratzen.

»Okay.«

»Maul halten hab isch gesagt! Also isch sag jetzt eusch, was ihr zu tun habt, macht eure verfickten Lauscher auf. Also, wie gesagt, Text ist geschtrischn. Alles, was ihr machen sollt, ist schwul rumlaufen und schwul in die Gegend schauen. Später kommt dann eine Räppergäng und mischt eusch auf. Is dis kapiert, oder is dis zu schwierisch?«

Wir nicken. Das Grüppchen im Auditorium fasst sich kollektiv an die Stirn und holt Luft. Danach schauen sie alle verzweifelt auf den Boden und schütteln die Köpfe. Die Bewegung ist perfekt synchron. Es wirkt, als hätten sie das in den letzten Tagen immer wieder geprobt.

»Also was jetzt? Kapiert oder zu schwierisch?«

»Kapiert.«

»Maul halten hab isch gesagt! Zum letzten Mal! So und jetzt Ausgangsposition und los. Isch hab nisch viel Zeit.«

Die echten Schauspieler stellen sich am linken Bühnenrand auf. Wir stellen uns einfach neben sie.

»He, du da! Mach den Kaugummi raus!«

»Ist nur Hackbraten. Schluck ich einfach runter, okay?«

»Maul halten! Und jetzt – Äktschn! Ich will sehen, wie ihr schwul rumlauft und schwul in die Gegend schaut.«

Aus den Augenwinkeln sehe ich, wie die echten Schauspieler fragend in Richtung Grüppchen im Auditorium schauen. Das Grüppchen zieht verzweifelt die Schultern hoch und macht danach mit zwei Fingern die »Denkt an das Geld«-Geste. Wieder sind die Bewegungen perfekt synchron.

Wir setzen uns in Bewegung.

»Schwuler! Noch viel schwuler! Ey, habt ihr Scheiße in die Lauscher! Schwuler, hab isch gesagt! Ey, das ist gar nichts! Ey, seid ihr zu schwul zum Schwulsein, oder was? Ey Weidinger, was hast du mir da für schwule Arschgeign besorgt? Die sind zu schwul für den Job! Isch brauch Schwule! Sofort!«

Für einen Moment scheint die Zeit stillzustehen. Dann sehe ich, wie sich eine Gestalt langsam aus dem Grüppchen löst. Sie nähert sich dem keifenden Jungen von hinten, packt ihn am Genick und am Hosenboden und trägt ihn weg. Er zappelt und fuchtelt, kann sich aber nicht aus dem eisernen Griff herauswinden.

»Ey! Lass misch los! Ey, isch mach disch Krankenhaus! Ey, hörst du? Das sag isch Bushido! Das sag isch Bushido!

Ey guck, hier is mein Handy! Isch ruf Bushido an! Ey, isch machs wirklisch ...«

Einer aus dem Auditoriumsgrüppchen beginnt leise Beifall zu klatschen. Die anderen fallen ein. Das wiederum scheinen sie die letzten Tage nicht geprobt zu haben. Der Mann verschwindet mit dem Rapper am Schlafittchen durch eine Tür. Irgendwoher kenne ich ihn. Das Gesicht, die Haare ... oh nein, jetzt weiß ichs. Das war Claus Peymann. Intendant und Geschäftsführer des Berliner Ensembles und nebenberuflich unantastbarer Gott der deutschen Theaterszene. Mir bricht der kalte Schweiß aus. Nicht auszudenken, wenn ich jetzt gerade vor seinen Augen als billiger Theaterkantinenschnorrer enttarnt worden wäre. Meine Schauspielerkarriere wäre im Arsch gewesen, bevor sie überhaupt begonnen hätte.

Ich tippe Tobi und Gonzo an.

»Kommt, wir gehen. Schnell.«

Noch bevor sich die beiden aber aus ihrer Schockstarre gelöst haben, ist Claus Peymann schon wieder zurück. Er wendet sich an uns.

»Meine Herren, die Zusammenarbeit des Berliner Ensembles mit Bushido ist ab sofort beendet. Ich entschuldige mich ausdrücklich für das, was Sie und Ihre Kollegen in den letzten Wochen erleben mussten. Nehmen Sie sich für heute frei. Ab morgen wird weitergeprobt. Die künstlerische Leitung übernehme ich.«

Das Grüppchen im Auditorium verstärkt sein Klatschen noch einmal um das Doppelte, die Schauspieler atmen durch, wir tun es auch, vor allem, um nicht aufzufallen, und machen, dass wir wegkommen.

PILZKERNSTIFTE

»Hey, kein Scheiß, ich glaube, wir haben da gerade einen Moment erlebt, der in die Theatergeschichte eingehen wird.«

»Echt? Wieso?«

»Na, hör mal, Peymann schmeißt Bushido raus.«

»Wer ist Peymann? Ist der berühmt?«

»Ihr seid solche Ignoranten.«

»Du hast übrigens noch grüne Farbe hinter dem Ohr.«

Die Luft in unserer Küche steht still. Wir schwitzen aus allen Poren, teils wegen der Hitze, teils wegen der Aufregung, die immer noch nicht ganz abgeklungen ist. Schräg gegenüber aus Francescos Zimmer hören wir die Bauarbeiten. Ab und zu kommt ein schweißüberströmter Arbeiter über den Flur und schleppt Schutt weg oder Material an.

»Wir sollten einfach schwimmen gehen.«

»Bis wir am See angekommen sind, sind wir längst tot.«

»Lass mal die Küchentür zumachen. Wenn die Bauarbeiter uns hier weiter gemütlich Bier trinken sehen, gehen die uns noch irgendwann an die Gurgel. Ich hätte das an ihrer Stelle schon längst getan.«

»Ich glaube, ich sollte jetzt sowieso zur Abwechslung lieber mal Wasser trinken. Ist ja immerhin erst drei, und ich muss nachher noch mal weg.«

»Tja, da haben wir nur ein Problem.«

»Was? Sind die Eimer etwa schon wieder leer?«

»Und im Kühlschrank?«

»Eine angebrochene Coke Zero von Amelie.«

»Alles klar. Wer ist dran?«

»Gonzo.«

»Ächz. Na gut. Aber ich trag keine vier Eimer wie Reto. Höchstens zwei.«

Er stemmt sich von seinem Sitz hoch und verschwindet grummelnd.

»Ein Glück, dass ich nicht muss. Der Hackbraten war doch bisschen viel.«

»Willst ja nicht hören.«

»Börps. Tschuldigung.«

»Hm, sag mal Tobi, noch mal eine Frage wegen Amelie und so. Also, du hast gesagt, wenn sie einem eine Lasagne macht, ist sie verliebt, oder?«

»Ja. Halte ich für eine wissenschaftlich gesicherte Erkenntnis.«

»Und was ist, wenn, also nur mal angenommen, sie dich zum Duschen einlädt?«

»Zum Duschen?«

Tobi zieht eine Augebrauen hoch.

»Ja, also nur mal angenommen, wie gesagt, nicht wahr …«

»Also das heißt, dass sie findet, du müffelst.«

»Ah. Danke …«

Gonzo kommt zurück.

»Es gibt kein Wasser. Der Kerl ist nicht da.«

»Kann nicht sein. Der ist doch immer da.«

»Macht aber keiner auf.«

»Musst schon richtig auf die Klingel drücken. Der hat noch den alten DDR-Drücker.«

»Kannst ja gerne noch mal selber probieren.«

»Börps. Na gut, aber dann gehen wir am besten doch gleich alle. Dann haben wir sechs Eimer auf einen Schlag.«

»Also, ich fress nen Besen, wenn der doch da ist.«

Noch während wir uns die drei Treppen hochschleppen, bekomme ich schon wieder so viel Durst wie vor dem letzten Bier. Hoffentlich hat Tobi recht.

Wir legen das Ohr an die Tür, während er klingelt.

Nöööööööööööt.

»Genau so hat es vorhin bei mir auch getönt. Ich sag doch, der ist nicht da.«

»Warum hat er eigentlich ein so ein schönes Nööööt und wir ein NÄÄÄT?«

»Weil Wohlgemuth uns am meisten hasst.«

»Pst, ich glaub, ich hör was.«

…

»Hm, doch nichts. Hab ich mich wohl getäuscht.«

»Also, er ist nicht da.«

»Dreck.«

»Um was hatten wir noch mal gewettet?«

»Also wenn Tobi nicht so störrisch wär, könnte er wie gesagt einfach das Schloss im Keller …«

»Blablabla, ich – mach – es – nicht – Krach.«

Gonzo ist schon wieder halb die Treppe runter, aber Tobis Blick ist irgendwie am Türschloss der Opa-Wohnung hängengeblieben.

»Was ist Tobi, kommst du?«

Er hört nichts mehr. Seine Blicke röntgen das Schloss. Er geht mit dem Gesicht so nah heran, dass seine Nase an der Tür platt gedrückt wird. Ab und zu gibt er ein paar anerkennende Laute von sich. Die Welt drum herum ist für ihn verschwunden.

»Junge, Junge, das nenne ich mal ein Schlösschen.«

»Aha.«

»Also das muss man dem Kerl lassen, von Sicherheit versteht er was.«

»Sehr interessant, können wir jetzt …«

Ohne sein Gesicht vom Schloss abzuwenden, streckt mir Tobi auf einmal seine Hand entgegen, wie ein Installateursmeister, der die Rohrzange von seinem Lehrling haben will.

»Ah, verstehe, *das* Schloss ist also keine alte Oma …«

Er sagt nichts, sondern wedelt nur hektisch mit den Fingern auf und ab, wie ein Installateursmeister, dessen Geduld man nicht länger strapazieren sollte. Ich hole das Pick-Set aus meiner Hosentasche und gebe es ihm. Er steckt es ohne Zögern ins Schloss und drückt, zieht, dreht und ruckelt. Gonzo ist inzwischen zurückgekommen. Ich bedeute ihm, still zu sein. Nicht, dass Tobi es sich noch im letzten Moment anders überlegt.

»Ha, von wegen alte Oma. Das wird ein Jahrhundertkampf. Stell dir ungefähr Bruce Lee gegen Chuck Norris in *Die Todeskralle schlägt wieder zu* vor.«

Gonzo und ich setzen uns auf die Eimer und warten. Tobi ruckelt weiter. Nach ein paar Minuten läuft ihm der Schweiß übers Gesicht.

»Ha, du glaubst, du kannst mich austricksen. Dann pass mal auf …«

Leider sehen wir nicht so richtig viel vom Jahrhundertkampf, aber anhand der Geräusche, die aus dem Schloss rauskommen, können wir uns lebhaft vorstellen, wie tapfer sich Tobis Metallhaken gegen die im Schließzylinder verborgenen Kampfmaschinen zur Wehr setzen.

Eine Weile später zieht Tobi seine Werkzeuge aus dem Loch. Sie sehen etwas verbogen aus. Er schnauft und wischt sich den Schweiß von der Stirn.

»Und? Nichts zu machen?«

Tobi fixiert weiter das Schloss.

»Hol mir Arne ans Handy.«

241

Seine Stimme ist ausdruckslos, geradezu unheimlich.

Ich rufe Arne an. Tobi hat inzwischen schon wieder angefangen zu ruckeln.

»Hallo Arne, Tobi muss ganz dringend mit dir sprechen.«

Ich halte Tobi das Handy ans Ohr. Er legt sofort los.

»Bohrmuldenschließzylinder, 25 Stiftsäulen, Pilzkernstifte mit Fangnut und doppelte Kernziehsperre.«

…

»Ja, hab ich schon gemacht, aber die Verblattung schießt mir dauernd in die Schächte.«

…

»Versuch ich mal … Nein, geht nicht. Keine Stiftbindung.«

…

»Ja, gut … da ist aber nirgendwo eine Führungsnut zu finden … ah, jetzt, wart mal …«

Mir schläft langsam der Arm ein, aber ich wage es nicht, Tobi zu stören. Er lässt nicht locker, obwohl er inzwischen völlig in Schweiß gebadet ist.

»Moment, jetzt hab ichs, das ist ein Doppelstift … ja, mach ich … ha, der ist schon mal raus aus dem Spiel … Nein, dreht sich immer noch nicht.«

Von meinem Arm ist nichts mehr zu spüren. Ich winke Gonzo heran, damit er das Handyhalten übernimmt. Wir wechseln uns jetzt im Drei-Minuten-Rhythmus ab. Aber Chuck Norris ist zäh. Erst nach dem fünften Handyhalterwechsel scheint der Kampf in die Endphase zu gehen.

»So, ich versuchs jetzt noch mal mit weniger Drehmoment … Dreck, abgerutscht … Noch mal … Diese abgeschrägten Schlosskernlöcher machen mich wahnsinnig … Ja, ich weiß … Ha, es dreht sich! … Ja, danke, tschüss!«

Er hat es geschafft. Wir hören, wie sich die Riegel bewegen. Einen Augenblick später steht die Tür zur Schweigeopa-Wohnung offen. Tobi beguckt sich sein Werk. Am Schloss ist von außen nicht der kleinste Kratzer zu sehen. Er würde jetzt wohl gerne eine Triumph-Zigarre rauchen.

»Ha, wisst ihr was? Arne hat gesagt, dass es in ganz Berlin nur zehn Leute gibt, die so ein Schloss zerstörungsfrei aufkriegen. Dunkelziffer mitgerechnet.«

»Wirklich großartig Tobi. Du bist ein Champ.«

»He! Ihr wollt doch jetzt nicht etwa da reingehen?«

»Na, was denn sonst?«

»Komm, Tobi, nur kurz Wasser holen. Keiner wird was merken.«

»Das geht nicht … HE!«

Gonzo ist schon drin.

»Schau, Tobi, wir machen es einfach so, wir gehen geradewegs zum nächsten Wasserhahn und gucken nicht nach links und rechts. Alles, was in der Wohnung ist, geht uns überhaupt nichts an, und wenn wir doch was sehen, vergessen wir es sofort wieder. Wir brauchen nur W …«

»Wahnsinn, das müsst ihr euch ansehen!«

Giftspinnensammlung? Sado-Maso-Raum? Goldbarren? Ich lasse Tobis Arm los und stürze in die Wohnung.

Erster Eindruck: Es riecht fast so schlimm nach DDR wie in der Koksergalerie.

Zweiter Eindruck: Im Wohnzimmer steht die Original-Stasi-Szenenausstattung aus *Das Leben der Anderen*.

»Schau dir das an, Krach.«

»Muss ein total durchgeknallter Filmfreak sein.«

»Stimmt, wer sonst würde sich die Stasi-Abhöranlage aus *Das Leben der Anderen* ins Wohnzimmer stellen?«

»Schau mal, alles original, der prähistorische Kopfhörer, die riesigen Tonbandspulen, die sich fortwährend drehen, die Erika-Schreibmaschine … da ist sogar noch der Bogen

Papier eingespannt, auf den Ulrich Mühe im Film getippt hat.«

»… 12:54 Uhr. Fünf Personen betreten Wohnung. Stellen sich vor als Firma Brombach. Beginnen Reparaturarbeiten an Zimmer 5. Lüdenscheid, Gonzalez-Viehbauer sowie Krachowitzer weiter in Küche. Lüdenscheid erstes Bier, Gonzalez-Viehbauer sowie Krachowitzer zweites Bier. Beschließen gemeinsames Mittagessen in Kantine Berliner Ensemble unter betrügerischer Erschleichung von Mitarbeiterrabatt durch grün geschminkte Gesichter …«

»Der …«

»Der …«

»Der …«

…

»Der hört uns ab!«

»Wie krass ist das?«

»Der hat die Wende einfach ignoriert und ist stur auf seinem Stasi-Horchposten geblieben!«

»Hat ihm wohl so viel Spaß gemacht, dass er einfach nicht aufhören konnte.«

»Was für ein Freak!«

»Aber wie lange macht der das schon? Der muss ja eigentlich mindestens schon seit …«

»Nein, das darf nicht wahr sein …«

Wir drehen unsere Köpfe. Eine ganze Wand des Zimmers ist von einem gigantischen Aktenregal verdeckt. Die penibel mit Schreibmaschine beschrifteten Ordnerrücken zeigen Jahreszahlen. Sie reichen bis weit in die Achtzigerjahre.

»He, kommt ihr jetzt endlich da raus? Ihr habt gesagt, ihr wollt nur Wasser holen.«

Wir ignorieren Tobi. Gonzo setzt sich den Kopfhörer auf, und ich blättere willkürlich in dem Abhörprotokollordner neben der Schreibmaschine.

»He, Krach, der eine Bauarbeiter in Francescos Zimmer hat gerade gesagt, dass er bestimmt einem von uns an die Gurgel gegangen wäre, wenn wir noch weiter so gemütlich vor seinen Augen Biere gezischt hätten, während er arbeiten muss … Und bei dir? Steht da was Interessantes?«

»Hm, nichts, was wir nicht auch so schon wüssten.«

… Krachowitzer, Lüdenscheid sowie Zimmerli versuchen, Gonzalez-Viehbauer Bier einzuflößen. Zweck: Therapie der durch Musik des BRD-Senders RS2 erlittenen psychischen Schäden. Gonzalez-Viehbauer spuckt Bier aus, da nicht gewohnte Sorte (Pinklbräu Easy, Herkunft: Plattling, BRD). Hesselohe verlässt mit Gonzalez-Viehbauer Küche. Betreten gemeinsam Zimmer 2. Krachowitzer übernimmt Überwachung von Hund Lambert. Werbeagenturmitarbeiter Hilpert und Brandmeier verlassen bald darauf Wohnung. Lüdenscheid, Zimmerli, Krachowitzer sowie Hund Lambert sehen Film Brazil (Produktion: Großbritannien). Zimmer 2: Hesselohe Versuch Therapie von Gonzalez-Viehbauer. Krachowitzer unternimmt Versuch, Hesselohe und Gonzalez-Viehbauer zu überreden, ebenfalls Film Brazil zu sehen. Hesselohe lehnt ab, Gonzalez-Viehbauer nicht entscheidungsfähig. Krachowitzer zurück in Küche. Hesselohe schließlich erfolgreich bei Therapieversuch an Gonzalez-Viehbauer. Danach Geschlechtsverkehr. Danach Hesselohe zurück in Küche …

SMOOTHIES

Ich kann mich nicht erinnern, wie ich aus der Wohnung herausgekommen bin, aber ich bin wohl weder gekrochen noch geschwebt, noch habe ich sonst irgendwas Seltsames gemacht. Hätte mir Gonzo sonst bestimmt erzählt.

Danach Geschlechtsverkehr.

Wie einem 23 Buchstaben aus einer DDR-Schreibmaschine einen solchen Stich in den Magen verpassen können. Ich komme nur sehr langsam wieder im Diesseits an. Wir sitzen vor dem Haus auf der notdürftig reparierten Bank vor der Koksergalerie, und die Sonne brezelt. Ich höre Gonzo und Tobi diskutieren. Gonzo will noch mal beim Stasi-Opa einbrechen, alles zu Kleinholz machen, dann auf ihn warten und ihn gefangen halten, bis er alle Abhörprotokolle und Tonbänder der vergangenen vier Jahre aufgegessen hat. Tobi ist anderer Meinung.

»Du musst das Prinzip von Spionage und Gegenspionage verstehen lernen. Wenn du das draufhast, kannst du den Stasi-Opa mit seinen eigenen Mitteln schlagen, Gonzo.«

»Hä?«

»Bei professioneller Spionage geht es um mehr als nur um das Erlangen von Informationen. Es geht auch um das Geheimhalten von erlangten Informationen und das gezielte Verbreiten von falschen Informationen.«

»Aha.«

»Also, ganz einfach: Bis jetzt war der Stasi-Opa im Vorteil, weil er uns abgehört hat und wir nicht wussten, dass er uns abhört. Okay? Und jetzt wissen wir, dass er uns abhört.«

»Na und?«

»Denk doch mal nach: Er weiß nicht, dass wir wissen, dass er uns abhört. Jetzt sind wir im Vorteil.«

»Ah, ich glaube, ich verstehe. Wir haben mehr Nutzen davon, wenn er nicht weiß, dass wir wissen, dass er uns abhört, als wenn er weiß, dass wir wissen, dass er uns abhört.«

»Genau. Doof wäre jetzt natürlich, wenn er aus irgendeinem Grund doch weiß, dass wir wissen, dass er uns abhört, ohne dass wir davon wissen. Das hieße nämlich, dass wir nicht wüssten, dass er weiß, dass wir wissen, dass er uns abhört, aber du sagst ja, ihr habt wieder alles genau so hingelegt, wie ihr es vorgefunden habt …«

»Na ja, ganz sicher kann man da nie sein. Vielleicht hat er da ein paar geheime Erkennungszeichen.«

»Stimmt. Profis kleben doch immer ein Haar über ihren Türspalt. Wenn das zerrissen ist, wissen sie, dass jemand heimlich in ihrer Wohnung war.«

»Mist, da hätten wir mal nachsehen sollen.«

»Tja, zu spät. Dann machen wir es eben anders. Wir gehen davon aus, dass er weiß, dass wir wissen, dass er uns abhört.«

»Genial. Das heißt dann, er weiß nicht, dass wir wissen, dass er weiß, dass wir wissen, dass er uns abhört. Also sind wir wieder im Vorteil.«

»Genau.«

»Und was bringt uns das genau?«

»Hm. Das muss ich mir noch mal durch den Kopf gehen lassen.«

»Ich muss los.«

»Sonderschicht im Museum?«

»Äh ja, richtig.«

*

Dass ich zu Amelie duschen gehe, wollte ich keinem auf die Nase binden. Vor allem nicht Danach-Geschlechtsverkehr-Gonzo.

Was soll ich jetzt machen? Amelie weiß nicht, dass ich weiß, dass sie mit Gonzo geschlafen hat. Aber ich würde wiederum gerne wissen, wie hoffnungslos die Lage wirklich für mich ist. Was heißt, ich würde gerne wissen? Ich brenne darauf, ich *muss* es wissen.

Mist, ich bin schon fast da und habe immer noch keinen Plan. Was sage ich nur? Ich stehe schon vor dem Klingelbrett. Apartment 411. Jetzt macht es Brrrrring bei ihr … Türsummer, Tür auf … Nein, natürlich kann ich sie nicht direkt darauf ansprechen … Aufzug, Vierter Stock … Sie kriegt doch eine Krise, wenn sie erfährt, dass große Teile ihres Intimlebens in sauber beschrifteten Aktenordnern bei uns im dritten Stock lagern. Den gesamten Niedergang ihrer Beziehung zu Tobi könnte man da vermutlich nachlesen … Oder vielleicht spielt der Stasi-Opa auch nur mit uns. Vielleicht hat er das Schloss nur als Köder eingebaut? Weil er wusste, dass Tobi es nicht lassen können würde? Und das *Danach Geschlechtsverkehr* hat er nur hingeschrieben, damit ich es lese. Systematische psychische Verunsicherung von Systemgegnern. Das haben die doch in der DDR dauernd gemacht …

»Jauuuuuuuul!«

»Hallo, Krach.«

Wenn sie wüsste, was der, den sie da umarmt, weiß …

»Hallo Amelie, hallo Lambert. Also echt nett von dir, dass ich hier duschen …«

»Na klar. Leg doch am besten gleich los. Ich mach uns was zu trinken.«

Schon gut, ich müffel, ich weiß.

Ich quetsche mich durch die gerade mal schulterbreite Nasszellentür. Kann man nur hoffen, dass hier nicht eines Tages ein etwas beleibterer Student drin steckenbleibt und verhungert. Ist aber nicht mein Problem. Der mit dem Lichtschalter gekoppelte Lüfter fängt an, laut zu rauschen. Trotzdem ist Amelies Nasszelle insgesamt schon irgendwie ein Wohlfühlort, wenn man erst mal drin ist. Trotz den Tierbildern an der Wand. Kommt wahrscheinlich von der Vorstellung, dass sie hier jeden Tag drin herumschwebt.

Während ich aus den verschwitzten Sachen raussteige, grüble ich weiter über meine Situation nach. Dass der Stasi-Opa uns mit Absicht in seine Abhörstation gelockt hat, ist wohl doch zu weit hergeholt. Tobis Spionage-Gegenspionage-Theorie geht mir jetzt wieder durch den Kopf. Echte Informationen geheim halten und falsche Informationen verbreiten. Aber das hilft mir auch nicht weiter. Diese Logik hat man für den Umgang mit Feinden entwickelt. Amelie ist nicht mein Feind. Ich will keine Informationsvorteile. Ich will einfach, dass sie nicht mit Gonzo zusammen ist. Punkt.

Und ich sollte jetzt wirklich mal runterkommen und die Dusche genießen. Fließendes Wasser. Und das auch noch warm. Nein, wir müssen wirklich zusehen, dass wir eine neue Wohnung finden. Vielleicht irgendwo im nordwestlichen Prenzlauer Berg? Da ist es doch auch ganz nett, und da gibt es bestimmt noch unsanierte Häuser mit halbwegs günstigen Mieten. Oder Kreuzberg? Aber da wohnen ja bestimmt auch schon Brad Pitt und Angelina Jolie. Wir sollten einfach alle in die Gehaltsklasse von Francesco aufsteigen. Das würde die Situation entspannen …

Gonzo. Den hatte ich wirklich überhaupt nicht auf der Rechnung. Ich hatte immer Angst, dass Amelie eines Tages mit einem verwegenen Greenpeace-Aktivisten, einem tiefseeerprobten Walfilmer oder einem attraktiven Tiermedizin-Prof mit eigenem Hundesanatorium an der Hand auftauchen würde. Aber Gonzo? Eine zornige Stimme in mir brüllt am laufenden Band den Lieblingssatz aller Liebes-Loser: »Was hat der, was ich nicht habe?«

»Ich mach uns Smoothies. Magst du lieber Apfel-Kirsch-Banane oder Himbeer-Zitrone-Banane?«

Amelies Stimme klingt wie eine kleine Glocke, selbst wenn sie durch Türen und über Lüfter- und Duschgeräusche hinwegbrüllt. Julia wäre jetzt bestimmt wieder einfach reingekommen. Hat schon was, ihre Art. Aber was rede ich. Wir sind zerstritten. Und ich kämpfe jetzt um Amelie.

»Apfel-Kirsch-Banane ist super.«

»Okay.«

Verflixt, ich spiele hier den Entspannten und habe immer noch keinen Plan.

Eigentlich bin ich schon von Kopf bis Fuß sauber, aber um Zeit zu gewinnen, sprenkel ich noch mal eine Runde über alles drüber. Was sag ich ihr bloß? Vielleicht hat sich der Stasi-Opa einfach nur verhört? Vielleicht hat Gonzo nur irgendeinen 80er-Song angesungen, der wie Geschlechtsverkehr klingt? *She Bop* vielleicht?

Während ich mich trockenrubble, höre ich entfernt, wie der Mixer in der Stockwerksküche Äpfel, Kirschen und Bananen massakriert. Was zarte Hände alles anrichten können.

Nein, ich werde dichthalten. Es gibt nichts, was ich Amelie in dieser Angelegenheit sagen oder fragen kann. Alles viel zu extraordinär, kompliziert und unsicher. Ich muss mich an Gonzo halten.

So. Rein in das frische T-Shirt und Guntram Liebigs 119,90 Euro-Jeans. Schon wunderbar, so eine Dusche nach drei Tagen ohne fließendes Wasser. Für einen kurzen Moment fühle ich mich frisch wie Morgentau. Aber das ist nur ein Gefühl auf der Haut. Innerlich bin ich weiter ein Vulkan im Kampf mit einer Schlammlawine.

Trotzdem, ich kann und werde nichts sagen.

Ich stecke die alten Sachen in meine Tasche, gebe mir einen Ruck und mache die Nasszellentür auf. Amelie ist immer noch in der Stockwerksküche und verpasst den Apfel-Kirsch-Banane-Smoothies den letzten Feinschliff. Ich setze mich auf ihr fein säuberlich gemachtes Schrankbett. Für Sofas, Tischlein oder Kuschelecken ist hier kein Platz. Ob sie vielleicht deswegen so oft bei uns ist? Ihr gesamtes Studentenwohnheim-Apartment würde locker dreimal in Gonzos Zimmer passen … Und mein Zimmer ist sogar noch größer. Nein, ich kann sie nicht drauf ansprechen. Schluss, aus.

Die Tür geht auf.

»Jauuuuuuul!«

»Sooo, bitte schön, zweimal Apfel-Kirsch-Banane.«

»Danke.«

»Hey, wirklich schick, die neue Hose. Könntest du noch kürzen lassen, aber sieht so umgekrempelt eigentlich auch ganz gut aus.«

Zum zweiten Mal in dieser Woche fängt mein Mund an zu reden, ohne dass ich es ihm befohlen habe. Einmal mehr höre ich ihm zu und kann nicht glauben, was ich da sage.

»Amelie, ehrlich, sag mal, du hast was mit Gonzo, oder? Also frag mich jetzt nicht, woher ich das weiß, er hats mir nicht gesagt, wirklich nicht, also, das ist alles sehr kompliziert, das war mehr so ein Zufall, dass ich das jetzt weiß, aber, puh, ich, tut mir so leid, ich bin so durcheinander, ich fasse es nicht, ich meine, er und Tobi sind meine besten

Freunde, wirklich, aber ich hätte nie gedacht, dass du und Gonzo, also versteh mich jetzt nicht falsch, er ist wirklich ein feiner Kerl, hat einen tollen Geschmack bis auf seinen Kinnbart und spielt super Gitarre, aber dass du und Gonzo, ich meine, mich gehts ja eigentlich nichts an, und warum misch ich mich da eigentlich ein, gell, aber du … ich … Gonzo … wrgl …«

Amelie hat sich in Zeitlupe auf ihren Schreibtischstuhl gesetzt. Ihr Gesicht ist keines mehr von denen, die ich kenne. Ich kenne ihr Lächeln, ihren sorgenvollen Blick, wenn sie Probleme sieht, die kleine Falte auf der Stirn, wenn sie sich ärgert, die Lachfältchen in ihren Augenwinkeln, wenn sie sich freut, und natürlich die entspannte Miene mit den großen, alles verstehenden Augen, die ich mir jederzeit sofort als Fototapete an die Wand kleben würde, obwohl ich, wie gesagt, eigentlich schon zu alt für Poster bin. Zum ersten Mal sehe ich sie verletzlich und unsicher. Sie sieht mich an. Ihr Gazellenkörper ist ein wenig in sich zusammengesunken, und den Smoothie in ihrer Hand scheint sie vergessen zu haben.

Mein Mund spricht einfach weiter.

»Also was ich eigentlich sagen will, ich kann nicht verstehen, warum Gonzo, oder nein, andersherum, warum du ausgerechnet mit einem, oder nein, noch anders, mir ist schon klar, also ihm gings wirklich schlecht, keine Frage, und ich find es ja auch großartig, dass du dich um ihn gekümmert hast, aber wieso kommt dann so was, also so was, du weißt schon, das ist doch irgendwie alles sehr plötzlich und überstürzt, also das war doch eine Extremsituation, verstehst du, der war wirklich völlig runter, klar, aber das ist jetzt eigentlich gar nicht das, worauf ich hinauswill …«

Wie sie schaut. Ich sollte sie jetzt umarmen, aber mein Körper gehorcht mir nicht. Mein Mund quasselt ohne Befehl, meine Arme haben hingegen einen Befehl, aber verweigern ihn, ich muss da wirklich mal hart durchgreifen …

»Also was ich sagen will, mit anderen Worten …«

»Du findest, ich habe ein Helfersyndrom.«

Natürlich, das liegt auf der Hand.

»Nein, nein, wo denkst du hin.«

»Und du glaubst, noch viel schlimmer, dass ich mich davon verleiten lasse, mich zu verlieben?«

»Also, das hast jetzt du gesagt …«

Sie schaut für einen Moment die Wand an. Ich überlege kurz, ob ich mich mitsamt dem Schrankbett in den Bettschrank einklappen soll. Wäre zumindest eine sehr elegante Art, meinen Mund und mich schnell und unkompliziert aus dem Spiel zu nehmen.

»Das Schlimme ist, vielleicht hast du ja recht, Krach.«

Wow, damit hätte ich jetzt zu allerletzt gerechnet. Ich dachte eher, dass ich zum ersten Mann der Menschheitsgeschichte werde, dem die sanfte Amelie einen Smoothie an den Kopf wirft.

Sie sieht mich wieder an.

»Weißt du, ich habe überhaupt nicht damit gerechnet, Krach. Ich wollte nur, dass es ihm bessergeht. Und dann lag er da, sah mich an und sang die ganze Zeit *I want to know what love is.* Das hat, ich weiß, das klingt völlig verrückt, irgendwas mit mir gemacht, verstehst du?«

Ich nicke und spüre einen dicken Kloß im Hals. Tut weh, aber wenigstens hindert mich das, schon wieder unkontrolliert zu reden.

Sie schaut wieder die Wand an.

»Ach, ich versteh es ja nicht mal selber. Ich war tatsächlich von einem Moment auf den anderen richtig verliebt in ihn, und irgendwie kam dann eins zum anderen …«

»Sozusagen peng?«

253

»Also Krach, das ist alles schon immer ein bisschen kom- plizierter, als man denkt, vor allem die Gefühle. Muss man auch mal im Großen und Ganzen sehen … Und ich fands ja auch nicht schön, das so zu verheimlichen, aber das ist alles gerade noch in der Schwebe, da wollte ich jetzt nicht un- nötig Verwirrung stiften, bevor sich die Zustände stabilisiert haben.«

Für einen kurzen Moment war sie offen, die Tür. Für einen ganz kurzen Moment. Amelies Gefühle. Ein großes Schloss mit tiefem Keller. Aber ich bin gerade mal in die Vorhalle gekommen. Und es war nicht so, dass mich ein Butler wieder rausgeschmissen hätte. Ich glaube, ich wollte selbst wieder gehen.

»Ich verstehe.«

Amelie schaut eine Weile auf den Boden und kaut an ihrem Daumen. Die Zugbrücke ist noch unten, aber der Weg über sie führt steil bergauf. Nein, ich will nicht.

»Du weißt ja, Gonzo hat ein schweres Problem, Krach. Er kann sich nicht richtig ärgern. Und ich glaube, das liegt daran, dass er tief in seinem Innersten einfach jemanden braucht.«

Ich auch, ja, Amelie, ich ja auch. Aber kann ich was dafür, dass ich nicht so tolle Wutanfälle hinkriege und kein RS2- Folteropfer bin? Das ist einfach ungerecht, verstehst du?

»Bist du mir böse?«

»Nein, wo denkst du hin.«

»Wirklich nicht?«

»Also, höchstens ein bisschen … aber das legt sich be- stimmt bald wieder.«

Und ich Idiot zwinkere ihr dabei auch noch schelmisch zu.

Sie stellt ihren Smoothie auf den Schreibtisch und um- armt mich. Irgendwie bin ich mir nicht sicher, ob sie es tut, um ihr Gesicht vor mir zu verstecken.

HOROWITZ

Es ist inzwischen schwül geworden. Das lang angekündigte Sommergewitter liegt in der Luft. Umso mehr hätte ich mir gewünscht, dass heute Abend zur Abwechslung einfach mal alles ganz normal ist, wenn ich nach Hause komme. Aber es ist natürlich wieder nicht so. Ich schnappe mir Tobi, der gerade mit einem Schraubenzieher über den Flur turnt.

»Warum habt ihr alle L …? Mmpf!«

Der Spinner hält mir so fest den Mund zu, dass ich kaum noch Luft kriege, zerrt mich in die Küche, starrt mich an und legt den Zeigefinger vor die Lippen. Dann schreibt er statt zu reden auf ein Papier.

Vorsicht! Stasi hört mit!

Haben Lichtschalter abgeschraubt. Gucken, ob Abhörmikros drin sind. Wie bei »Das Leben der Anderen«.

Ich verdrehe die Augen und schreibe zurück.

Und?

Nix. Müssen woanders sein.

Und jetzt?

Versuchen, Lichtschalter wieder anzuschrauben. Nicht einfach. Blödes DDR-Klump. Sicher voller Schadstoffe. Neuer Code: Wenn du was zum Thema ,Stasi-Opa und Abhören, sagen willst, sprich von Bügeleisen.

Okay

Ich nehme mir ein Bier und sehe zu, wie Tobi und Gonzo sich abmühen, die ausgeblichenen, morschen Plastikteile wieder so anzuschrauben, dass man hier wie vorher das Licht anknipsen kann. Immer wieder passt irgendwas nicht oder bricht einfach ab. Wäre gut, wenn Hendrik jetzt hier wäre. Oder wenigstens Reto.

Ich schlurfe in mein Zimmer. Da wartet die nächste Überraschung. Einer der Brombach-Bauarbeiter hat das Riesenloch in meiner Wand zugemauert. Es ist zwar noch nicht verputzt, aber selbst wenn das für alle Zeiten so roh bleiben würde, wäre es toll. Endlich keine Überraschungsbesuche von Elvin und Adrian mehr. Francesco hätte ruhig schon früher mal juristischen Druck auf Wohlgemuth machen sollen.

Draußen höre ich eine Bauarbeiterstimme mit Tobi und Gonzo reden.

»So, Decke ist auch fertig. Wenn der Putz getrocknet ist, kommt dann noch der Maler vorbei. Wasser geht auch wieder. Schaun Sie selber. Kalt, warm, alles da. Dann bitte noch hier unterschreiben.«

»Wow, danke. Wollen Sie vielleicht ein Bier? Also ich finde, das haben Sie sich echt verd …«

»Keine Zeit. Wir haben noch einen anderen Job zwei Straßen weiter. Auch mit Prämie, wenn wirs heute noch schaffen.«

Die Arbeiter fegen die letzten Schmutzreste weg, packen zusammen und verlassen die Wohnung fast im Laufschritt.

»Puh, ganz schön eifrig, die Jungs.«

»Muss ein großartiges Lebensgefühl sein, wenn man so richtig sinnvolle Arbeit macht und voll darin aufgehen kann.«

»Ein Glück, dass die schon zur Tür raus sind. Für den Spruch wären sie dir am Ende noch wirklich an die Gurgel gegangen.«

»Und hat der da gerade eben tatsächlich was von *Wasser geht wieder* gesagt?«

»Ja. Wirklich.«

»Wollen wir Hölzchen ziehen?«

»Okay.«

Gonzo verschwindet kurz in der Küche und kommt mit drei Streichhölzern wieder, die mit den Enden aus seiner Hand ragen. Wir ziehen.

»Gut, Krach darf als Erster.«

»Dein Glückstag heute.«

»Hm, na gut.«

»Darf als Erster duschen und macht nicht mal einen Luftsprung.«

»Verwöhnte Jugend. Komm, Gonzo, wir müssen noch ein paar äh … Bügeleisen zusammenlöten.«

Die beiden wenden sich wieder ihren Lichtschaltern zu. Ich trotte ins Bad. Vielleicht hätte gar nichts dagegen gesprochen, wenn ich denen gesagt hätte, dass ich schon bei Amelie geduscht habe, aber ich will vorsichtshalber alles vermeiden, was die Dinge noch komplizierter machen könnte.

Während zum zweiten Mal für heute wunderbar warmes Wasser an mir herunterperlt, versuche ich, mich zu entspannen. Ist mir aber auch schon mal besser gelungen.

Als ich den Duschvorhang beiseiteziehe, steht Tobi schon nackt und sprungbereit im Raum.

»Ein Glück, dass ich wenigstens das mittellange Hölzchen gezogen habe. Gonzo ist echt ein Pechvogel.«

»Das … kann man so und so sehen.«

Tobi hört mich schon nicht mehr, weil er in einem gigantischen Wasserschwall untergetaucht ist.

»Aaaaaaaah! Ooooooooooh! Jaaaaaaaaaaah! Wir brauchen dringend noch einen Brausekopf mit höherem Wasserdurchsatz.«

Ich trockne mich ab und sehe durch die Tür, wie Gonzo

liebevoll den letzten kaputten Lichtschalter mit Gaffer-Tape verklebt, damit niemand in die Drähte langt. Ja, irgendwie wirkt er ruhiger und glücklicher. Aber ist Amelie wirklich in ihn verliebt?

»Hey, schick die neue Hose, Krach. Könntest du noch kürzen lassen, aber sieht so umgekrempelt eigentlich auch ganz gut aus.«

»Das hat Amelie auch gesagt.«

»Ach, hast du sie heute schon gesehen?«

»Äh ja, vorhin, zufällig, kurz …«

Ja, er ist verliebt. Ich sollte das jetzt einfach mal verarbeiten und dann in Ruhe weitersehen.

Leicht gesagt.

»Holt schnell Elvin und Adrian. Ich bin der Hauptdarsteller für den Frische-Deo-Spot.«

Tobi tänzelt mit einem Handtuch um die Hüften in der Badezimmertür herum.

»Das sollten die beiden wirklich sehen. Vielleicht kommen sie dann nie wieder.«

»Lieber nicht. Das könnte auch nach hinten losgehen. Und ich will in keiner Welt leben, in der Tobi in Frische-Deo-Spots auftritt …«

Gonzo verschwindet im Bad. Noch hat Amelie keine Lasagne für ihn gemacht. Noch ist irgendwie alles offen.

Tobi und ich sehen uns Francescos repariertes Zimmer an.

»Tja, wer hätte das gedacht.«

»Tatsächlich wieder alles so wie vorher.«

»Noch bisschen sauberer sogar, oder?«

»Oh, ich glaube die Brombach-Jungs haben ihre Kettensäge vergessen.«

»Das kommt davon, dass sie immer so rumhetzen.«

»Heh, leg sie wieder hin.«

»Kann nichts passieren. Ist doch ausgesteckt.«

»Halt sie mir wenigstens nicht vor den Bauch.«

»Also, Zimmer wieder heil, deine Wand auch wieder heil, Wasser wieder da, und Reto hat eine äh … sehr interessante Damenbekanntschaft. Man soll ja den Tag nicht vor dem Abend loben, aber irgendwie läufts gerade ganz gut, was, Krach?«

»Na ja, abgesehen davon, dass wir uns so schnell nicht mehr im Berliner Ensemble blicken lassen können und dass wir von einem äh … Bügeleisen gebügelt werden.«

Und dass Amelie mit Gonzo geschlafen hat. Verflixt, ich komm nicht drüber weg.

»Ach, wegen der Bügeleisen-Affäre hatte ich vorhin noch eine Idee. Gleich kommt Arne vorbei, und dann werden wir beide das mal ausbügeln.«

»Gehts wieder um das Prinzip von Bügeln und Gegenbügeln?«

»Nein, viel besser. Psychologische Bügeleisenführung. Lass dich überraschen.«

»UAAAAAAAAAAAAAAAAAAAAARGH!«

»War das Gonzo?«

»Die Hanseln haben bestimmt die Dusche unter Strom gesetzt …«

Gonzo kommt nackt in den Flur gestürzt und versucht, sich in ein großes Handtuch einzuwickeln. Er zittert.

»Ka … kaka … ka …«

»Ruhig, Gonzo. Komm, setz dich erst mal.«

»Kaka … kaaaaalt!«

»Kalt?«

»Kakalt! Mit einem Schlag kakakam da nur noch eiska-kakakaltes Wasser raus!«

NÄÄÄÄÄÄÄÄÄÄÄÄÄÄÄÄÄÄÄÄÄÄÄÄT!

Ich seufze und mache auf. Herr Wohlgemuth schon wieder. Aber so wahnsinnig hat er noch nie dreingeblickt. Der rollt ja schon mit den Augen …

»So meine Herren, jetzt ist endgültig Schluss. Ich muss sagen, Sie haben mich jetzt nicht nur als Mieter enttäuscht, sondern auch als Menschen. Ich habe Ihnen meine Hand ganz weit entgegengestreckt. Ich habe das Zimmer von Herrn Krawanke in kürzester Zeit wiederherstellen lassen, und das Zimmer von Herrn Krachowitzer hat ebenfalls wieder eine intakte Wand, und Sie konnten sich auch noch über fließendes warmes und kaltes Wasser freuen. Und was ist der Dank? Schon wieder bekomme ich es mit Ihren primitiven Schlägern zu tun, die nicht mal deutsch sprechen. Sie kriegen in den nächsten Tagen Ihre Räumungsklage. Wollt ich Ihnen nur sagen. Und auf warmes Wasser müssen Sie bis auf weiteres wieder verzichten. Hat bauliche Gründe, hähä!«

Moment mal. Jetzt fällt mir was ein …

»Und wenn noch ein Russe in mein Gesichtsfeld tritt, werden sich die baulichen Gründe auch auf das kalte Wasser äh … ausbreiten. Hähähäharhar!«

Ja, das ist es. Der Zusammenhang ist glockenklar. Ich sehe Tobi an, aber der scheint noch nicht die gleiche Idee gehabt zu haben.

»Äh, Herr Wohlgemuth, Entschuldigung, wenn ich Sie unterbreche, aber ich glaube, hm, warten Sie, könnten wir das Gespräch vielleicht außerhalb dieser Wohnung fortsetzen?«

Ja, natürlich. Der Stasi-Opa ist kein Einzelkämpfer. Der ist nur einer von einer ganzen Stasi-Opa-Armee, die alle nicht glauben wollen, dass es vorbei ist. Und die Stasi-Opa-Armee will verhindern, dass Wohlgemuth das Haus saniert, weil dann ihre Mikrofone entdeckt werden, und die engagiert dauernd Russen, um ihn abzuschrecken, aber er kapiert's nicht.

»Sie wollen das Gespräch woanders fortsetzen, Herr Krachowitzer? Vielleicht im Keller, damit Sie mich in Ruhe erschlagen können? Oder am besten gleich im Wald? Nein, meine Herren, ich habe zwar keine Angst vor Ihnen, also glauben Sie das ja nicht, aber ich bin auch nicht blöd. Wenn Sie mir etwas zu sagen haben, dann sagen Sie es mir hier.«

Verflixt. Das wird hart.

»Also, es ist so, Herr Wohlgemuth. Es gibt gewisse Leute hier im Haus, die arbeiten in der Bügeleisenbranche ...«

Herr Wohlgemuth starrt mich ungläubig an. Dafür ist aber bei Tobi anscheinend sofort der Groschen gefallen. Er ruft »Moment kurz« und saust mit Schallgeschwindigkeit in sein Zimmer. Ich rede weiter, um den Gesprächsfaden nicht abreißen zu lassen.

»Also, wie gesagt, Bügeleisenbranche.«

Ich zwinkere Herrn Wohlgemuth wie wild zu, aber er starrt mich nur weiter an. Auch dass ich auf mein Ohr deute und dann nach oben Richtung Stasi-Opa bringt uns nicht weiter.

»Also, stellen Sie sich einfach vor, in diesem Haus wird gebügelt. Tag und Nacht.«

Tobi ist zurück. Er hat einen Kopfhörer, eine PC-Tastatur und die DDR-Uniformmütze mitgebracht, die ihm Amelie vor Jahren mal am Brandenburger Tor gekauft hat. Er setzt sich keuchend den Kopfhörer auf, die Mütze darüber und beginnt, auf die Tastatur einzuhacken.

»Ja, wie gesagt, sie bügeln Tag und Nacht, wie Herr Lüdenscheid Ihnen hier parallel zu meinen Worten in mimischer Darstellung zu verdeutlichen versucht.«

»Sie ... Sie haben alle einen Knall, oder?«

»Nein, absolut nicht. Hören Sie mich nur an und schauen Sie, was Herr Lüdenscheid macht, dann kommen Sie drauf.

Also, wie gesagt, in diesem Haus wird gebügelt. Tag und Nacht steht jemand am Bügeltisch und bügelt. Hin und her und her und hin. Er nimmt seinen Job sehr genau. Keine knittrige Stelle entgeht ihm.«

Tobi macht seine Sache großartig. Er kneift die Augen zusammen, guckt angestrengt nach oben und streckt gleichzeitig seine Zungenspitze aus dem rechten Mundwinkel. Es sieht wirklich aus, als würde er hochkonzentriert konspirative Gespräche belauschen. Zwischendrin reißt er immer wieder plötzlich die Augen auf, als hätte er etwas Sensationelles gehört, und lässt dazu seine Finger auf die Tasten einprasseln wie Horowitz.

Gonzo macht auch mit. Er spaziert in sein Handtuch eingehüllt über den Flur, spricht pantomimisch mit den Wänden und dem Inzaghi-Hass-Altar und hält sich dabei mein Gesangsmikro über den Kopf. Also wenn Herr Wohlgemuth das jetzt nicht kapiert, ist er wirklich eine Dumpfbacke.

»Verstehen Sie, Herr Wohlgemuth? Überall Bügeleisen und ein Mann, der nicht will, dass die Bügeleisen entdeckt werden. Alles klar, knicknack, zwinkerzwinker? Und der Bügeleisenmann …« Ich deute auf Tobi »… schickt Ihnen diese Russen. Alles klar?«

»Ich … Nein … Das hat keinen Sinn mit Ihnen hier. Ich will ein Gespräch mit Herrn Krawanke. Der ist ja wohl der Einzige von Ihnen, der noch bei Trost ist. Übermorgen, Punkt 15 Uhr hier. Halten Sie diesen Termin ein, sonst können Sie alle Hoffnungen begraben, jemals wieder warm zu duschen!«

»Warten Sie, Herr Wohlgemuth.«

Ich renne in die Küche und schreibe schnell was auf einen Zettel. Im Hintergrund höre ich Herrn Wohlgemuth allmählich zum Schreien übergehen.

»Und übrigens, für das fehlende Warmwasser können

Sie gerne die Kaltmiete um 15 Prozent mindern. Aber nur für die Tage, an denen das Warmwasser wirklich gefehlt hat. Viel Spaß beim Rechnen, hähä! Und jetzt guten Tag, hirhirhirhahahaharrrrhähä!«

Ich komme gerade noch rechtzeitig, um ihm meinen Zettel unter die Nase zu halten.

Werden von Stasi abgehört! Stasi will nicht, dass Mikros bei Bauarbeiten entdeckt werden! Schicken deswegen Russen!

»Ha! Haha! Haaaaahahahahaaaaa!«

Herr Wohlgemuth verschwindet im Treppenhaus. Sein Lachen erinnert an das der bösen Hexe in *Der Zauberer von Oz*. Wenn das so weitergeht, nimmt das bestimmt kein gutes Ende mit ihm.

Gonzo sinkt auf seinen Stuhl.

»Ihr Säcke. Ihr konntet noch schön warm duschen. Ich war noch nicht mal eingeseift.«

»Jetzt komm, Gonzo, gibt Wichtigeres.«

*

Kurz nach Herrn Wohlgemuths Abgang hat Hacker-Arne geklingelt und sich sofort mit Tobi in dessen Zimmer verschanzt. Sie verfolgen irgendeinen Racheplan an dem Stasi-Opa, aber sie verraten nichts. Sie kommen nur hin und wieder mal raus, um sich Bier zu holen. Ich hatte mich auch verzogen, um in meinem frisch geflickten Zimmer »Ladidadidam, Ladidadidam« für die Aufnahme am Sonntag zu proben.

Wenigstens haben sie diesmal ein Studio in Berlin gebucht. Dort werde ich dann zum ersten Mal meinen Bert-Kollegen treffen. Eigentlich ganz schön gewagt, dass wir dann gleich zusammen ein Lied einsingen sollen, aber Herr Böltinghausen meinte, ich wäre bestimmt professionell genug, um das hinzukriegen. Umso wichtiger ist es natürlich, dass bei mir übermorgen alles bis zur letzten Silbe sitzt.

»Ladidadidam, Ladidadidam …«

Ich gebe mein Bestes, aber es ist irgendwie schon recht schwierig, ein Gesangsduett ohne Partner zu proben. Vor allem die Parts, bei denen wir uns abwechseln.

»… wie heißt denn nur dieses Liiiiiiied?«

Hoffentlich schlachtet Bert mich nicht gleich beim ersten Fehler. Der ist bestimmt der Meinung, dass man das gar nicht besser singen kann als die alte Version.

»Ladidadidam, Ladidadidam, …«

Als Kind hab ich sowieso immer Angst vor Bert gehabt. Diese fetten Augenbrauen …

»… wie heißt denn nur dieses Liehiiiiiied?«

Und auch noch ausgerechnet an meinem Geburtstag …

»Es geht Ladidadidam, Ladidadidam, Ladidadi und Dam …«

Ich google jetzt erst mal, wer überhaupt Berts Synchronstimme ist. Muss ja schließlich wissen, was da auf mich zukommt. Zum ersten Mal seit dem Wanddurchbruch schalte ich meinen PC an. Arne hat wirklich ganze Arbeit während unserer Party geleistet. So schnell ist der noch nie hochgefahren. Internetverbindung ist auch da. Na also. »Synchronstimme Bert Sesamstraße« und Suchen. Hoffentlich hat der nicht so fiese Augenbrauen … Na bitte, da ist er doch schon. Christian Rode. Die Augenbrauen sind okay. Und auch sonst, irgendwie einfach ein liebenswürdiges Knautschgesicht … aber, weia, der war ja auch schon Synchronstimme für Rock Hudson, Omar Sharif, Michael Caine … und sogar für Dr. McCoy in Star Treck! Meine Knie werden zu Pudding. Hätte ich mal lieber nicht nachgeschaut.

Ich muss üben.

»Ladidadidam, Ladidadi …«

Viel zu trocken mein Hals. Das war der Schreck. Ich muss kurz mal was trinken.

Auf dem Weg in die Küche sehe ich Reto nach Hause kommen. Mit gebügeltem und in die Hose gestecktem blauen Hemd sieht er seriöser aus, als Herr Wohlgemuth es jemals in seinem Leben tun wird. Er grüßt nur kurz und verschwindet in seinem Zimmer. Ich sollte mir wirklich mal ein Beispiel an ihm nehmen. Was auch immer er gerade macht – er zieht es durch. Das sieht man ihm an.

Und ich lasse mich natürlich wieder in der Küche von Vollbart-Lukas und Co. festquatschen und schlage meine Zeit mit Gesprächen tot, bei denen hinterher keiner sagen kann, worum es überhaupt ging, geschweige denn, ob es irgendwelche Einsichten und Erkenntnisse gab, außer dass es nur eine Frage der Zeit ist, dass Mario Gomez zu den Bayern geht.

NÄÄÄÄT!

Bevor sich einer von uns auch nur rühren kann, ist Reto schon an der Tür. Fast im gleichen Moment ändert sich wieder die Molekülstruktur im Flur und die Zeitrechnung beginnt einmal mehr bei null. Kann solch eine übernatürlich schöne Frau so einen hässlichen Klingelton auslösen? Es muss jemand anderes gewesen sein.

»Chrallo Fiona.«

Bis eben hatte ich noch gedacht, dass niemand an Madeleine herankommen könnte. Aber jetzt Fiona: Entzückende blonde Pferdeschwanzfrisur, weit auseinanderliegende blaue Strahleaugen, eingebettet in einem aristokratisch fein modellierten Gesicht, dazu ihr gertenschlanker Körper in T-Shirt, Rock und Riemchensandalen. Gedicht, Symphonie, Feuerwerk, Weltkulturerbe.

Reto verschwindet mit Fiona in seinem Zimmer, diesmal, ohne uns die Fee vorzustellen. Aber das hätte ich an seiner

Stelle auch nicht getan. Nichts gegen Lukas und die Jungs, aber das ist kein Umgang für Fiona. Schon klar.

Langsam kann ich mich wieder bewegen. Nein, die Slapstickfilm-Nummer, dass sich immer einer sein Bier über den Latz kippt, wenn eine schöne Frau reinkommt, hat wirklich nichts mit der Realität zu tun. Definitiv nicht. Wir haben uns vielmehr *alle* unsere Biere über die Lätze gekippt. Eine sehr seltsame Art der Ehrfurchtsbezeugung, aber die Natur hat es anscheinend so eingerichtet. Nur blöd, dass ich mir damit schon wieder die Hose eingesaut haben. Eine ist vielleicht doch zu wenig für den Alltag.

Die Jungs beginnen zu spekulieren wie gestern Gonzo und ich. Reto und diese Frau? Wie, warum und woher? Und wie lernt man auf die Schnelle den Schweizer Akzent? Erschreckend, wie ihre Gedanken unseren gleichen … Komisch, erst jetzt, wo ich noch mal darüber nachdenke, fällt mir auf einmal ein … ja, sicher. In dem ganzen Chaos hier kann man ja keinen klaren Gedanken fassen. Dabei lag es die ganze Zeit auf der Hand.

»Tschüss Jungs, ich muss mal wieder in mein Zimmer, Rolle üben. Wischt ihr bitte den Boden auf, bevor ihr geht?«

*

Stecherakademie – Frauen verführen und manipulieren

Nur zwei Menschen waren vor mir und Julia in der neuen Toilette: Reto und Francesco. Einer von ihnen muss es dort vergessen haben. Und auch wenn ich nicht behaupten kann, Francescos Sexualleben hundertprozentig zu kennen, spätestens seit Madeleine und Fiona ist ja wohl klar, dass das Buch Reto gehören muss. Unglaublich, was ein paar bedruckte Seiten bewirken können.

Ich ziehe das, was von der Stecherakademie übriggeblieben ist, unter meiner Matratze heraus. Die Seiten sind getrocknet. Bei eBay würde ich es in diesem Zustand zwar nicht mehr anbieten, aber lesen kann man es eigentlich prima. Ich mache es mir gemütlich. So viele Seiten sind es nicht, und der Abend ist noch jung. Wenn ich mich konzentriere, schaffe ich es vielleicht noch vor dem Einschlafen?

DRITTKLASSIGER FLUGCLOWN

»*Ihr Ziel ist es nicht, einfach nur attraktiv zu erscheinen oder Aufmerksamkeit zu erregen. Ihr Ziel ist es, die Frau, auf die Sie ein Auge geworfen haben, gezielt so zu manipulieren, dass es zu ihrem eigenen Wunsch wird, von Ihnen verführt zu werden. Das erreichen Sie durch ...*«

»Hmmmpfwas? ... Gib das sofort wieder her, Gonzo!«

»Jetzt wird es aber gerade spannend.«

»Ähm, das ist nur ein Ratgeber für Bühnenschauspieler. Ziemlich langweilig. Muss ich wohl gestern Abend drüber eingeschlafen sein.«

»Du, kann ich den auch mal lesen?«

Du hast es gerade nötig. Du hast doch Amelie schon manipuliert. RS2-Folteropfer spielen und *I want to know what love is* singen ...

»Hab ich nur geliehen, muss ich heute wieder zurückgeben.«

»Was hat der Typ eigentlich mit dem armen Buch gemacht, bevor er es dir geliehen hat? Im Klo runtergespült?«

»Keine Ahnung. Was machst du eigentlich hier?«

»Also, ich muss jetzt zu meinem Praktikum und danach wieder zum RS2-Testhören.«

»Und?«

»Ich hab mir überlegt, also nur sicherheitshalber ... also könntest du mich vielleicht nach dem Testhören abholen? Weißt du, ich bin zwar diesmal innerlich vorbereitet, aber wer weiß, also es wäre auf jeden Fall besser, wenn jemand auf mich wartet.«

»Verstehe. Wenns sein muss.«

»Super. Also um vier, Chausseestraße 8, Aufgang C5. Okay?«

»Schreibs mir noch mal auf.«

»Danke. Ich hatte auch überlegt, ob ich Tobi frage, aber der hat die ganze Nacht mit Hacker-Arne durchgebastelt. Wenn der sich jetzt gleich hinlegt, dann liegt der erst mal.«

»Wie spät ist es eigentlich?«

»Acht.«

»Raus!«

*

Normalerweise wäre jetzt wieder Freitagsfußball mit Piotr, Fatmir & Co dran, aber ich denke, ich kann es verantworten, es heute mal sausen zu lassen. Arne kriegt sein Bewegungs-Pflichtpensum im Moment durch die Quadrokopter-Flugtests, und ich muss wirklich Gas geben mit der Probenarbeit. Übermorgen Ladidadidam und überübermorgen Aufnahmeprüfung. Andere würden an meiner Stelle in wilde Panik geraten.

Und das Stecherakademie-Buch muss jetzt auch warten. Läuft mir ja nicht weg. Außerdem ist sowieso noch nicht gesagt, dass Reto nur deshalb die ganzen Schönheiten anschleppt. Und wegen Amelie brauche ich mich bestimmt nicht mehr bemühen. Die sitzt, in das gleiche Handtuch eingewickelt wie in meinem Traum, mir gegenüber am Frühstückstisch und trägt am ganzen Körper unsichtbare Gonzo-war-hier-Aufkleber.

Und nicht nur das.

»Du brauchst nicht denken, dass Julia mir das von sich aus verraten hat. Ich habe selbst gemerkt, dass irgendwas nicht mit ihr stimmt.«

»Dass irgendwas nicht mit ihr stimmt, trifft ziemlich genau den Punkt.«

»Wie bitte?«

»Na, ich mein ja nur, dass sie immer gleich völlig ausrastet, sobald ihr irgendwas andeutungsweise frauenfeindlich erscheint.«

»Ich weiß, was du meinst, Krach. Aber wenn man sich in jemanden verliebt, dann muss man auch seine Schwächen und wunden Punkte annehmen.«

Woher will sie wissen, dass ich in Julia verliebt bin?

»Ich weiß nicht, was sie dir alles erzählt hat, aber nur weil auf unserer Toilette – wohlgemerkt auf unserer Toilette, nicht in meinem Zimmer – ein Frauenverführungsratgeber lag, hat sie …«

»Ja, ich weiß. Es tut ihr leid.«

»Und danach hat sie mir eine SMS …«

»Ja, das tut ihr auch leid.«

»Und warum sagt sie mir das nicht einfach?«

»Weil du ihr eine SMS …«

»Jauuuuuuuuuuuul!«

»Ja. Tut mir auch leid.«

»Echt?«

»Ich hab einfach zu viel gekriegt.«

»Hm, na gut.«

Die Falte auf ihrer Stirn beginnt zu verschwinden.

»Ich muss jetzt ins Museum.«

Stimmt zwar nicht, aber wenn ich bleibe, wird Amelie mir einen Versöhnung-mit-Julia-Masterplan aufs Auge drücken. Das will ich nicht. Also, das heißt, ich will ihn nicht von ihr. Das hieße ja, wenn man das im Großen und Ganzen betrachtet, dass ich sie ganz offiziell aufgebe. Ich bin noch nicht so weit.

»Wir sprechen noch mal darüber, okay?«

»Vielleicht.«

»Ach Krach.«

Sie umarmt mich.

»Tut mir leid, dass ich dir keine warme Dusche anbieten kann.«

Manchmal komme ich aber auch auf Themen …

»Wieso? Müffel ich etwa?«

Ja, nach Gonzo. Natürlich, so bin ich auf das Thema gekommen.

»Nein. Ich dachte nur als Vergeltung, äh Vergebung, ich meine, als Dank …«

»Irgendwie bist du ganz schön durcheinander, oder?«

»Mag sein.«

Flatsch!

Also dass Amelie mir jetzt einen Schwall eiskaltes Wasser über den Kopf gießt, kommt etwa genau so unerwartet wie das GROOOOOOOOOH!!! in dem Traum vor ein paar Tagen. Vor allem, weil mir nicht klar ist, mit welchem Arm sie das gemacht hat. Soweit ich sehen kann, hat sie keinen von denen, die ihr zur Verfügung stehen, hochgehoben.

»Prust! Heeeeeeh!«

»Schau mich nicht so an. Ich wars nicht.«

»Was …?«

Ich drehe mich einmal um die eigene Achse. Nichts. Nur ein ganz leiser Luftzug von … Ah, natürlich. Ich reiße den Kopf hoch. Oben an der Decke schwebt Arnes Quadrokopter. Ihm ist über Nacht ein Roboterarm gewachsen, der ein umgekipptes Wasserglas in der Klaue hält

»Sehr witzig.«

Amelie tupft mich mit einem Küchenhandtuch trocken.

»He, was ist? Kann dein drittklassiger Flugclown nicht mehr sprechen, Arne?«

Der Quadrokopter schaut mich stumm an.

Schaut mich stumm an?

Tatsächlich. Eine kleine Kamera thront in der Mitte zwischen den vier Rotoren und glotzt blöd. Mir reichts. Ich gehe in Tobis Zimmer. Er und Arne fläzen auf dem Sofa und starren erschöpft, aber glücklich kichernd auf einen Laptop mit Joystick.

»Sorry, Krach, wir mussten den Lautsprecher vom Quadrokopter runternehmen. Wär sonst zu schwer geworden.«

»Was – soll – das?«

»Erklär ich dir später. Ich muss jetzt erst mal in die Heia.«

Tobi fingert kurz am Joystick rum, der Quadrokopter kommt in einem eleganten Schwung durch die Tür geflogen und landet sanft auf seinem Schreibtisch. Arne ist währenddessen schon in seiner Sofaecke weggedämmert.

*

Das Gewitter ist doch noch nicht runtergekommen. Dafür drückt die Schwüle jetzt umso mehr. Man kann so langsam laufen, wie man will, man fühlt sich trotzdem sofort nassgeschwitzt.

Dass der Bushido-Rauswurf so viel Staub aufwirbelt, hätte ich nicht gedacht. Um die ganzen Aufmacher-Artikel zu lesen, die die Zeitungen dem Thema gewidmet haben, müsste ich eine halbe Stunde um den Zeitungsstand am U-Bahnhof herumschleichen. Der Tenor ist aber schon auf den ersten Blick eindeutig.

Berliner Theater zu spießig für Künstler von der Straße?

Bushido: »Die verstehen uns nicht«

Peymann schießt doppeltes Eigentor

Massenhafte Premierenkartenrückgaben – Keiner will Arturo Ui ohne Bushido sehen

Bushido-Rauswurf: Ist Peymann am Ende?

Das meinen die wirklich ernst. Hm. Ich hole mein Handy raus.

»Hallo Mama … also, folgende Idee, ich lade Papa und dich als Geburtstagsüberraschung ins Theater ein, und zwar … ja, ja, … ja, genau in das Stück, über das gerade in der Zeitung … nein, das Berliner Ensemble ist nicht spießig, nur weil … ja … ja genau, Brecht … ja, das war der mit Arbeiterklasse und so. Passt doch super zu Papa, weißt schon, als Betriebsrat … eben, genau … ja, eben, die Premiere ist zufällig genau … prima, dann besorg ich heute noch Karten … nein, ich glaub, da kriegt man locker noch was … ja, ich weiß, am nächsten Tag ist Gottesdienst mit Onkel Heinz im Dom … okay, machs gut, freu mich schon, tschüss.«

Ha, zwei Fliegen mit einer Klappe. Super Geburtstagsgeschenk und feine solidarische Geste für das Berliner Ensemble. Kann ich mich mal ein wenig für die ganzen erschlichenen Mitarbeiterpreis-Mittagessen revanchieren. Hose habe ich auch. U-Bahn kommt genau in dem Moment, als ich den Bahnsteig betrete. Endlich geht mal was vorwärts.

So, jetzt die Fahrzeit nutzen. Konzentration. Aufnahmeprüfung, ich stehe vor der Jury.

Mein Name ist Oliver Krachowitzer und ich spreche, wie Sie aus Ihren Unterlagen ersehen können, den Estragon aus Samuel Becketts »Warten auf Godot«, Beginn erster Akt ...

Nein, viel zu steif. Ich muss irgendwie entspannter rüber-kommen ... Und überhaupt, vielleicht sollte ich lieber noch schnell auf irgendwas aus »Arturo Ui« umschwenken? Das würde zeigen, dass ich voll im aktuellen Theatergeschehen drinstecke. Hm.

DONNER

Der Museumsdienst war heute, dank Klimaanlage, sehr erholsam. Nur den Bierfleck in meiner Hose hätte ich mir mal besser gestern Abend rauswaschen sollen. Hab ich erst im Museum gemerkt, dass der ziemlich rausknallt. Musste ich die ganze Zeit meinen Aufpasser-Jackettzipfel drüberziehen. War etwas krampfig.

Als ich nach meiner Schicht beim Berliner Ensemble vorbeischaue, um die Premierenkarten für »Arturo Ui« zu holen, ist mir etwas mulmig, aber zum Glück läuft mir keiner von den Leuten über den Weg, die bei der Probe gestern dabei waren. Wäre zu peinlich, wenn mich jemand erkennen würde. Weil ich Hunger habe, gehe ich nach kurzem Zaudern doch in die Kantine. Diesmal bin ich auch gerne bereit, den vollen Preis zu bezahlen. Erst als ich schon am Tisch sitze, fällt mir auf, dass das Mädchen an der Kasse wieder nur den Mitarbeiterpreis berechnet hat, obwohl ich diesmal gar nicht verkleidet bin. Ich schlinge meine Reibekuchen mit Apfelmus herunter und mache, dass ich wegkomme. Nicht dass gleich wieder dieser Herr Weidinger anrückt und »Sie sind ja noch nicht mal geschminkt!« brüllt.

Als ich durch unsere Wohnungstür schlüpfe, trete ich in einen riesigen Berg Klamotten. Beim näheren Betrachten erkenne ich, dass es ausschließlich Gonzo-Klamotten sind. Weiter hinten im Flur sehe ich Lambert. Er hat unsere Schmutzwäschetonne umgekippt und schnuffelt in dem Wäscheberg nach Gonzo-Sachen. Wenn er welche gefunden hat, schleift er sie zur Tür. Das heißt, jetzt, nachdem ich sie aufgemacht habe, geht er dazu über, sie sogar bis ins Treppenhaus zu schleifen.

»Tag, alter Knabe … Hallo, ist hier jemand?«

»Fiep, fiep!«

Die Küchentür, die sonst eigentlich sowieso immer offen ist, öffnet sich. Ein Schwall leckersten Kochdunsts dringt in den Flur. Mitten in dem Schwall steht Amelie.

»Hallo, Krach … Lambert! Was machst du da schon wieder?«

»Jauuuuuuuuuul!«

»Er bringt Gonzos Schmutzwäsche nach draußen. Kann ich ja verstehen, aber wir können jetzt ja eigentlich auch wieder mit der Waschmaschine …«

»Er ist eifersüchtig, Krach. Er will alles weghaben, was nach Gonzo riecht. Das macht er schon den ganzen Tag.«

Nicht schlecht, Lambert. Zermürbungstaktik. Könnte klappen, wenn du konsequent weitermachst …

»Krass.«

»☺ Superstrange wirklich. ☺«

»☺ Schade, dass der Hundefutterspot schon durch ist. So was in der Richtung wäre irgendwie noch deutlicher gewesen. ☺«

Sieh an, die Herren Elvin und Adrian sind doch nicht tot, wie ich gehofft hatte. Sie sitzen auf meinem und auf Retos Platz und atmen Luft, die viel zu gut für sie riecht, und erfreuen sich an Amelies Gesellschaft, die sie nicht verdient haben.

Elvin fängt an, Lambert mit seinem Kamerahandy zu filmen.

»☺ Packen wir gleich mal auf Youtube. ☺«

»☺ Jealous Dog. Das gibt Klicks. ☺«

»☺ Hallo Krach, übrigens. ☺«

»☺ Du hast ja jetzt wieder eine richtige Wand in deinem Zimmer, Schätzchen. ☺«

»☺ Wir dachten vorhin schon, wir sind im falschen Stockwerk. ☺«

»☺ Und was ist das? Oh, Karten für »Arturo Ui«. Wir haben unsere schon zurückgegeben. ☺«

»☺ Musst du dich beeilen, glaub ich. Die haben schon angekündigt, dass sie nicht alle zurücknehmen werden. ☺«

Ich sehe Amelie an, sie zieht genervt die Schultern hoch. Wenn ich Eier wie Peymann hätte, würde ich die beiden jetzt einfach auch beim Schlafittchen packen und vor die Tür setzen. Aber das soll echt der Gonzo regeln. Müssen wir ihm heute Abend alle mal gemeinsam beibiegen.

»☺ Übrigens, wir wollten wirklich noch mal ganz lieb Danke bei dir sagen, Krach. ☺«

»☺ Du warst der chefmäßige Eye Opener für uns. ☺«

»☺ Wir hatten den Pinklbräu-Job einfach mal so richtig unterschätzt. Uns war nicht klar, dass die so ein massives Imageproblem haben. ☺«

»☺ Deswegen war es kolossal supi von dir, dass du mal einfach Tacheles geredet hast, weißt du, was ich meine? ☺«

»Das hat nichts mit Image zu tun. Die Plörre schmeckt einfach nicht.«

»☺ Sag ich doch. Massives Imageproblem. ☺«

»Ich versteh euch nicht.«

»☺ Macht doch nichts. Wir rocken mal weiter. ☺«

»☺ Ihr dürft gespannt sein. ☺«

»☺ Tschö mit ö. ☺«

Ich atme tief durch, als die Tür hinter den beiden ins Schloss fällt. Amelie hat inzwischen die Gonzo-Schmutzwäsche wieder in die Tonne gestopft und macht sich auch bereit zum Gehen.

»Ich muss leider los zur Uni, Krach. Schau mal, ich stell das hier in den Kühlschrank.«

Sie zeigt eine mit Frischhaltefolie überzogene Auflaufform.

»Kannst du Gonzo bitte noch mal sagen, dass er es gegen halb acht in den Ofen stellen soll? Eine halbe Stunde auf 180.«

»O … Okay.«

Amelie schlüpft in ihre Schuhe.

»Machs gut, Krach. Wir sehen uns später.«

»Fiep!«

Sie drückt mich kurz.

»B … Bis dann.«

Ich taumle langsam zum Kühlschrank zurück und mache ihn wieder auf. Ich muss ruhig bleiben. Das ist keine Lasagne. Das ist einfach nur ein Auflauf … ein Nudel-Hackfleisch-Auflauf … ein Nudel-Hackfleisch-Auflauf … der durch horizontal angeordnete zettelartige Nudeln … DRECK!!!

*

Zum hundersten Mal, ich muss das jetzt abhaken. Ich hab zwei wichtige Termine vor der Brust. Wenn ich mich jetzt nicht schleunigst hinter Godot und Ladidadidam klemme, kann ich einpacken. Emotionsbedingte Ausfälle kann ich mir gar nicht leisten. Wenn, dann muss ich das in positive Energie ummünzen.

Ich starre die unverputzten roten Ziegel an, mit denen das Loch in meiner Wand ausgebessert wurde. Ich sollte mir vielleicht einfach vorstellen, dass ich, genau wie die Bauarbeiter, auch eine Prämie bekomme, wenn ich das Lied in der nächsten halben Stunde zehnmal durchsinge. Und davon, sagen wir mal, mindestens drei Versionen fehlerfrei.

Und dabei den ganzen Schmerz über Julia und Amelie in Schönheit verwandeln. Genau. Und die Prämie ist ein Bier.

Ladi ...

Und ich muss lockerer werden. Andere Künstler trinken dazu einen Piccolo oder nehmen Kokain. Da kann ich ja wohl mal schnell ein Augustiner zischen. Reine Begleitmaßnahme. Hat auf jeden Fall nichts damit zu tun, dass ich jetzt irgendwie meine Prämie vorwegnehmen will.

In der Küche sitzen Tobi und Arne über ihrem Laptop und gucken angestrengt.

»Hallo, was macht ihr da?«

Sie nehmen mich gar nicht wahr. Ich zapfe mir ein Glas voll und setze mich zu ihnen. Auf dem Laptopbildschirm erkenne ich im Vordergrund den Quadrokopter-Roboterarm, der mir heute das Glas Wasser über den Kopf gekippt hat. Die Perspektive ist genau wie bei einem Egoshooter-Computerspiel, quasi als wäre der Arm mein eigener Arm, den ich nach vorne ausgestreckt habe. Die Roboterhand hält eine altmodisch bemalte Kaffeetasse.

»Was ist das? Counterstrike Senioren-Edition?«

»Pssssssst!«

Der Arm nähert sich langsam einem Tisch und senkt sich. Tobi, der den Joysick bedient, hat Schweißperlen auf der Stirn. Die Tasse senkt sich wie in Superzeitlupe auf die Tischplatte, bis ihr Boden sie schließlich berührt. Der Roboterarm lässt sie los und entfernt sich wieder. Die Kamera schwenkt, Tasse und Tisch verschwinden aus dem Bild. Ich sehe nun etwas mehr von dem Raum.

»He, das ist doch die Küche vom S ... mmpf.«

Während Arne mir so fest den Mund zuhält, dass ich kaum noch Luft kriege, sehe ich, wie der Roboterarm durch die Stasi-Opa-Wohnung schwebt und schließlich ganz oben auf dem riesigen Aktenregal im Abhörraum landet, wo er vermutlich nicht gesehen werden kann, außer man steigt mit einer Leiter hoch.

Tobi atmet durch und klatscht sich mit Arne ab, der mich nun endlich wieder loslässt.

»Könnt ihr mir jetzt mal erklären, was …?«

Tobi beginnt mir ins Ohr zu flüstern, während Arne zwei Biere zapft.

»Wir machen das Gleiche mit dem Stasi-Opa, was die Stasi früher mit allein lebenden Regimekritikern gemacht hat: psychische Verunsicherung.«

»Aha.«

»Stell dir vor, die sind in die Wohnungen eingebrochen, während die Leute nicht da waren, und haben einfach nur ein paar Sachen verstellt. Immer wieder, monatelang. Die Leute haben dann angefangen zu denken, dass sie verrückt sind. Einige haben sich sogar umgebracht. Für Regimekritik hatten die meisten auf jeden Fall überhaupt keinen Nerv mehr.«

»Krass.«

»Das Gleiche machen wir jetzt mit ihm.«

»Aber wie habt ihr den Quadrokopter in die Wohnung gebracht?«

»Na, wir haben eben schnell noch einmal das Schloss an seiner Wohnungstür geöffnet. Diesmal hab ich es sogar in sechs Minuten geschafft.«

»Und die Hacker-Ehre?«

»Hey, wir waren nicht in der Wohnung. Wir haben nur kurz den Quadrokopter reinfliegen lassen.«

»Verstehe. Und der parkt jetzt unsichtbar da oben auf dem Aktenregal, und immer wenn der Typ weg ist, sortiert ihr damit sein Kaffeegeschirr neu.«

»Oder seine NVA-Ordensammlung oder seine Bleistifte.

Je unscheinbarer die Dinge, umso größer die Wirkung, hab ich gelesen.«

»Brillant. Aber, also nicht, dass der Typ es nicht verdient hätte, aber wenn er sich dann vielleicht wirklich umbringt?«

»Iwo, so weit lassen wir es nicht kommen. Es gibt noch ein lustiges Finale. Lass dich überraschen.«

»Sag mal Arne, die Uhr da auf deinem Laptopbildschirm, geht die vor?«

»Spinnst du? Die läuft atomuhrgesteuert.«

Mist. Sieben Minuten vor vier. Ich hab den Gonzo-Abhol-Termin vergessen. Ich muss sofort los, sonst wankt er gleich wieder orientierungslos durch die Straßen.

*

Es ist genau vier nach vier, als ich schweißüberströmt auf dem Hof der Chausseestraße 8 eintreffe. Wo ist jetzt der verflixte Aufgang C5? Schade, dass Caio nicht dabei ist. Der findet so etwas immer blind.

»Hallo, Krach.«

Gonzo lehnt hinter mir an einer Wand.

»Oh, hallo. Hab dich gar nicht gesehen. Wie gehts?«

»Bestens.«

»Du siehst blass aus.«

»Kann sein. Hab ja in den letzten Stunden kaum frische Luft gekriegt.«

»Kannst du laufen?«

»Klar kann ich laufen. Glaub bloß nicht, dass ich mich noch mal von ein paar läppischen RS2-Liedern habe kleinkriegen lassen.«

»Na ja, ich mein ja nur.«

Wir treten den Heimweg an. Nach den ersten Metern auf

der Chausseestraße sagt Gonzo »Wart mal kurz« und verschwindet im nächsten Hof. Ich setze mich auf die Brüstung des Schaufensters eines teuren Raumausstattungsgeschäfts und studiere die Preise. Fünfstellige Beträge für einen Teppich. In New York wäre das wahrscheinlich sogar noch billig.

»Alles klar, wir können weiter.«

»Du hast noch Kotze am Kinn, Gonzo.«

»Echt?«

Ich gebe ihm ein Tempo. Er wischt sich damit ein wenig im Gesicht herum. Seine Hände zittern.

»Jetzt weg?«

»Ja. Soll ich uns nicht doch lieber ein Taxi rufen?«

»Auf keinen Fall. Mit gehts prächtig.«

»Sag mal ehrlich, lohnt sich die ganze Quälerei für die paar Mücken überhaupt? Vielleicht ist es doch besser, wenn du dich als Proband für irgendeine Pharma-Testreihe zur Verfügung stellst?«

»Quatsch ... Wart noch mal schnell.«

Er verschwindet im nächsten Hofeingang. Ich warte wieder und hole noch ein Tempo aus der Tasche. Okay, es geht ihm dreckig. Trotzdem habe ich nicht so richtig Mitleid. Eifersucht hat mehr Stärkepunkte.

*

Wir haben eine geschlagene halbe Stunde gebraucht, um nach Hause zu kommen. Die Kotzerei hat zwar bald aufgehört, aber Gonzo wurde immer wackeliger auf den Beinen. Tobi und ich haben ihn fürs Erste in der Küche auf seinem Stuhl geparkt. Sein Gesicht ist jetzt weißer als unsere Wand. Er zittert und spricht nicht mehr.

»Du bist der Medizin-Experte, Tobi. Was machen wir mit ihm? Schmerzmittel, Tranquilizer, Antidepressiva?«

»Hm, muss ja nicht immer gleich die chemische Keule sein. Vielleicht bisschen gute Musik?«

»Börps!«

»Okay, keine Musik.«

»Kuh-Gras?«

»Hab nichts mehr, und Reto ist nicht da.«

»Ich habs. Warte, bin gleich wieder da.«

Tobi verschwindet und kommt einen Augenblick später mit einer DVD wieder.

»Was ist das?«

»Deutschland – England, Viertelfinale Europameisterschaft 1972.«

»Ja, das wird ihm guttun.«

Schon während wir die DVD einlegen, schleicht sich ein schwaches Lächeln auf Gonzos bisher ausdrucksloses Gesicht. Das Lächeln wird noch deutlicher, als ich drei Biere auf den Tisch stelle. Und während Beckenbauer, Netzer und Müller beginnen, den Briten die Bälle durch die Beine tanzen zu lassen und sich unsere Gläser dabei leeren und füllen, kommt langsam, Schritt für Schritt, wieder Farbe in seine Wangen.

Auch meine Stimmung wird durch das Zauberspiel dermaßen gehoben, dass es mir gar nicht schwerfällt, Gonzo zur Halbzeit zu sagen, dass er Amelies Lasagne in den Ofen stellen soll. Tobi reißt die Augen auf, als er davon hört, und sieht mich fragend an. Ich nicke resigniert. Er patscht mir mitleidsvoll auf die Schulter, aber es ist nicht zu übersehen, dass er sich irgendwie für Gonzo freut. Mann, und ich habe mir dauernd Gedanken gemacht, ob ich seine Gefühle verletzen würde, wenn … na ja, ist jetzt auch egal.

Gonzo wirkt immer noch sehr unsicher auf den Beinen, als er aufsteht und zum Kühlschrank will.

»Soll ich das vielleicht machen?«

Tobi sieht mich streng an und flüstert mir ins Ohr.

»Nein, das muss er selber machen. Das ist wichtig.«

»Echt?«

»Es könnte sehr böse Kräfte freisetzen, wenn Amelie erfährt, dass jemand anderer am Lasagneritual beteiligt war, glaub mir. Sehr komplex und fragil, das alles.«

Aha. Mit anderen Worten, das wäre jetzt meine letzte Chance. Aber was soll ich tun? Erstens macht man so was nicht, und außerdem würde mir Tobi sowieso keine Sabotageakte erlauben.

Gonzo arbeitet sich Meter für Meter vor und stützt sich dabei an der Wand ab. Es dauert eine kleine Ewigkeit, bis er am Herd ist. Wenn ich jetzt plötzlich aufspringe, wäre ich schneller als Tobi bei Gonzo. Ich könnte ihm die Form aus der Hand nehmen und »Oops, das ging ja gerade noch mal gut« sagen. Dann würde ich sie schnell in den Ofen stellen und die Hitze aufdrehen …

Zu spät. Gonzo hat das Werk vollbracht. Er stützt sich auf den Herd und schnauft. Die Anstrengung tut ihm nicht gut.

»Ich glaube, bevor wir die zweite Halbzeit gucken, hängst du besser noch mal kurz den Kopf aus dem Fenster, um frische Luft zu schnappen.«

»Okay … Ich wollte sowieso mal schauen … wie es dem Andrej-Rebukanow-Transparent … geht.«

Seine Stimme klingt sehr schwach. Er lässt sich von uns stützen, als er in sein Zimmer schwankt. Als wir die Fenster aufmachen, springt uns ein Schwall schwülwarmer Luft an.

»Nicht gerade die Brise, die einem mal so richtig den Kopf durchpustet, aber besser als gar nichts, was Gonzo?«

»Schaut mal … das Transparent … ist immer noch … wie neu …, obwohls die ganze Zeit … in der prallen Sonne … hing …«

»Deine Andrej-Rebukanow-Comicfigur ist wirklich der Knaller. Wie bist du eigentlich auf die Idee gekommen?«

»Ich hab mir ... eine Mischung aus Karl Dall ... und Sponge Bob vorgestellt.«

»Bin gespannt, wie es nach dem Gewitter aussieht. Ich sag mal, das kommt heute auf jeden Fall noch runter.«

»Wollen wir weitergucken?«

Ich sollte ja eigentlich schon längst wieder am Proben sein. Aber jetzt kommen ja noch die Tore von Netzer und Müller. Da würde mir einfach die Ruhe fehlen ...

*

In der 70. Minute kommt Reto nach Hause. Wir äugen kurz, ob er eine Madeleine-Fiona im Schlepptau hat. Hat er aber nicht. Wir konzentrieren uns wieder auf das Spiel.

»Chrallo miteinandrch. Oh, das ist der junge Becken-baurch, odrch?«

»Deutschland – England, Viertelfinale Europameister-schaft 1972.«

Reto zapft sich ein Bier, ohne dabei den Blick vom Bildschirm zu lösen. Dann rückt er sich leise seinen Stuhl zurecht und beteiligt sich an unserer stummen Andacht.

Wenig später kommt Francesco.

»Hallöchen, ich dachte, ich sehe mir das Gewitter gemeinsam mit euch an. Stefan muss noch arbeiten. Oh, eure Fußballer haben ja angenehm kurze Höschen. Schade, dass das nur in schwarzweiß ist. Da hat wohl der Blitz schon irgendwo in einer Sendestation eingeschlagen ...«

»Das ist eine DVD. Deutschland – England, Viertelfinale Europameisterschaft 1972.«

»Wie? Dann wisst ihr ja schon, wie es ausgeht.«

»Ja.«

»Wisst ihr, wen ich getroffen habe? Punk-Erwin. Er kann wieder sprechen …«

»Francesco, man redet nicht beim Fußball. Und wenn, dann nur über Fußball. Haben wir dir schon tausendmal gesagt.«

»Aber ihr wisst doch eh schon, wie es ausgeht.«

»Psssst.«

Netzer und Müller hauen die letzten Tore rein, und der Schiedsrichter pfeift ab. Jeder von uns, mit Ausnahme von Francesco, bedauert noch mal still, dass er damals an diesem großen Tag noch nicht auf der Welt war, und Reto schaltet den Fernseher aus. Endlich benutzt er die Zehen. Wir nicken uns hinter seinem Rücken zu. Der Junge ist richtig.

»Wie fühlst du dich, Gonzo?«

»Gut. Wie sonst?«

»Na ja, ich mein ja nur.«

»So, jetzt muss irch abrch untrch die Dusche. Irch bin chranz nassgeschwitzt.«

»Äh Reto, wir haben leider nur noch kaltes Wasser.«

»Okay.«

Er verschwindet trotzdem im Bad. Ein paar Sekunden später hören wir die Dusche. Tobi stürzt zur Badezimmertür und hämmert dagegen.

»Reto, alles klar?«

Die Dusche geht aus.

»Alles klarch. Warum?«

»Haben wir wieder warmes Wasser?«

»Nein. Warum?«

»Na, weil … egal.«

Die Dusche geht wieder an. Die Geräusche der Wassertropfen, die auf dem Duschvorhang einschlagen, lassen keinen Zweifel daran, dass Reto voll aufgedreht hat.

»Der …«

»Der …«

»Der duscht kalt.«

»Brrr, wie hält der das aus?«

»Gonzo wird schon wieder blass.«

»Ich hab mir nur … gerade vorgestellt …, wenn ich das versuchen würde …«

»Denk an was anderes, Gonzo. Schnell.«

»Mon dieu, was für eine Idee. Schon allein beim Gedanken daran schrumpft mein bestes Stück auf Tictac-Größe zusammen.«

Im Hintergrund grollt der erste entfernte Donner. Francesco hat inzwischen Schlips und Sakko abgelegt und sein Hemd aufgeknöpft. Er räkelt sich mit seinem Bier in der Hand, und der Emanuelle-1-bis-4-Stuhl ächzt dazu.

»Könnt ihr jungen Hüpfer mich mal kurz auf den Stand bringen – hat unser geschätzter Herr Vermieter in seiner unendlichen Güte gewisse Dinge wieder in Ordnung gebracht?«

»Eigentlich ja, Francesco. Also jedenfalls dein Zimmer, Krachs Zimmer und das Wasser. Das Blöde ist bloß, dass er die ganze Zeit glaubt, dass wir ihm russische Schläger auf den Hals schicken. Und jetzt hat er uns, quasi als Strafe, das warme Wasser wieder abgedreht.«

»Russische Schläger? Verstehe, wirklich ein raffinierter kleiner Bastard, der Kerl. Aber schnuckelig.«

»Glaubst du, der will das als Grund vorschieben, um uns zu kündigen?«

»Na, aber sicher doch.«

»Und was können wir da tun?«

»Nichts – außer darauf warten, dass er uns unsere süßen kleinen Ärsche in Stücke pflückt.«

»Jetzt hör mal auf. Du hast ihn doch erst gerade mit ein bisschen Profi-Juristendruck dazu gebracht, dass hier von einem Tag auf den anderen alles wieder ins Lot kommt, da kannst du uns nicht erzählen …«

»Ich habe keinen juristischen Druck gemacht, ich hab mich vor ihm in den Staub geworfen und seine Schuhe abgeleckt.«

»Sehr komisch.«

»Na ja, zumindest hab ich es als Alternative erwogen …«

»Also, wie verhalten wir uns jetzt?«

»So wie bisher. Miete zahlen und ihn nicht verhauen. Den Rest überlasst meinem Charme.«

»Kannst du nicht einfach mal was echt Beruhigendes sagen?«

»So was wie *Ich habe seine Eier im Schraubstock und morgen drehe ich zu*?«

»Autsch! Nein, *das* ist nun wirklich nicht mein Stil.«

»Und wann kriegen wir dann wieder warmes Wasser?«

»Hat er behauptet, dass das bauliche Gründe hat?«

»Wenn ich mich richtig erinnere, ja.«

»Dann dauert es ein paar Tage, leider …«

Kawummmm!

»Mein Gott, was für ein Donner!«

»So ungefähr hat es sich angehört, als deine Decke eingestürzt ist. Noch bisschen lauter.«

»Haben wir überhaupt einen Blitzableiter?«

»Weiß nicht.«

Milliarden Regentropfen veranstalten ein Rauschen, als hätte man beim Fernseher meines Opas das Programm verstellt und den Audioausgang an die Verstärkeranlage der Scheitelkokser angeschlossen. Passend dazu kommt Reto aus der Dusche. So können wir uns noch besser vorstellen, wie man sich jetzt fühlen würde, wenn man in diesem Moment draußen wäre.

»Alles klar mit dir, Reto?«

»Ja, warum?«

»Na ja, die Dusche war doch eiskalt.«

»Irch dusche immrch chralt.«

Drrrrrrring.

»Gonzo, die Lasagne muss raus.«

»Komme schon. Wo sind die Topflappen? Ah, danke.«

Er dreht den Ofen ab und öffnet die Klappe.

»Uaaarg, wie riecht denn das?«

Gonzo ist fast einen Meter zurückgesprungen.

»Fenster auf! Sofort!«

»Bei dem Gewitter?«

»Egal!«

Wir haben uns alle in den äußersten Winkel der Küche verzogen und halten uns die Nasen zu. Tobi traut sich als Einziger an den Ort des Grauens heran. Einem Pharmazie-Student jagt wahrscheinlich kein Duft so schnell Angst ein.

»Gonzo! Du Vollpfosten!!!«

»Wieso? Eine halbe Stunde auf 180 Grad. Genau wie sie es gesagt hat …«

»Aber du hast die Frischhaltefolie draufgelassen!«

»Mist …«

NÄÄT.

»Oh nein, Amelie.«

Einen kurzen Moment rührt sich keiner von uns. Dann macht sich Gonzo mit hängendem Kopf auf den Weg zur Tür.

FRAUENVERSTEHER

Es war eine Szene, die keiner von uns so schnell vergessen wird. Amelie klatschnass, fassungslos und um Worte ringend. Gonzo kreidebleich, ebenfalls fassungslos und um Worte ringend. Dazwischen Lambert, verängstigt und jaulend. Wir Übrigen in der Ecke zusammengedrängt, verstört und schweigend. Dazu Blitze, die alles in passendes Licht setzten, Donner, die die Sätze zerhackten, und der rauschende Wolkenbruch, der die mundgerecht zerkleinerten Sprachfetzen genüsslich verschluckte.

Keiner weiß genau, wie lange es dauerte, bis Amelie wieder aus der Tür stürzte und im Regen verschwand. Es kam mir quälend lang vor, aber gleichzeitig auch atemberaubend kurz, wenn man bedenkt, um was es ging. Während wir wie eingefroren noch in der Ecke verharrten und Gonzo als Übersprungshandlung in der Lasagne con Frischhaltefolie herumstocherte, schnappte sich Francesco einen Schirm und stürzte Amelie hinterher.

Wir Übrigen sitzen nun schon seit über einer Stunde um den Tisch herum und warten darauf, dass die beiden oder einer von ihnen zurückkommt. Ausnahmsweise sind wir unter uns. Der Regen hat unsere abendlichen Küchenstammgäste wohl dazu gebracht, heute mal zu Hause zu bleiben. Wir könnten also jetzt im trauten WG-Kreis lange und viel über Amelies und Gonzos Missgeschick sprechen. Und darüber, wie man das vielleicht wieder einrenken kann. Heißt ja immer, dass Männer nicht über Gefühle sprechen können, stimmt aber gar nicht. Ist mehr eine Frage der Menge.

Trotzdem, jetzt denkt jeder für sich, dass ja Francesco und Amelie oder nur Francesco oder nur Amelie jeden Augenblick zurück sein müssten. Und egal, was wir bis dahin besprochen hätten, es wäre in diesem Moment sowieso alles hinfällig, veraltet und total in die falsche Richtung gedacht.

Wir lassen also Amelie und die Lasagneproblematik links liegen und diskutieren mehr so allgemein in Richtung Frauen und was wir an ihnen beobachten.

»Warum drehen die meisten Frauen eigentlich immer den Lautstärkeregler runter, wenn sie die Musik ausmachen wollen, statt den Aus- oder Stop-Knopf zu drücken?«

»Keine Ahnung.«

»Stimmt aber wirklich. Und wenn man dann am nächsten Tag wieder Musik anmachen will, wundert man sich, warum ums Verrecken nichts rauskommt.«

»Vielleicht machen sie das, weil der Lautstärkeregler immer der größte von allen Reglern ist?«

»Na ja, kann auch einfach sein, dass sie die Musik nicht so abrupt abwürgen wollen.«

»Und wie ist das in der Schweiz?«

»Exakt genau so. Immrch den Lautstärkereglrch.«

»Wäre schon spannend, was der Freud dazu sagen würde.«

»Das war, glaub ich, damals noch nicht so ein Thema.«

»Auf jeden Fall konnte man sich bei den Radios zu Freuds Zeiten sowieso nicht drauf verlassen, dass der Lautstärkeregler der größte ist.«

»Stimmt, da war der Frequenzregler immer genau so groß wie der Lautstärkeregler. Das hätte böse ins Auge gehen können, wenn man die verwechselt hätte. Stell dir vor, du willst Stille und reißt den Frequenzregler um 180 Grad rum.«

»Das macht man nur einmal.«

»Gut, dass wir drüber gesprochen haben.«

»Wo wir gerade am Frauenverstehen sind, ich hätte auch noch eine Frage. Folgende Situation: Ich habe eine Freundin und wir sind, sagen wir mal, schon weit über die Flitterwochenphase hinaus …«

»Dann hast du sowieso schon verloren, hihi.«

»Jetzt wart doch mal. Also ich sehe, dass meine Freundin etwas falsch macht, und ich weiß, wie es richtig geht. Sagen wir zum Beispiel, sie nimmt immer einen Teller als Unterlage, wenn sie mit unserem guten Messer Gemüse schnibbelt. Wie sage ich ihr, dass das Messer davon stumpf wird, ohne dass sie mich dafür hasst?«

»Du glaubst doch nicht im Ernst, dass das geht?«

»Das ist ein Frontalangriff auf ihre Persönlichkeit.«

»Na ja, mit etwas Kreativität vielleicht?«

»Du musst einfach jemand anderen dazu bringen, dass er es ihr sagt. Externe Autoritäten werden leichter akzeptiert. Hab ich mal irgendwo gelesen.«

»Odrch du schaffst es, dass sie denkt, dass sie von selber draufgechrommen ist.«

»Aber dann ist das Messer doch schon längst stumpf.«

»Tja, so ist das nun mal.«

»Nächste Frage.«

Ich merke, dass Reto irgendwie rumdruckst. Klar, er will was fragen, traut sich aber nicht so richtig. Irgendwie hat er aber so auffällig rumgedruckst, dass es alle schon gemerkt haben. Hätte jetzt noch jemand anderem eine Frage auf den Nägeln gebrannt, hätten wir es vielleicht auf sich beruhen lassen, aber im Moment steht nichts anderes im Raum.

»Was ist Reto, du wolltest doch was fragen?«

»Nun, irch weiß nircht so recht …«

»Komm, spucks aus.«

»Wir machen nicht alle Tage eine Frauenversteher-Sitzung.«

»Also es ist schon etwas … intim.«

Das hätte er besser nicht sagen sollen. Jetzt ist er endgültig im Zentrum der Bühne, und die Leute geben keine Ruhe, bis sie sein T-Shirt haben.

»Raus damit.«

»Wir sind ganz Ohr.«

»Vorher gibts kein Bier mehr.«

Die ganze Wirkung der kalten Dusche ist verpufft. Reto schwitzt Blut und Wasser.

»Irch … weiß wirklirch nircht.«

Tobi hat ein Gesicht aufgesetzt, das er sich nur von Amelie abgeschaut haben kann. Niemand würde es fertigbringen, jemanden, der so dreinblickt, nicht sofort all seine geheimen Sorgen anzuvertrauen, wenn es sein müsste, sogar schriftlich mit doppeltem Durchschlag.

»Du kannst dabei nur gewinnen.«

»Also gut. Es … es ist so, mirch gefällt nircht die Form, wie …«

…

»*Die Form, wie*. Sehr gut. Und weiter?«

»Die Form, wie … sirch meine Freundin ihre Schamhaare rasiercht.«

…

Hups.

Damit hat nun wirklich keiner gerechnet. Aber jetzt sind wir in der Pflicht. Wir haben es aus ihm herausgeleitet, jetzt müssen wir auch versuchen zu helfen.

»Hm, wie rasiert sich denn deine Freundin ihre Schamhaare?«

»Nun, grob gesagt … wie ein schmaler Balken.«

Puh, was für Probleme.

»Und, hm, was stört dich genau daran?«

»Er erinnert mirch an den Schnurrbarcht von Adolf Hitlrch.«

…

»Hm, soso.«

»Sozusagen eine Assoziation, die dem Liebesspiel nicht gerade förderlich ist, was?«

»Überhaupt nircht.«

»Tja, was macht man da?«

»Vielleicht besser die Schnurrbartform von Clark Gable?«

»Ich bitte dich, Clark Gable.«

»Ich meinte ja nur die Form.«

»Quer- oder hochkant?«

»Hochkant natürlich.«

Reto ist puterrot angelaufen.

»Oder vielleicht Günter Grass.«

»Hört mal auf mit den Schnurrbärten. Da liegt doch in Wirklichkeit der Hund begraben. Beim Sex sollte man einfach nicht an Schnurrbärte denken.«

»Genau. Geschweige denn, sie in der äh … fraglichen Zone vorfinden.«

»Die Form müsste schmaler oder leicht dreieckig sein.«

»Oder einfach nur ein zarter Hauch …«

»Reto?«

»Nun ja, abrch wie soll irch ihr das sagen?«

…

»Tja, schwierig. Da kann man nicht einfach ein Foto aus einer Modezeitschrift zeigen und sagen, hier guck mal, das wär doch auch mal ganz nett …«

»Da muss man schon mehr über die abstrakte Ebene kommen.«

»Genau, über die abstrakte Ebene.«

Irgendwie ist Reto schon echt ein Vogel. Ob es jetzt Madeleine oder Fiona war, von der er sprach, es gibt Frauen, bei denen mosert man einfach nicht groß über die Schamhaarfrisur rum …

»Ich habs, du fragst sie einfach, ob du ihr die äh … Haare schneiden darfst.«

»Tobi, ich sags nicht gern, aber geh lieber wieder Quadrokopter basteln.«

»Hey, ich dachte, das hier ist ein Brainstorming …«

Hm, mich würde ja wirklich interessieren, ob jetzt Madeleine oder Fiona seine Freundin ist. Aber keiner traut sich zu fragen …

*

Ich weiß nicht, ob wir Reto am Ende wirklich weiterhelfen konnten. Irgendwann plätscherte das Gespräch dann woandershin, und etwas später war Retos Gesichtsfarbe auch fast wieder normal. Nachdem das Gewitter vorbei war, tröpfelten noch ein paar Gäste auf ein spätes Bier herein, womit die Frauenversteher-Sitzung endgültig aufgehoben war. Aber wir sollten so was eigentlich öfter machen. Muss ich mal vorschlagen.

Amelie und Francesco sind nicht mehr aufgetaucht. Keine Ahnung, ob Gonzo noch mal versucht hat, bei ihr anzurufen. Ich kapier sowieso nichts mehr. Zugegeben, es hat heute Mittag großartig in der Küche gerochen, aber dass eine versaute Lasagne gleich so eine Krise heraufbeschwören kann? Na gut, Tobi hat es schon angedeutet, dass da besser nichts schiefgehen sollte. Der alte Amelie-Fuchs weiß einfach, was Phase ist. Ob Gonzo auch so versagt hätte, wenn er normal bei Kräften gewesen wäre? Ist es jetzt vorbei zwischen den beiden? Muss ich mich schlecht fühlen, wenn ich mich darüber freue?

Jedenfalls, nur für alle Fälle, und weil ich sowieso gerade nichts anderes lese, schlage ich als Bettlektüre noch mal die »Stecherakademie« auf. Falls ich damit bald in ähnliche Problemsphären gelange wie die, die Reto vorhin angesprochen hat, werde ich gut damit leben können.

PROBE

Also ich weiß jetzt nicht, liegt es an mir, oder liegt es am Buch, jedenfalls bin ich irgendwie schon wieder über der »Stecherakademie« eingeschlafen. Vielleicht bin ich einfach nicht der Typ dafür? Zum Glück stand wenigstens beim Aufwachen nicht wieder Gonzo über mir und las mir daraus vor. Wäre auch schwer gegangen, denn diesmal lag ich mit dem Gesicht mittendrin. Ist mir auch noch nicht oft passiert, so was.

Erst auf dem Weg zur U-Bahn fällt mir siedendheiß ein, dass ich das Ding ja aus dem Klo gefischt hatte. Bäh. Da wäre bei der Morgentoilette eigentlich schon ein wenig mehr als der übliche zarte Spritzer kaltes Wasser ins Gesicht fällig gewesen. Gut, das Klo war ja noch so gut wie neu, versuche ich, mich zu beruhigen. Es war ja erst einer drauf gewesen, bevor Julia versucht hat, das Buch runterzuspülen. Die alles entscheidende Frage ist jetzt bloß, hat Francesco groß oder klein …? Aber kann ich ihn das fragen? Schade, dass ich nicht noch mal in die Stasi-Opa-Wohnung reinkann. Das hat er doch bestimmt auch in seinen Abhörprotokollen notiert. *Krawanke auf Klo. Kleines Geschäft. Danach zurück in Flur …* Oder so ähnlich.

Am Zeitungsstand sehe ich, dass es eine unerwartete Wende in der Bushido-Theater-Affäre gibt:

Peymann kriegt Unterstützung von Bushidos Rap-Feinden

Rap-Stars Sido und Fler machen Werbung für Arturo-Ui-Premiere

Berliner-Ensemble-Geschäftsleitung rechnet mit vollem Haus

**»Der Schritt war richtig.« –
Menschenrechtler und Schwulenverbände
stärken Peymann den Rücken**

*

Na also. Wäre ja auch ein wenig traurig gewesen, wenn ich morgen allein mit Papa und Mama auf den Logenplätzen im ersten Rang gesessen hätte.

In der U-Bahn stelle ich fest, dass meine Terminsituation absolut verheerend ist. Ladidadidam, Aufnahmeprüfung – die Dinge schießen in Lichtgeschwindigkeit auf mich zu. Ich kann nur noch ein Rumpfvorbereitungsprogramm fahren und aus den wertvollen verbliebenen Stunden alles rauspressen, was geht. Ich werde jetzt während meiner Museumsschicht immer wieder die Warten-auf-Godot-Szene sprechen, bis der Tonfall 100 Prozent stimmt. Mir völlig egal, ob Dr. Grobe reinkommt oder Sir Charles Lytton oder wer auch immer. Sollen sie mich meinetwegen rausschmeißen.

*

Ich glaube, ich kann stolz auf mich sein. Der Text sitzt, und ich habe trotzdem meine Arbeit nicht über Gebühr vernachlässigt, weil um die Zeit eh kaum einer da ist. Und ich habe festgestellt, dass man mit einem »Warten auf Godot« in der Hand fast genauso in der Achtung der Besucher steigt wie mit einem Zeichenblock.

Bevor ich unsere Wohnungstür aufschließe, halte ich

kurz inne. Ich darf nicht nachlassen. Jetzt ist Ladidadidam dran. Alles andere wird ausgeblendet. Der Aufnahmetermin morgen ist auf die Minute präzise zwischen dem Geburtstagsbrunchtermin bei meinen Eltern und der Arturo-Ui-Premiere im Berliner Ensemble eingebettet. Da darf nichts schiefgehen.

Also – wenn ich jetzt in die Wohnung reinkomme, interessiert es mich einen Dreck, wer gerade in der Küche sitzt oder durch den Flur turnt. Ich sage höchstens hallo, verschwinde dann schleunigst in mein Zimmer und schließe ab. Und das sollte ich auch künftig öfter mal machen. Ehrlich, was passiert denn schon groß in unserer Küche und in unserem Flur? Würde ich irgendwas verpassen, was wirklich Bedeutung für mich hat? Na also.

Tür auf, Kopf hoch. Es ist eh gerade weit und breit keiner zu sehen. Bestens. Ich biege nach links ab durch meine Tür und schließe sie hinter mir zu. Geht doch. War ganz einfach. Tasche in die Ecke, Schuhe aus, ein paar kurze Atemübungen …

NÄÄÄÄÄÄÄÄT!

Interessiert mich überhaupt nicht. Gibt genügend junge Leute hier, die die Tür aufmachen können … Also, ein paar kurze Atemübungen … Ich höre Schritte, ich höre die Tür, ich höre Stimmen … Ganz egal, ist nicht wichtig, ich denke nicht einmal darüber nach, wer und was das jetzt sein könnte … Weiter, Atemübungen. Eiiiiiin, kurz halten, auuuuuus. Eiiiiiin, kurz halten, auuuuuus. Eiiiiiin, kurz halten, auuuuuus.

Und jetzt warmsingen …

TÜDELÜDELÜT TÜDELÜDELÜT

Ah, Handy ausschalten. Sollte für Profis eigentlich selbstverständlich sein, aber es ist ja nie zu spät, damit anzufangen. So. Weiter warmsingen. Dur-Dreiklänge rauf und runter, einmal durch die chromatische Tonleiter. La la la la la la laaa – la la la la la la laaa – la la la la la la laaa – la la …

Muss reichen für heute. Ausnahmesituation. Ich bin unter Zeitdruck. Aber künftig keine Probe mehr ohne zehn Minuten Warmsingen.

Konzentration. Stimmgabel. Ton suchen. Takt suchen. Und: Ladidadidam Ladidadidam, wie heißt denn nur dieses Lied?

Ladidadidam ladidadidam, wie heißt denn nur dieses Lihied?

*

Es geht wirklich. Ich habe keine Ahnung, wie spät es ist, ich habe keine Ahnung, wie oft es in der Zwischenzeit NÄÄÄÄÄÄÄÄÄT! gemacht hat, wie viele Lacher, wie viele Krach-Rufe und wie viele Geräusche, die ich überhaupt nicht einordnen konnte und die mich normalerweise sofort aus dem Rhythmus gebracht hätten, durch die Tür an mein Ohr gedrungen sind. Wenn man erst mal damit angefangen hat, sich voll und ganz auf eine Sache zu konzentrieren, ist eben alles ganz leicht.

Ladidadidam ladidadidam, irgendetwas mit Herz?

Ladidadidam ladidadidam, oder etwas mit Schmeherz?

Es geht ladidadidam ladidadidam irgendwas mit nem Sonnenstrahl …

Ladidadidam ladidadidam, die Zeile kommt, glaub ich, zweima-hal …

Meine Stimme schnurrt wie ein Porsche-Motor. Ich könnte immer so weitersingen.

Nur der Text sitzt halt noch nicht hundert Prozent. Das ist gefährlich, weil ich mir da, wie gesagt, auf keinen Fall eine Blöße vor Studio-Bert alias Dr. McCoy geben will. Schon doof, dass ich das nicht wenigstens einmal im Duett proben kann. Vor allem die Passagen, in denen sich Ernie und Bert immer abwechseln …

Ich muss jetzt dringend mal aufs Klo, geht nicht anders. Aber auch wenn ich meine Zimmertür jetzt aufmache, heißt das noch lange nicht, dass ich wieder in den alten Trott zurückfalle. Kann ich mir gar nicht leisten im Moment. Augen geradeaus und ab … Ach, neuerdings muss man sich ja ein Klo aussuchen. Beide frei. Hm. Das ist jetzt eigentlich gar nicht wichtig. Bei öffentlichen Toiletten gibts doch auch immer mehrere, und ich hatte nie ein Problem, mich zu entscheiden. Also, ich nehme … die Neue. Klar. Die muss noch eingesessen und eingespült werden.

Die anderen haben es irgendwie ganz gut kapiert, dass ich heute ernst mache mit dem Proben. Keiner lässt sich blicken, während ich über den Flur gehe. Ich verriegele die Tür.

NÄÄÄÄÄÄÄÄÄÄÄT!

Dafür bin ich nicht zuständig. Das hat nichts mit mir zu tun. Türen, Schritte, Stimmen, Hochdeutsch, Schweizerdeutsch, Männer, Frauen – es dringt zwar zu mir durch, aber es berührt mich nicht. Ich bin mit meinen Gedanken bei meiner Probe. Nun ja, besser gesagt bei meiner Probenpause. Wenn man Probenpause macht, ist es nämlich sehr wichtig, an etwas anderes zu denken als an das Lied. Da kann man alles nehmen. Philosophie, Literatur, Wissenschaften – nur eben nicht das, was gerade draußen auf dem Gang passiert. Das würde mich sofort aus der feinstofflichen Sphäre herausziehen, in der ich mich gerade befinde.

Mein Blick bleibt am Klorollenhalter hängen. Da gibt es mal eine wirklich interessante Frage, die noch nie richtig geklärt wurde: Wie herum steckt man das Klopapier auf den Abroller? So, dass das Papierende in den Raum ragt, oder so, dass es an der Wand entlangläuft? Das ist nicht banal. Da stecken zwei gänzlich verschiedene Haltungen dahinter. Im ersten Fall sagt das Klopapier: »Nimm mich, benutz mich!«, im zweiten Fall dagegen mehr so »Ich halte mich im Hintergrund und bin da, wenn du mich brauchst«. Wie man es damit hält, ist eine Stilfrage. Muss man im Lauf der Zeit herauskriegen, was besser zu einem passt.

Die Abwasserhebeanlage macht wieder komische Geräusche beim Abziehen. Solange die andere Hälfte der »Stecherakademie« noch im Zerkleinerer steckt, hat sie echt zu arbeiten. Aber irgendwann muss sich das Papier schließlich mal auflösen.

Ich entriegle die Tür und trete in den Flur. Gonzo und Tobi stehen herum. So wie sie aussehen, brauche ich nicht lange zu raten, was passiert ist, während ich mich erleichtert habe.

»Madeleine?«

»Nein.«

»Fiona?«

»Nein.«

»Wer denn?«

»Tanja.«

»Und davor Laetitia.«

»Und davor Nathalie.«

»Krach, du kannst dir nicht vorstellen, was hier in den letzten drei Stunden los war.«

»Hier geben sich die Traumfrauen reihenweise die Klinke in die Hand.«

»Und alle wollen zu Reto.«

»Und alle kommen mit strahlenden Gesichtern wieder aus seinem Zimmer heraus.«

»Der Typ ist mir unheimlich. Was macht der mit denen? Okay, er sieht gut aus, ist nett, aber hallo, das trifft doch auf jeden von uns zu … also zumindest so halbwegs, oder?«

»Irgendwas ist an ihm dran, was uns entgangen ist.«

»Oder der verpasst ihnen einfach nur eine Spezialdroge, die gefügig macht?«

»Oder Duftstoffe, die Frauen anziehen? Ich hab da mal so was gelesen …«

»Tja, Jungs, das ist echt ein interessantes Thema, aber, tut mir leid, ich muss weiterproben.«

Die beiden nehmen kaum zur Kenntnis, dass ich wieder verschwinde. Okay, mir fällt das natürlich leicht, weil ich ja weiß, dass Retos Erfolgsgeheimnis »Stecherakademie« heißt und dass es unter meiner Matratze auf mich wartet.

Diesmal schließe ich nicht hinter mir ab. Das wirkt vielleicht doch ein wenig neurotisch. Einfach Tür zu tut es auch. Ich klemme mich wieder hinter das Lied.

*

Es läuft. Nur die Stolperer im Text. Wenn ich die noch wegkriegen würde, wäre ich ruhiger. Ist halt doch ein etwas komplexerer Satzbau als bei »Warten auf Godot«.

»Es geht ladidadidam ladidadidam ladidadi und dam Ladidadidam ladidadidam fangen wir gleich nochma … UAAAAAH! Mann! Hast du mich erschreckt …«

»Jauuuuuuuuuul!«

»Hallo, Krach.«

Ist das peinlich.

»Also, ich finde, ich mein ja nur, also, du hättest schon mal anklopfen können, Amelie.«

»Hab ich ja.«

»Oh, ach so?«

»Du hast mich nicht gehört.«

»Hm, und wie lange bist du denn schon hier drin?«

»Seit drei Strophen.«

Weia.

»Setz dich doch, wie gehts dir? Also ich meine, wegen gestern und so …«

»Ich möchte da jetzt nicht drüber reden, Krach.«

»Okay.«

Keine Frage, unsere Freundschaft ist seit vorgestern eine andere. Da wird nicht mehr sinnlos gelächelt. Dafür kennen wir uns jetzt zu gut. Aber Amelie lächelt nicht nur nicht, sie guckt wie ein menschgewordenes Strafgericht.

»Äh, ist was?«

»Julia hat vorhin versucht, bei dir anzurufen, aber du hast sie weggedrückt.«

»Au … du, also das ist wirklich ein ganz dummer Zufall gewesen.«

Amelies Falten auf der Stirn erreichen schön langsam die Tiefe des Mariannengrabens.

»Wirklich, Amelie. Ich muss dieses verflixte Lied proben, weil morgen Aufnahmetermin ist. Ich hab vorhin nur vergessen, das Handy auszuschalten, und da klingelte es mitten in meine Aufwärmübungen hinein, und da hab ichs einfach ausgemacht. Ich hab gar nicht hingeschaut, wer dran ist. Ehrlich.«

Sie sieht mich immer noch streng an, aber die Falten sind nun etwas flacher.

»Sie ist ganz schön am Boden zerstört.«

»Na ja, am besten, ich rufe sie mal an, was?«

»Ja, solltest du allerdings machen. Sie ist jetzt nur leider gerade im Wahlseminar *Emanzipation – Beispiele aus der tierischen Verhaltenslehre*. Probier es in einer Stunde. Okay?«

»Okay.«

Sie schaut mich an.

»Vergiss – es – nicht.«

»Nein, bestimmt nicht. Ich will ja auch, dass äh … das wieder in Ordnung kommt.«

»Das hoffe ich auch für euch. Tschüss, Krach.«

Sie zögert kurz, lächelt dann aber schließlich doch und umarmt mich wie immer.

»Übrigens, *Ladidadidam wie heißt nur dieses Lied?* war als Kind immer mein Lieblingslied. Ich kann es kaum glauben, dass du das jetzt singen wirst. Wenn ich noch sieben wäre, wäre ich jetzt hoffnungslos in dich verliebt.«

»Echt?«

»Ganz bestimmt. Wie kommst du denn voran?«

»Eigentlich nicht schlecht. Nur bei den Parts, wo ich abwechselnd mit Bert singe, schmeißts mich immer wieder raus.«

»Ach, das klappt bestimmt, wenn du das mal im Duett mit Bert probst.«

»Geht nicht. Ich treffe Bert erst zum Aufnahmetermin.«

»Wie? Das geht doch gar nicht.«

»Find ich auch kritisch.«

»Kann ich dir nicht irgendwie helfen?«

»Na ja, ich bräuchte halt einen Bert.«

»Komm, ich probiers einfach. Ich war fünf Jahre im Schulchor.«

»Das würdest du tun?«

*

So im Großen und Ganzen betrachtet war das eine der besten Proben meines Lebens. Wirklich. Gut, das Ende muss man vielleicht etwas kritisch sehen, aber wenn ein Duettpartner mittendrin dazukommt, ist das immer eine neue Situation. Da kommen dann die zwischenmenschlichen Aspekte ins Spiel. Aber eigentlich haben wir das ganz prima hingekriegt. Amelie kannte den Song noch in- und auswendig und hat mutig den Bert gespielt. Da gab es keine Probleme.

Nur mit dem Ablauf kamen wir halt doch ziemlich durcheinander. Der ganze Sketch ist ja dramaturgisch gesehen eigentlich sehr einfach aufgebaut. Anfangskonflikt – zwischenzeitliches Einvernehmen – Schlusskonflikt. Ganz klassisch. Die Auseinandersetzung am Anfang, weil Ernie seinen Ohrwurm, dessen Text ihm nicht mehr einfällt, vor sich hin summt und Bert nicht schlafen kann – das Einvernehmen im Mittelteil, wenn sie gemeinsam singend den Text suchen – die Auseinandersetzung am Ende, als der Ohrwurm auf Bert übergesprungen ist und Ernie sich nun wiederum bei ihm beschwert, dass er nicht schlafen kann, wenn Bert die ganze Zeit singt.

Aber das haben Ernie und Bert heute dann, ohne es eigentlich zu wollen, ziemlich gegen den Strich gebürstet. Der Anfangskonflikt ging noch glatt, das Mittelteil-Einvernehmen auch, aber dann am Ende des Mittelteils, als Ernie und Bert in einem orgiastischen Schlusscrescendo »Ladidadidam ladidadidam daaammmm!« singen, müssen sie eigentlich die im Kontrast zum Vorhergehenden sehr stakkatohaft gesungene Schlussphrase »Wie heißt denn nur dieses Lied?« anfügen, die in den gesprochenen Schlusskonflikt überleiten soll. Aber genau an diesem Wendepunkt des Dramas ist Ernie dann spontan ausgeschert und hat bereits mitten in das »daaammmm« die Schlussphrase gesungen. Und er hat auch noch statt »Wie heißt denn nur dieses Lied?« einfach, weil es ihm wohl gerade durch den Kopf ging, leise »I want to know what love is« gesungen. Und das mitnichten stakkatohaft, sondern mehr so legato cantabile. Und für einen langen Herzschlag sah es so aus, als würde Bert im nächsten Moment einen noch viel mächtigeren Schlusskonflikt vom Zaun brechen, als es der Sketch eigentlich vorsieht. Aber wenn einen so ein Ernie mit seinem Ernie-Hundeblick ansieht, dann denkt sich jeder Bert, der ein Herz hat, nein, das muss ich jetzt ja auch nicht gleich so hochkochen. Und in dem Fall dachte Bert … also Ernie dachte es eigentlich gleichzeitig … also dachten Ernie und Bert irgendwie, dass sie sich jetzt, im krassen Gegensatz zum dramaturgischen Konzept des Sketchs, einfach mal küssen könnten.

SIGNALE

Komisch. Lambert war gar nicht eifersüchtig. Fällt mir jetzt erst auf, nachdem Amelie schon so lange weg und auch der Kuss nur noch ganz schwach zu erahnen ist. Und vor allem Letzteres gibt mir jetzt auch zu denken. Ich habe früher immer geglaubt, dass, falls Amelie mich mal küssen würde, ich diesen Kuss für den Rest meines Lebens spüren würde, dass er in mich einsinken und für immer in meinem Körper herumwandern würde. Aber das ist nicht passiert. Ich kann es mir nicht erklären. Es war mehr so, als hätte mich eins der kleinen Kaninchen auf den Postern in ihrem Bad mit der Nase angestupst. Ob das dieses Woody-Allen-Syndrom ist? Der sagte ja mal, dass er nur so lange verliebt sein kann, wie er nicht mit der Frau zusammen ist, die er anbetet. Sobald das passiert, verliert sie allen Reiz für ihn, weil er ja auch niemals in einen Club eintreten würde, die Leute wie ihn als Mitglieder aufnehmen. Verrückt.

Eigentlich zu verrückt. Wahrscheinlich ist es mehr so, dass Amelies Kuss ein Spätstarter ist. Bei guten Weinen ist das ja auch manchmal so, dass der tolle Geschmack erst kommt, wenn man sie schon längst runtergeschluckt hat.

Andererseits muss ich auch sagen, dass ich noch nie erlebt habe, dass ich, während ich auf die Geschmacksexplosion eines Weins warte, plötzlich ganz intensiv an einen anderen Wein denken musste. Jetzt ist es aber so. Ich denke an Julia. Als hätte mir der Kuss eine Tür aufgemacht.

Hm. 18:34 Uhr. Ihr Tieremanzipationsseminar ist jetzt

längst vorbei. Aber sie jetzt anzurufen wäre ganz schön gewagt. »Hallo Julia, vertragen wir uns doch wieder – ach, und der Vollständigkeit halber wollte ich noch erwähnen, dass Amelie und ich uns gerade geküsst haben, aber ich will dazu auch anmerken, dass ich irgendwie noch auf die Geschmacksexplosion warte. Meinst du, die kommt noch ...?« Nein, das Gespräch könnte ganz schnell in die ganz falsche Richtung gehen. Mein Jungs-Instinkt sagt mir außerdem, dass ich jetzt einfach mal dieses Zimmer verlassen und in aller Ruhe ein Bier trinken sollte.

In der Küche sitzt Tobi mit Fernsteuerung und Laptop.

»Schau mal, Krach, der Bügeleisenmann geht schon auf dem Zahnfleisch.«

»Ja, Momentchen.«

Ich zapfe mir ein Bier und setze mich ausnahmsweise auf Francescos Platz, damit ich auf den Bildschirm gucken kann. Ich sehe den Stasi-Opa aus der Vogelperspektive. Er läuft wie ein Tiger um seinen Küchentisch herum und starrt einen Zahnputzbecher an, der dort steht und sich wahrscheinlich fragt, warum er auf einmal so angestarrt wird.

»Hm, der Tischdeckservice im Hotel Wohlgemuth war wohl mal wieder sehr kreativ heute?«

»Oh ja.«

Tobi flüstert mir wieder ins Ohr.

»Und außerdem hat unser Freund mit Roboterarm eine Minikamera am Deckenauslass der Küchenlampe befestigt.«

»Wo sind denn die anderen?«

»Gonzo unter der Dusche und Reto in seinem Zimmer und telefoniert die ganze Zeit.«

»Gonzo unter der Dusche? Geht jetzt das warme Wasser doch wieder?«

»Nein, er will so werden wie Reto.«

»Wie? Er glaubt jetzt tatsächlich, dass Reto die Frauen anschleppt, weil er kalt duscht?«

»Na ja, irgendwie müssen wir uns ja an das Madeleine-Phänomen annähern. Und wir haben entschieden, dass wir jetzt systematisch alles durchprobieren, was er anders macht als wir. Kalt duschen, gesund aussehen, Schweizer Akzent sprechen, teure Modezeitschriften lesen und so weiter. Was nicht wirkt, können wir von der Liste streichen.«

»Aha. Sag mal, wie geht es Gonzo überhaupt? Ich meine wegen gestern und so?«

»Weiß ich nicht genau. Aber, unter uns gesagt, ich glaube, dass er deswegen so schnell die Retomasche rausfinden will, weil er glaubt, dass er damit irgendwie Amelie … oh, er kommt.«

»Ka … kaka … kakaka …«

»Setz dich mal. Ich mach dir einen heißen Tee.«

»Dada … Danke. Brrrrrrrrr.«

Gonzos Zähne schlagen so laut aufeinander, dass sie wahrscheinlich sogar auf den Stasi-Opa-Tonbändern zu hören sind.

»Und fühlst du schon was? Irgendwelche metaphysischen Verbindungen zu einer Madeleine aufgebaut?«

»Kkkkkkkk …«

»Jetzt lass ihn sich doch erst mal in Ruhe aufwärmen.«

»Wahrscheinlich wirkt das mit dem Kaltduschen erst, wenn man so abgehärtet ist, dass man nicht mehr schlottert.«

»Kkkkkkann sesesesein.«

Der arme Kerl.

»Sagt mal, heute Abend ist Probe, nicht wahr?«

Ach ja, ganz vergessen.

»Könnten wir die nicht ausfallen lassen? Ich muss morgen ins Studio, und da sollte ich eigentlich meine Stimme schonen.«

»Also Francesco und Hendrik sind jetzt schon unterwegs hierher. Wir müssen es ja nicht so ausdehnen.«

»Na gut, von mir aus.«

NÄÄÄÄÄÄÄÄÄÄÄT!

Tobi und Gonzo sind so schnell an der Tür, dass ich nicht die geringste Chance habe. Hätte sich aber eh nicht gelohnt, sich zu verausgaben, weil keine Madeleine, sondern nur ein Bauarbeiter in der Tür steht. Irgendwas will er, aber er kann nur Russisch. Nach kurzer Zeit sieht er ein, dass wir kein Wort verstehen. Er nimmt Gonzo am Handgelenk und zieht ihn mit sich die Treppe hinunter. Tobi und ich folgen und fragen uns, was das jetzt werden soll. Schließlich stehen wir vor unserem Haus, und der Arbeiter zeigt zu unserer Wohnung hoch. Tobi gibt sich alle Mühe, dem wilden Gestikulieren des Mannes irgendeinen Sinn zu entlocken.

»Ja, genau, da wohnen wir ... wie? Das da, meinen Sie? ... Ja? ... Ja, das ist das Plakat für unsere Band ... Andrej-Rebukanow – Anarcho-Breitcore ... Warum? ... Na, das hängt da, weil wir testen wollen, ob es wetterfest ist ... wie? ... Also wenn Sie an der Fassade was arbeiten müssen, hängen wirs ab. Kein Problem, geht ganz flott ... Wars das? ... Ach, es gefällt Ihnen? Tja, das hat der junge Mann hier neben mir, der die ganze Zeit so schlottert, designt ... wollen Sie auch eins haben? ... Müssen wir mal fragen, was das kostet ...«

Zehn Minuten später sind wir wieder oben. Irgendwie haben wir bis zum Schluss nicht kapiert, was er wollte. Nach dem zweiten heißen Tee hört Gonzo allmählich auf zu zittern. Vielleicht muss ich ihm wirklich sagen, dass Rotos Frauenerfolg nur an der »Stecherakademie« liegt. Der holt sich sonst noch den Tod.

Der Schlüssel dreht sich.

»Moin Mädels.«

»Hallo Francesco.«

Er lehnt seinen Bass an den Fernseher, zapft ein Bier und fläzt sich in seinen Sessel.

»Wart ihr mal draußen? Da ist Musik in der Luft. Ich wette, heute Nacht gibts noch einen deftigen Gewitternachschlag. Stefan holt gerade den passenden 50er-Jahre-Gruselfilm dazu.

»Stimmt, wieder ganz schön schwül geworden, da vor dem Fenster.«

»Hat dein Anwalts-Charme eigentlich schon was bewirkt, also ich meine so warmwassertechnisch?«

Francesco zieht sich mit einem geübten Handgriff den Schlips vom Hals und macht die oberen Hemdknöpfe auf.

»Ehrlich gesagt, ich bin heute da noch nicht zu gekommen. Morgen, versprochen.«

»Halb so wild. Ist gar nicht so wichtig.«

»Gonzo duscht jetzt nämlich kalt.«

»Du duschst WAS?«

»Ja, er tuts.«

»Okay. Ich klemm mich morgen dahinter. Gleich als Erstes.«

Francesco zückt seinen Palm und fingert darauf herum.

»Da fällt mir ein, du siehst den Wohlgemuth demnächst sowieso. Hatten wir dir noch gar nicht gesagt. Er will eine Aussprache. Montag um drei hier bei uns. Und er besteht darauf, dass du dabei bist.«

»Ihr seid gut. Da hab ich um eins einen Gerichtstermin. Drei Uhr hier klappt nur mit ganz viel Glück. Warum muss ich denn unbedingt dabei sein? So einen Knackarsch hat Monsieur Wohlgemuth nun auch wieder nicht.«

»Er hält uns alle außer dir für verrückt, weil wir … he,

Moment mal, du weißt ja noch gar nichts von der Bügeleisenaffäre.«

»Bügeleisenaffäre? Das klingt ja noch schlimmer als kalte Dusche. Autsch!«

»Wir erzählen dir das gleich in Ruhe im Proberaum.«

»Jetzt bin ich aber gespannt.«

»Ach, und falls du eine Kettensäge brauchen kannst, da steht eine in deinem Zimmer.«

»Haben die Bauarbeiter liegengelassen und nicht mehr abgeholt.«

»Sachen gibts ... Übrigens, Gonzochen, du hast meine SMS bekommen, oder?«

»Ja.«

»Und? Du hast sie doch hoffentlich angerufen?«

»Ja, hab ich.«

»Und?«

»Also ehrlich gesagt, sie klang so, als ob sie gerade gar nicht mit mir reden will.«

»Oh? Da bin ich jetzt ehrlich gesagt platt. Da muss noch was anderes dahinterstecken als die Lasagne.«

»Aber ich hab doch gar nichts gemacht ... Moment mal, glaubst du etwa, sie hat sich in jemand anderen ...?«

Francesco und Tobi wechseln ernste Blicke. Gonzo sieht aus, als würde er gleich mit dem Kopf gegen die Wand rennen. Mein Herz. Es schlägt so laut. Das müssen die anderen doch hören? Ich will hier raus. Aber das wäre zu auffällig ...

TÜDELÜDELÜT TÜDELÜDELÜT

Mein Handy! Und es liegt in meinem Zimmer. Wunderbar. Obwohl ... was mache ich, wenn es Julia ist? Es ist bestimmt Julia ... Egal. Hauptsache, raus hier. Ich renne in mein Zimmer und mache die Tür zu.

Das Display zeigt Hesselohe, Amelie.

»Hallo, Amelie.«

313

Wir haben uns vorhin geküsst. Ich kann doch jetzt nicht einfach nur *Hallo Amelie* sagen. Andererseits …

»Hallo Krach.«

Sie machts auch nicht anders.

»Du, können wir uns heute Abend sehen?«

»Du, ich würd schon gern, aber wir haben gleich noch Probe …«

»Weiß ich. Komm doch einfach danach. Es ist mir wichtig.«

»Ja, gut. Ich schau mal, dass es nicht zu spät wird.«

»Da hören gerade andere mit, oder?«

»Äh, genau.«

»Alles klar. Bis nachher dann.«

War keine Lüge. Der Stasi-Opa hört mit.

*

Beim Musizieren bin ich nicht so richtig bei der Sache. Ich hätte Amelie vorhin schon sagen können, dass das mit der Geschmacksexplosion nicht geklappt hat, aber so was bespricht man nicht am Telefon, wenn man nur einen Hauch von Kinderstube hat. Das Dumme ist nur, dass ich Julia nicht anrufen kann, solange Amelie und ich nicht reinen Tisch gemacht haben. Und je länger sie wartet, umso schwieriger wird es. Vielleicht ist es auch schon längst zu spät. Wenn nur diese blöde Probe endlich zu Ende wäre …

»Der eine Extratakt beim Übergang zum B-Teil ist doch ganz simpel, Francesco. Du muss einfach nur bis vier zählen.«

»Ist natürlich nicht so einfach für jemanden, der morgens im Spiegel bei seinen Haaren nur bis drei zählen kann.«

»Jetzt macht mal nicht so eine Welle. Ich hab nur aus

Versehen das Effektgerät mit der Hacke angestupst, und dann hat es sich auf stumm geschaltet.«

»Ich hab übrigens noch mal nachgedacht. Sollen wir uns nicht doch lieber Superhirn nennen?«

*

Ich habe mich vorzeitig verabschiedet. Kopfschmerzen, Stimmbandjucken plus Aufnahmetermin morgen haben dicke gereicht. Nur dumm, dass genau auf halbem Weg zu Amelie das Gewitter losbrechen muss. Die ersten Meter renne ich noch, aber es nützt nichts. Ich habe im Nu keinen trockenen Faden mehr am Leib. Ich wusste gar nicht, dass Regen selbst im Hochsommer dermaßen eiskalt ist. Wahrscheinlich, weil der von so weit oben kommt.

Wäre ich in Amelie verliebt, dürfte ich das gar nicht spüren. Also, alles klar. Ich muss das jetzt klären. Keine falsche Rücksicht. Macht die Sache nur noch schlimmer. Und wenn mein Mund, der ja in den letzten Tagen schon ein paarmal sein eigenes Ding durchgezogen hat, es wagen sollte, jetzt zur Abwechslung einfach stumm zu bleiben, dann fliegt er raus.

Endlich da. Klingel. Lift. Tür. Anklopfen.

Oh, Lambert kann jetzt sogar schon die Tür aufmachen.

»Jauuuuuuuuuuuul!«

»Krach, du Armer.«

»Ka … kaka …«

»Komm schnell rein. Warte, hier ist ein Handtuch.«

»Dada … Danke. Brrrrrrrrr.«

»Komm, du musst raus aus den nassen Sachen. Ich mach uns so lange heißen Tee. Nimm meinen Bademantel.«

»Kkkkkkkk …«

Da hat Amelie einfach mal recht. Ich gehe in die Nasszelle und schlüpfe, so schnell es meine Schlotterei zulässt, aus den Klamotten, wringe sie aus und hänge sie über die Duscharmatur. Ihr Bademantel sieht an mir wie ein Minikleid aus, aber das ist schon okay. Ich setze mich auf ihr Schrankbett und probiere ein paar Guck-mir-nicht-unter-den-Rock-Sitzpositionen durch. Gar nicht so einfach, wenn man das nicht von klein auf gelernt hat. Vor allem, wenn man gleichzeitig auch noch entspannt wirken will.

Aber richtig entspannen könnte ich mich jetzt auch nicht in meinem eigenen Bademantel. Dazu ist das Gespräch, das vor mir liegt, zu heikel.

Amelie kommt mit der Teeausrüstung wieder und arrangiert die Tassen und die Kanne auf einem Minitischlein, das damit bis auf den letzten Quadratzentimeter voll ist.

»Autsch!«

»Langsam, ist noch heiß.«

»Okokokokay.«

Amelie sieht mich an. Nie zuvor, auch nicht, als wir uns geküsst haben, habe ich so tief in ihre Augen geschaut.

»Krach …«

Sie legt mir ihre Hand auf die Frotteeschulter. Sofort beginne ich, in der mir sonst verborgenen Tiefe etwas zu entdecken. Aber bevor ich es richtig erfassen kann, klopft es an der Tür. Amelie fährt zusammen und bedeutet mir, keinen Mucks zu machen. Bestimmt ist mir dieser Unglücksrabe von Gonzo hinterhergeschlichen …

»Jauuuuuuuuuuuul!«

Tja, so viel zum Thema keinen Mucks. Amelie stößt ihre angehaltene Luft aus.

»Momehent! Komme gleich.«

Ich glaube, dass sie eigentlich vorgehabt hat, schnell ein Versteck für mich zu finden. Das Dumme ist bloß, dass Lambert in diesem Augenblick schon an der Tür ist und seelenruhig seine Pfote Richtung Klinke reckt. Deswegen beschließt Amelie, dass keine Zeit mehr ist, ein Versteck für mich zu suchen, oder, besser gesagt, sie beschließt, dass das, wo ich jetzt bin, mein Versteck ist. Es geht so schnell, dass ich erst in dem Moment kapiere, was passiert ist, als ich schon unsichtbar bin.

»Hey Julia! Komm rein.«

»Hallo Amelie, tschuldige, es ist nur …«

»Setz dich erst mal … äh, willst du Tee? Ich hab mir gerade einen gemacht, hm, ach, und irgendwie hab ich mir gleich zwei Tassen geholt. Hab wohl gespürt, dass du mich besuchst, hihi.«

»Hihi. Wollen wir nicht dein Bett runterklappen?«

»Du, ich hab mir überlegt, ich will das nicht mehr, dass immer alle auf meinem Bett sitzen. Ich schlaf ja da schließlich auch. Deswegen klapp ich es jetzt immer hoch. Ich hab ja auch noch die Sitzkissen hier.«

»Kann ich verstehen. Aber hol dir doch einfach eine Tagesdecke.«

»Stimmt, könnt ich auch machen …«

Also, ich bin wirklich nicht unglücklich darüber, dass Amelie mich in ihr Schrankbett eingeklappt hat. Es war die beste Lösung für die Situation und in jeder Hinsicht eine reife Leistung von ihr. Einerseits natürlich die Reaktionsgeschwindigkeit, und andererseits hatte sie auch einiges an Gewicht zu stemmen. Zum Glück hat so ein Schrankbett wenigstens starke Federn, die beim Einklappen mithelfen.

Für jemanden mit Platzangst wäre meine Situation natürlich der reine Horror, aber ich habe keine Platzangst. Nicht mal andeutungsweise. Von daher, nein, keine grundsätzlichen Beschwerden. Es gibt nur ein paar Details, die nicht perfekt sind, die sich aber im Moment nicht ändern lassen. Als allererstes wäre da die Tatsache, dass ich mit

317

dem Kopf nach unten hänge. Und dazu kommt, dass der Druck, mit dem mich die Matratze gegen die Schrankrückwand presst, nicht ganz ausreicht, um mich wirklich festzuklemmen. Ich rutsche Zentimeter für Zentimeter weiter nach unten. Und nicht nur das. Ich rutsche Zentimeter für Zentimeter weiter aus Amelies Bademantel heraus. Im Moment ist das zwar völlig wurscht, weil mich keiner sieht, aber es könnten heute immerhin noch Situationen eintreten, in denen es nicht schlecht wäre, wenn der Bademantel korrekt sitzen würde …

»Okay, Amelie, ich muss dir was sagen. Er hat nicht angerufen. Ich bin jetzt echt ziemlich … also, das hat doch keinen Sinn mehr … ich meine, was soll ich denn …«

»Warte, Julia, warte! Ich kann dir alles erklären … es … es ist nur sehr kompliziert …«

Bis ich ganz unten angekommen bin, ist auf jeden Fall noch einiges an Rutschstrecke zu absolvieren. Mein ausgestreckter rechter Arm kann jedenfalls noch keinen Boden ertasten. An meinem anderen Ende fühle ich wiederum, dass ich meinen rechten Fuß als einzigen Körperteil frei bewegen kann. Das kann nur heißen, dass er noch oben rausragt. Und das heißt wiederum, wenn Julia dort hinschaut, sieht sie, wie mein Fuß, von meinem übrigen Körper mitgezogen, wie der Großmast eines sinkenden Segelschiffs Zentimeter um Zentimeter weiter in Amelies Bettschrank verschwindet. Hoffentlich hat Amelie sie so platziert, dass sie Richtung Fenster schaut. Gerade an den Rändern des Blickfelds kann der Mensch ja besonders gut auch kleine Bewegungen erkennen, hab ich mal gelesen.

»Oh, ich weiß gar nicht, wie ich anfangen soll, Julia … Also ich war heute bei den Jungs, um meine Sachen von Gonzo zu holen, und hab bei Krach reingeschaut und ihn gefragt, warum er dich weggedrückt hat, und es war nur, weil er gerade bei Proben war und nicht hingeschaut hat, und er wollte dich auf jeden Fall anrufen, wenn du aus dem Seminar …«

»Na toll! Hat er aber n …«

»Warte, es ist nicht seine Schuld. Ich … Also, er musste so ein Sesamstraßenlied proben. Für einen Aufnahmetermin morgen. Und das war zufällig das Lied … na ja, das ich früher immer zusammen mit meinem Papa zum Einschlafen mit dem Kassettenrecorder mitgesungen habe …«

»Schon wieder ein Lied? Moment, Amelie, sag jetzt bitte nicht …«

Nein, ich darf mich nicht durch das Gespräch ablenken lassen. Ich muss jetzt einfach nur schleunigst meine Rutschpartie beenden. Es geht immer schneller abwärts, und wenn ich nichts dagegen unternehme, gibt das ein saftiges und gewiss nicht zu überhörendes »Wump«, wenn ich unten ankomme. Und beim Bademantel ist eh schon alles zu spät. Den trage ich inzwischen nur noch um die Knöchel. Ich muss irgendwas Festes zu fassen bekommen …

»Doch, Julia, genau in dem Moment hab ich irgendwie gedacht, das ist jetzt Schicksal. Gerade nach der Geschichte mit Gonzo …«

»Aber das …«

»Nein, warte, es ist nicht so, wie du denkst …«

Ah, ich hab was mit der linken Hand erwischt. Fühlt sich pelzig an … Amelies Schmusehase! Erstaunlich, der hat einen größeren Durchmesser als ich. Der klemmt richtig fest. Aber mein Gewicht ist zu viel. Ich ziehe ihn mit. Wenigstens bremst er ein bisschen … Aber er bremst nur auf der linken Seite. Ich kriege Schräglage …

»Also, wir haben uns geküsst. Richtig geküsst. Und das war … nicht richtig. Wegen dir, aber vor allem … es war einfach absolut nicht richtig. Verstehst du, es gab kein Erd-

319

beben. Ich war total verwirrt. Im ersten Moment dachte ich, das kommt noch, aber als ich dann wieder allein war ... da wurde mir klar ...«

Geschafft! Ich habe mich stabilisiert. Mein freier rechter Fuß war kurz davor, im Spalt zu versinken, aber da habe ich ihn einfach quer gestellt. Das Gewicht meiner rechten Seite hängt jetzt an ihm dran wie an einem Haken, und das Gewicht meiner linken Seite übernimmt der Schmusehase. Ist nur die Frage, wie lange ich es so aushalten kann ...

»... also ich liebe immer noch Gonzo. Jetzt weiß ich es. Und ich war einfach durcheinander und ... ich muss ... mich bei dir entschuldigen ... und ich muss das ... Krach sagen ...«

»Hey, nicht weinen, Amelie. Nicht wegen Männern.«

»Ich wollte es ... ihm heute sagen. Ich ... habe es ihm ... sozusagen schon so gut wie ... gesagt. Wenn du ... wüsstest ...«

»Ist ja gut, ist ja gut. Komm her.«

»Sei mir nicht böse ... Ich bring das wieder in Ordnung. Ich ... also, ich bin mir ganz sicher, er mag dich wirklich. Das mit uns, also, ich habs einfach im Gefühl, das war für ihn auch nur ein Ausrutscher ... er hats bestimmt auch schon gemerkt ... er hats zwar noch nicht gesagt, aber ich hab solche Signale gespürt ...«

Bei »Signale gespürt« war die Welt eigentlich für einen kleinen Moment wunderbar in Ordnung. Vielleicht zu sehr in Ordnung. Vielleicht hätte Amelie besser etwas sagen sollen, was mich nicht erleichtert, sondern etwas, was mich aufregt. Das Problem mit der Erleichterung war nämlich, dass ich für einen kleinen Moment ein bisschen die Körperspannung rausgenommen habe. Und als mir klar wurde, wie wichtig die Körperspannung in meiner Situation ist, war es auch schon zu spät. Ist ja nicht so, dass die Schrank-

320

bettfedern das Bett für immer eisern an die Rückwand pressen. Spätestens seit in den 70ern mal eine Oma fast in ihrem eingeklappten Schrankbett verhungert ist, hat der TÜV auf einige grundlegende Änderungen gepocht. Da reicht es im Prinzip schon, wenn man leise »Äh, ich will hier raus« wispert. Oder eben, wenn man kopfüber drinhängt und die Körperspannung rausnimmt.

Leider ist es nicht genug damit, dass ich samt Bett herunterkrache und plötzlich wie auf einem Präsentierteller mitten im Raum liege. Und es ist auch nicht genug damit, dass ich, abgesehen von dem um meine Knöchel gewickelten Amelie-Bademantel und dem Schmusehasen in der linken Hand, nichts anhabe. Das Krönchen wird der ganzen Angelegenheit durch mein Gefühl im rechten Fuß aufgesetzt.

In einem anderen Kontext wäre es ein tolles Gefühl gewesen. Wenn man zum Beispiel auf dem Fußballplatz ist und der Ball nach einer gefühlvollen halbhohen Flanke sanft vor einem auftitscht und ein wenig in die Höhe springt, während man selbst mit dem Schussbein ausholt, und wenn dann der Fuß wie an einer Peitschenschnur nach vorne schnellt und man fühlt, wie der Spann für den Bruchteil einer Sekunde in den Ball eindringt, um ihn dann mit der Wucht einer Kanonenkugel davonsausen zu lassen, dann ist das ein großartiges Gefühl. Selbst wenn man das Tor verfehlt und nur den Trainer umgeschossen hat. Wenn man sich aber in einem kleinen Zimmer mit zwei Frauen aufhält und der Spann des rechten Fußes in etwas eindringt, was in Größe und Haptik einem Fußball, nun ja, zumindest nicht ganz unähnlich ist, dann ist das … ganz, ganz anders.

Julia ist auf den Boden gekracht und hält sich ihre Wange. Sie starrt das Bett an, sie starrt mich an, sie starrt Amelie an. Ich überlege noch kurz, ob ich ein »Es ist nicht das, wonach es aussieht« hervorwürgen soll, aber das würde jetzt auch nicht so richtig was ändern.

*

Als ich nach Hause komme, sitzen, wie immer, noch einige versprengte Hanseln in der Küche und setzen unseren Biervorräten zu.

»He, Krach, du hast doch gleich Geburtstag. Willst du nicht reinfeiern?«

»Nein. Gute Nacht.«

SHOWBUSINESS

In meinem Alter erwartet man ja nicht mehr so viel von seinem Geburtstag. Einfach ein sorgenfreier Tag und bisschen Spaß reichen dicke. Aber heute muss ich schon gleich beim Frühstück rumgrübeln. Nichts zu machen, die Dinge sind nun mal so gelaufen, wie sie gelaufen sind …

Nein, auch wenn ich noch so oft darüber nachdenke, wenn ich »Es ist nicht das, wonach es aussieht« gesagt hätte, hätte das die Situation nicht verbessert. Im Gegenteil. In den 10 000 Filmen, in denen dieser Satz vorkommt, heißt die hinter diesen Worten versteckte Botschaft grundsätzlich »Es ist genau das, wonach es aussieht«.

Nachdem Julia wieder aufgestanden und aus dem Apartment gerannt war, sagte Amelie dann aber einen Satz, der ebenfalls in mindestens 10 000 Filmen vorkommt: »Es ist besser, du gehst jetzt.«

Und bei diesem Satz bin ich mir wiederum überhaupt nicht sicher, ob da die Botschaft zwischen den Zeilen immer die gleiche ist. Vielleicht liegt das daran, dass, egal welcher Film, grundsätzlich immer nur Frauen »Es ist besser, du gehst jetzt« sagen?

Natürlich war die individuelle Situation gestern Abend schon ziemlich vertrackt. Einerseits war Amelie voll am Heulen, andererseits sagte mir ihre Körpersprache, dass sie jetzt trotzdem nicht von mir gedrückt und auf den Rücken gepatscht werden, sondern lieber Julia hinterherrennen und mit ihr Sachen besprechen will, bei denen ich nicht unbedingt gebraucht werde. Außerdem hat mir Lambert im gleichen Moment diskret mit der Pfote die Tür aufgehalten, und spätestens da orientierte sich mein Bauchgefühl doch eindeutig in Richtung Gehen.

»Mjam. Wahnsinn! Knurps. Schaut euch das an.«

Tobi sitzt mir gegenüber am Küchentisch und starrt auf seinen Laptop, während er sich nebenbei milchtriefende Frühstücksflocken aus einer gigantischen Müslischüssel in den Schlund schaufelt.

»Wawawas dedededenn?«

Gonzo sieht unwillig von seinem heißen Tee und seinem teuren Modemagazin hoch. Seine Bademantelkapuze rutscht ihm dabei vom Kopf, aber er zieht sie sich sofort wieder über.

»Gonzo, ich finde, du übertreibst es mit dem Kaltduschen. Mach es wenigstens nicht so lange. Ich sag dir, du kriegst eine Lungenentzündung.«

»Rerereto dudeduscht immememer füfüfünf Mimiminuteteten.«

»Da musst du dich langsam heranarbeiten. Kannst ja in der Zwischenzeit mehr Modemagazine lesen oder Schweizer Akzent sprechen.«

»Jetzt guckt doch endlich, sonst ist er gleich weg.«

Gonzo und ich schleppen uns auf Tobis Tischseite und schauen auf den Bildschirm. Wir sehen den Stasi-Opa, der mit zitternden Händen die Orden in seinem Schaukästchen an der Küchenwand ein ums andere Mal neu ordnet, einen Schritt zurücktritt und das Ganze mit versteinerter Miene betrachtet. Er sieht mindestens zehn Jahre älter aus als noch vor einer Woche. Zum Schluss holt er eine Kamera und fotografiert das Ganze. Er muss ein Stativ benutzen, um das Bild nicht zu verwackeln.

Tobi flüstert uns abwechselnd ins Ohr.

»Es klappt. Wir haben fast nichts verändert. Nur so viel, dass er es so gerade eben bemerkt. Und genau das macht ihn wahnsinnig, seht ihr? Die Stasis wussten damals schon genau, was sie taten.«

»Boa ey, echt Tobi, ich glaube, der hat genug. So, wie der aussieht.«

»Dededer klappappappt bababald zusammammam-men.«

»Keine Sorge. Heute Nachmittag kommt das große Finale. Sozusagen als Geburtstagsgeschenk für Krach. Punkt vier in der Küche, okay?«

»Von mir aus.«

NÄÄÄÄÄT!

Reto kommt aus seinem Zimmer und geht an die Tür. Molekülstrukturwechsel im Flur, neues Licht, neue Farben, neue Zeitrechnung, das Übliche halt.

»Das ist Monique.«

»Hallo Monique.«

Gonzo vergräbt sich noch tiefer in seine Modezeitschrift, und ich grüble weiter, ob ich gestern was falsch gemacht habe. Nur Tobi sabbert kurz auf seine Tastatur, aber nur ein bisschen. Mit der Zeit gewöhnt man sich eben an alles.

Ich trinke meinen Kaffee aus.

»Tschüss, ich muss los.«

»Kann ich dein Brötchen haben?«

»Gerne. Ich hab ja jetzt Geburtstagsfrühstück bei meinen Eltern im Reihenhausgarten. So viel werde ich gar nicht essen können, wie die da auftischen.«

»Bis nachher, Knurps.«

»Wiedrrrchsehen.«

»Das musst du noch üben, Gonzo.«

*

Eigentlich passt alles. Die Gartenstühle sind hässlich, aber saubequem, das Essen schmeckt großartig, und selbst die Wespen verhalten sich halbwegs friedlich. Ich hatte die Theaterkarten zusammen mit zwei Ein-Liter-Tetrapaks Orangensaft zu einem netten Paket verschnürt, so dass mein Vater wenigstens was Handfestes zu fangen hatte, als ich ihm sein Geschenk mit einem standesgemäßen »Da kommt was!« genau in dem Moment zugeworfen habe, als er mir mal den Rücken zugekehrt hatte. Er hat sich dafür mit einer teuren Rotweinflasche revanchiert, die mir allerdings beim Fangen fast durch die Arme gerutscht wäre. Onkel Heinz hat mir daraufhin sein Geschenk, ein dickes Buch mit philosophischen Betrachtungen, ganz konventionell überreicht.

»Du musst wieder mehr trainieren, Oliver. Komm mal wieder öfter vorbei, harhar!«

»Warte, ich hol den Fußball. Dann zeig ich dir, wer hier trainieren muss. Gehst du ins Tor, Onkel Heinz?«

»Das hat der Oliver nicht ernst gemeint, Heinz.«

»Ach so.«

Meine Eltern sind bestens gelaunt. Bei mir und Onkel Heinz geht es so. Mein halbes Hirn denkt immer noch über gestern Abend nach, während die andere Hälfte mit dem Ladidadidam-Aufnahmetermin beschäftigt ist, zu dem ich bald aufbrechen muss. Und Onkel Heinz ist total nervös wegen seiner Predigt morgen im Dom, auch wenn er sich das nicht anmerken lassen will.

»Und was war jetzt noch mal dein Predigtthema, Heinz?«

»Nächstenliebe und die Verantwortung der Starken gegenüber den Schwachen.«

»Klingt doch prima. Also sehr zeitgemäß, oder?«

»Ja, finde ich auch.«

»Das wird schon.«

»Generalsuperintendent Filsenstedt kommt auch, hat er gesagt.«

»Hey, dann gehts ja richtig um deine Karriere?«

»Also Oliver, wirklich, ich glaube nicht, dass das für Heinz im Vordergrund steht.«

»Im Vordergrund nicht, aber er hat schon recht, Gerlinde, der Generalsuperintendent kennt mich noch nicht so richtig, und es wäre nicht schlecht, wenn ich mit meiner Predigt einen guten Eindruck mache.«

»Kann ich nachvollziehen. Ich singe jetzt auch gleich im Studio zum ersten Mal mit Sesamstraßen-Bert. Also klar, das ist jetzt nicht ganz dasselbe wie der Generalsuperintendent, andererseits hat der Mann immerhin schon Rock Hudson und Dr. McCoy …«

»Oliver!«

Irgendwie kommen wir nicht so richtig auf Geburtstagsthemen, aber es ist trotzdem nett. Nachdem wir alle unsere Teller genug gefüllt und geleert haben, rollen wir die Tischtennisplatte auf den Rasen, und mein Vater, Onkel Heinz und ich spielen Rundlauf, während meine Mutter den Tisch abdeckt. Als sie fertig ist, setzt sie sich auf einen Stuhl und guckt zu.

»Spiel doch mit, Mama.«

»Nee, du weißt doch, ich mag nichts mit Bällen.«

»Ausrede.«

»Übrigens, dir sollte mal jemand die Hose kürzen.«

»Ja, muss ich mal machen lassen.«

Meine Mutter verschwindet. Onkel Heinz besiegt mich drei zu eins im Finale. Noch bevor wir die nächste Runde einläuten, taucht sie wieder auf und wedelt mit einer alten Turnhose von mir rum.

»Komm, zieh die an. Dann mach ich dir das schnell mit dem Kürzen.«

»Du, das ist nett, Mama, aber ich muss ja schon in einer Viertelstunde los, damit ich pünktlich im Studio bin.«

»Was? Du kannst doch nicht mit zu langer Hose ins Studio gehen.«

»Du, das ist ein Tonstudio. Den Leuten da ist es völlig egal, wie ich rumlaufe. Ich muss nur richtig singen.«

»Trotzdem. Das ist immerhin Showbusiness.«

»Aber …«

»Du, während wir hier diskutieren, habe ich dir die Hose schon dreimal gekürzt.«

»Was ist jetzt, Oliver, spielst du noch mit?«

Ich gebe auf und wechsle die Hose. In Turnhose fahre ich drei Siege hintereinander ein und vergesse im Siegesrausch, auf die Uhr zu schauen. Erst als meine Mutter auf der Terrasse erscheint und mit der Hose winkt, holt mich die Realität wieder ein.

»Dreck! Ich muss sofort los.«

»Du, es tut mir schrecklich leid, aber mir ist beim Nähen der blöde Spindelspuler abgebrochen. Jetzt hab ich nur ein Bein geschafft.«

»Macht nichts.«

»Vorsicht, ich hab dir das andere Bein mit Stecknadeln hochgesteckt. Sieht ja sonst unmöglich aus.«

»Danke, Mama. Wir sehen uns um Viertel nach sieben vor dem Theater, okay?«

»Wie besprochen. Alles Gute fürs Studio.«

»Zeig dem Bert, wo es langgeht.«

*

»Ladadidadidam, ladidadidam, daaam … gnnnmmpfffhihi-hihihihi!«

Mist.

328

Der Bert-Sprecher sitzt neben mir auf seinem Studio-
hocker und hat sichtlich Mühe, seinen Groll nicht offen zu
zeigen. Kann ich verstehen. Ich versuche, nicht mehr daran
zu denken, wen der schon alles synchron gesprochen hat.

Herr Böltinghausen meldet sich aus dem Regieraum in
meinem Kopfhörer.

»Was ist denn heute mit dir los, Oliver? Du singst fast das
ganze Lied perfekt herunter, und in der letzten Zeile kriegst
du immer diesen Lachanfall.«

»Tschuldigung, tut mir leid. Können wir noch mal? Diesmal klappts bestimmt.«

»Na gut, meinetwegen. Ihr steigt bitte bei *Ladidadidam,
ladidadidam, irgendetwas mit Herz* ein.«

Die Musik startet, der Einsatz kommt. Ich schaue Rock-
Hudson-Dr.-McCoy-Bert an. Wir singen einträchtig und
voller Inbrunst los und wiegen uns im Takt dazu. Aber jetzt
kommt gleich wieder der vermaledeite Schluss. Ich darf
einfach nicht an gestern denken. Nicht daran, dass ich genau an dieser Stelle Amelie-Bert geküsst habe. Und vor
allem nicht daran, was für ein Gesicht Rock-Hudson-Dr.-
McCoy-Bert machen würde, wenn ich ihn jetzt auch einfach
küssen … nein, nein, darf ich halt einfach nicht daran denken … am besten, ich schau ihn bei der Stelle gar nicht an.
Und ich lasse nur Gedanken zu, die mit überfahrenen Kaninchen zu tun haben …

»… Ladidadidam, ladidadidam, daaa … pffffffffrrrrzzzz
huahuahuahaha! … Tschuldigung.«

»Ich kann so nicht arbeiten.«

»Oliver, ich dachte Sie sind professioneller Schauspieler?«

»Jaja, Asche auf mein Haupt. Aber ich kriegs jetzt hin
Versprochen. Können wir noch mal bei *Ladidadidam, ladidadidam, irgendetwas mit Herz* …?«

So, jetzt muss ich mich aber wirklich zusammenreißen. Wieder die Musik, wieder der Einsatz, wieder Rock-Hudson-Dr.-McCoy-Bert ansehen, wieder sich im Takt wiegen und wieder an überfahrene Kaninchen denken. Und britisches Essen. Und amerikanische Erotikfilme. Und das Viertelfinale WM 1998 … ja, diesmal schaffe ich es. Ich balle meine Fäuste und presse meine Beine fest an die Hockerbeine und lasse vor meinem geistigen Auge noch einmal Davor Suker die gesamte deutsche Abwehr austanzen und zum 3 : 0 einschießen …

»… Ladidadidam, ladidadidam … AUUUUUTSCH!!!«

…

Ich sehe, wie Herr Böltinghausen und der Tonmeister im Regieraum die Hände auf die Ohren gepresst halten und sich nur sehr langsam trauen, sie wieder herunterzunehmen.

»Was war denn das jetzt bitte, Oliver?«

»Tschuldigung, aber es ist so, meine Mutter wollte vorhin noch meine Hose kürzen, wir hatten nämlich heute Geburtstagsfrühstück, und sie hat nur das eine Hosenbein geschafft, weil bei ihrer Nähmaschine der Spindelspuler abgebrochen ist, und da hat sie dann das andere Hosenbein einfach nur mit Stecknadeln hochgesteckt, weil sie fand, dass das sonst doof aussieht, wobei, ich hab ihr noch gesagt, dass das völlig egal ist, weil wir ja hier nur Ton aufnehmen und nicht Bild, nicht wahr, na ja, aber es war ihr halt einfach ein Anliegen, und ich hab jetzt im Eifer des Gefechts die Nadeln ganz vergessen, und weil ich nicht lachen wollte, hab ich mein Bein so an den Hocker gedrückt, und die eine Nadel, ne, war ja klar … also, können wir vielleicht einfach noch mal bei *Ladidadidam, ladidadidam, irgendetwas mit Herz* …?«

RUSSISCHE BOTSCHAFT

Das habe ich jetzt einfach mal so richtig versaut. Zwei Stunden im Studio und keine komplette Version des Lieds im Kasten. So was darf eigentlich nicht passieren. Aber es war wirklich wie verhext. Ein Wunder, dass Rock-Hudson-Dr.-McCoy-Bert mich nicht in Stücke gerissen hat. Keine Ahnung, was das für Konsequenzen haben wird. Herr Böltinghausen wollte sich zwar um einen neuen Termin bemühen, bei dem ich dann gleich auch noch »Hätt' ich dich heut erwartet, hätt' ich Kuchen da« einsingen soll, damit es sich lohnt, aber ich habe irgendwie den Verdacht, dass sie bis dahin hinter meinem Rücken ein neues Ernie-Casting machen. Wenn sie dann einen finden, der stimmlich passt, bin ich draußen. Das wäre schlimm. Ich darf gar nicht dran denken, dass ich mir diese Woche eine Jeans für 119,90 Euro gekauft habe. Zurückgeben kann ich die jetzt nicht mehr, nachdem meine Mutter dran rumgeschnibbelt hat.

Bevor ich in die U-Bahn steige, hole ich mir noch eine Berliner Zeitung. Die Arturo-Ui-Aufführung heute Abend ist schon wieder der Aufmacher im Berlin-Teil. Bushido-feindliche Hiphopper wollen in Scharen die Aufführung besuchen, und Bushido-Freunde wollen stören. Ich bekomme allmählich Angst, dass mein Geburtstagsgeschenk doch keine so gute Idee war, aber da gibts jetzt kein Zurück mehr.

Vor dem Haus setze ich mich auf die Bank vor der Kokser-Galerie, die Hendrik inzwischen wieder zusammengeflickt hat, und versuche kurzentschlossen, Julia anzurufen. Ist zwar schon einiges schiefgelaufen heute, aber ich kann ja trotzdem jetzt nicht einfach so die Zeit verstreichen lassen.

Ihr Handy ist aus. Also wieder SMS.

reden?

Wenn sich ein SMS-Text an Julia bewährt hat, dann dieser. Ich stecke mein Handy wieder ein. Danach ziehe ich mir die Stecknadeln aus dem linken Hosenbein und pikse sie in den bröckelnden Ost-Schaufensterkitt hinter mir. Am besten ich vergesse das jetzt mal mit dem Geburtstag. Gibt ja auch noch andere schöne Tage im Jahr. Muss man halt so nehmen, wie es kommt.

Als ich die Wohnungstür aufmache, steht zu meiner Überraschung meine komplette WG plus Exmitbewohner Hendrik plus Caio plus Hacker-Arne plus eine weitere Reto-Schönheitskönigin im Flur Spalier. Während ich vorsichtig einen Fuß vor den anderen setze, grölt das Spalier die Darth-Vader-Melodie aus Star Wars.

»Däm Däm Däm Dämdädäm Dämdädäm!

Däm Däm Däm Dämdädäm Dämdädäm!

Alles Gute zum Geburtstag!«

So weit, so gut. Das war wirklich sehr engagiert vorgetragen und gut gemeint und auch wirklich mal was anderes als dies ewige *Happy Birthday*. Nur der Moment danach ist etwas schwierig, weil sich irgendwie keiner so recht traut, mir als Erster die Hand zu schütteln oder mir gar um den Hals zu fallen. Schon nachvollziehbar. Man will sich in solchen Situationen ja nicht vordrängeln, vielleicht gibts ja jemanden, der dem Geburtskind noch näher ist. Aber irgendwie stehe ich für ein paar Sekundenbruchteile ziemlich dumm da. Schließlich gibt sich Reto einen Ruck, schüttelt mir kräftig die Hand, gratuliert und überreicht mir ein Geschenk. Während ich die Tafel Schweizer Schokolade und die Familienpackung Kuh-Gras vom Geschenkpapier befreie, fange ich wieder an zu grübeln. Irgendwie schon komisch, dass mir ausgerechnet Reto als Erster gratuliert.

Aber als ich als Nächstes ein mit Schleifchen versehenes Gesangsmikrostativ mit Rundfuß überreicht bekomme, bin ich dann schon ganz schön gerührt. Tobi, Gonzo, Francesco, Hendrik, Caio und Arne haben zusammengelegt. Nachdem mich alle gedrückt haben, mache ich spontan ein paar verwegene Rock'n'Roll-Turnübungen mit dem Ding. Dabei zerdeppere ich die Glühbirne über mir und kriege tosenden Applaus.

Während die anderen in die Küche umsiedeln, kommt schließlich die Reto-Schönheitskönigin auf mich zu. Ich bin noch mächtig am Schnaufen.

»Herzlichen Glückwunsch auch von mir.«

»Puh … Vielen Dank.«

Auch das ist komisch. Die Person, die man am wenigsten kennt, gratuliert natürlich zuletzt, und das führt dann wiederum dazu, dass sie die Erste ist, mit der man wirklich Zeit hat zu reden.

»Hm, wir äh … kennen uns noch gar nicht, nicht wahr?«

»Ja, stimmt. Ich heiße Diana.«

Dieses Gesicht. Dazu das Lächeln, die Haltung, der Duft. Es wäre unmöglich zu sagen, welche von den ganzen Reto-Frauen die Schönste ist. Irgendwie schweben sie alle in Sphären, in denen die üblichen Vergleiche nicht mehr greifen, und irgendwie schafft es jede von ihnen, einem sofort das Gehirn umzudrehen. Trotzdem habe ich gerade immerhin einen korrekten Satz herausgebracht. Bin wohl tatsächlich schon ein wenig abgehartet. Hoffentlich kann ich das Niveau halten.

»Und wie heißt du?«

»Kroliver … äh Krock … also Krach meine ich, aber die Jungs nennen mich Oliver … nein, umgekehrt eigentlich … ach, sag einfach Krolch zu mir …«

»Also Krach ist richtig?«

Sie ist anscheinend an so was gewöhnt.

»Äh ja, Krach. Jetzt ham wirs, hehe …«

»Toller Name. Du bist bestimmt Künstler, oder?«

»Ja, Schausteller, Gesänger und Synchronspringer. Und was machst du so?«

Der Satz war jetzt, glaub ich, schon wieder nicht hundert Prozent richtig, aber doch tausendmal besser als der vorhin mit meinem Namen. Also das war wirklich ein Desaster …

»He, Diana, Krach, jetzt kommt mal ran hier.«

In der Küche sitzen alle um Tobis und Arnes Laptops herum.

»Lasst mal den Krach nach vorne. Die Show ist schließlich auch ein Geburtstagsgeschenk.«

Ach ja, vier Uhr, das Stasi-Opa-Finale. Jetzt bin ich wirklich gespannt. Zwei Laptops stehen auf dem Tisch. Auf dem einen sieht man nur schmutziges Weiß, auf dem anderen den Opa aus der Vogelperspektive. Er sitzt an der Abhöranlage, Kopfhörer auf den Ohren und die Hände auf der Schreibmaschine, zittrig, aber bereit, bis zu seinem letzten Atemzug unser WG-Leben aufs Papier zu hämmern.

»Warte kurz. Ich will noch mal probieren, ob die Leitung steht: DIE MAUER MUSS WEG!«

Tatsächlich, er fängt an zu tippen.

»Das glaubt uns echt keiner.«

»Keine Sorge, wir haben alle Kamerabilder von Anfang an mitgeschnitten. Bereit? Operation Paparazzo läuft!«

Tobi bewegt die Joysticks. Der Quadrokopter kommt von

der Seite ins Bild geschwebt. Der Opa bemerkt nichts und tippt weiter. Arne lässt den Quadrokopter ein paar Sekunden über seinem Kopf schweben.

»Schade, dass der Lautsprecher nicht mehr montiert ist. Ich würde jetzt gerne einfach *Buh!* machen.«

Auf dem zweiten Laptopbildschirm sind inzwischen die braun-orange gemusterten Vorhänge des Zimmers zu sehen. Anscheinend ist das das Bild der Quadrokopterkamera. Ich weiß nicht, was Reto Diana über die Aktion hier erzählt hat, aber sie scheint sich über nichts zu wundern. Tobi funkelt angriffslustig mit den Augen.

»Okay, Bügeleisenmann, dann justier mal deinen Herzschrittmacher.«

Sssummm. Der Quadrokopter beschreibt einen eleganten Halbkreis und bleibt direkt vor der Nase des Mannes in der Luft stehen. Der Opa schaut kurz hoch, dann wieder kurz auf die Schreibmaschine, als bräuchte sein Hirn etwas Zeit, um die Information zu verarbeiten. Eine halbe Sekunde später springt er dann aber so heftig auf, dass sein Stuhl umkracht und der Kopfhörer von seinem Kopf fliegt. Die Quadrokopterkamera zeigt sein schreckverzerrtes Gesicht in Nahaufnahme. Die DDR-Brille hängt schief auf seiner schrumpeligen Nase.

»So, jetzt wieder etwas Abstand gewinnen … fein, und jetzt – Gefechtsalarm.«

Der Quadrokopter beginnt eine Blitzlichtsalve auf den Stasi-Opa abzuschießen, als wäre er David Beckham, der betrunken im Schottenrock ohne Unterhose vor einem Luxushotel aus dem Auto steigt. Zuerst reißt der Mann geblendet die Arme hoch, dann versucht er, den Quadrokopter zu fangen, was ihm aber nicht gelingt, weil Tobi immer wieder geschickt nach oben ausweicht. Wir können uns vor Lachen kaum noch auf den Beinen halten. Nach einiger

Zeit gibt der Opa seine Fangversuche auf und versucht stattdessen verzweifelt, seine Abhöranlage mit Tischdecken, Kissen, Aktenordnern zu bedecken, um sie vor den vermeintlichen Fotos zu schützen. Dabei verliert er seine Brille und tapst schließlich nur noch hilflos herum.

»Also, ich glaube, er hat jetzt genug.«

»Ach komm, bisschen noch.«

»Nein, hör auf.«

»Na gut.«

»Jetzt werdet ihr sehen, warum es so wichtig war, dass wir die Aktion um Punkt vier gestartet haben.«

»Warum denn?«

»Na, weil unser verehrter Herr Stasimann dann immer lüftet.«

Die hässlichen Vorhänge rücken immer näher auf dem Monitor. Der Roboterarm kommt ins Bild und zieht einen davon geschickt zur Seite. Der Quadrokopter schlüpft nach draußen. Jetzt sehen wir unseren Hof und unser Küchenfenster auf dem Monitor.

»Dreh das Ding noch mal um, ich will noch ein letztes Mal sein Gesicht sehen.«

»Okay … huch!«

Der Stasimann hat seine Brille wieder auf. Und er steht bedrohlich dicht und hat eine Stange in der Hand.

»Zieh ihn hoch! Schnell!«

»Er will nicht! Da stimmt was nicht!«

Arne stürzt zum Fenster steckt seinen Kopf raus.

»Ach, du Scheiße!«

»Was?«

»Er hat einen Käscher!«

Einen Sekundenbruchteil später drängeln wir uns alle am Fenster. Tatsächlich. Der Opa hat irgendwo aus dem Nichts einen riesigen Fischkäscher mit Teleskopstange her-

vorgezaubert und ihn über Tobis und Arnes Flugspielzeug
gestülpt.

»Pfiffig ist er ja. Muss man ihm lassen.«

»Senkrecht nach unten, Tobi! Und dann seitwärts weg!«

Einer der vier Rotoren verfängt sich im Käschernetz. Der
Quadrokopter neigt sich manövrierunfähig zur Seite. Der
Stasi-Opa zieht währenddessen unerbittlich seinen Fang zu
sich heran.

»Das darf nicht wahr sein!«

»Der soll den nicht kriegen. Alle, nur der nicht!«

»Rotoren aus!«

Tobi drückt eine Taste. Die Rotorblätter stehen still. Noch
bevor der Opa merkt, was los ist, fällt der Quadrokopter aus
dem Käscher heraus nach unten.

»Rotoren wieder an! Mach hin!«

Der Quadrokopter fällt schneller und schneller. Die Rotoren beginnen sich zu drehen, aber eine Zeitlang sieht es
nicht so aus, als ob sie den begonnenen Sturzflug noch stop-
pen können. Diana kreischt auf. Erst knapp über dem Boden kommt das Ding zum Stillstand und fliegt langsam wieder nach oben. Der Stasi-Opa streckt noch einmal seinen
Käscher aus, aber er hat keine Chance. Der Quadrokopter
dreht eine Ehrenrunde über den Hof und landet unter großem Jubel auf unserem Küchenfensterbrett. Wir werfen
dem kreidebleichen Senior so lange Kusshände zu, bis er
wieder in seinem Fenster verschwindet.

»Republikflucht geglückt!«

»Was der Typ wohl jetzt macht?«

Reto nimmt Diana sanft am Arm und führt sie aus der Küche. Sie hat Tränen in den Augen.

»Was hat sie denn?«

»Keine Ahnung.«

NÄÄÄÄÄÄÄÄT!

»Ups, das ist bestimmt der Stasi-Opa, was meint ihr?«

»Weiß nicht. Wir sollten wirklich mal einen Türspion einbauen.«

»Das ist aber spießig.«

»Sollen wir jetzt aufmachen oder nicht?«

»Tja, schwierig. Der hat dermaßen einen an der Waffel. Wer weiß, ob der nicht noch irgendwo eine Knarre im Schrank hat.«

»Oh, darüber hab ich noch gar nicht nachgedacht.«

»Ich frag einfach, wer da ist.«

Gonzo pirscht sich zur Tür und presst sich neben ihr an die Wand.

»Wer ist da, bitte?«

»Expresspaket.«

…

»Erwartet jemand von euch ein Expresspaket?«

»Nein. Mach nicht auf. Das ist er. Bestimmt.«

»Quatsch, der hätte *Öxprössbogeht* gesagt.«

»Stimmt auch wieder.«

Gonzo öffnet langsam die Tür.

»Na endlich. Einmal Paket für Krachowitzer, bitte schön, einmal hier unterschreiben, danke schön, und tschüss.«

Wir atmen auf. Nur Gonzo guckt ziemlich elend drein, während er mir das Paket überreicht.

»Oh, von Amelie.«

Etwa eine Lasagne? Bitte nicht. Das würde jetzt alles mit einem Schlag doppelt so kompliziert machen … Nein, viel zu klein und zu leicht. Ich entferne eine Lage Paketpapier, danach eine Lage Blumenwiesen-Geschenkpapier, danach eine Pappverpackung.

Ein Schlips.

Ein Sesamstraßenschlips. Mit Ernie und Bert drauf. Aber nicht als Foto, sondern als Comicfiguren. Total unauthentisch. Ernie und Bert als Comic, das gehört verboten. Wenn, dann nur als Foto-Love-Story.

Dabei liegt eine Karte mit dem gleichen Motiv.

Lieber Krach,
alles Liebe und Gute zum Geburtstag! Ich wünsche Dir ei-
nen rundrum schönen Tag. Ich glaube, wir haben gestern
einen großen Fehler gemacht. Ich hoffe, du siehst das ge-
nau so. Ich bin heute mit Julia aufs Land gefahren. Ich
hoffe, alles wird wieder gut.

Liebe Grüße, Amelie

PS: Ich soll dich auch lieb von Lambert grüßen.
PS 2: Ich wünsche dir alles Gute für die Aufnahmeprüfung
morgen.

Eigentlich hätte es die Karte nicht gebraucht. Der Schlips sagt alles. Ich wehre die Versuche der anderen, mich zu überreden, ihn anzuziehen, ab und sage, ich muss aufs Klo. Im Vorbeigehen hänge ich den Schlips an den Inzaghi-Hass-Altar.

Retos Klo ist ein guter Ort. Man kann zuschließen, und bis auf eine Kleinigkeit verbinde ich sehr positive Erinne-rungen mit ihm. Ich setze mich auf den Klodeckel und hole mein Handy raus.

liebe julia, so unwahrscheinlich alles klingt, was amelie
dir gerade erzählt – es ist wirklich genau so gewesen. lass
uns reden.

Abqeschickt.

bitte!

Abqeschickt.

und es tut mir sehr leid, dass ich dir selber arschloch
gesmst habe.

339

Abgeschickt.

ich nehme es zurück. du findest, das geht nicht so einfach? dann pass mal auf: hcolhcsra rebles. okay?

Abgeschickt.

und wirklich: es war nicht das, wonach es ausgesehen hat.

Abgeschickt.

echt nicht.

Abgeschickt.

Ich weiß zwar nicht, ob das hilft, aber ich fühle mich besser. Ich falte Amelies Karte zusammen, stecke sie in die Hosentasche und gehe wieder zurück in die Küche.

Tja, stimmt natürlich, was Amelie geschrieben hat. Die Aufnahmeprüfung steht morgen an. Aber was soll ich mich jetzt noch groß reinhängen. Bei Ladidadidam hat die ganze Überei ja auch nichts genützt. Irgendwie entscheiden am Ende doch immer nur kleine Details und Zufälle. Da kann ich mir jetzt auch einfach mal mein Bier schmecken lassen.

Caio wedelt mit einem Zettel herum.

»Was ist das hier eigentlich, Krach?«

»Zeig mal. Ach, das ist die Kopie von meiner Anmeldung für die Aufnahmeprüfung an der Ernst Busch. Lustig. Musste ich eben gerade auch dran denken. Ist ja schon morgen.«

»Hm, und du willst also die Anfangsszene von *Warten auf Godot* spielen?«

»Na klar, Klassiker, aber kein Mainstream, schöne kurze, knackige Sätze, ist doch gut, oder?«

»Aber das ist ein Dialog.«

»Na und? Ich spreche den Estragon und einer von der Schauspielschule liest die Vladimir-Passagen rein.«

»Hast du mal das Kleingedruckte gelesen?«

»Wieso?«

»Da steht, dass sie bei Dialogszenen keinen Partner stellen. Du musst deine Stellen quasi ins Leere sprechen.«

»Was? Ouh … Aber, warte mal, das ist vielleicht gar nicht so schlimm.«

»Versuchs doch mal.«

Ich setze mich auf den Boden und mime den Estragon, der, wie im Textheft beschrieben, versucht, seinen Schuh auszuziehen.

»*Nichts zu machen … Meinst du? … Ich auch … Wart mal, wart mal! … Im Graben … Da hinten …* Scheiße, das geht gar nicht! Ich sollte lieber den Vladimir sprechen. Der hat mehr Text.«

Die anderen lachen sich kaputt. Nur Caio reißt sich am Riemen.

»Beruhig dich. Du hast bei dem Feld ›Rolle‹ sowieso gar nicht ›Estragon‹ reingeschrieben.«

»Oh. Was denn dann?«

»Godot … Pfffffffffffffhihihihihihi!«

Nein! Wo habe ich nur meinen Kopf gehabt? Godot! Weiß doch jeder, dass der das ganze Stück lang nicht auftaucht. Das ist doch der Gag an der Sache. »Estragon« wollte ich schreiben.

Während die anderen ablachen, schwebt Diana, von Reto begleitet, über den Flur. Sie winkt kurz zum Abschied zu uns herüber und sieht wieder einigermaßen gefasst aus. Reto verschwindet kurz mit ihr im Treppenhaus und stößt dann zu uns.

»Reto, können wir dich mal was fragen?«

»Aber sichrch.«

Wow, Tobi hat Mut. Ich würde auch nur zu gerne wissen, welche von den Traumfrauen die mit der problematischen Schamhaarfrisur ist und ob sich schon eine Lösung dafür ergeben hat, aber ich würde mich nicht trauen zu fragen.

»Warum war Diana vorhin so traurig?«

»Sie hat mirch erzählt, dass ihr Großvatrch frührch im Stasi-Knast Hohenschönhausen eingesessen hat.«

»Oh.«

»Eure Aktion fand sie sehrch sympathisch.«

»Na, dann ist ja gut.«

NÄÄÄÄÄÄÄÄÄÄT!

Wir verstummen, und Gonzo schleicht sich wieder an die Tür.

»Wer ist da bitte?«

»☺ Das Sandmännchen. ☺«

»☺ Und Mike Krüger. ☺«

Gonzo macht die Tür einen Spalt auf.

»Hm, also wisst ihr, wir feiern hier gerade …«

»☺ Was auch immer ihr feiert, vergesst es. ☺«

»☺ Die echte Party ist auf der Straße. ☺«

»☺ Ihr kriegt hier oben mal wieder gar nichts mit. ☺«

»Wie meint ihr das, auf der Straße?«

»☺ Na schaut mal, was da rumläuft. ☺«

Die beiden lassen Gonzo links liegen und drängeln in die Küche. Elvin zückt sein Kamerahandy und spielt uns einen Dreisekünder vor, auf dem man Diana sieht, die genervt wegschaut, als sie merkt, dass sie gefilmt wird.

»☺ So, genug gespannt, Homies. Jetzt erst mal Flüssignahrung. ☺«

Die beiden bedienen sich und prosten uns zu. Wir versuchen, so gut es geht, uns nicht in unserer Stimmung beeinflussen zu lassen, aber es geht, ehrlich gesagt, nicht besonders gut.

»☺ Was ist das für ein neuer Look, Krach? ☺«

»Wenn du meine Hose meinst, das ist kein Look, sondern ein Unfall.«

»☺ Passt irgendwie zu ihm, oder? ☺«

»☺ Du meinst, so verschlamptes-Genie-mäßig? ☺«

»☺ Nee, mehr so meine-Mama-hat-heute-nur-ein-Bein-geschafft-mäßig. ☺«

»Ihr werdet lachen, aber so war es wirklich. Da ist auf einmal der Spindelspuler abgebrochen, und …«

»☺ Hihi, Krach, irgendwie hast du was. Muss ich echt mal sagen. ☺«

»☺ Ich versteh übrigens immer weniger, was ihr gegen Pinklbräu Easy habt. Schmeckt doch wunderbar. ☺«

»Das ist ja auch wieder Augustiner.«

»☺ Huch, jetzt hat er mich aber erwischt. Hihi. ☺«

NÄÄÄÄÄÄÄÄT!

Gonzo schleicht sich wieder in Position.

»Wer ist da?«

»☺ Ihr seid aber ganz schön unlocker geworden mit eurer Türpolitik. ☺«

»Psssssst!«

»Hier ist Chiara. Ich möchte zu Reto Zimmerli.«

Gonzo öffnet. Reto ist bereits zur Stelle und führt Chiara in sein Zimmer. Hendrik, Caio und Arne gießen sich ihr Bier, wie gehabt, über den Latz, Elvin über sein Kamerahandy, Adrian über seinen iPod.

»Jetzt reißt euch mal am Riemen.«

»Man könnte ja meinen, ihr habt noch nie eine gutaussehende Frau zu Gesicht bekommen.«

»☺ De … De … Wa … Wa … ☺«

»☺ Gu … Gu … Ke … Ke … ☺«

»Das geht vorbei.«

Als Elvin und Adrian ihre Sinne wieder halbwegs beisammenhaben, sehen sie, was das verschüttete Bier mit ihrer portablen Elektronik angerichtet hat. Für einige Zeit verwandeln sie sich in Klageweiber, aber dann fällt ihnen ein, dass sie das Ganze per Versicherungsbetrug lösen können. Die Aussicht auf neue iPods und Handys scheint sie noch fröhlicher zu machen als zuvor.

»☺ Wir könnten gleich auch noch bisschen Bier über euren Spielzeughubschrauber hier kippen. ☺«

»Das ist ein Quadrokopter.«

»☺ Wow, hört sich gut an. Die Versicherung zahlt den Neuwert. Da ist dann vielleicht sogar eine neue Nähmaschine für Krachs Mama drin, hihi. Soll ich? ☺«

»Dieser Quadrokopter ist ein Held des Kalten Krieges. Wenn du ihm auch nur ein Rotorblatt krümmst, dann …«

»☺ Freeze, freeze! Guckt mal alle, hier habt ihr ein wunderbares Beispiel dafür, dass man jeden Menschen dazu bringen kann, emotional zu werden. Man muss nur den neuralgischen Punkt berühren. ☺«

»☺ Yeah, das ist sozusagen unser Job. ☺«

»☺ Okay, aber mach ruhig weiter, Tobi. Sollte nur eine kleine Zwischenbemerkung sein. ☺«

Arne packt den Quadrokopter und sein Laptop und verzieht sich in Tobis Zimmer.

»☺ Etwas nervös, euer Systemadministrator. ☺«

»☺ Wir wollten ihn nicht erschrecken. Sagt ihm, wir wären auf jeden Fall zu einer entschuldigenden Geste bereit. ☺«

»☺ Wir könnten ihm eine günstige Stilberatung vermitteln, hihi. ☺«

»☺ Lass mal, in Sachen Stilfragen sehe ich immer noch Krach ganz vorne. ☺«

»☺ Stimmt. Mister Hosenbein rulez. ☺«

»☺ So Freunde, war nett zu plaudern, aber wir müssen zur nächsten Schicht. ☺«

»☺ Cya tomorrow. ☺«

»☺ Spätestens. ☺«

»☺ Frisch bleiben. ☺«

Die Tür fällt ins Schloss. Ich schnaufe tief durch und sehe

Tobi an. Er nickt leise, aber es dauert eine Weile, bis wir anfangen zu sprechen.

»Also Gonzo, was wir dir schon lange mal sagen wollten …«

»… und das darfst du jetzt echt nicht falsch verstehen …«

»… und wir finden ja auch, dass Elvin und Adrian ganz
nett sind …«

»… aber, wie soll ich sagen …«

»… wir finden, dass äh …«

»… sie nicht dauernd hier rumhängen sollten, oder, nun
ja, …«

»… wenigstens nicht ganz so oft. Verstehst du, was wir
meinen?«

»Hey, ich weiß gar nicht, warum ihr so rumstammelt. Von
mir aus können wir die beiden sofort zu Katzenfutter machen und ins Ausland verkaufen.«

»Oh, prima, also, ich meine …«

»… dann ist ja alles wunderbar.«

»Absolut.«

»Nun gut, also, hm, also …«

»… sagst du es ihnen dann bitte?«

»Wieso soll ausgerechnet ich es ihnen sagen?«

»Na ja, also, korrigiere mich, wenn ich falschliege,
aber …«

»… du hast sie doch schließlich hier angeschleppt.«

»Waas? Ich dachte immer, einer von euch hätte die angeschleppt.«

»Waas? Willst du damit sagen …«

»… das sind gar nicht deine Freunde?«

»Meine Freunde? Wir treffen uns morgen früh im Hof
zum Duell, Tobi. Welche Waffen?«

»Momentchen, Gonzo. Das hat mir Krach erzählt.«

»Ja, aber ich hab das auch von jemand anderem. Wart

345

mal, Hendrik, du warst das, oder? Auf der Party hast du mir hier in dieser Küche gesagt, dass Gonzo die beiden eingeladen hat.«

»Das war nur eine Vermutung.«

»Boa ey, so denkt mein ehemaliger Mitbewohner also von mir.«

»Na ja, Gonzo, Grafiker, Werbung, hab ich halt zwei und zwei zusammengezählt …«

»So einen ungeheuerlichen Verdacht muss man doch mindestens überprüfen.«

Wir brauchen einen kleinen Moment Stille, um die Lage vollständig zu erfassen.

»Hey, aber im Klartext heißt das, …«

»… nächstes Mal, wenn sie kommen …«

»… schmeißen wir sie einfach achtkantig raus!«

NÄÄÄÄÄÄÄÄÄT!

»Ha, es ist schon so weit. Das wird ein Massaker.«

»Nein, lass mich an die Tür.«

»Ich will.«

»Caio, hol einen Eimer Wasser …«

Es dauert etwas, bis die Tür offen ist. Der russische Bauarbeiter, der geklingelt hat, springt erst mal einen Schritt zurück, als er unsere gefletschten Zähne sieht. Dann fängt er wieder an zu reden, und es scheint ihm wieder sehr wichtig zu sein, und wir verstehen wieder kein Wort. Zum Glück haben wir diesmal Hendrik am Start. Wir lassen den Russen seinen Text wiederholen, und er übersetzt. Jedem von uns ist im gleichen Moment klar, dass die Botschaft wirklich wichtig ist. Äußerst wichtig. Überlebenswichtig. Wir wissen, was wir zu tun haben, und fangen sofort damit an.

PEYMANN

Das Presse-Vorgeplänkel um die Arturo-Ui-Aufführung hat natürlich gewirkt. Je näher ich an das Berliner Ensemble herankomme, umso mehr Hiphopper sehe ich. Am meisten prägen aber Unmengen von Kampfanzug-Polizisten das Straßenbild. Richtig beunruhigend ist das Ganze aber nicht. Die Stimmung ist ungefähr so wie eine halbe Stunde vor Anpfiff eines Bundesliga-Lokalderbys vor dem Stadion. Ab und zu ein Spruch oder ein Pöbelgesang. Vorzeichen für eine Straßenschlacht sehen anders aus.

Die Theaterbesucher, die überwiegend noch nie die Stimmung vor einem Lokalderby erlebt haben, sehen das natürlich anders. Vor allem, dass die Hängepopohosen nicht nur vor dem Theater, sondern auch *im* Theater sind, beunruhigt sie. Aber bei anderer Gelegenheit immer rumjammern, dass die Jugend keinen Sinn für Kultur hat …

Meine Eltern im Foyer zu finden ist nicht schwer. Mein Vater hat nämlich wieder sein unmögliches kariertes Jackett an. Ein Neues wäre auch mal eine Idee für ein Geburtstagsgeschenk gewesen. Allerdings passt jemand mit seinem schrankartigen Körperbau in keine normale Größe. Außerdem, was solls. Er fühlt sich wohl drin.

»Hallo. Na, wartet ihr schon lange?«

»Nein. Sag mal, was ist denn jetzt schon wieder mit deiner Hose?

»Ach weißt du, Mama, die Nadeln sind da dauernd rausgefallen.«

»Dann krempel das Bein doch wenigstens nach innen. Wie sieht denn das sonst aus? Wir sind hier im Theater.«

Das gibts doch nicht. Mein Vater kommt im Karojackett, aber ich muss mir Modekritik anhören.

»Hey, das sieht ja wohl immer noch tausendmal besser aus als die ganzen Hängepopohosen hier.«

»Die haben wenigstens gleich lange Hosenbeine.«

»Na komm, Gerlinde, ich glaube, heute ist das wirklich egal.«

Mein Vater lässt fasziniert seine Blicke über die Hiphopper streifen.

»Du weißt ja, Oliver, ich hatte in meiner Schulzeit auch meine Bande …«

»Jetzt fang nicht schon wieder mit deinen vermeintlichen Heldengeschichten an, Bruno.«

»Will ich gar nicht. Aber man kann es doch auch nicht wegdiskutieren, dass Feindschaften und Kampf immer eine Rolle in unserem Leben spielen. Selbst in unserer Zivilgesellschaft.«

»Hey Papa, kann es irgendwie sein, dass du jetzt auch gerne Hiphopper wärst?«

»Ich? Bin ich zu alt für. Aber ich sage immer, es ist nicht schlimm, wenn man sich mal schlagen muss. Schlimm ist nur, wenn man es aus den falschen Gründen tut.«

»Ich sag dir, hier schlägt sich heute keiner, Papa. Das wird nicht so heiß gegessen, wie es gekocht wird.«

»Meinst du?«

»Sei nicht enttäuscht.«

»Ich und enttäuscht? Was denkst du eigentlich von mir?«

»Hab ich nicht ernst gemeint. Das Schlimme an Krieg ist ja, dass man nicht mehr aufhören kann.«

»Ja, genau so ist das.«

Wir gehen die Treppe zum ersten Rang hoch und setzen uns. Im Theatersaal ist die Stimmung eigentlich ganz normal. Die Hängepopohosen sieht man nicht mehr, sobald sich die Jungs hingesetzt haben. Irgendwie scheint ihnen der große Raum so etwas wie Ehrfurcht einzuflößen.

»Ich hatte noch nie so einen guten Platz im Theater. Du musst ja ein Vermögen ausgegeben haben.«

»Iwo, die hatten alle Karten heruntergesetzt, weil sie Angst hatten, dass sie drauf sitzen bleiben. Konnte ja keiner ahnen, dass dann zum Schluss noch der große Anti-Bushido-Hiphopper-Ansturm kommt.«

Mein Vater hat seine Lesebrille rausgeholt und studiert gemeinsam mit meiner Mutter das Programm. Ich lehne mich zurück und versuche, mich zu entspannen. Ja, morgen ist die Aufnahmeprüfung. Kein Problem. Ich gehe einfach rein und tue so, als ob das ein Scherz war, dass ich Godot als Rolle ausgewählt habe. Und dann spreche ich den Vladimir. Den Text kann ich, und der Rest hängt eh von der Tagesform und der Laune der Jury ab. Und wenns nicht klappt, vielleicht umso besser. Wäre mal ein Anlass, sich zu erkundigen, was es denn sonst noch so an Schauspielschulen in Deutschland gibt. Täte mir vielleicht sowieso ganz gut, endlich mal aus Berlin raus … Moment mal.

»He, pst, Mama, Papa, da …«

»Ja, was denn?«

»Ach, nichts, hab mich getäuscht.«

»Getäuscht?«

»Na, ähm, ich dachte, da unten sitzt Tante Paula.«

Nein, ich glaube, es ist doch besser, wenn ich ihnen nicht erzähle, dass direkt vor uns Claus Peymann sitzt. Diskreter Flüsterton gehört nicht zu ihren Stärken, und wenn ich jetzt erst mal lang und breit hätte erklären müssen, wer Claus Peymann ist, wären sicher irgendwann viel zu laute Zwischenbemerkungen so in der Art »Aber warum ist der Herr Breimann jetzt nicht bei seinen Schauspielern?« oder »Herr Peykamm sieht aber gar nicht nach Theaterchef aus« gekommen. Abgesehen davon hätte mein Vater ihm bestimmt auch noch die Hand geschüttelt und verkündet, dass das hier sein Sohn sei und dass der auch irgendwie gerne Schauspieler werden möchte. Lieber nicht.

Das Stück rollt los. Ich vergesse schnell alles um mich herum und lasse mich in den Bann des Leichtgewichthalunken Arturo Ui und dessen Weg nach oben ziehen. Erst zur Pause erinnere ich mich wieder, dass ich von meinen Eltern und Claus Peymann eingekreist bin. Wir schieben uns mit der Menge ins Foyer. Dort diskutieren bereits diverse Hiphopper-Grüppchen eifrig darüber, ob es Parallelen zwischen Arturo Ui und Hitler gibt. Von Bushido spricht keiner mehr. Schade, dass Brecht das nicht miterlebt. Hätte ihm gefallen.

Mein Vater hat zwei Pils und einen Weißwein besorgt. Wir trinken und mutmaßen darüber, ob Onkel Heinz heute wohl eine schlaflose Nacht haben wird. Ich überlege kurz, ob ich den beiden doch noch von meiner Aufnahmeprüfung morgen erzählen soll, aber ich lasse es dann. Ist taktisch viel besser, wenn ich sie damit überrasche, dass ich die erste Auswahlrunde schon geschafft habe.

Es schellt. Wir stellen die Gläser ab und tapsen wieder in Richtung unserer Plätze. Ich mache noch einen kleinen Umweg über die Toilette. Die Hiphopper, die gleichzeitig mit mir pinkeln, sind schon dabei, die erste Hälfte des Arturo Ui in Reimform zusammenzufassen. Bewundernswert. Ich bleibe noch ein wenig länger stehen, um zuzuhören.

Wenig später betrete ich wieder unsere Loge im ersten Rang.

Weia.

In den letzten Tagen habe ich ja wirklich so einiges durchgemacht. Aber ich war noch nicht an einem Punkt, an dem ich mich einfach nur noch ganz weit weg in ein besseres Paralleluniversum gewünscht habe.

In einem besseren Paralleluniversum würde jetzt nämlich mein Vater nicht Stirn an Stirn mit Claus Peymann stehen und darüber diskutieren, wessen Platz denn das nun eigentlich sei. Ich überlege kurz, ob es gerechtfertigt wäre, wenn ich ihn jetzt einfach über die Brüstung ins Parkett werfe. Natürlich wäre es irgendwie schon recht ungehörig, seinen Vater ins Parkett zu werfen, nur weil er sich in seiner Sitzreihe geirrt hat, aber trotzdem, ich meine, das ist einfach mal Claus Peymann. Und selbst wenn ich es bleiben lasse, ist es überhaupt nicht gesagt, dass das hier unblutig zu Ende geht. Peymann soll schon ganze Schauspieler mit Haut und Haaren aufgegessen haben.

Ich kralle meine Hände in meine Oberschenkel und sehe, wie mein Vater seine Lesebrille herausholt, seine Eintrittskarte geschickt ins Licht hält und darauf herumzeigt. Claus Peymann holt ebenfalls seine Lesebrille heraus, guckt und zeigt auf eine andere Stelle auf der Eintrittskarte. Für einen kurzen Moment sehen sie fast so aus wie zwei alte Freunde, die auf einem Motorradtrip durch die Alpen die Karte studieren. Schließlich zeigt Peymann auf die Nummern auf den Sitzen. Es dauert noch einen kurzen Moment, aber am Ende lässt sich mein Vater tatsächlich davon überzeugen, dass er eine Reihe zu weit nach vorne geraten ist. Er hält Peymann entschuldigend die Hand hin, der nimmt sie stoisch entgegen und setzt sich wieder. Gerade noch rechtzeitig, bevor das Saallicht ausgeht. Ich atme durch und haste schnell zu meinem Platz.

»Wo bleibst du denn? Muss man doch nicht immer so auf den letzten Drücker kommen, oder?«

»Na ja, war halt ein Riesenandrang auf der Toilette.«

»Auf der Männertoilette?«

»Psssssst!«

*

Das Stück ist vorbei, und ich bin auf dem Heimweg. Im Großen und Ganzen muss man wirklich sagen, dass alles viel schlimmer hätte kommen können. Die Konfrontation zwischen Peymann und meinem Vater war die mit Abstand gefährlichste Situation des Abends, und die ging glimpflich aus. Straßenkämpfe gab es überhaupt keine. Die meisten Bushido-Hiphopper hatten anscheinend keine Ahnung, wie lange so ein Theaterstück dauert, und waren gegangen. Gerade mal eine Mini-Schubserei ereignete sich in unserem Blickfeld, und die wurde glücklicherweise von der Polizei beendet, bevor mein Vater eingreifen konnte.

Trotz dieser glücklichen Fügungen konnte ich es nicht lassen, einiges loszuwerden, sobald wir außer Hörweite des Theaters waren. Ich habe ihn mit eiskalter Stimme darüber aufgeklärt, mit wem er sich da vorhin um den Sitz gebalgt hatte, machte schäbige Bemerkungen über sein Bildungsniveau und kündigte an, dass ich ihm zum nächsten Geburtstag ein Buch mit dem Titel »Hundert Fressen, die man außer Thomas Gottschalk noch kennen sollte« schenken würde. Er war sehr zerknirscht. Ich bin es jetzt auch. »Hundert Fressen, die man außer Thomas Gottschalk noch kennen sollte«. Ich glaube, ich muss mich bei ihm entschuldigen. Zum Glück sehen wir uns ja morgen noch mal bei Onkel Heinz' Gottesdienst.

Ich finde mein Handy in der Hosentasche und schalte es wieder ein. Mein Handy findet eine SMS in der Luft und piepst.

Von Julia! Brav, Handy, gut gefunden.

alles gute zum geburtstag! reden morgen 13:00 auf der wiese im weinbergspark? ps: es ist nicht das, wonach es aussieht ;-)

Ich starre verliebt auf die Buchstaben und stelle mir vor, wie jeder Einzelne von ihnen von ihren Fingern getippt worden ist. Habe ich gerade verliebt gesagt? Hm, muss wohl so gewesen sein ...

DA KOMMT WAS!

Mein Stundenplan für heute:

10:30 Uhr	Onkel Heinz' Gottesdienst im Berliner Dom
12:15 Uhr	Aufnahmeprüfung an der Hochschule für Schauspielkunst Ernst Busch, erste Runde
13:00 Uhr	Treffen mit Julia im Weinbergspark
14:00 Uhr	Aussprache mit Herrn Wohlgemuth

Gutes Zeitmanagement sieht anders aus, aber ich hab die Termine nicht gemacht. Hoffentlich passiert nicht irgendwas Unerwartetes. Eins ist schon mal klar. Wenn die mich bei der Aufnahmeprüfung warten lassen, dann lasse ich sie einfach sausen. 13:00 Uhr Julia, Weinbergspark, daran gibts nichts zu rütteln.

Tobi, Gonzo, Francesco, Reto und ich sitzen am Frühstückstisch und besprechen die Taktik für das Gespräch mit Wohlgemuth. Das heißt, Francesco sitzt eigentlich in seinem Büro, aber er ist per Skype auf Tobis Laptopbildschirm zugeschaltet, und Tobi hat den Laptop auf den Emmanuelle-1-bis-4-Stuhl gelegt.

»Ich verlasse mich auf euch, Mädels. Wenn mein Gerichtstermin länger dauert, lasst Herrn Wohlgemuth einfach reden und seid nett. Ich stoße dann dazu.«

»Okay.«

»Gonzo?«

»Ja, ja, okay. Ich bin ja nicht blöd. Ich hör einfach gar nicht hin, wenn er redet.«

»Gut, mien Jung, das ist die richtige Einstellung. Und immer dran denken, solange wir ihn nicht hauen, kann er uns gar nichts.«

»Sollen wir ihm vom Stasi-Opa erzählen?«

»Nein. Den brauche ich als Trumpf im Ärmel. Versteckte Mikrofone in der Wohnung, damit kann man ihm doch wunderschön Angst vor einer Schadensersatzforderung einjagen, findet ihr nicht? Aber so weit muss es gar nicht kommen.«

»Überhaupt, wir sollten die Mikros endlich mal finden. Der Stasi-Opa kann ja immer noch jedes Wort hier mithören ... Ach ja, hallo Stasi-Opa, gut gefrühstückt?«

»Darum wird sich ab morgen Herr Wohlgemuth kümmern, genau wie um unser warmes Wasser. Freut euch drauf. So, Pflicht ruft. Wir sehen uns später.«

Francesco verschwindet vom Bildschirm. Tobi schmiert sich den nächsten Toast. Reto steht auf.

»Und ihr denkt wirklirch nircht, dass wirch noch ein wenig putzen sollten?«

»Du, damit machen wir unsere Lage auch nicht besser. Lass das mal den Francesco regeln. Der hat den Mann im Griff.«

»Nun gut. Dann gehe irch mal widrch an meine Arbeit.«

Er verschwindet in seinem Zimmer. Wir knurpsen eine Weile schweigend weiter und gucken uns dabei neue Youtube-Filmchen an.

»Sagt mal, ganz unter uns, ich möchte endlich wissen, was hinter den ganzen Damenbesuchen bei Reto steckt.«

»Na ja, er ist halt ein Sex-Maniac. Einer mit sehr gutem Geschmack. Und er hat den Bogen irgendwie raus. Aber ich bin ihm auf der Spur.«

»Vielleicht ist er auch nur auf der Suche nach der idealen Schamhaarfrisur?«

»Vielleicht sind wir auch einfach zu naiv. Könnte doch sein, dass er einen Begleiterinnen-Service betreibt?«

»Luxus-Zuhälter? Hätte ich ihm nie zugetraut, aber jetzt, wo du sagst …«

»Also wenn, dann sollten wir es wenigstens wissen.«

»Fällt ja auch ein bisschen auf uns zurück, nicht wahr?«

»Ich darf gar nicht dran denken, was Julia dazu sagen würde.«

»Mjam, okay, wir sollten auf jeden Fall am Ball bleiben.«

Eigentlich würde mich ja noch viel mehr interessieren, ob Amelie wieder mit Gonzo zusammen ist, aber das kann ich ihn jetzt nicht so direkt fragen. Ich halte es auch für eher unwahrscheinlich. Er hat nämlich heute Morgen schon wieder kalt geduscht.

Nach dem Frühstück verteilen wir uns auf die Toiletten. Irgendwie fehlt mir das Klo-Wettrennen ja schon ein bisschen. Ich spüre richtig den Bewegungsmangel. Aber vielleicht ist ja auch bald alles wieder beim Alten. Ich habe jedenfalls den Verdacht, dass Retos Abwasserhebeanlage bald den Löffel abgibt, wenn nicht endlich mal einer die andere Hälfte des Stecherakademie-Buchs rausfischt. Hm. Genau betrachtet muss es wohl heißen, wenn *ich* nicht bald die andere Hälfte des Stecherakademie-Buchs herausfische. Weiß ja sonst keiner davon.

Okay, nur noch den Terminmarathon heute. Dann geh ich ran. Und die Röhren an der Flurdecke wollten wir ja auch noch besser befestigen. Die wackeln immer noch so wild herum. Aber alles zu seiner Zeit. Am wichtigsten ist, dass wir die Sachen erledigen, die seit der Botschaft des russischen Bauarbeiters anstehen …

*

Wie gestern im Theaterfoyer stehen meine Eltern heute auf den Treppen des Berliner Doms und warten auf mich. Nur dass mein Vater diesmal zum Glück das karierte Jackett zu Hause gelassen hat. Viel zu heiß. Von den Gewittern der letzten Tage ist nichts mehr zu spüren.

»Hallo, Oliver. Na, gute Nacht gehabt?«

»Wir wollten uns noch mal herzlich für den schönen Theaterabend bedanken. Hat uns wirklich Freude gemacht.«

Er hat anscheinend schon völlig vergessen, dass ich so bratzig zu ihm war. Ob ich mich trotzdem noch mal entschuldigen soll? Vielleicht nach dem Gottesdienst …

Wir schreiten feierlich durch das Eingangsportal. Kann mich nicht erinnern, wann ich zum letzten Mal in einem Gottesdienst war. Muss viele Jahre her sein. Und im Dom war ich bisher sowieso nur einmal kurz zur Besichtigung. Die Orgel legt los. Wow. Klingt ganz anders als das quäkende, notorisch verstimmte Ding bei uns früher in Lichterfelde. Voll ist der Dom ja nicht gerade heute, aber hier passen auch wirklich eine Menge Leute rein. Zwei komplette Blocks im Olympiastadion, würde ich schätzen. Oder zehn Koksergalerie-Partyvölker.

Ich nehme mir vor, heute mal die ganze Predigt lang wirklich zuzuhören. Das hab ich als Kind nie geschafft, nicht mal bei Onkel Heinz. Heute kriege ich es hin. Bin ja schließlich nicht umsonst erwachsen.

Erst mal wird gesungen. Die Gottesdienstprofis um mich herum haben natürlich schon vorher sorgfältig ihre Lesezeichenbändchen in ihre Gesangbücher eingelegt und müssen nicht hektisch herumblättern wie ich. Dafür steige ich dann bei der zweiten Strophe umso beherzter ein. Ist sowieso ganz gut, wenn ich für die Aufnahmeprüfung gleich schon mal die Stimme ein wenig anwärme.

Das Vorgeplänkel ist bald vorbei. Onkel Heinz steigt auf

die Predigtkanzel. Meine Ohren werden zu Scheunentoren. Zuhören, aufnehmen, mitdenken. Heute schaffe ich es. Er fängt an zu sprechen. Die ersten Sätze sind etwas zitterig. Komm, Onkel Heinz, mehr Präsenz, mehr Selbstbewusstsein. Nächstenliebe und die Verantwortung der Starken gegenüber den Schwachen ist doch ein super Thema … Jetzt kommt er in Fahrt. Ja, viel besser. Jetzt sind mehr Bässe in der Stimme. Die Raumakustik ist hier auch echt schwierig. Viel zu hallig für Sprache. Andererseits ist das Hallige natürlich wichtig für den Orgelsound. Da müssten sie eigentlich einen Effekt auf das Predigtmikro legen, obwohl, nein, Anti-Hall-Effekte gibts ja gar nicht. Da müsste man schon den Schall aus den verschiedenen Lautsprechern jeweils entsprechend dem Abstand zum Redner verzögern. Technisch sehr aufwendig. So wie es jetzt klingt, kann Onkel Heinz jedenfalls noch so sehr alles geben, hier würde nicht mal Martin Luther King kräftig rüberkommen. Wenn er das wenigstens ein bisschen mit Körpersprache ausgleichen würde. Sich bisschen im Takt wiegen und mal was mit der Hand machen …

Weia, das darf doch nicht wahr sein. Onkel Heinz predigt jetzt schon seit fünf Minuten, und ich habe nicht mal den ersten Satz mitgekriegt. Na, mal sehen, vielleicht komme ich noch rein … Nächstenliebe und die Verantwortung der Starken gegenüber den Schwachen. Vielleicht stecken da ja auch ein paar Argumente für das Gespräch mit Wohlgemuth nachher drin. Verantwortung der Starken gegenüber den Schwachen – das wäre psychologisch eigentlich sehr geschickt. Ist sicher Balsam für seine Komplexe, wenn man ihm ausdrücklich die Rolle des Starken zuerkennt. Vielleicht sollten wir unsere Kommunikationstaktik völlig neu überdenken … Hihi, und man könnte ihn auch mal so völlig unerwartet fragen »Sind Sie eigentlich Christ?« …

Verflixt, schaff ich es jetzt vielleicht doch noch mal zuzuhören? Nächstenliebe und die Verantwortung der Starken
gegenüber den Schwachen … hoffentlich hat Julia keine
Spuren von meinem Tritt ins Gesicht davongetragen. Ist
schon wirklich wie verhext …

Kann denn das wahr sein? Zwei Reihen hinter uns hat
tatsächlich einer angefangen zu schnarchen. Hallo? Das ist
immerhin Onkel Heinz. Und er hat ein super Thema. Also
das ist doch wirklich der Gipfel. Wo ist die Security?

So, jetzt höre ich dafür aber umso mehr zu …

»… Amen.«

Hm? Dreck, ich bin wohl auch kurz mal weggenickt. So,
dafür jetzt aber …

…

Neiiiiiiiiin, das habe ich gerade nicht wirklich gemacht,
oder?

Wir stehen vor dem Dom, und ich lehne mit dem Rücken an
der Wand. Das entspricht etwa auch der Position, die ich
gerade im Gespräch mit meinen Eltern einnehme.

»Versteh doch meinen Punkt, Papa. Natürlich weiß ich,
dass man nach einer Predigt nicht klatscht. Ich war bloß
schon so lange nicht mehr in einem Gottesdienst, verstehst
du? Meine Reflexe sind inzwischen umkonditioniert. Verhaltenslehre, Bio-Grundkurs 12. Klasse. Ehrlich. Schlag
nach …«

»Jetzt will ich dir mal was sagen, junger Mann.«

Gut, jetzt wird es also richtig ernst. Ich weiß nicht, wann
mein Vater zum letzten Mal diese Worte gebraucht hat,
aber seine »Jetzt will ich dir mal was sagen, junger Mann«-
Ansprachen waren auf jeden Fall die mit Abstand dicksten
Kaliber in seiner pädagogischen Waffenkammer. Da kann
man nur den Mund halten und zuhören.

Das ist also jetzt die zweite Predigt für heute. Nur kann ich diesmal besser bei der Sache bleiben, weil es schließlich um mich geht. Meinem Vater kommt nun natürlich doch mein idiotischer Auftritt von gestern nach dem Theater wieder hoch und, ja, er hat recht, im Gottesdienst klatschen und zu johlen ist keinen Deut weniger schlimm, als sich im Theater in der Sitzreihe zu irren. Wenn er nachtragend wäre, würde er mir jetzt noch ankündigen, dass er mir zum nächsten Geburtstag das Buch »Die 100 selbstverständlichsten Sachen, die man im Gottesdienst nicht macht« schenken wird. Ist er aber nicht. Statt mir den letzten Hieb zu verpassen, geht er irgendwann nahtlos zu Onkel Heinz' Predigt über. Nächstenliebe und die Verantwortung der Starken gegenüber den Schwachen. Verstehe. Das Thema liegt ihm anscheinend sehr am Herzen.

Mama entfernt sich langsam von uns und guckt sich Veranstaltungsblättchen an. Ich sehe aus den Augenwinkeln, dass Onkel Heinz bei ihr auftaucht. Mein Vater kriegt nichts davon mit. Er ist in Fahrt. Ist natürlich nicht schlecht, dass ich auf diese Weise doch noch Onkel Heinz' Gedankengänge eingetrichtert bekomme. Dann stehe ich wenigstens nicht blank da, wenn er mich mal fragt, wie ich seine Predigt fand.

Irgendwann verschwindet Onkel Heinz mit meiner Mutter in der Kirche. Kurz darauf taucht er wieder auf und steuert auf uns zu.

»Heinz, mein Guter …«

»Ich will euch nicht stören. Ich wollte nur vorschlagen, geht doch hoch auf den Kuppelumgang. Dort oben seid ihr ganz ungestört, und die tolle Aussicht solltet ihr auf jeden Fall mitnehmen.«

Weia, wird hier jetzt unser kleiner Konflikt zum Event hochgejazzt? Mein Vater guckt kurz etwas unschlüssig, aber dann ist er von der Idee begeistert, seine Predigt auf dem Dach des Doms fortzusetzen. Onkel Heinz überreicht uns die Schlüssel und zeigt uns den Aufgang.

»Schließt ihr bitte hinter euch zu, damit keine anderen Leute hinterhergehen?«

»Okay.«

Ich nehme die Schlüssel. Während ich die alte eisenbeschlagene Tür hinter uns zuschließe, pirscht mein Vater schon die Treppen hoch. Ich schleiche mich hinterher. Die Höhenluft bessert seine Laune schlagartig.

»Weißt du, Oliver, vergessen wir jetzt mal den Ärger. Ich finde, zu dem Thema ist alles gesagt. Ich wollte noch was ganz anderes mit dir ...«

»Na ja, genaugenommen, hast *du* alles gesagt.«

»Oh, entschuldige. Wolltest du auch noch etwas sagen? Bist du anderer Meinung?«

»Nein, nein, also ich kann das alles ganz gut nachvollziehen: Der Starke und der Schwache, klar, das kann man auch ummünzen auf den Wissenden und den Unwissenden. Und Paradebeispiel, du gestern im Theater, ich heute im Gottesdienst, also das ist wirklich einleuchtend.«

Natürlich, was denn sonst. Meinen Vater freut es aber sichtlich, das zu hören.

»Aber jetzt mal abgesehen davon, ich wollte mich einfach bei dir entschuldigen. Ich war gestern irgendwie ziemlich angespannt.«

»Schon vergessen. Schwamm drüber.«

Wir sind angekommen, lehnen über der Brüstung und schauen auf die Stadt.

»In der Richtung liegt Lichterfelde, oder, Papa?«

»Ja ...«

Hm, irgendwas ist da noch im Busch.

»Oliver, ich habe mir fest vorgenommen, dass ich dir

heute etwas anvertrauen will, wovon ich dir nie erzählt habe.«

Sehr eigenartig seine Stimmung auf einmal. Er sieht mich nicht an, sondern starrt weiter Richtung Lichterfelde.

…

»Du weißt, dass ich in der achten Klasse von der Schule geflogen bin?«

»Na klar. Das war doch, weil du im Lehrerzimmer den Wassereimer über der Tür …«

»Nein, Oliver. Den Wassereimer hat es nie gegeben.«

Wie jetzt? Einer der wichtigsten Gründe, warum ich meinen Vater zeitweise wie einen Halbgott verehrt habe, war die Geschichte von diesem Wassereimer …

»Die Wahrheit ist, ich bin von der Schule geflogen, weil … ich mich dauernd geprügelt habe.«

»Okay.«

»Und zwar mit Schwächeren.«

»Okay.«

»Sie hatten keine Chance. Ich war brutal. Ich hab sie gegen die Wand geschleudert, sie mir gepackt und sie mit dem Kopf in die Toilette gesteckt.«

»O … okay.«

»Verantwortung des Starken gegenüber dem Schwachen, von wegen, ich hab drauf gepfiffen … Angst und Schrecken hab ich verbreitet … Einfach nur aus Spaß … Alle haben mich Brutus genannt.«

Verflixt. In zehn Minuten muss ich bei der Aufnahmeprüfung sein …

»Ich habe mich all die Jahre nicht getraut, dir das zu erzählen. Aber für heute hatte ich es mir fest vorgenommen. Heinz hat mich auch ermutigt …«

Verstehe. Die Predigt, Papas Beichte, alles von langer Hand geplant. So wichtig ist es ihm. Wenn ich jetzt nur nicht …

»Was ich sagen wollte, ich habe aus allem gelernt. Ich hoffe, du glaubst mir das …«

Er guckt schüchtern zu mir. Unglaublich. Der Rugby-Held mal ganz schwach und zerbrechlich. Warum ausgerechnet jetzt?

»Hör mal Papa, natürlich glaub ich dir, dass du daraus gelernt hast, ich kenn dich doch, ich … also eigentlich ist das komisch, aber am meisten bin ich darüber enttäuscht, dass das mit dem Wassereimer nicht stimmt (albern, was?), und ich kann mir vorstellen, was das bedeutet, dass du mir das anvertraust, und wir sollten darüber reden, aber, ich sage es dir jetzt einfach mal, ich habe um Punkt Viertel nach zwölf Aufnahmeprüfung an der Schauspielschule, und …«

Er sieht mich an wie ein geschlagener Hund. Das ist nicht gut. Ich weiß, dass es nicht gut ist.

»Nein, egal, warte, warte, ich ruf da an. Vielleicht kann ich ein andermal kommen … Ich habe statistisch gesehen eh keine Chance. Niemand wird gleich beim ersten Mal genommen, sagen sie mir immer …«

Ich fummle mein Handy aus der Tasche und denke gleichzeitig daran, dass ich die Nummer der Ernst Busch eh nicht dabeihabe. Wie war jetzt noch mal die Nummer der Auskunft?

»He …?«

Mein Vater entwindet mir mit einem kräftigen Griff das Handy und stopft es wieder zurück in meine Tasche.

»Nein, junger Mann, du gehst dahin.«

»Ehrlich, Papa?«

»Hopp, du kommst zu spät.«

Er lächelt. Ich drücke ihn fest an mich.

»Hey, wir reden ein andermal drüber, okay?«

»Okay.«

Ich gehe ein paar Schritte vor in Richtung Tür und weiß,

dass wir nicht mehr darüber reden werden. Wir müssen nicht mehr darüber reden. Irgendwie hat sich in den vergangenen drei Sekunden alles erledigt. Fast alles. Ich reiße mir blitzschnell die Tasche von der Schulter und schleudere sie, so fest ich kann, in seine Richtung.

»Da kommt was!«

Mein Vater, der sich wieder über die Brüstung gelehnt hatte, fährt herum, sieht das Ei kommen und fängt es grinsend auf. Wie immer.

»Harhar. Hast du dir so gedacht.«

Er holt aus und schleudert die Tasche zurück. Sie pfeift durch die Luft. Seine ganze Erleichterung über unser Gespräch liegt in diesem Wurf. Leider ist die Erleichterung so groß, dass ich keine Chance habe, das Geschoss aufzuhalten. Wir sehen beide mit offenen Mündern zu, wie meine Tasche über die Brüstung in den Berliner Himmel fliegt, sich langsam absenkt und schließlich irgendwo in der unübersichtlichen Dachlandschaft des Berliner Doms verschwindet.

»Ouh, das war ein bisschen fest, was?«

»Mist.«

»Egal, geh einfach los, Oliver. Ich kümmere mich drum.«

»Geht nicht. In der Tasche ist der Schlüssel für unten.«

»Nein! Dann ruf schnell Onkel Heinz an.«

»Papa, das Handy ist auch weg.«

»Ach so, stimmt.«

»Hast du eins?«

»Nein.«

BÜHNE FREI

Dass ich die Aufnahmeprüfung verpasst habe, ist wirklich okay. Was ist schon die kleine Chance, mit *Warten auf Godot* vor der Ernst-Busch-Jury zu bestehen, gegen die Chance, meine Beziehung zu meinem Vater in neue Sphären zu heben? Muss man wirklich mal im Großen und Ganzen sehen. Nein, diese endlos lange Zeit, die wir beide mit hochgelegten Füßen auf der Traufe der Domkuppel saßen, Richtung Lichterfelde schauten und uns unglaubliche Geschichten aus unserer Schulzeit erzählten, die sonst jeder von uns beiden ganz bestimmt für den Rest seines Lebens für sich behalten hätte, war Gold wert.

Onkel Heinz und meine Mutter kamen erst nach eineinhalb Stunden, um nach uns zu sehen. Sie waren ja eingeweiht, dass mein Vater wichtige Dinge mit mir klären wollte, und als sie am Ende beschlossen, doch mal zu gucken, hat es auch noch eine ganze Weile gedauert, bis Onkel Heinz endlich einen Zweitschlüssel für den Aufgang gefunden hat. Aber wie gesagt. Das mit der Aufnahmeprüfung ist für mich wirklich okay.

Was hingegen überhaupt nicht okay ist, ist, dass ich jetzt eine Dreiviertelstunde zu spät für das Rendezvous mit Julia bin. Obwohl es sinnlos ist, renne ich, so schnell ich kann zum Weinbergspark. Eigentlich ist es nicht wieder in Ordnung zu bringen. Da muss man sich schon mal in sie hineinversetzen. Sie musste ja schon die haarsträubende Geschichte schlucken, dass völlig bedeutungslos war, dass ich vorgestern nackt in Amelies Schrankbett gesteckt habe. Da wird sie jetzt nicht besonders empfänglich für die nächste Geschichte sein, dass ich anderthalb Stunden auf dem Kuppelumgang des Berliner Doms festgesessen habe, weil mein Vater meine Tasche über die Brüstung geworfen hat.

Trotzdem renne ich mir die Lunge aus dem Leib. Irgendwas muss man ja machen. Am Eingang des Parks laufe ich fast in einen der libanesischen Drogendealer hinein, der das als eindeutige Geste interpretiert, dass ich was von seinem Schrott kaufen will. Ich lasse ihn einfach links liegen und arbeite mich zur großen Wiese durch.

Sie ist bestimmt nicht mehr da. Julia ist nicht der Typ, der eine Dreiviertelstunde wartet. Aber dass ich wenigstens nachgucke, muss ja trotzdem … Oh, sie ist doch noch da. Sie sitzt an einem Baum. Warum hat sie sich so zusammengekrümmt? Sie weint. Nein, sie liest was.

»Hallo Julia … hhhhh.«

»He, ich kenne dich nicht. Du bist einfach nur ein dummer Penner, der mich belästigt.«

»Hhhhh … du liest ja die Gala … hhhhh, hhhhh.«

»Ja toll, muss ich mir jetzt vielleicht noch was anhören? Außerdem hab ich die nur auf einer Parkbank gefunden.«

»Also, hhhhh … das war jetzt gar nicht unterschwellig kritisch gemeint, hhhhh, hhhhh … also mehr so als Gesprächseröffnung, quasi … hhhhh, hhhhh …«

Was rede ich?

»Sag mal, bist du drauf oder hast du einen Sonnenstich?«

»Hhhhh … nein, bin nur so gerannt … also … hhhhh …«

Da kommt noch jemand angerannt.

»Krach, Julia! Hhhhh … jetzt wirds aber Zeit … hhhhh, hhhhh …«

Gonzo, Amelie und Lambert.

»Hhhhh … Zeit wofür?«

»Hhhhh, hhhhh … na, der Wohlgemuth kommt gleich … hhhhh.«

»Wir habens fast verschwitzt … hhhhh … wir waren gerade Lasagne essen … hhhhh, hhhhh.«

»Jauuuuuuuuuul!«

»Los jetzt, sonst ist Tobi ganz alleine mit ihm … hhhhh …«

»Könnt ihr nicht schon mal vorgehen? … Hhhhh …«

Julia schaut mich wütend an.

»Willst du dich drücken?«

»Nein, natürlich nicht … hhhhh … ich dachte nur … ich meine … hhhhh.«

Im nächsten Augenblick sind wir alle im Laufschritt unterwegs zu unserem Haus. Gesprochen wird nichts mehr. Amelie, Gonzo und ich brauchen unseren Atem, und Julia schaut böse. Ich bekomme mit, wie sie einen Blick mit Amelie wechselt und den Kopf schüttelt. Nicht schwer zu erraten, um was es geht.

Im Treppenhaus überholen wir den Stasi-Opa. Er schleppt eine große Kiste und ignoriert uns. Tobi, Reto und Hendrik sitzen in der Küche.

»Ah, wusste ich es doch, die Kavallerie kommt nie zu spät.«

»Hendrik, altes Haus, was treibt dich her?«

»Ich lasse doch meine Band und Ex-WG nicht im Stich. Ich kenne den Wohlgemuth ja schließlich am längsten.«

»Was ist mit Francesco?«

»Hat gerade gesmst. Er braucht noch eine Viertelstunde.«

Wir setzen uns

GROOOOOOOOOOOOOH!!!

»Heute ist ja wieder was los.«

367

»Ja, hat schon ein paarmal ziemlich doll gekracht am Vormittag.«

»Wie lange brauchen die eigentlich noch, um die Bellermann-Wohnung zu sanieren?«

»Tja, sind halt keine teuren Profis wie die, die Francescos Zimmer geflickt haben.«

»Ob die eigentlich jemals ihre Kettensäge wieder abholen?«

»Gonzo, hast du alles parat, also, ich meine wegen dem, was der russische Bauarbeiter gesagt hat?«

»Na klar. Wollt ihrs sehen?«

»Warum nicht?«

Wir folgen Gonzo im Gänsemarsch in sein Zimmer. Ich biege unterwegs zur neuen Toilette ab. Mich drückt es schon, seit wir auf der Kuppel waren. Als ich abziehe, stöhnt einmal mehr die Abwasserhebeanlage auf und die Röhren wackeln. Ich muss unbedingt bald das blöde Buch da rausholen. Und vielleicht sollten wir auch Retos Brazil-Konstruktion lieber etwas vereinfachen …

»RAAAAAAAAAAAAAAAAAAAH!«

Was für ein Schrei. Mir wird heiß und kalt. Ich renne zu den anderen in Gonzos Zimmer. Gonzo steht in der Mitte. In der Armen hält er seinen Mac und in seinem Mac steckt ein herabgefallener Ziegelstein.

»GRRRRRRRRRRRRRRRRRRRRR!«

»Ruhig, Gonzo!«

»Der Francesco klärt das gleich.«

»Eindeutig ein Versicherungsfall.«

»Du kriegst einen ganz neuen.«

NÄÄÄÄÄÄÄÄÄÄÄÄÄÄÄÄÄÄÄÄÄÄÄÄTH!

»ROAAAARRRRR!«

»Halt ihn auf, Krach!«

Wie stellen die sich das vor? Gonzo stürmt einfach über mich hinweg. Die anderen schnappen ihn mit vereinten Kräften kurz vor der Wohnungstür.

»Scheiße! Was machen wir jetzt?«

NÄÄÄÄÄÄÄÄÄÄÄÄÄÄÄÄÄÄÄÄÄÄTH! Poch, poch, poch!

»Ja, sofort, Herr Wohlgemuth!«

»Wir müssen ihn einsperren.«

»Nein, hier rein, Reto! Francescos Zimmer kann man abschließen.«

»Ich geh mit rein.«

»Bist du sicher, Amelie?«

NÄÄÄÄÄÄÄÄÄÄÄÄÄÄÄÄÄÄÄÄTH! Wumm, wumm, wumm!

»Sekündchen noch.«

Wir schaffen es mit vereinten Kräften, die beiden in Francescos Zimmer einzusperren. Gonzo haut noch kurz von innen gegen die Tür, aber Amelie scheint ihn zum Glück bald davon abbringen zu können.

Wir schnaufen durch und öffnen.

»Guten Tag, Herr Wohlgemuth.«

»Na endlich, meine Herren. Glauben Sie vielleicht, ich habe den ganzen Tag Zeit?«

»Wollen Sie sich nicht setzen?«

»Was waren das eben für Geräusche? Haustierhaltung ist verboten, das wissen Sie ja wohl.«

»Äh, das ist nur … vorübergehend.«

»Möchten Sie was trinken?«

»Wo ist Herr Krawanke? Ich hatte doch ausdrücklich gesagt, dass ich mit ihm sprechen will.«

»Herr Krawanke ist auf dem Weg. Müsste jeden Moment hier sein. Wollen Sie wirklich nichts trinken so lange?«

»Ein Augustiner, frisch vom Fass?«

Die Begierde ist in Herrn Wohlgemuths Augen deutlich zu erkennen, aber er will weiter den harten Hund spielen.

»Wie armselig. Den Verhandlungspartner durch Alkohol einlullen. Das ist ja wohl der älteste Trick der Welt.«

»Also das ist jetzt eine Unterstellung.«

»Wir hätten auch Bio-Apfelsaft da.«

»Sind Sie eigentlich Christ, Herr Wohlgemuth?«

»Das kann nicht wahr sein! Was tue ich hier? Ich stehe im Flur einer verlausten Dreckbude und rede Kokolores mit grenzdebilen Warmduschern. Wo ist Herr Krawanke? Wissen Sie eigentlich, dass mich jede Minute …«

In diesem Moment hören wir ein wirklich fieses Geräusch. Und das Schlimme dabei ist, dass das fiese Geräusch nicht einmal annähernd so fies ist wie das, was wir dazu sehen: Ein schmaler Streifen von Francescos Zimmertür zersplittert, und das Blatt einer Kettensäge kommt zum Vorschein.

Während wir starr vor Schreck zusehen, sägt die Kettensäge flugs eine mannsgroße rechteckige Öffnung. Das ausgesägte Türstück kracht auf den Boden. Gonzo tritt durch die Öffnung in den Flur und macht ein Gesicht, mit dem er locker Arnold Schwarzenegger beim Casting für Terminator ausgestochen hätte.

Er geht langsam auf Herrn Wohlgemuth zu, hält ihm die Kettensäge vor die Nase und lässt sie aufknattern wie ein 16-jähriger Dorfjugendlicher sein frisiertes Mofa. Wir haben einen großen Fehler gemacht.

»Ni … Nini … Niiiii …«

Herr Wohlgemuth hat die Augen weit aufgerissen und taumelt rückwärts. Gonzos Augen sind dagegen nur noch Schlitze. Keiner von uns kriegt einen Ton heraus. Wir beobachten entsetzt, wie unser Mitbewohner unseren Vermieter Schritt für Schritt den Flur heruntertreibt, bis er schließlich mit dem Rücken an der Wand der neuen Toilette steht.

»Du hättest besser nicht Warmduscher gesagt.«

Gonzos Stimme klingt so kalt, als wäre sie nicht von dieser Welt.

»Nini … Niiiiiii!«

…

Das wäre jetzt eigentlich die Stelle gewesen, an der im Sat1-Film der Werbeblock eingesetzt hätte. Und jeder von uns hätte wohl alles darum gegeben, wenn es jetzt ausnahmsweise auch mal im richtigen Leben so einen schönen satten Werbeblock gegeben hätte, so dass wir in aller Ruhe über einen Ausweg mit fairem, unblutigem Ende hätten nachdenken können. Aber Werbeblöcke kommen natürlich nie, wenn man sie braucht. Und so geraten wir nun alle in eine gewaltige Kettenreaktion. Mit krassen Folgen. Wobei – keiner hat das gewollt. Jeder verhält sich einfach nur so, wie es ihm sein Charakter und sein Instinkt vorgeben. Und leider kommt so eins zum anderen.

✳ Platz für einen Werbeblock ✳

Den Anfang macht Reto mit seinem beneidenswerten Instinkt, in jeder Situation einfach das Naheliegende und Richtige zu tun: Er reißt den Sicherungskasten auf und macht mit einem schnellen Handgriff unsere gesamte Wohnung stromlos. Die Kettensäge hört sofort auf zu knattern. Eigentlich brillant, aber der Stromentzug spricht wiederum die Instinkte der Abwasserhebeanlage an, die es gar nicht mag, wenn man sie mitten bei der Arbeit stört. Die Röhren beginnen wieder zu wackeln und, da kann man sich jetzt drüber streiten, war es Zufall, oder hat Retos Röhrenkonstruktion auch einen Instinkt, jedenfalls reißt die Verbindung genau an der Stelle, wo wir schon längst eine weitere Halteschelle an der Decke hätten anbringen sollen, auf, und, was soll ich sagen, es ist natürlich auch genau die Stelle, unter der Herr Wohlgemuth steht, und der wird nun über und über mit Dingen besudelt, über die ich nicht sprechen möchte, wobei, interessanter Zufall, unter diesen Dingen befindet sich auch die verschollene andere Hälfte des Stecherakademie-Buchs. Aber das fällt in dem Augenblick nur mir auf.

Wir alle halten uns, auch das eine Instinkthandlung, die Nase zu. Das ist allerdings die einzige Instinkthandlung des Nachmittags, die nichts zum Gesamtschlamassel beiträgt. Das tut dafür umso mehr Amelies nächste Instinkthandlung, die Herrn Wohlgemuth, der ja immerhin gerade erst dem Tod ins Auge geblickt hat und anschließend, nun ja, übelst beschmutzt wurde, natürlich irgendwie helfen will. Und auch wenn das Tempotaschentuch, das sie ihm hinhält, sicher etwas zu schwach auf der Brust für eine Aufgabe wie diese ist, kann man wenigstens festhalten, dass hier auch die Geste etwas zählt.

Herrn Wohlgemuths daran anschließende Instinkthandlung ist dagegen fast unmöglich zu erklären. Könnte sogar sein, dass es, streng wissenschaftlich betrachtet, gar keine lupenreine Instinkthandlung ist. Man muss nämlich in Betracht ziehen, dass der Mann in diesem Moment unter akutem Stress und extremer Reizüberflutung leidet, und wenn man dazu noch bedenkt, dass er sowieso schon die ganze Zeit an der Schwelle zum Wahnsinn wandelt, braucht man sich eigentlich über nichts mehr zu wundern. Also lassen wir es offen, Instinkt, Blackout oder schlechte Kinderstube, jedenfalls schickt Herr Wohlgemuth Amelie mit einem sauberen (also zumindest technisch sauberen) Kinnhaken auf die Bretter. Das löst wiederum zwei Instinkthandlungen aus. Die erste überrascht mich. Also ich meine, überrascht mich positiv. Ich dachte nämlich einen kurzen Augenblick, dass Gonzo nun versuchen würde, Herrn Wohlgemuth mit bloßen Händen zu erwürgen (auch wenn es noch so ekelig ist, ihn in seinem augenblicklichen Zustand anzufassen). Tut er aber nicht. Er lässt Herrn Wohlgemuth links liegen, beugt sich stattdessen über Amelie, zieht sie mit einem zärtlichen Rettungssanitätergriff aus der Gefahrenzone und legt ihren Kopf auf seine Knie. Dafür jetzt natürlich Julia. Klar, Mann greift Frau an, und dann auch noch die beste Freundin, die noch dazu gar nichts Böses gemacht hat, da reicht das Knie in die Eier nicht aus. Da fliegt Herr Wohlgemuth anschließend hoch durch die Luft quer über den Flur. Was sie da in den Frauenselbstverteidigungskursen über Hebelwirkung lernen, ist ja schließlich nicht nur Theorie.

So weit Julias Instinkthandlung, Teil eins. Teil zwei ist ein wenig komplexer. Ich brauche von allen Anwesenden mit Abstand am längsten, um zu verstehen, was da passiert ist, weil ich nämlich selbst darin verwickelt bin. Und ich bin mir auch nicht sicher, welche Formulierung besser passt. Die erste Möglichkeit wäre: Julia hat mir Herrn Wohlgemuth an den Kopf geworfen. Das ist vor allem interessant, wenn man das Ganze im Kontext der Instinkthandlung analysiert: Theoretisch hätte Julia Herrn Wohlgemuth nämlich jedem von uns an den Kopf werfen können. Es kann Zufall sein, dass es ausgerechnet mich erwischt hat, aber es kann auch Absicht gewesen sein. Zumindest unterschwellig. Man muss ja nur mal meinen Party-Handrückenhieb, meinen H&M-Gürtel-Peitschenschlag und meinen Kastenbett-Tritt zu unserer Beziehungskrise hinzuzählen und könnte sofort sagen, dass sich hier ein Kreis schließt.

Aber andererseits, Herr Wohlgemuth ist nach unserer Kollision in den Inzaghi-Hass-Altar gekracht. Und weil ich, alter Fußballerreflex, meinen Nacken im Moment des Wohlgemuth-Anpralls steif gemacht und dadurch seine Flugbahn entscheidend beeinflusst habe und weil es nicht zuletzt auch lässiger klingt, würde ich das Ganze lieber so formulieren: Ich habe Herrn Wohlgemuth per Kopfball-Abstauber auf den Inzaghi-Hass-Altar befördert.

Und dort liegt er nun und jammert und stöhnt. Und während Tobi seinen Apothekerinstinkten freien Lauf lässt und Herrn Wohlgemuth nach allen Regeln der Kunst mit Eisspray, Kühlpäckchen und Salben bearbeitet, sehen wir erstaunt, welch starke geistige Verwandschaft doch zwischen Herrn Wohlgemuth und Inzaghi besteht.

»Tut das weh, wenn ich so mache, Herr Wohlgemuth?«

»Auuuuu!«

»Hm, und das auch?«

»Arrrrgh!«

»Leichte Verstauchung, keine Fraktur. Schön stillhalten.«

»Hnnnng!«

Angesichts dessen, was in den letzten Minuten passiert ist, ist es nun für einige Augenblicke geradezu himmlisch ruhig. Ich beobachte versonnen, wie Gonzo zärtlich auf

Amelie einredet, die langsam wieder die Augen aufmacht, und wie Tobi aus dem Sesamstraßenschlips eine provisorische Armschlinge für Herrn Wohlgemuth knotet.

Ich liege noch auf dem Boden, und mir brummt der Schädel. War halt doch kein Fußball, sondern etwas, was rein gewichtsmäßig mit einem halben Dutzend Medizinbällen gleichzusetzen ist. Und Kopfbälle sollen ja sowieso auf die Dauer recht ungesund sein. Trotzdem reiße ich mich zusammen und überlege, wie wir denn nun am geschicktesten an das begonnene Gespräch mit Herrn Wohlgemuth anknüpfen könnten.

Das war alles keine Absicht, das muss man als Erstes mal herausstellen. Und wir könnten ihm anbieten, dass er erst mal duschen kann, bevor wir weiterreden. Ha, das wäre sogar ein richtig kluger Schachzug. Erstens würde vielleicht Francesco in der Zwischenzeit auftauchen, und außerdem müsste Herr Wohlgemuth dann das warme Wasser wieder …

Wir hören Holz bersten und unsere Wohnungstür fliegt krachend auf. Herr Wohlgemuth muss wohl einen Wimpernschlag vor uns mitbekommen haben, was jetzt kommt. Jedenfalls ist er, während wir noch gebannt dabei zusehen, wie die sechs Russenschläger im Gänsemarsch einmarschieren, ganz flink wieder auf den Beinen (auch hier wieder eine erstaunliche Parallele zu Inzaghi) und nimmt Reißaus. Wobei, Reißaus ist gut. Erstens ist Retos Zimmer, in das er sich flüchtet, eine Sackgasse, zumindest wenn man sich den Fünf-Meter-Sprung auf den Bürgersteig hinunter nicht zutraut, zweitens bleibt Herr Wohlgemuth mit seiner Sesamstraßenschlips-Armschlinge kläglich an der Türklinke hängen und kommt nicht mehr voran. Seine Stimme ist kieksig wie noch nie. Irgendwie eine Mischug aus Blondie und Verona Feldbusch.

»Okay, okay! Wir können über alles reden! Zwei Monate mietfrei? Drei Monate? Ein halbes Jahr ...?«

Wir können ihm jetzt nicht auf die Schnelle alles erklären, denn wir müssen uns auf die Russen konzentrieren, die langsam, aber unaufhaltsam den Flur herunterschreiten und anscheinend durch nichts aufzuhalten sind, nicht einmal durch die unappetitliche Bescherung auf dem Fußboden. Tobi, Reto und ich stürzen in Gonzos Zimmer, während Hendrik zu seiner lange eingeübten Predigt auf Russisch ansetzt. Wir verstehen ihn zwar nicht, aber wir wissen, was er sagt: Nein, wir wussten nicht, dass Andrej Rebukanow der Name eines mächtigen Russenmafia-Paten ist, wir haben den nur aus einer alten Prawda herausgelesen, und nein, wir gehören nicht zur Camorra, und wir wollten Herrn Rebukanow keinesfalls mit der Karikatur auf unseren Plakaten verunglimpfen, und nein, Herr Wohlgemuth ist nicht unser Produzent, und er hat überhaupt nichts mit der Sache zu tun, und ja, natürlich haben wir inzwischen einen anderen Namen, können wir sofort beweisen, wir heißen jetzt nämlich (an dieser Stelle kommen wir drei mit dem ausgebreiteten neuen Transparent aus Gonzos Zimmer) *Eduard Meier – Anarcho-Breitcore*, okay?

Die Russen scheinen zunächst nicht weiter beeindruckt von Hendriks Rede. Meter für Meter rücken sie weiter vor, und Herr Wohlgemuth droht vor Angst in Ohnmacht zu fallen. Nur ganz allmählich werden sie etwas langsamer und bleiben am Ende ganz stehen. Einer von ihnen fischt sein Handy aus der Tasche und ruft irgendjemanden an. Die anderen Russen haben derweil ihre Augen überall. Keiner von uns wagt zu atmen. Der Handy-Russe spricht. Wir starren Hendrik an, er traut sich aber nicht, uns irgendwelche Zeichen zu geben.

Das Gespräch ist schnell zu Ende. Zuerst schweigt der

Handy-Russe. Dann sagt er kurz etwas. Dann schweigen sie wieder. Dann beginnen sie zu lachen. Erst leise, dann immer lauter.

Wir tun das auch, weil wir irgendwie alle das Gefühl haben, dass das auf jeden Fall kein Fehler ist. Am lautesten lacht Herr Wohlgemuth. Seine Stimme schwebt schrill und völlig hysterisch über allem anderen. Kein Wunder, er hat heute auch wirklich eine Menge mitgemacht.

Die Russen ziehen, immer noch lachend, ab. Ich, Tobi und Reto kriegen dabei freundschaftliche Klapse auf die Schultern. Die Anordnung unserer inneren Organe wird dabei nachhaltig durcheinandergebracht, aber wir lassen uns nichts anmerken und lachen weiter. Alles wieder auf Anfang. Ein Glück.

Francesco ist leider immer noch nicht da. Wir müssen versuchen, das noch irgendwie zu überbrücken. Vielleicht ist Herr Wohlgemuth ja jetzt wieder halbwegs versöhnlich gestimmt. Immerhin ist er ja dank uns gleich zweimal hintereinander dem Tod von der Schippe gesprungen. Als ersten Schritt müssen wir ihn aber aufklären.

»Also, Herr Wohlgemuth, um das Missverständnis jetzt mal endgültig auszuräumen, das waren nicht unsere Russen. Die haben nur die ganze Zeit geglaubt, dass wir, also das heißt unsere Band … hallo, Herr Wohlgemuth?«

Er scheint mich nicht zu hören. Er guckt auf den Boden und macht kleine Schritte hin und her. In *was* er da herumläuft, scheint ihn nicht zu stören. Sein rechter Arm hängt kraftlos in der Sesamstraßenschlips-Armschlinge, und mit dem linken fuchtelt er fahrig herum. Dabei brabbelt er vor sich hin. Wenn man genau hinhört, kann man ihn verstehen.

»Jetzt hab ich euch, jetzt hab ich euch, tätlicher Angriff, jaja, das war ein tätlicher Angriff, ein lebensbedrohlicher tätlicher Angriff, jaja, versuchter Totschlag, ach was, Mord, und unhaltbare hygienische Zustände, jaja, unhaltbare hygienische Zustände, Seuchengefahr, illegale sanitäre Anlagen, Verbindungen zur organisierten Kriminalität, ich rufe gleich Rechtsanwältin Bernschneider an, jaja, das wird jetzt sofort erledigt, die Kettensäge, die Kettensäge, jaja, die ist ein Beweisstück …«

»Also, jetzt hören Sie mal, Herr Wohlgemuth, immerhin haben Sie Amelie einen Kinnhaken verpasst. Ich finde, wir sind quitt.«

»Und das mit dem Schulterwurf war Julia. Die wohnt doch gar nicht hier.«

Er findet sein Handy und stellt fest, dass es nicht mehr anruffähig ist. Nach allem, was passiert ist, erschüttert ihn das nun auch nicht mehr besonders. Er steckt es wieder in sein besudeltes Jackett und bewegt sich langsam, weiter unheilvolle Dinge brabbelnd, zum Ausgang. Amelie steht inzwischen wieder. Gonzo stützt sie und bringt sie in sein Zimmer. Wir Übrigen sehen uns an. Jeder schaut, ob er wenigstens in einem der anderen Gesichter etwas Hoffnung sieht, aber vergeblich.

Reto beginnt zu flüstern.

»Wirch könnten versuchen, einen außrchgerichtlichen Vergleich zu vereinbaren. Wirch chräumen die Wohnung, und er zeigt uns nircht an.«

»Herr Wohlgemuth ist nicht der Mann für Kompromisse.«

»Wirch könnten zusätzlrich noch Schmerzensgeld zahlen.«

»Und wo sollen wir das Geld herbek …?«

»☺ Freeze, Freeze! Alle mal herhören … Oh, wie massiv krass! Was ist denn hier los? ☺«

»☺ Feiern eine perverse Orgie und sagen uns nicht Bescheid, hihi. ☺«

»Also seid uns nicht böse, aber das ist jetzt gerade nicht …«

»☺ Atem sparen. Ihr seid gemachte Leute. ☺«

»☺ Aber hallihallöchen. ☺«

»☺ Klartext, Mädels: Der Pinklbräu-Easy-Spot wird in eurer Wohnung gedreht. ☺«

»☺ Mit Gisele Bündchen und euch. ☺«

»☺ Also Gisele Bündchen wird nachher reingeschnitten, versteht sich, aber das sind Details. ☺«

»☺ Anyway, danke noch mal für die Idee, Krach. Nur das mit dem Aus-Giseles-Bauchnabel-Trinken machen wir nicht. ☺«

»☺ Zu Schöfferhofer, wie gesagt. Pech für euch, hähä. ☺«

»☺ Aber ihr werdet es verschmerzen können. ☺«

»☺ Oh ja, das werdet ihr. 15 000 für euch und 15 000 für den Vermieter ☺«

»☺ Einzige Bedingung: Ihr dürft hier bis zum Dreh im November nichts am Setting verändern. ☺«

»☺ Na ja, mal abgesehen von der, äh, Bescherung … wobei, hey, das wäre doch vielleicht was für die Kampagne gegen Inkontinenz, oder? ☺«

»☺ Na ja, vielleicht bisschen zu Stanley Kubrick? ☺«

»Entschuldigung, sagten Sie gerade, 15 000 Euro für den Vermieter?«

Herr Wohlgemuth hat sich umgedreht. Plötzlich redet er wieder normal. Seine Augen leuchten ein klein wenig.

»☺ Yep. Geld ist da. Kann sofortamente ausgezahlt werden. ☺«

»Freut mich, Sie kennenzulernen. Mein Name ist Wohlgemuth. Ich bin der Hauseigentümer.«

»☺ Oh Sie entschuldigen, wenn ich Ihnen nicht die Hand gebe? ☺«

»☺ Aber der Deal geht klar. Wichtig ist, wie gesagt, nur,

dass weder Sie noch die Jungs hier irgendwas verändern. Dazu müssten Sie sich vertraglich verpflichten. ☺«

»☺ Das gilt übrigens auch für eure Frisuren und, ganz wichtiges Detail, Krach, für deine Hose. ☺«

»Hallo, Freunde! Hab ich was verpasst ... Oh mein Gott ...«

»Hallo, Francesco.«

»Also, wir haben eigentlich schon alles geregelt.«

»Du kannst dich mit Elvin und Adrian und Herrn Wohlgemuth über die Details unterhalten.«

»Ihhh, da ist ja mein Büchlein. Sieht die andere Hälfte davon genau so schlimm aus?«

»Moment mal, Francesco, du liest Frauenverführungs-Ratgeber?«

Mist, verplappert.

»I ... Ich meine, ich weiß das, weil ich wegen dieser *Stecherakademie*, hm, mächtig Ärger gekriegt habe.«

Ich sehe Julia an. Sie beißt sich auf die Unterlippe.

»Ärger gekriegt?«

Er sieht von mir zu Julia, dann wieder zu mir.

»Ich verstehe, ich verstehe. Aber am meisten Ärger hat wohl das Buch gekriegt. Na egal. Besorg ich mir ein neues.«

»Aber ... wozu ...?«

»Ich denke ... du ...?«

»Eine Klientin hat es mir gegeben, damit ich prüfe, ob man den Verfasser wegen Anstiftung zur Vergewaltigung verklagen kann.«

»Ach ... so.«

»Kann man aber nicht. Vermute ich zumindest. Ich hab es ja noch nicht ganz gelesen. Willst du gegebenenfalls als Nebenklägerin auftreten, Julia? Oder reicht es dir, wenn ich es dir nach erfolgter Prüfung zur Entsorgung übergebe?«

»Nee, lass mal gut sein.«

Stecherakademie ist also doch nicht von Reto. Das heißt, die Frage, woher Madeleine & Co kommen, ist wieder ganz offen …

Poch, poch.

»Guten Tag, ich möchte gerne zu Reto Zimmerli. Bin ich hier … oh mein Gott!«

Reto ist wie ein Blitz an der Tür, hakt die übermenschlich schöne Dame unter und führt sie unter leisen Erklärungen zügig weg von unserem Schlachtfeld.

»De … De … Wa … Wa …«

»☺ Jetzt reißen Sie sich mal am Riemen, Herr Hauseigentümer. ☺«

»☺ Man könnte ja meinen, Sie hätten noch nie eine gutaussehende Frau zu Gesicht bekommen. ☺«

»Vielleicht jetzt ein Bier, Herr Wohlgemuth?«

»Zur Beruhigung?«

»Und zur Feier des Tages?«

»N … na gut.«

Ein ferngesteuertes Spielzeugflugzeug, auf das jemand eine schnurrende Super-8-Kamera draufgebunden hat, kommt durch unsere offene Wohnungstür geschwebt, eiert ein wenig in der Luft herum und zerschellt schließlich an der Wand. Irgendwo im Treppenhaus hören wir den Stasi-Opa auf Sächsisch fluchen.

Herr Wohlgemuth weigert sich, ebenso wie wir alle, das Ereignis überhaupt zur Kenntnis zu nehmen. Er nimmt dankbar das Bier, das Tobi ihm reicht. Wir anderen versorgen uns auch. Irgendwie müssen wir ihn noch auf Gonzos kaputten Mac ansprechen, aber das wird jetzt vielleicht doch ein bisschen viel …

Poch, poch.

»Hallo, Oliver. Hier, ich hab deine Tasche wieder … oh mein Gott!«

»Nichts Schlimmes, Papa, nur ein Rohrbruch. Auch ein Bier?«

»Äh …«

»Was ist? Setz dich doch.«

Mein Vater schaut an mir vorbei und starrt Herrn Wohlgemuth an.

»Entschuldigung, kennen wir uns vielleicht irgendwoher?«

Ich habe Herrn Wohlgemuth heute schon in den verschiedensten Zuständen von Angst und Verwirrung erlebt. Kettensäge, Kacke, Russen und so weiter. Aber das, was jetzt mit ihm passiert, schlägt alles. Er weicht zurück, seine Beine knicken ein, und sein Gesicht wird leichenblass. Er kann nicht einmal mehr kieksen. Er krächzt nur noch einen heiseren, fast unwirklich verzerrten Laut.

»B … Brutus!«

*

Nun sitze ich am Ende doch noch mit Julia im Weinbergspark. Wir haben Lambert mitgenommen. Er hat es sich auf meinen Beinen gemütlich gemacht und fiept hin und wieder. Um uns herum liegen die Leute auf Handtüchern und sonnen sich. Schade, dass man im Seerosenteich am unteren Ende des Hangs nicht schwimmen kann. Ist aber im Moment nicht so wichtig.

»Also du meinst, ich soll die acht SMS, die du mir geschickt hast, während ich auf der Domkuppel festgesessen bin, einfach löschen?«

»Wenn du unbedingt willst, kannst du sie auch lesen, aber was da drinsteht ist, wie gesagt, nicht besonders nett, also teilweise sogar ziemlich unflätig, und ich finde … das ist jetzt irgendwie eine neue Situation.«

»Okay.«

»Also, klar, wenn du mir die Geschichte vorhin im Park erzählt hättest, hätte ich bestimmt irgendwas Schlimmes mit dir gemacht. Muss ich zugeben.«

»Na ja, kann ich schon verstehen. Also, fast.«

»Dein Vater ist aber auch so was von schräg.«

»Er hat halt einen saftigen Wurf.«

»Übrigens, ob das eine gute Idee war, dass ausgerechnet er den Wohlgemuth ins Krankenhaus gefahren hat? Tobi meinte immerhin, er hätte einen Schock von dem Wiedersehen gekriegt.«

»Na ja, er will halt unbedingt das von früher wiedergutmachen.«

»Wenigstens könnt ihr jetzt mindestens noch das halbe Jahr drinbleiben, bis die Dreharbeiten vorbei sind.«

»Ach, ich glaube, wir bleiben auch noch länger.«

»Warum sollte er euch länger drinlassen?«

»Wir könnten ihm zum Beispiel androhen, dass wir uns wieder Andrej Rebukanow nennen, oder ich lasse meinen Vater mit ihm reden.«

»Männer.«

»Fiep!«

Julia guckt erst seufzend in die Luft, dann sieht sie mich an.

»Soll ich dir mal sagen, was mich damals, abgesehen von diesem Stecherakademie-Buch, noch so geärgert hat?«

»Ja?«

»Eure Klobrille.«

»Äh?«

»Ihr habt die Ikea-Klobrille.«

»Aha.«

»Sag bloß, du kennst nicht die Diskussion um die Ikea-Klobrille?«

»Ehrlich gesagt, nein.«

Julia verzieht kurz das Gesicht, reißt sich dann aber zusammen.

»Also, Ikea hat doch für all seine Produkte putzige Namen, *Stolmen*, *Fothult*, *Kramfors* und so weiter. Meistens sind es schwedischen Orte. Manchmal sind es aber auch Männernamen, *Billy*, *Ivar*, *Benno*, vor allem bei Regalen. Aber jetzt stell dir vor, im gesamten Ikea-Universum gibt es nur ein einziges Produkt, das einen Frauennamen trägt.«

»Tja, das ist natürlich ein ganz schönes Ungleichgewicht, aber ...«

»Und jetzt rate mal, welches Produkt?«

»Hm? Moment, nein, das gibts doch nicht ...«

»Klobrille *Maren*.«

»Puh, also ... das ist schon ein dicker Hund, muss ich sagen.«

»Und genau da scheißt ihr auf eurem neuen Klo täglich hindurch.«

»Also, ich bin sicher, die hat Reto nicht deswegen ausgesucht.«

»Schon klar. Hat man ja auch als Mann natürlich noch nie was von mitbekommen.«

»Jetzt, wo ich so drüber nachdenke, es gibt bei Ikea auch ein Sitzkissen *Arne*.«

»Echt?«

»Ja, Hacker-Arne wird jedes Mal damit zugeschmissen, wenn er Geburtstag hat.«

»Hm.«

»Aber trotzdem – Klobrille *Maren*, das geht gar nicht.«

»Ist doch wahr, oder?«

»Ja, hast du völlig recht. Warum nennen sie sie nicht *Oval*?«

»Oder *Stunk*.«

»Oder, ich habs: *Abgrönd*.«

Ich glaube nicht, dass Julia es in dieser Phase unseres Gesprächs schon wollte, aber sie muss lachen. Sie sieht wunderschön aus, und ich merke, dass ich noch einmal mehr in sie verliebt bin, seit sie Herrn Wohlgemuth Flugstunden gegeben hat.

Es war kein Zufall. Sie hat ihn *mir* an den Kopf geworfen. Keinem anderen. Ich versuche, so etwas wie einen Hundeblick hinzukriegen. Lambert hilft mir dabei, so gut er kann. Sie sieht mich wieder an und rückt etwas näher.

»Ich wollte es dir eigentlich nicht sagen, aber gestern habe ich den ganzen Abend Sesamstraße geguckt.«

»Etwa wegen … Ernie?«

Julia wird ein bisschen rot. Ich nehme ihre Hand und drücke sie. Sie sieht mich an. Ihr Gesicht kommt näher. Ich öffne meine Lippen ein wenig.

»Krach?«

»Hm?«

»Ich finde, du brauchst dringend noch eine zweite Hose.«

»Was? Ach so, ja, hab ich auch schon drüber nachgedacht.«

»Wo ist der nächste Laden?«

»*Chelsea Farmer Club* in der Veteranenstraße.«

»Komm, wir gehen hin.«

»Nee, wart mal, der ist viel zu teuer. Ich weiß ja gar nicht, ob ich weiter den Ernie-Job machen darf, und überhaupt …«

»Sei spontan.«

»Was? Nein, Julia! Die haben nur eine ganz enge Vorhangumkleide. Und die ist mitten im Verkaufsraum …«

»Schalke oder Nicht-Schalke?«

»Fiiiiiiiiiiiiiiiiiiiiiiiiiiiep!«

»Okay, Schalke.«

»Komm.«

Irgendwann im nächsten Frühling (Epilog)

Arne hat, wie jedes Jahr, pünktlich zum Champions-League-Finale mal wieder einen Weg gefunden, den Premiere-Server zu hacken. Unsere Küche ist voll bis auf den letzten Quadratmeter, und alle starren auf das geklaute Live-Bild, das von einem geliehenen Beamer an die Wand geworfen wird.

Abgesehen davon hat sich hier aber nichts verändert. Dürften wir auch gar nicht. Der entsetzliche Pinklbräu-Werbespot hat komischerweise dermaßen eingeschlagen, dass Elvin und Adrian jetzt eine Fortsetzung im gleichen Ambiente geplant haben. (»☺ So daily-soap-storytelling-mäßig, wisst ihr, was ich meine? ☺«)

Wer weiß, wenn Herr Wohlgemuth gewusst hätte, dass hier noch ein weiteres Mal 15 000 Euro winken, vielleicht hätte er dann das Haus doch nicht verkauft? Aber wir haben keine Ahnung, was dahintersteckt. Es ging alles sehr schnell. Vielleicht war das Angebot der neuen Eigentümer einfach sehr gut. Kann aber auch sein, dass Herr Wohlgemuth nicht riskieren wollte, ein zweites Mal mit meinem Vater zusammenzutreffen. Der hatte sich nach dessen Krankenhausaufenthalt ja lange um ein klärendes Gespräch über die gemeinsame Schulzeit bemüht, aber Herr Wohlgemuth ist wohl nicht so richtig darauf eingegangen.

»Mjam, also seit sie noch zusätzlich Acidplamakulose als Konservierungsstoff in die Chips machen, schmecken sie irgendwie noch kerniger.«

»Du solltest dich gesünder ernähren, Tobi. Hat Amelie neulich auch noch mal gesagt.«

»Dann richte deiner Freundin aus, dass ich meinen Konsum auf durchschnittlich eine Tüte pro Tag zurückgefahren habe, Gonzo. Ausnahmesituationen wie Fußballspiele natürlich nicht mitgerechnet.«

Amelie und Julia sind heute ins Kino gegangen. Gonzo und Amelie sind ansonsten ein glückliches Lasagne-Paar. Und Julia und ich, nun ja, neulich haben wir Hausverbot bei Peek&Cloppenburg bekommen, aber das sind halt Spießer.

»Also mir gefällt ja dieser Spieler mit der Nummer 3 am besten. Schaut nur, diese klaren Augen. Wie heißt der Schöne noch mal?«

»Maldini.«

»Entzückend.«

»Unglaublirch, dass der mit 38 Jahren noch in der Champions League mitchralten kann.«

Reto spricht immer noch genauso wie am Tag, an dem er hier angekommen ist. Schade, dass er morgen ausziehen wird. Seine Stimme und seine ruhige Art werden mir fehlen, ganz zu schweigen von seiner atemberaubenden Fähigkeit, klar zu denken. Aber es hilft nichts. Seine Freundin, die, wie sich zu unserer Überraschung herausgestellt hat, keine von den Damen ist, die uns letztes Jahr fast um den Verstand gebracht haben, hat die ersehnte Flötistinnen-Stelle bei den Berliner Philharmonikern bekommen und zieht endlich auch nach Berlin. Die beiden haben eine Dachgeschosswohnung in der Fehrbelliner Straße für sich klargemacht. Sie können es sich leisten. Retos Mannequin-Agentur, die er letztes Jahr gegründet hat, ist durchgestartet wie nichts. Madeleine, Fiona und all die anderen, die sich hier dauernd die Klinke in die Hand gegeben haben, um ihre Verträge mit ihm abzuschließen, sind heute über Monate hinweg ausgebucht. Tja, »irch versurche in der Modebranrche Fuß zu fassen«. Ein Mann, ein Wort …

Tor!

Freistoß Pirlo, Inzaghi kriegt ihn an die Brust und fälscht ihn unhaltbar für Reina im Liverpooler Tor ab. Kein Handspiel, kein Abseits, kein Stürmerfoul, nichts. Das Tor geht völlig in Ordnung. Wir hängen fassungslos in den Sitzen. 1 : 0 für Berlusconis AC Mailand ist schon schlimm genug. Aber dann auch noch Inzaghi. War ja schon eine Überraschung, dass sie den Jammer-Opa überhaupt noch mal in die Startelf gestellt haben …

Na ja, jedenfalls hat Reto neulich gefragt, ob ich bei ihm im Büro anfangen möchte. Aber ich weiß nicht, ob das eine gute Idee ist. Erstens gibt das garantiert Streit mit Julia, und außerdem steuern meine beruflichen Pläne gerade auch in eine ganz andere Richtung. Einen Tag nach der verpassten Aufnahmeprüfung an der Ernst Busch hat Gonzo meinen Zeichenblock gefunden. Am Anfang habe ich geglaubt, er will mich verarschen, als er mir gesagt hat, dass er niemanden kennt, der so ausdrucksvoll Menschen zeichnen kann wie ich. Aber bei Kunst macht er keine Witze. Er hat mich überzeugt, dass ich mich an der Universität der Künste bewerbe, und seitdem arbeite ich an meiner Mappe.

Lustig war natürlich schon, dass eine Woche später ein Schreiben von der Ernst Busch kam, dass ich die erste Runde der Aufnahmeprüfung bestanden hätte. Es war ein Formbrief, aber irgendjemand hatte am unteren Rand handschriftlich hinzugefügt, dass sie noch nie eine so überzeugende Darbietung des Godot gesehen hätten. Witzbolde. Ich habe die zweite Runde sausen lassen.

Halbzeit.

Das wird hart für Liverpool. Ob 45 Minuten reichen, um

die Milan-Betonabwehr zu knacken? Wobei, Maldini ist ja nicht mehr der Schnellste …

Jetzt der Werbeblock. Oh nein. Nicht schon wieder. Vollbart-Lukas und die Jungs johlen. Gonzo versucht, den Beamer auszumachen, wird aber mit Gewalt daran gehindert.

»Hey, das ist unsere Küche, und wir bestimmen, wann der Beamer ausgeschaltet wird, Lukas …«

»Pssssst.«

Nichts zu machen. Wir müssen schon wieder den grässlichen Pinklbräu-Spot sehen. Immer das Gleiche: Tobi, Gonzo, Francesco, Reto und ich sitzen mit angeödeten Gesichtern und vor der Brust verschränkten Armen in unserer Küche herum. Dann Sternenstaub und – bing! – auf einmal liegt Gisele Bündchen auf unserem Küchentisch. Sie hat ein abartiges bauchfreies bayerisches Dirndl an und nippt lasziv an einer Pinklbräu-Easy-Flasche. Wir geraten mit einem Schlag in Partystimmung, lachen, strahlen und haben wie von Zauberhand plötzlich auch alle Pinklbräu-Flaschen in der Hand. Die Kamera fährt um uns herum. Einige Details, die Elvin und Adrian besonders wichtig fanden, zum Beispiel die bunten Plastikeimer in unserem Regal und meine verschieden langen Hosenbeine, kommen ins Bild, und auf der Tonspur schwillt dazu irgendeine dämliche Eurodance-Soße an.

Unsere Gesichter, das muss man sagen, sehen allerdings tatsächlich so aus, als würde Gisele Bündchen auf dem Tisch liegen. Das liegt daran, dass Elvin und Adrian Diana als Auf-dem-Tisch-Liege-Mädchen für den Dreh gebucht hatten. Hinterher wurde sie dann per moderner Schnitttechnik durch Gisele ersetzt. Ich persönlich finde ja Diana schöner. Und ich finde, dass Tobi und sie sehr gut zusammenpassen, auch wenn Amelie immer wieder Zweifel anmeldet. Ab und zu schauen die beiden zusammen mit

Hacker-Arne beim Altersheim vorbei und lassen den Quadrokopter vor dem Fenster des Stasi-Opas, der jetzt dort wohnt, Kunststücke machen.

Die zweite Halbzeit hat angefangen. Komm, Liverpool, da geht noch was …

Meinen Ernie-Job habe ich übrigens behalten. Sie haben wohl lange hinter meinem Rücken gesucht, mussten dann aber einsehen, dass es keinen gibt, der so eine amtliche Ernie-Stimme hat wie ich. Zum Glück hat Bushido nach langem Hin und Her das Angebot abgelehnt, in der Sesamstraße aufzutreten, sonst hätte ich nächste Woche mit ihm ins Studio gemusst. Dafür hatte ich, als ich neulich mal wieder in der Shopping Mall war, ein anderes überraschendes Wiedersehen. Zwei von unseren Russen waren im *Jeans Store*. Zuerst habe ich sie nicht erkannt, weil sie sozusagen in Zivil da waren, sprich, keine schwarzen Anzüge, sondern über und über mit Werbeaufnähern gespickte Jeansjacken in Größe XXXXL und auberginefarbene Jogginghosen. Sie standen direkt vor dem angstzitternden Guntram Liebig, der mir damals die teure Hose verkauft hatte, und blätterten lange in einem Wörterbuch. Dann starrten sie ihn grimmig an (ich glaube, sie können nur so gucken), und einer von ihnen knurrte »Rrrörrendschinns bietta«.

Tor!

Das darf nicht wahr sein! Schon wieder Inzaghi. 2 : 0 Mailand. Keine Frage, er ist der Held des Abends. Muss ich mir das noch weiter antun? Wieder einmal zuckt meine Hand zum Handy, um eine SMS an Julia zu schreiben, aber nein: Wir haben uns seit den turbulenten Tagen letztes Jahr geschworen, uns nicht mehr zu smsen. Zu viele Missverständnisse. Da muss man schon ein Händchen für haben.

Mannomann, Liverpool ist nur noch lethargisch und sieht mit steinernen Mienen der Niederlage entgegen. Keiner denkt daran, Inzaghi auch nur anzupusten. Trotzdem wälzt er sich jetzt an der Seitenlinie und mimt mal wieder den sterbenden Schwan, während die Betreuer um ihn herumwuseln. Fuß verknackst. Klar. Wenn mich schon keiner foult, dann mach ichs eben selber.

Ich sehe kurz meine Mitbewohner an und schleiche mich aus der Küche. Ein paar Minuten später haben wir fünf uns auf dem Ausklappbalkon versammelt. Reto holt einen Kuh-Gras-Joint raus. Wir schweigen, genießen und versuchen, für einen Moment nicht an Fußball oder Sex zu denken.

Dankliste

Nathalie, Carlos, Pia, Uwe und Meike	für aufopferungsvolle Unterstützung
Nele	für das Gespräch über Schauspieler
Rolf	für elektro-akustische Beratung
Käpt'n Haddock	für »PFUIÄÄCH!« (Tim und Struppi, Band 22)
Filippo Inzaghi	für das grandiose Selbstfoul an der Seitenlinie im Champions-League-Finale 2007
A. & B. Pease	die in ihrem Buch »Warum Männer nicht zuhören und Frauen schlecht einparken« die Blaupause für Tobis und Amelies Tandem-Schreibübung geliefert haben
Ellas Bistro, Taebs Bistro, Il Focacceria, Burger World, Aiko	für das gute Essen
Allen sprachbegabten Röhrenjeans-mit-Hängepopo-Trägern aus Berlin-Mitte	für die vielen Dialoge, die ich mithören durfte, weil ihr beim Kaffeetrinken immer so laut redet. 80 Prozent von dem, was Elvin und Adrian sagen, konnte ich eins zu eins von euch übernehmen (☺ massiv ehrlich ☺)

Uli Hannemann
Neulich in Neukölln
Notizen von der Talsohle des Lebens
Originalausgabe

ISBN 978-3-548-26818-7
www.ullstein.buchverlage.de

Uli Hannemann hat es gewagt. Er ist nach Neukölln gezogen. Ja genau, Berlin-Neukölln – jener berüchtigte Bezirk, der seit Monaten durch die Medien geistert: als Beispiel für den Niedergang deutscher Innenstädte, als Hartz-IV-Kapitale, als sozialer Brennpunkt. Wie es ist, hier zu leben, davon berichtet Hannemann in seinen kleinen, aber feinen Schnappschüssen vom täglichen Wahnsinn – mit viel Biss und einer guten Portion anarchischem Humor.

»Der Taxifahrer und Berliner Lesebühnenstar überhöht in seinen Texten den Alltag, setzt Pointen und schafft so wahnwitzige Grüße aus der Hölle, die Leben heißt.« *Die Tageszeitung*

Günther Willen

Niveau ist keine Hautcreme

Gepflegte Sprüche für alle Lebenslagen
Originalausgabe

ISBN 978-3-548-37226-6
www.ullstein-buchverlage.de

Gehts noch? Ein Strauß fröhlicher Wendungen und Redensarten aus dem gemeinen Wortschatz der Deutschen in einem Buch – übersichtlich gegliedert und säuberlich geordnet. Da beißt die Maus keinen Faden ab: Dieser moderne Sprach- und Sprücheführer ist ein unentbehrlicher Begleiter auf dem Trampelpfad durch die wunderbare Welt der Phrasen, Kalauer und Floskeln – von der Wiege bis zur Bahre. Aber hallo!

»Dereinst wirst du dich für jeden Kalauer, den du dir verkniffen hast, vor deinem Schöpfer verantworten müssen.« *Harry Rowohlt*

Stefan Ulrich
Quattro Stagioni – Ein Jahr in Rom
Originalausgabe

ISBN 978-3-548-26854-5
www.ullstein-buchverlage.de

»Habt Ihr's gut ...« ist der Kommentar ihrer Freunde, als für Familie Ulrich endlich der alte Traum von der Dolce Vita in Bella Italia wahr wird. Doch das Leben in der ewigen Stadt erweist sich als alles andere als »dolce«: die Wohnung ist bei der Ankunft in chaotischem Zustand und Tochter Bernadettes Meerschweinchen wird vom Hausbesitzer mit einer Ratte verwechselt. Wichtige Erkenntnisse der Rom-Anfänger: Ein Palazzo ist ein ganz normales Mehrfamilienhaus, römische Kindergeburtstage haben es in sich und die Italiener beschweren sich auch bei strahlendem Sonnenschein andauernd übers Wetter. Trotzdem versuchen die Ulrichs, Bella Figura zu machen! Und entdecken doch noch das süße Leben in Rom.

ullstein

JETZT NEU

 Aktuelle Titel | Login/ Registrieren | Über Bücher diskutieren

Jede Woche vorab in einen brandaktuellen Top-Titel reinlesen, ...

... Leseeindruck verfassen, Kritiker werden und eins von **100** Vorab-Exemplaren gratis erhalten.

 vorablesen.de